Thomas Thiemeyer

Countdown

Der letzte Widerstand

Weitere Bücher von Thomas Thiemeyer im Arena Verlag:

World Runner. Die Jäger
World Runner. Die Gejagten

Evolution. Die Stadt der Überlebenden
Evolution. Der Turm der Gefangenen
Evolution. Die Quelle des Lebens

Thomas Thiemeyer,
geboren 1963, studierte Geologie und Geografie, ehe er sich selbstständig machte und eine Laufbahn als Autor und Illustrator einschlug. Mit seinen preisgekrönten Wissenschaftsthrillern und Jugendbuchzyklen, die mittlerweile in dreizehn Sprachen übersetzt wurden, ist er eine feste Größe in der deutschen Unterhaltungsliteratur. Seine Geschichten stehen in der Tradition klassischer Abenteuerromane und handeln des Öfteren von der Entdeckung versunkener Kulturen und der Bedrohung durch mysteriöse Mächte. Der Autor lebt mit seiner Familie in Stuttgart.

www.thiemeyer.de
www.thiemeyer-lesen.de

Arena

THOMAS
THIEMEYER

COUNT DOWN

DER LETZTE WIDERSTAND

Ein Verlag in der Westermann Gruppe

FSC
www.fsc.org
MIX
Papier aus verantwortungsvollen Quellen
FSC® C110508

1. Auflage 2022

Rottendorfer Str. 16, 97074 Würzburg

Dieses Werk wurde vermittelt durch die
Literarische Agentur Thomas Schlück GmbH, 30161 Hannover.
Text: Thomas Thiemeyer

Covergestaltung: Johannes Wiebel
unter Verwendung von Motiven von © AdobeStock
und © shutterstock
Umschlagtypografie: Juliane Lindemann

Gesamtherstellung: Westermann Druck Zwickau GmbH
Printed in Germany

ISBN 978-3-401-60446-6

Besuche den Arena Verlag im Netz:
www.arena-verlag.de

»Es gibt Leute, die sich über den Weltuntergang trösten würden, wenn sie ihn nur vorhergesagt hätten.«

Christian Friedrich Hebbel (1813 – 1863),
ein deutscher Dramatiker und Lyriker

»Und wenn ich wüsste, dass morgen die Welt unterginge, so würde ich doch heute mein Apfelbäumchen pflanzen.«

Martin Luther (1483 – 1546), Augustinermönch,
Theologieprofessor und Initiator der Reformation

T minus 53

Jennifer beschirmte ihre Augen mit der Hand. Ihr Gesicht wirkte angespannt.

»Na, was denkst du?«, flüsterte sie. »Sieht verlassen aus, oder?«

Der Asphalt flimmerte. Grillen zirpten träge. Seit Tagen lag eine brütende Hitze über der Schwäbischen Alb. Kaum ein Windzug war zu spüren. Die Tankstelle sah verlassen aus, eingewachsen in hohes Gras und mannshohe Büsche. Nur der Name – rote Schrift in blauem Oval – ragte hoch über die Bäume. Das Schild hatte sie auf die Fährte gelockt. *Pack den Tiger in den Tank,* haha. Die Raubkatze machte in diesen Zeiten keine großen Sprünge mehr. Verbrenner sah man inzwischen kaum noch. Kein Mensch fuhr mehr mit den alten Spritfressern. Viel zu hungrig, viel zu auffällig. Ohnehin war es nicht das Benzin, auf das Ben und Jennifer scharf waren. Was sie interessierte, war der Shop.

Ben kniff die Augen zusammen. Er tat so, als würde er etwas erkennen. Was natürlich Blödsinn war. Er wusste, dass seine Schwester viel bessere Augen hatte. Seit seiner Kindheit war er auf eine Brille angewiesen. Herrje, ohne die konnte er nicht mal fünf Meter weit gucken. Trotzdem nett von ihr, dass sie ihn fragte.

»Ich denke, wir können es riskieren.«

»Worauf warten wir dann noch?« Jennifer ließ ihr E-Bike aus dem Schatten des Baums gleiten. Ben folgte ihr, die Hand am Gasgriff. Falls sich das Ganze als Falle herausstellte, mussten sie einen Notstart hinlegen.

Man konnte in diesen Zeiten nicht vorsichtig genug sein. Sie waren nicht die Einzigen, die auf Beutezug waren, und manche der Streuner waren echt krank in der Birne. Allerdings bestand um die Mittagszeit herum wenig Gefahr, entdeckt zu werden. Streuner jagten für gewöhnlich in der Dämmerung.

Langsam und nach allen Seiten Ausschau haltend, rollten die beiden auf die Straße hinaus. Die Sonne knallte von oben herab, blendete Ben.

Unwillkürlich musste er an jenen verhängnisvollen Tag vor zwei Jahren zurückdenken. Es war ein herrlicher Sommertag gewesen, genau wie heute. Mit blauem Himmel und Schäfchenwolken. Mit Vogelgezwitscher und Eichhörnchen, die durch die Bäume tollten. Ein Tag, wie geschaffen für Ausflüge und Abenteuer, für Spiele und Badespaß. Jedoch war damals niemand nach draußen gegangen. Alle hatten zu Hause gehockt und die Köpfe eingezogen, ängstlich wie die Kaninchen. Läden waren geschlossen, Telefone und Radios verstummt, die Straßen wie leer gefegt.

Genau wie heute.

Knirschend rollten sie auf die Tankstelle zu. Der Asphalt war an manchen Stellen aufgebrochen. Gras quoll aus den Ritzen. Schon erstaunlich, wie schnell sich die Natur alles zurückeroberte, wenn man es nicht pflegte. Regen und Frost ließen Risse entstehen, in denen sich Pflanzensamen ansiedelten. Ein Baum wuchs zwanzig bis dreißig Zentimeter im Jahr. Fichten brachten es sogar auf einen halben Meter. Zehn Jahre, und schwupp, hatte man einen fünf Meter hohen Baum im Garten stehen. Oder mitten auf der Straße.

Je näher sie kamen, umso deutlich wurde, dass die Tankstelle nur vom Waldrand aus so zugewuchert ausgesehen hatte. Von vorne betrachtet, war sie gut in Schuss. Die Auffahrt war frei, die Scheiben intakt und die Tür mit einer schweren Kette gesichert.

»Was denkst du?« Jennifer sah sich argwöhnisch um. »Meinst du, die ist noch in Betrieb?«

»Machst du Witze?« Ben kniff die Augen zusammen. »Warum sollte jemand diesen Laden bewirtschaften, so fernab von allem? Nein, ich bin mir ziemlich sicher, dass hier keiner mehr vorbeikommt.«

»Außer uns«, sagte Jennifer.

Seine Schwester war ein Jahr älter als er und knapp einen Kopf größer. Von seinen Geschwistern war sie ihm die liebste. Sie hatte Mumm in den Knochen und war eine begnadete Armbrustschützin. Die beste in ihrem Dorf. Die rotblonden Haare und die Sommersprossen hatte sie von Mom, ihre kräftige Statur von Dad. Bei seinen Brüdern Liam und Noel war es genau andersherum: Die Zwillinge waren schlank und drahtig, besaßen aber Dads dunkle Strubbelhaare.

Ben hingegen schlug aus der Art. Zu klein für sein Alter, sagten sie. Zu kurzsichtig und zu dunkelhäutig. Man sagte ihm einen *mediterranen Look* nach – was immer das bedeuten mochte. Fest stand: Keiner in seiner Verwandtschaft hatte so haselnussbraune Augen wie er, keiner so dunkle Haut oder so dichte Brauen. Weshalb sich um seine Herkunft allerlei Vermutungen rankten. Vermutungen, die sogar noch zugenommen hatten, nachdem Mom fortgegangen war.

Klar verletzte ihn das, doch was sollte er tun? Gerüchte ließen sich nicht aufhalten. Inzwischen schaltete er bei diesem Geschwätz auf Durchzug. Sollten sie sich doch das Maul über ihn zerreißen. Er war, wer er war: ein echter Kowalski. Und neben Jennifer der beste Scout im Dorf. Er schob die Brille hoch bis zur Nasenwurzel. »Die Luft ist rein. Wollen wir?«

Sie stellten ihre Räder hinter den Müllcontainern ab und gingen vorsichtig auf die Eingangstür zu. Neben der Auffahrt stand eine Werbetafel, auf der ein Plakat klebte. Ein Mann im Anzug war dort zu sehen. Krawatte, Einstecktuch, markantes Gesicht. Das Antlitz eines Erfolgsmenschen. Die Arme verschränkt, blickte er herausfordernd in die Kamera.

Vertrauen Sie uns. Wir wissen, was zu tun ist.
Stärke durch Entschlossenheit.
Atlas-Union: für ein gutes Leben

Regen und Wind hatten dem Plakat schwer zugesetzt. Die Farben waren verblasst. Das Papier wölbte sich, war an manchen Stellen bereits eingerissen.

Ben hatte den Typen schon mal gesehen, er wusste nur nicht genau, wo.

Das Zirpen der Grillen schien noch schwerer geworden zu sein. Rechts stand ein üppiger Rosenstrauch, um den Dutzende von Hummeln schwirrten. Schwerer Blütenduft lag in der Luft. Die Fenster des Shops waren mit Spanplatten vernagelt und die Tür mit einem schweren Vorhängeschloss gesichert.

Jennifer sah ihn forschend an. »Kriegst du das auf?«

Ben prüfte den Sicherheitszylinder und nickte. »Ein 5-Pin-Schloss. Kinderkram.« Er öffnete seine Tasche und holte den Multipick heraus.

Der Multipick war ein batteriebetriebenes Werkzeug zum Öffnen von Zylinder- und Vorhängeschlössern, das ein bisschen an einen Handbohrer erinnerte. An seiner Spitze saß ein nadelförmiger Stift, der tief ins Schloss geschoben wurde und mit seinen dreizehntausend Umdrehungen die eigentliche Arbeit verrichtete.

Ben schob den rechtwinklig gebogenen Metallhebel in den

unteren Teil des Schlüsselkanals, erzeugte mit dem Zeigefinger ein wenig Druck und drückte auf die Starttaste des Multipick. Ein helles Surren ertönte. Die unglaublich schnellen Schwingungen sorgten dafür, dass die kleinen Federn im Inneren nach außen geschleudert und die Blockierung aufgehoben wurde. Der Zylinder drehte sich und das Schloss schnappte auf. Die Kette verschwand zusammen mit dem Schloss im nächstgelegenen Busch.

Jennifer grinste. »Ich werde nie kapieren, wie du das hinkriegst.«

»Jeder Schlüsseldienst hat das früher hinbekommen, es bedarf nur ein wenig Übung.« Ben freute sich natürlich über ihr Lob. Wann immer er gefragt wurde, was er später mal für einen Beruf ausüben wolle, antwortete er: *Dinge reparieren.*

Er hatte sogar eine eigene Lebensphilosophie. In seinen Augen war die Welt wie eine riesige Maschine. Und neigten Maschinen nicht dazu kaputtzugehen? Wenn man es genau betrachtete, war die Welt im Moment ein ziemlicher Schrotthaufen. Wenn er also nur ein wenig dazu beitragen konnte, sie wieder zu reparieren, so hätte er seine Aufgabe erfüllt.

Drinnen empfing sie brütende Dunkelheit. Ben fühlte, wie ihm der Schweiß ausbrach. Die Temperatur musste so um die vierzig Grad sein. Durch die Lücken zwischen den Spanplatten fiel etwas Licht. Es genügte, um sich zu orientieren.

Neben der Kasse lag ein Stapel alter Magazine. Eines davon, ein Heft über Astronomie und Sternenkunde, war aufgeschlagen.

Sternenexplosion, lautete die Überschrift. *Werden wir alle sterben?* Obwohl sie anderes zu tun hatten, überflog Ben den Text.

In den frühen Morgenstunden des 15. Juli ereignete sich am südlichen Nachthimmel ein Schauspiel von ungewöhnlicher Seltenheit und Schönheit. Die Explosion des Sterns Beteigeuze im Sternbild

Orion sorgte auf der ganzen Welt für Aufsehen. Noch nie zuvor in der jüngeren Geschichte gab es ein astronomisches Schauspiel dieser Art. Auf die Frage nach den Auswirkungen antwortet Professor Dr. Konstantin Becker von der astrophysikalischen Abteilung der Universität Genf: »Zum Glück ist Beteigeuze zu weit entfernt, um ernsthaft zur Gefahr zu werden. Wäre er näher, hätte er möglicherweise das Leben auf der Erde auslöschen können – wir wären von der Neutronen- und Gammastrahlung gegrillt worden. Doch dank der großen Entfernung besteht keine Gefahr.«
Beteigeuzes Supernova wird noch wochenlang am Himmel zu sehen sein und dabei heller leuchten als der Vollmond. Eine einmalige Möglichkeit für Wissenschaftler und Hobbyastronomen, mehr über die Entstehung des Weltraums und die Rolle von uns Menschen im unendlichen Kosmos zu erfahren.

Ben presste die Lippen zusammen. So hatte es damals angefangen. Wie hätten sie ahnen können, was da auf sie zukam?

»Alter.« Jennifers Stimme riss ihn aus den trüben Gedanken. »Glück muss der Mensch haben. Das nenne ich einen Volltreffer.«

»Was denn?«

»Sag mal, hast du Tomaten auf den Augen?«

Es hatte einen Moment gebraucht, um sich an die Dunkelheit zu gewöhnen. Doch jetzt machte sein Herz einen Sprung. Der Laden wirkte, als hätte man ihn erst gestern zugesperrt. Es war alles noch da! Was wohl kaum an dem popeligen Vorhängeschloss liegen konnte. Vielleicht war er einfach zu weit ab vom Schuss, um von den Streunern bemerkt zu werden.

Kurz nach dem weltweiten Stromausfall waren die Läden alle noch voll gewesen. Die Menschen dachten, die Krise würde nur wenige Wochen dauern, danach wäre alles wie zuvor. Was für ein Irrtum! Der Stromausfall hatte sämtliche Länder und Kontinente erfasst und zu einem globalen Zusammenbruch geführt. Als nach zwei Monaten in den ersten Städten wieder Strom durch die Leitungen lief, war die Welt eine andere.

»Sieh dir das an.« Jennifer war ganz aus dem Häuschen. »Bonbons, Erdnüsse, Kaugummis *und Chips!*«

Ben lief das Wasser im Mund zusammen. Süßkram und Knabberzeug waren in diesen Tagen schwer zu finden. Auf dem Schwarzmarkt erzielte das Zeug Höchstpreise. Aber Chips! Das war nun wirklich die Königsklasse.

Jennifer riss eine Tüte auf, griff hinein und verdrehte genüsslich die Augen. »Hm, probier mal.«

Ben streckte seine Hand aus. Normalerweise durften sie nicht eigenmächtig so etwas Wertvolles öffnen. Immerhin war es ein begehrtes Tauschobjekt auf dem Schwarzmarkt. Angesichts dieser Fülle aber war die kleine Regelüberschreitung wohl zu verzeihen. Und Ben liebte Chips. Am meisten die ungarischen.

Knirschend zermahlte er einen davon zwischen seinen Zähnen. Der Geschmack war überwältigend. Und das Beste: Sie waren halbwegs frisch. Sie hatten schon Chipstüten gefunden, deren Inhalt geschmeckt hatte wie alter Karton. Gegessen hatten sie es trotzdem. Wählerisch zu sein, war ein Luxus, den sie sich nicht erlauben konnten.

Er wollte noch einmal reingreifen, als er etwas bemerkte. Da blinkte etwas im hinteren Teil des Ladens. Wie von einem Magneten angezogen, steuerte er auf das Blinken zu.

Ihm stockte der Atem. »Alter«, murmelte er. »Das gibt's doch nicht.«

»Was denn?« Jennifers Worte waren zwischen den Chips kaum zu verstehen.

Ben bewegte sich wie ein Schlafwandler durch den hinteren Teil des Ladens. »Die haben Werkzeug hier«, stieß er aus. »Achtkantschlüssel, Inbus, Torx. Bohrmaschinen, Akkuschrauber, Wagenheber, dazu Bohrköpfe und Stecksätze. Richtige Markenqualität, nicht so ein Billigschrott.« Er schaltete seine Stirnlampe ein, um den Fund besser untersuchen zu können. Ihm fielen beinahe die Augen aus dem Kopf. »Himmel noch mal, die haben sogar *Drehmomentschlüssel* hier.«

»Das ist gut, oder?«

»Gut? Das ist eine Schatzgrube.«

Ehrfürchtig ließ er seine Finger darübergleiten. Dies war ein Fund, der mit Euro, Pfund oder Dollar nicht zu bemessen war – vorausgesetzt, die alten Währungen hätten noch einen Wert gehabt. Was nicht der Fall war. Die Welt war zum alten Standard zurückgekehrt: Gold, Silber, Kupfer. Wer solche Münzen besaß, konnte sich glücklich schätzen. Fest stand, für diese Entdeckung würden sie jede Menge Freistunden und Extrarationen bekommen.

»Das können wir auf einen Schlag gar nicht transportieren«, murmelte Ben. »Wir werden wiederkommen müssen.«

»Dann schlage ich vor, wir fahren zurück, schnappen uns den Transporter und laden alles ein. Dad wird Augen machen.«

»Hoffen wir, dass das Zeug dann noch da ist«, sagte Ben, der sich von dem Anblick kaum losreißen konnte. Er war immer noch so verblüfft, dass ihm um ein Haar das Geräusch entgangen wäre, das von außen an seine Ohren drang. Ein tiefes, durchdringendes Brummen.

Alarmiert sah Jennifer ihn an. »Ist das ein Verbrennungsmotor?«

Ben nickte. »Und ob. Und zwar von einer richtig fetten Maschine. Und sie wird lauter.«

Im Nu war die Chipstüte verschwunden. Wie auf ein unsichtbares Zeichen gingen beide in Deckung.

Sie bekamen Besuch!

T minus 52

Wie ein gepanzertes Rieseninsekt schob sich der Wagen vor die Zapfsäule. Ben sah pechschwarzen Lack, getönte Scheiben und verchromte Stoßstangen.

Abgesehen von seiner beeindruckenden Größe war es vor allem der gute Zustand, der ihn faszinierte. Die wenigen Spritfresser, die man noch draußen in der Landschaft fand, waren allesamt verrostet und straßenuntauglich. Bei den meisten hatte man Räder abmontiert, Sitze ausgebaut und Türen entfernt – schließlich konnte man all das anderweitig verwenden. Dieser Wagen jedoch sah aus, als wäre er frisch vom Band gelaufen. Auf der Fahrertür prangte in sattem Blutrot das Symbol der Atlas-Union.

Mit angehaltenem Atem betrachtete er den Titanen, der die Erdkugel auf seinen Schultern trug. Ein Fahrzeug der Parteizentrale? Hier?

Ein schmaler Lichtstreif fiel auf Jennifers erschrocken aussehendes Gesicht. Auf ihren Lippen formte sich ein kaum hörbarer Satz. *»Wir müssen hier weg.«*

Ben gab ihr in Gedanken recht. Über die Unionsagenten kursierten wilde Geschichten. Von Spezialwaffen war die Rede, von Verhörmethoden jenseits aller Vorstellungskraft. Allerdings hielten sich Unionsmitglieder sonst nur in schwer gesicherten Gebäuden auf. Nie verirrte sich einer von ihnen so weit raus aufs Land.

Seine Mom war der tiefen Überzeugung gewesen, dass etwas anderes hinter dem weltweiten Stromausfall steckte. Keine Sternenexplosion, sondern eine, wie auch immer geartete, neue Regierung. So überzeugt war sie von dieser Vorstellung gewesen, dass sie ihre Familie verlassen und sich Hals über Kopf einem Kerl angeschlossen hatte, der behauptete, er wäre der Kopf einer Widerstandszelle und würde Aktionen gegen die neuen Machthaber unternehmen. Sosehr Ben seine Mom auch liebte, es fiel ihm immer noch schwer, diesen Schritt nachzuvollziehen. Vielleicht war es etwas, das in ihrer Familie lag, in ihren Genen. Ihr Bruder Oswald war in dieser Hinsicht kein bisschen besser. Er hatte für kurze Zeit gegen die Atlas-Union gekämpft, sich dann aber resigniert zurückgezogen und lebte jetzt als verschrobener Einsiedler in einer verdunkelten Hütte im Wald.

Die Türen des SUV gingen auf. Zwei Personen stiegen aus, ein Mann und eine Frau. Beide hatten sie Ähnlichkeit mit dem Mann auf dem Plakat. Weißes Hemd, schlichter grauer Anzug, schwarz polierte Schuhe. Die Frau war blond und hatte einen Pferdeschwanz, der Mann trug sein pechschwarzes Haar ordentlich gescheitelt. Beide waren wohlgenährt, durchtrainiert und gesund. Weder gab es Ohrstecker noch Piercings oder Tattoos. Gesichter wie aus den Hochglanzbroschüren, die hier in der Tankstelle herumlagen. Etwas Kaltes, Militärisches ging von ihnen aus. Ihre Bewegungen waren zielgerichtet und dynamisch.

»Wenn die uns beim Plündern erwischen, sind wir dran«, zischte Jennifer. »Dahinten ist ein Lagerraum. Dort gibt es bestimmt einen Hinterausgang. Machen wir, dass wir hier wegkommen.«

»Geh du schon vor, ich komme gleich«, flüsterte Ben. »Muss nur noch kurz beobachten, was die vorhaben.«

Der Mann hatte den Tankdeckel geöffnet und den Zapfhahn reingesteckt. Glaubte er im Ernst, er könne hier tanken? Jeder

Idiot wusste, dass die Pumpe Strom benötigte, um zu funktionieren. Und doch ließ sich der Fremde davon nicht abschrecken, im Gegenteil. Er öffnete die Ledertasche an seinem Gürtel und zog etwas daraus hervor. Ben kniff die Augen zusammen. Sah aus wie ein Etikettiergerät oder so was. Ergonomisch geformter Handgriff mit ein paar Knöpfen, oben ein eckiger Aufsatz. Ein blaues Lämpchen blinkte auf der Oberseite. Der Mann machte ein paar Justierungen, dann befestigte er das Ding an der Zapfsäule. Keine Ahnung, wie es da hielt – vielleicht mit Magneten. Eine Weile tat sich gar nichts, dann schaltete das blaue Lämpchen auf Gelb und fing an, heftiger zu blinken. Ein tiefes Summen ertönte.

»Ben, komm mit!« Jennifers Zischen bekam etwas Drängendes.

»Ja doch, gleich. Die haben da ein Gerät an der Zapfsäule befestigt und ich glaube ... *ach, du Scheiße!«*

»Was denn?«

Das Lämpchen war von Gelb auf Grün gesprungen. Im selben Augenblick ertönte ein Klingelton. Die Zapfsäulen wurden aktiv. Lichter flammten auf. Nicht nur im Außenbereich, sondern vor allem hier drinnen. Blendend helles LED-Licht flutete den Laden. Ben duckte sich unwillkürlich. Doch das war es nicht, was ihn so erschreckt hatte. Irgendwas war mit dem Mann passiert, in dem Moment, als der Strom floss. Irgendeine Veränderung, die nicht erklärbar war. Oder hatte er sich das nur eingebildet?

Der Motor des Kühlschranks sprang holpernd an. Von irgendwoher begann Musik zu dudeln. Mit einem ängstlichen Laut verschwand Jennifer im dunklen Teil des Lagerraums. Ben wollte ihr folgen, als er plötzlich eine Stimme hörte.

»Geh in den Laden und sieh nach, ob die was Genießbares dadrin haben. Ich kann den Fleischextrakt nicht mehr sehen. Diese Militärrationen hängen mir zum Hals raus.« Die Stimme des Mannes klang hart und rau.

»Geh doch selbst«, entgegnete die Frau mit ebenso unangenehmer Stimme. »Ich bin nicht deine Dienstmagd.«

»Falls du es noch nicht mitbekommen hast, ich tanke gerade. Außerdem übernehme ich die ganze Fahrerei. Also los.«

Mit einem mürrischen Grunzen machte sich die Frau auf den Weg. Das Geräusch ihrer Schritte brachte Ben endgültig zur Besinnung. Er tauchte hinter die Regale ab und ging in die Hocke. Die Staubschicht dämmte zum Glück die Geräusche.

»Hier ist kein Schloss dran …«

»Na und?«

»Ich wollte es nur erwähnt haben.«

»Wie wär's, wenn du einfach mal nachsiehst, anstatt mir ellenlange Vorträge zu halten?«

»Ja, ja«, grummelte die Frau so leise, dass der Mann draußen es unmöglich hören konnte. »Wenn Herr M'Enat etwas befiehlt, müssen alle springen. Was glaubt er, wen er vor sich hat? Meine Familie ist mindestens so ehrbar wie seine. Das nächste Mal soll er sich gefälligst selbst bewegen, ich habe die Nase voll.« Sie fing an, in den Regalen herumzuwühlen. »Das ist doch alles nur Mist hier. Billigstes Zeug.«

Ben hörte, wie sie Schachteln aufriss und den Inhalt auf den Boden warf. »Als Neffe des Generalgouverneurs glaubt er, sich alles erlauben zu können. Ich würde ihn ja zu einem *Kass'richak* fordern, wenn mir das erlaubt wäre. Dann würde er sehen, was er davon hat.«

Weitere aufgerissene Schachteln flogen zu Boden.

Ben krabbelte weiter nach hinten, bemerkte aber zu seiner Bestürzung, dass die Frau sich in dieselbe Richtung bewegte. Zwar lagen zwei Regalreihen zwischen ihnen, aber wenn sie beide gleichzeitig das hintere Ende erreichten, konnte er nicht ungesehen durch den Hinterausgang verschwinden.

»Hast du etwas gefunden?«, tönte es von draußen.

»Ja, alles noch da. Der Shop wurde nicht ausgeplündert.«

»Habe ich mir gedacht, die Tanks sind auch noch voll. Beeil dich mal ein bisschen, ich bin gleich fertig.«

»Ja, ja.«

Es lag etwas in ihrer Stimme, das Ben nicht behagte. So ein merkwürdiges Keuchen. Und noch etwas bereitete ihm Sorgen. Auf der dicken Staubschicht waren seine Fußabdrücke zu erkennen. Wenn die Frau nicht mit Blindheit geschlagen war, konnte sie die kaum übersehen. Er musste dringend hier raus.

So leise wie möglich eilte er nach hinten. Seine Tasche dicht vor die Brust gepresst, arbeitete er sich voran. Noch schien die Frau keinen Verdacht geschöpft zu haben. Sie war viel zu sehr mit Meckern beschäftigt. Unentwegt schimpfend, prüfte sie die Waren. Ihr Begleiter musste einen wirklich anspruchsvollen Geschmack haben, wenn sie bis jetzt noch nichts gefunden hatte.

Ben blickte um die Ecke und sah, dass er einen kleinen Vorsprung herausgearbeitet hatte. Die Luft war rein. Jetzt oder nie. Stumm bis drei zählend, hechtete er mit angehaltenem Atem durch die Hintertür, hinein in den dunklen Lagerraum. Eine Woge der Erleichterung überfiel ihn.

Geschafft!

In diesem Moment erklang ein hässliches Knirschen unter seinen Schuhen.

»Achtung, hier ist alles voller Glas«, hörte Ben Jennifer aus der Dunkelheit heraus zischen. Doch es war bereits zu spät. Die Frau hatte ihn gehört.

»Hallo, ist da jemand?«

Ben erschrak bis ins Mark.

»Kannst du denn nicht aufpassen?«, flüsterte Jennifer.

»Hallo, wer ist denn da? Ich kann euch hören.« Die Frau schien verdammt gute Ohren zu haben. Allerdings war sie unschlüssig, wie sie sich verhalten sollte.

»Los, raus hier!« Jennifer schob Ben vor sich her. »Hier ist eine Hintertür. Sie ist durch einen Innenriegel gesichert. Ich habe auf dich gewartet. Komm!«

»Ich glaube, wir werden beobachtet!«, rief die Frau ihrem Partner zu. »Wer immer das Schloss entfernt hat, er ist noch hier.«

Jennifer schob den Innenriegel zur Seite und öffnete die Tür. Geblendet von der Helligkeit wankten sie nach draußen. Krachend fiel die Tür hinter ihnen ins Schloss. Spätestens jetzt war ihre Anwesenheit nicht länger ein Geheimnis.

»Zu den Rädern, schnell!« Jennifer legte einen beachtlichen Sprint hin. Ben versuchte, ihr zu folgen, wurde aber von seiner Werkzeugtasche behindert. Er erreichte sein E-Bike mit einiger Verzögerung.

Von der Rückseite der Tankstelle her waren Geräusche zu hören. Türen schlugen zu. Der Motor sprang an.

»Scheiße«, fluchte Ben. Sein schweißnasser Daumen rutschte vom Starthebel ab. Jennifer war bereits auf und davon. Endlich drückte er den Hebel. Die Elektromotoren stießen ein klägliches Winseln aus. Das E-Bike machte einen Satz nach vorne. Ben hatte alle Mühe, sich festzuhalten. Er wusste nicht, wann er das letzte Mal so einen Sprint hingelegt hatte. Pfeilschnell schoss er hinter dem Müllcontainer hervor und raus auf die Straße. Sein Ziel war der Waldweg, den sie vorhin heraufgekommen waren. Er war schmal genug, dass der Wagen ihnen dort nicht folgen konnte. Zumindest hoffte das Ben.

Noch etwa zweihundert Meter.

Das Gebrüll des Motors hinter ihm klang wie das eines Dinosauriers. Ben wagte nicht, sich umzudrehen. Zu tief saß der Schreck über das, was er gesehen hatte. Oder vielmehr, gesehen zu haben *glaubte*. Denn es war sehr viel wahrscheinlicher, dass er eine Sinnestäuschung erlitten hatte. Eine Vision, ausgelöst durch Stress und Hitze.

Und doch …

Während er verbissen um jeden Meter kämpfte, versuchte er, das Bild abzuschütteln, das sich in seine Netzhaut gebrannt hatte. Das Bild einer fließenden Form. Eines seltsamen Schattens.

T minus 51

Der Wind schlug ihm ins Gesicht, ohrfeigte ihn. Ben trat in die Pedalen, bis seine Knie schmerzten. Trotz seiner Brille schossen ihm Tränen in die Augen. Das Heulen des Motors hinter ihm drohte seine Ohren zu sprengen. Es klang, als wäre der unheimliche schwarze SUV nur wenige Meter hinter ihnen. Der Fahrer schien ein absolut Irrer zu sein. Wollte er sie umbringen? Was, wenn er oder Jennifer stürzten? Der Panzer würde sie glatt überrollen.

Was hatten sie denn schon groß verbrochen? Gut, sie hatten ein paar Süßigkeiten stibitzt, aber deswegen so ein Theater zu machen? Das war doch übertrieben. Oder ging es hier um etwas anderes?

Jennifer hatte die Stelle, an der die Straße in den schmalen Waldweg abzweigte, erreicht. Ohne die Bremse auch nur zu berühren, stürzte sie sich ins Dickicht und verschwand auf der steil abschüssigen Schanze.

Jetzt war die Reihe an Ben. Er riss den Lenker hoch, sprang über die Böschung und tauchte in den Schatten einer alten Eiche. Hinter ihm hörte er Bremsen quietschen. Reifen rutschten über Schotter. Das Röhren des Motors wurde leiser.

»Haha, du Loser!«, schrie Ben, während er die Schanze hinabrauschte. »In den Wald traust du dich nicht, was? Du magst mehr PS haben, aber wir haben mehr Grips.«

Er rauschte ein gutes Stück den Pfad hinunter, dann betätigte er vorsichtig die Bremse. Nur nicht zu stark, sonst würde er eine Bruchlandung hinlegen. Aber er wurde langsamer. Auf halber Strecke blieb er stehen und drehte sich um.

Hinter ihm war winzig klein die Öffnung zwischen den Bäumen zu sehen. Scherenschnittartig zeichnete sich davor der Umriss des SUV ab. Die Scheinwerfer des Autos waren voll aufgeblendet.

Ben keuchte wie ein altersschwacher Wasserkocher. Er fühlte sich zittrig. Nach seiner Trinkflasche greifend und gierig ein paar Schlucke trinkend, beobachtete er, was seine Verfolger taten. Himmel, das war knapp gewesen. Jennifer war schon längst auf und davon. Kluge Schwester. Sie war eindeutig die Vorsichtigere von ihnen beiden.

Ben fühlte, dass von seinen Verfolgern noch immer eine Bedrohung ausging. Er wendete sein Bike und wollte gerade losfahren, als eine Bewegung seine Aufmerksamkeit erregte. Vom Dach des Autos löste sich eine zweite, kleinere Form. Sie war flach, fast wie eine Schildkröte, mit vier Auslegern an den Seiten.

Was zum ...? Ben kniff die Augen zusammen.

War das eine Drohne?

Im Bruchteil einer Sekunde wurde ihm klar, dass er sich zu früh gefreut hatte. Seine Verfolger hatten noch nicht aufgegeben. Sie waren nur gerade in die zweite Runde gegangen.

Die Lippen zusammengepresst, trat Ben in die Pedalen.

Der Weg machte eine Biegung und führte dann in einem zweiten, noch steiler abfallenden Stück talabwärts. Der Untergrund bestand aus lockerem Geröll, vermischt mit Blättern. Eine Mischung, ähnlich wie Schmierseife. Zu bremsen wäre Wahnsinn gewesen, weshalb Ben den Schalter seines Bikes auf Lademodus umlegte. Das verlangsamte seine Abfahrt ein bisschen, schonte gleichzeitig die Bremsen und pumpte Strom in die Akkus.

Der Generatorbetrieb des Motors – *Rekuperation* genannt – war eine sinnvolle Ergänzung. Damals hatte sich das Prinzip bei E-Bikes zwar nicht durchgesetzt, aber Ben hatte es verfeinert und inzwischen war es bei allen ihren Bikes eingebaut.

Das Surren wurde lauter.

Ben flitzte nach links, dann wieder nach rechts, schlug Haken wie ein Hase. Das Surren verfolgte ihn. Panik vernebelte seine Sinne. Er konnte die Drohne einfach nicht abschütteln. Allerdings war die Frage, inwieweit er sich wirklich Sorgen machen musste. Es war nur eine Drohne. Nichts weiter als ein paar Propeller und eine Kamera. Die Dinger sollten eigentlich keine ernsthafte Bedrohung darstellen.

Er überlegte, ob er anhalten und das Mistding mit seiner Steinschleuder abschießen sollte. Er war ein guter Schütze. Nicht so ein Meister wie Jennifer, aber immerhin. Im Wald war die Wirksamkeit dieser Waffe natürlich eingeschränkt. Die Drohne konnte hinter Bäumen Deckung suchen. Aber wenn es ihm gelang, sie auf freies Feld zu locken, konnte er sie dort erledigen.

Das Ende des Waldwegs kam in Sichtweite. Noch etwa hundert Meter, dann kreuzte er die Straße, die in einem weiten Bogen von oben herunterkam. Für einen kurzen Moment glaubte Ben, die Luft wäre rein, als er plötzlich rechts etwas aufblitzen sah. *Scheinwerfer!* Zwischen den Baumstämmen hindurch sah er schwarzen Lack und blitzende Chromleisten. Mit einem Höllentempo schoss der SUV die Straße entlang, bremste und hielt mit quietschenden Reifen an. Genau dort, wo Ben die Straße kreuzen wollte. *Sie schnitten ihm den Weg ab!*

Noch etwa fünfzig Meter …

Ben konnte unmöglich bremsen. Er war viel zu schnell.

Dreißig Meter …

Die beiden Fahrer verließen das Innere des Fahrzeugs. Der

Mann öffnete seine Gürteltasche und zog dieses komische Gerät heraus, das er bereits an der Tankstelle im Einsatz gehabt hatte. Er zielte damit auf Ben.

Instinktiv riss Ben den Lenker herum. Er hatte vorgehabt, einen Haken zu schlagen, doch aus dem Plan wurde nichts. Der Untergrund war viel zu rutschig und Ben viel zu schnell. Wie auf einer Eispiste knirschten die Räder über den Waldboden. Immerhin gelang es ihm, dem Blitz, der heiß und glühend an ihm vorbeischoss, um wenige Zentimeter zu entgehen.

Dann passierten mehrere Dinge gleichzeitig.

Hinter ihm ertönte ein Knall, der sich anhörte, als würde der halbe Wald explodieren. Der Mann fummelte an dem Gerät herum und legte dann erneut auf Ben an. Er kam jedoch nicht mehr dazu abzudrücken, weil in diesem Moment ihre beiden Schultern mit voller Wucht gegeneinanderknallten.

Die Wucht des Aufpralls riss Ben beinahe von seinem Bike, doch wie durch ein Wunder blieb er im Sattel.

Ein Schrei ertönte.

Aus dem Augenwinkel sah er, wie der Mann über die Motorhaube geschleudert wurde. Sein Gerät flog in hohem Bogen durch die Luft und landete in einem Waldstück links von ihnen.

Ben schoss an der Motorhaube des SUV vorbei in das abschüssige Waldstück dahinter. Er hatte alle Mühe, nicht das Gleichgewicht zu verlieren, stabilisierte sich nach wenigen Metern und raste weiter bergab. Seine Schulter schmerzte höllisch. Immerhin hatte das grässliche Surren aufgehört. Es klang, als wäre die Drohne nicht weiter hinter ihm her.

Trotzdem. Ben durfte kein Risiko eingehen. Er fuhr weiter, bis er die Talsohle erreichte, dann wandte er sich nach rechts und schaltete den Motor wieder zu. Diesmal hielt er nicht an, um sich umzuschauen. Hauptsache, er brachte möglichst schnell möglichst viel Abstand zwischen sich und seine Verfolger. Sein Arm fühlte sich an wie ein totes Stück Holz.

° ° °

Eine halbe Stunde später kam das Ziel in Sicht.

Die *Hornburg*, benannt nach J.R.R. Tolkiens *Herr der Ringe*, befand sich im oberen Drittel des Albtraufs, einem Steilabfall an der nordwestlichen Flanke der Schwäbischen Alb. Der Name war eine Anspielung auf die sagenumwobene Schlacht um Helms Klamm und den letzten Rückzugsort der Menschen von Rohan.

Als Ben und seine Geschwister klein waren, hatte seine Mom ihnen immer aus den Büchern vorgelesen. Lange vor dem großen Stromausfall. Sie hatte nie viel von Fernsehern und Computern gehalten. Jetzt war sie fort und es gab niemanden mehr, der noch die alten Geschichten las.

Hinter den Dächern der Hornburg stieg der Hang hundertfünfzig Meter an, ehe er in eine Hochfläche überging, auf der früher Weide- und Viehwirtschaft betrieben wurde. Heute war dies Niemandsland.

Um ihre Siedlung herum wuchs hoher Mischwald, der sie vor neugierigen Blicken schützte. An klaren Tagen konnte man vom Wall aus bis ins vierzig Kilometer entfernte Stuttgart schauen. Ein Bach plätscherte von oben herab, durchquerte etliche Fischteiche und versorgte die Siedlung mit Wasser und Nahrung.

Seit den Tagen des großen Stromausfalls war ihre Containersiedlung beträchtlich gewachsen. Ben erinnerte sich noch lebhaft, wie er und seine Geschwister damals an seiner Schule für ihren Lebensstil gehänselt wurden. Konsumverzicht, eigene Strom- und Wasserproduktion, Vorratshaltung – *Ökos* hatte man sie genannt, böswillige Zungen sprachen von ihnen sogar als *Prepper*. Wobei das überhaupt nicht zutraf. Doch von denen, die damals gespottet hatten, hörte man heute nichts mehr. Wer nicht verhungert oder zum Streuner geworden war, hatte das Land verlassen und war in die Großstadt gezogen.

Ihre Siedlung aber hatte sich behauptet. Nicht nur hatten sie die dunklen Jahre nach dem Stromausfall überlebt, nein, das Dorf blühte auf und gedieh. Viele Menschen aus der Umgebung waren zu ihnen gestoßen, auf der Suche nach Schutz, Arbeit und Lebensmitteln. Aus den ursprünglich sieben Hochseecontainern waren inzwischen knapp vierzig geworden. Nicht nur dienten sie als Unterkünfte, sondern bildeten gleichsam einen massiven Schutzwall rund um die gesamte Anlage.

Ben stieß einen erleichterten Seufzer aus, als er den Wall der Hornburg endlich sah. Seine schmerzende Schulter dicht an den Körper gepresst, fuhr er die letzten Meter hinauf zur Burg. Kameras säumten seinen Weg. Der Wald ringsherum war gespickt mit Stolperdrähten und Fallen. Keinem Unbefugten wäre es gelungen, sich unbemerkt zu nähern. Wenn man jedoch die Sicherheitsmarker kannte und wusste, welchen Code man an der gut versteckten Safebox zu Beginn der Auffahrt eingeben musste, konnte man den Alarm für wenige Minuten ausschalten.

Jennifer erwartete ihn am Haupttor. Sie stand neben ihrem E-Bike und hielt besorgt nach ihm Ausschau.

»Wo hast du gesteckt?«, rief sie. »Ich habe mir Sorgen gemacht. Ist was mit deinem Arm?«

Ben presste die Zähne aufeinander und rollte bis vors Tor.

»Bekomme ich keine Antwort?«

Er stieg ab und ließ das Bike auf den Boden fallen. »Hol Sven.«

Besorgt riss sie die Augen auf. »Bist du verletzt?«

Ben nickte.

Jennifer starrte auf seine Schulter, dann rannte sie ins Innere.

Seit knapp einem Jahr war Sven in der Hornburg für die allgemeine Gesundheit zuständig. Eigentlich war er Veterinärmediziner – also auf die Behandlung von Tieren spezialisiert –, aber er machte auch als Menschendoktor einen guten Job, wenn auch seine Behandlungsmethoden manchmal etwas rustikal ausfielen.

Ben fürchtete sich davor, was Sven mit ihm anstellen würde. Allerdings konnte es schlimmer kaum noch werden. Seine Schulter war ein roter, pulsierender Schmerzherd. Irgendetwas mit der Stellung seiner Knochen stimmte nicht. Am oberen Schulterblatt hatte sich ein eckiger Winkel gebildet. Zwar konnte er seine Finger zur Faust ballen, aber ein Anheben des Arms war unmöglich.

Jennifer kam in Begleitung von Sven zurück. Ein dreißigjähriger Mann mit Spitzbart, Pferdeschwanz und runder Brille, der berüchtigt war für seine schlechten Witze.

Die beiden waren nicht alleine. Jennifers Hilferuf hatte die Aufmerksamkeit der Dorfbewohner erregt und so kamen etliche von ihnen mit neugierigen Blicken näher. Allesamt vertraute Gesichter, bis auf drei, die erst vor Kurzem hier eingetroffen sein mussten. Ben hob fragend die Brauen.

»Neuankömmlinge«, sagte Jennifer. »Du wirst sie nachher kennenlernen. Jetzt sind erst mal andere Dinge wichtig.«

Sven untersuchte Bens Schulter. Seinem Gesichtsausdruck nach war er nicht glücklich über das, was er sah. »Das Gelenk ist ausgekugelt«, sagte er. »Der Knochenkopf sitzt nicht mehr in der Gelenkpfanne. Ich muss das wieder einrenken. Das wird kein Spaß. Ich muss mich beeilen. Das Gewebe ist bereits angeschwollen.«

»Kriege ich ein Schmerzmittel?« Ben blickte sorgenvoll.

»Keine Zeit«, erwiderte Sven kopfschüttelnd. »Komm, halte dich an mir fest, dann lege ich dich auf den Boden. Du willst bestimmt meinen neuesten Witz hören, oder? Ich wette, den kennst du noch nicht.«

Keiner in ihrem Dorf verfügte über einen so unerschöpflichen Witzefundus wie Sven. Keine Ahnung, wo er den herhatte – vielleicht, weil er früher in einer Dorfkapelle gespielt hatte.

Ben nickte. Ihm war übel vor Angst.

Jennifer half mit, ihn flach auf die Erde zu betten. Bens Blick fiel auf die Neuankömmlinge. Aus seiner Position konnte er sie nur schlecht sehen, aber er hatte das Gefühl, das Mädchen zu kennen.

»Was macht neunhundertneunundneunzigmal *Tick* und einmal *Tock?«* Sven nahm seinen verletzten Arm und hob ihn hoch. Der Schmerz war kaum auszuhalten.

»Keine ... Ahnung ...«, keuchte Ben.

»Ein Tausendfüßler mit Holzbein.« Sven drückte seine Ferse als Widerlager in Bens Achsel und zog den ausgerenkten Arm fußwärts und nach außen. Mit einem hässlichen Knacken und einer Lawine aus Schmerz sprang das Gelenk zurück in die Pfanne. Ben blieb das Lachen im Halse stecken. Sein Blick war die ganze Zeit fest auf das Mädchen gerichtet. Sie war damals in seiner Klasse gewesen. In dem Moment, als er ohnmächtig wurde, fiel ihm ihr Name wieder ein.

Lena.

Lena Ahrendt.

Teil I

ZWEI JAHRE ZUVOR …

Der fette Truck fuhr über den Zebrastreifen, schnitt den Schülern den Weg ab und hielt mit röhrendem Motor und qualmendem Auspuff quer vor dem Tor des Reutlinger Friedrich-Schiller-Gymnasiums an.

Lena und ihre Freundinnen waren so ins Gespräch vertieft gewesen, dass sie den Wagen nicht hatten kommen sehen. Mit laufendem Motor blieb er vor dem Haupteingang stehen und blies schwarze Rußwolken in die Luft. Die Türen flogen auf und vier Schüler stiegen aus. Ein Mädchen, drei Jungs.

Die Kowalskis. *Natürlich!*

Sich gegenseitig zufeixend, gingen die vier rüber zur Fahrerseite und verabschiedeten sich von ihrer Mutter, die ihren Führerschein offensichtlich im Lotto gewonnen hatte. Mit heruntergekurbelter Scheibe ließ sie sich von jedem ihrer Kinder zum Abschied einen Kuss auf die Wange drücken. Eine peinliche Szene.

»Familie Kowalski und ihre berühmten fünf Minuten. Jeden Morgen das gleiche Theater.« Ajda schüttelte den Kopf.

»Und immer müssen sie alles verstopfen mit ihrer Karre«, sagte Sandra. »Es hat deswegen schon Beschwerden gehagelt. Genutzt hat es nichts.«

»Was wohl damit zusammenhängt, dass die meisten Eltern Kunden bei Rico Kowalski sind«, sagte Lena mit schiefem Lächeln. »Immerhin versorgt er die Hälfte aller Haushalte mit Rohren, Heizungen und Bädern.«

»Wenn irgendwo ein Toilettenrohr verstopft ist – ein Anruf und Meister Kowalski pumpt die Leitung frei.« Ajda verzog den Mund. »Mit so jemandem will man es sich natürlich nicht verscherzen.«

Lena nickte düster. »Meine Eltern sind ebenfalls Kunden von ihm. Zu blöd, dass es im Landkreis kaum Konkurrenz gibt. Wer will auch freiwillig so einen Job machen?«

Eigentlich hatte sie vorgehabt, sich durch nichts und niemanden die gute Laune verderben zu lassen. Heute war Mittwoch, letzter Schultag. Morgen begannen die Ferien. Noch drei Tage, dann würde sie an der Côte d'Azur die Füße ins Mittelmeer strecken. Sommer, Sonne und das wunderbare französische Essen. *Ein Traum!*

Finster beobachtete sie, wie der Truck hustend und donnernd zurücksetzte, wendete und dann davonfuhr. Das Heck war mit hässlichen Aufklebern verunstaltet. Einer lautete: *Einen Scheiß muss ich.* Ein anderer: *Baby an Bord.*

»Seht euch bloß an, was die wieder tragen.« Sandra rümpfte die Nase. »Nietenrucksäcke, Armyklamotten und Schlüsselkette am Hosenbund. Das Zeug stammt doch aus der Grabbelkiste vom KiK.«

»Und dann ihre unerträgliche Art, einem beim Reden ständig auf die Pelle zu rücken«, sagte Ajda. »Immerzu müssen sie einen berühren. Erst gestern habe ich mich mit meiner älteren Schwester über Jennifer unterhalten. Darüber, wie *touchy* sie ist.« Sie strich über Lenas Arm und die drei Mädchen brachen in Gelächter aus.

Neben Jennifer, der Ältesten aus dem Kowalski-Clan, waren da noch die Zwillinge Noel und Liam. Ihre Namen stammten von den Gründungsmitgliedern der Band *Oasis,* die bekanntermaßen wüste Raufbolde und Pöbler gewesen waren. Jedenfalls gaben sie diese Geschichte gerne zum Besten, um andere Kinder einzuschüchtern. Sie waren eine Klasse unter Lena, gehörten aber zu den gefürchtetsten Schülern am Friedrich-Schiller-Gymnasium. Weil sie so rauflustig waren und immer zu zweit auftauchten. Keiner traute sich, sie in ihre Schranken zu weisen, nicht mal die aus der Oberstufe.

Der einzige Erträgliche war der Mittlere. Ben. Nicht nur war er angenehm ruhig, er hatte Lena mal die Fahrradschaltung repariert und dafür war sie ihm dankbar. Er saß eine Reihe vor ihr und war die meiste Zeit mit irgendwelchem Technikkram beschäftigt. Ein mittelmäßiger Schüler, der mehr Zeit mit dem Auseinanderschrauben von Radios und Mofas verbrachte als mit schulischen Aktivitäten.

Lena, die sich für Naturschutz einsetzte und regelmäßig bei Krötenwanderungen mithalf, hatte ihn schon mehrfach zu ihren Veranstaltungen eingeladen, ihn dort aber noch nie gesehen. Er schien keinen Pfifferling darauf zu geben, was mit der Erde passierte. Getriebe und Motoren interessierten ihn mehr als der Erhalt der Artenvielfalt.

Lärmend stiegen die Kowalskis die Treppe hoch und verteilten sich auf die verschiedenen Stockwerke. Lena folgte Ben in ihr Klassenzimmer, stellte ihre Tasche unter den Tisch und nahm Platz. Nur noch die Zeugnisvergabe, dann ging es ab in die Ferien.

Pünktlich zum Läuten der Schulglocke betrat ihre Klassenlehrerin Frau Albrecht das Schulzimmer. Alle standen auf.

»Guten Morgen, liebe 7a.«

»Gu-ten Mor-gen, Frau Al-brecht.«

»Setzt euch, Kinder.« Lächelnd blickte Frau Albrecht über die Köpfe. »Wie ihr alle wisst, ist heute die Vergabe der Ganzjahreszeugnisse und ich habe das große Vergnügen, euch mitteilen zu können, dass alle es geschafft haben.«

Applaus brandete auf. Einige Schüler rissen ihre Arme in die Luft und johlten laut. Für einige schien die Nachricht eine echte Erlösung zu sein. Lena freute sich ebenfalls, wobei sie keinen

Moment lang mit einer Nichtversetzung gerechnet hatte. Sie gehörte zu den Besten ihrer Jahrgangsstufe.

Frau Albrecht sorgte mit einer Handbewegung für Ruhe. »Im nächsten Schuljahr, das am 14. September beginnt, werdet ihr also alle in die achte Klasse kommen und dabei ein neues Klassenzimmer erhalten. Infos dazu wird es zu gegebener Zeit auf der Homepage geben. Zuerst mal möchte ich euch sagen, dass ich sehr stolz auf euch bin. Trotz der Lehrerwechsel habt ihr es geschafft, den neuen Stoff gut aufzunehmen und die erforderliche Leistung zu erbringen. Nichtsdestotrotz vermisse ich bei einigen den nötigen Eifer und die Begeisterung. Sie könnten sehr viel besser sein, wenn sie nur etwas mehr Zeit auf die schulischen Arbeiten verwenden würden. Ist es nicht so, Ben?«

Ben zuckte hoch. »Hm, was?«

»Darf ich mal sehen, was du da auf deinem Schoß hast?«

Unwillig reichte er ihr eine Zeitschrift. Frau Albrecht warf einen kurzen Blick darauf. Es war eine Ausgabe der *Auto Motor Sport.*

Sie runzelte die Stirn. »Glaubst du, das ist die geeignete Lektüre während der Schulstunde? Ich muss euch daran erinnern, dass dies zwar der letzte Schultag ist, dass wir aber immer noch Unterricht haben. Und im Unterricht wird nicht gelesen. Du kannst dir das Heft nachher beim Direktor abholen.« Sie legte es vorne ab und atmete tief durch. »Ich kann euch nur noch einmal eindringlich ermahnen, immer gut aufzupassen und die Hausaufgaben zu machen. Das wird im kommenden Schuljahr noch entscheidender, da der Stoff systematisch aufeinander aufbaut. Das gilt besonders für dich, Ben. Du könntest so viel besser sein, wenn du nur ...«

Mitten im Satz hielt sie inne. Sie sah aus, als habe sie der Schlag getroffen.

Lena zuckte zusammen. Etwas Großes und Heißes strich über

sie hinweg, als hätte jemand eine Backofenklappe geöffnet. Doch die Türen und Fenster waren geschlossen. Es regte sich kein Lüftchen.

Lena fühlte, wie sich die feinen Haare auf ihren Armen aufrichteten. Es kribbelte wie von Hunderten Ameisen. Sie blickte rüber zu Sandra und erschrak. Die Frisur ihrer Freundin hatte sich in einen Pilzkopf verwandelt, so, als habe sie einen elektrischen Schlag erhalten.

Frau Albrecht, die ein Stück in Richtung Schreibtisch gewankt war, stieß einen Schrei aus. Vom Diaprojektor rechts neben der Tafel zuckte ein Blitz auf, der wie eine leuchtende Schlange über den Kartenständer wanderte. Er sprang auf die Türklinke über und ließ sie aufglühen.

»Aua!«

Nico Wendlinger hatte seine Uhr vom Handgelenk gerissen und starrte ängstlich darauf. Mit spitzem Finger tippte er sie an. Er tat so, als wäre sie lebendig. Viele von Lenas Klassenkameraden verhielten sich ähnlich. Ein durchdringendes Knistern ertönte über ihren Köpfen, umrundete sie und kreiste sie ein. Bei manchen erklangen zischende Geräusche aus den Schultaschen. Rauchwölkchen stiegen daraus hervor und es stank überwältigend nach verschmorter Elektronik. Steffi, eine weitere Freundin von Lena, öffnete ihre Tasche und leerte sie aus. Erschrocken zuckte sie zurück. *Ihr Handy brannte!* Sie trampelte darauf herum, bis das Feuer erloschen war.

Nach ein paar weiteren, ähnlichen Vorfällen, wurde es ruhig. Stille legte sich über das Klassenzimmer. Alle hockten da, Augen und Münder weit aufgerissen, eine giftig gelbe Wolke über ihren Köpfen.

»Nicht einatmen, Kinder!«, schrie Frau Albrecht. »Fenster auf, schnell. Los, beeilt euch, macht die Dinger auf.« Sie eilte zur Tür, nahm den Zipfel ihres Hemdes als Hitzeschutz und öffnete sie. Der Durchzug blies den Gestank davon.

Aus dem Gang ertönten Stimmen. Aufgeregte Rufe und Schreie. Auch hysterisches Weinen war zu hören.

Frau Albrecht heftete ihre Augen auf sie. »Alle bleiben auf ihren Plätzen. Niemand verlässt das Klassenzimmer. Ich bin gleich wieder da. Lena, ich möchte, dass du mich kurz vertrittst, während ich nach dem Rechten sehe.«

Lena war Klassensprecherin. Es gehörte zu ihren Aufgaben, in solchen Situationen einzuspringen. Ihr Engagement für den Naturschutz hatte ihr diesen Job eingebracht. Sie stand auf und setzte sich vorne an den Lehrertisch.

Alle redeten durcheinander, kaum dass Frau Albrecht draußen war.

»Was war das?«, fragte Ajda mit starrem Blick.

»Keine Ahnung«, erwiderte Lena. »Vielleicht ein Kurzschluss.«

»Das war kein Kurzschluss«, sagte Ben.

Ungewöhnlich, dass er überhaupt etwas sagte, wo er doch sonst immer so stumm war. Lena runzelte die Stirn. »Woher willst du das wissen?«

»Weil es Geräte erwischt hat, die gar nicht an den Stromkreis angeschlossen sind.« Er deutete auf Steffis Handy, das zwischen Stiften und Notizzetteln lag und still vor sich hin kokelte. »Checkt mal alle eure Handys!«, rief er. »Seht nach, ob irgendeines noch funktioniert.«

Die Reaktion erfolgte prompt.

»Ich krieg meins nicht an.«

»Ich auch nicht …«

»Das gibt's doch nicht.«

»Meins ist ganz heiß.«

»Scheiße, mein brandneues iPhone ist im Arsch. Wie kann denn so etwas sein?«

In diesem Moment kam Frau Albrecht wieder herein. Ihr Gesicht glühte. Sie war sichtlich außer Atem. »Kinder, packt eure Sachen!«, rief sie. »Herr Direktor Schlösser hat den Katastrophenalarm ausgerufen. Treffen in fünf Minuten in der Mensa. Beeilt euch!«

Insgesamt dauerte es dann doch zehn Minuten, bis alle versammelt waren. Tausendzweihundert Schüler, dazu hundert Lehrer und ein paar Referendare – die Mensa platzte aus allen Nähten.

Es war ein eigener Bau mit hohen Fenstern und einer eigenen Küche. Da nicht genügend Sitzplätze vorhanden waren, stellten sich einige der Schüler entlang der Wände auf. Die Lehrer betraten die Bühne und bezogen im hinteren Teil Stellung. Sonnenschein fiel durch die große Glasfront.

Lena fand die Hitze unerträglich. Offensichtlich war die Klimaanlage ausgefallen. Ein sichtlich mitgenommener Schulleiter betrat in Begleitung eines elegant gekleideten Mannes mit blank polierten Schuhen und tadellos frisiertem Haar die Bühne. Oberschuldirektor Schlösser war knapp sechzig, korpulent und trug einen blauen Nadelstreifenanzug. Über der vergoldeten Nickelbrille wölbte sich eine Halbglatze. Seine sonst fröhlichen roten Wangen waren aschfahl. Schweißperlen glänzten auf seiner Stirn. Er nahm ein Taschentuch, wischte sich die Stirn, dann hob er die Hände.

»Liebe Kollegen, liebe Schüler, ich bitte um eure Aufmerksamkeit. Bitte seid leise. Durch den Stromausfall wurde auch unsere Lautsprecheranlage in Mitleidenschaft gezogen.«

Es dauerte etwas, bis auch in den hinteren Reihen Ruhe eingekehrt war.

»Wie vermutlich alle mitbekommen haben, sind wir von einem massiven Stromausfall betroffen, der nicht nur die elektrische Versorgung, sondern auch das Telefonnetz sowie die Mobilfunknetze zu betreffen scheint. Zum Glück konnten wir Herrn Hartmann von der Stadtverwaltung kurzfristig dazu bewegen, ein paar Worte an euch zu richten. Ich danke Ihnen, Herr Hartmann, dass Sie so schnell zu uns kommen konnten.«

»Ist doch eine Selbstverständlichkeit, Herr Direktor. Dafür bin ich ja da.« Das Lächeln, mit dem er sich an die Schüler wandte, wirkte kalt und einstudiert.

»Wie Herr Schlösser bereits sagte, wurden wir von einem ungewöhnlichen Stromausfall betroffen. Das mag im ersten Moment besorgniserregend erscheinen, wird sich aber ganz bestimmt als harmlos herausstellen. Das Problem wird bald behoben sein. In einigen Einzelfällen scheint es zu einem Fehlverhalten der Geräte gekommen zu sein. Bitte seid vorsichtig damit und wendet euch an den zuständigen Händler. Mehr kann ich im Moment nicht sagen. Ich halte es für ratsam, den Unterricht an dieser Stelle zu beenden. Vertraut den Behörden und den zuständigen staatlichen Organen, sie wissen, was zu tun ist. Befolgt immer die Anweisungen der Erwachsenen und tut nichts, was andere in Aufregung versetzen könnte.« Er lächelte.

Lena war der Typ sofort unsympathisch.

Direktor Schlösser räusperte sich. »Ich möchte euch nun bitten, das Gebäude jetzt ruhig und geordnet zu verlassen und euch beim Rausgehen bei euren Klassenlehrern eure Zeugnisse abzuholen. Hoffen wir, dass der Schaden nicht allzu schlimm ist und dass der Strom bald wieder funktioniert. Ich wünsche euch schöne Ferien und einen erholsamen Urlaub. Mitte September sehen wir uns dann alle wohlbehalten wieder. Vielen Dank.« Er tupfte seine Stirn.

Lena und ihre Freundinnen gingen bei Frau Albrecht vorbei, ließen sich ihr Zeugnis aushändigen und verließen das Schulgebäude.

Draußen auf dem Parkplatz herrschte Chaos. Ganz offensichtlich hatten einige der Lehrer Probleme mit ihren Autos. Sie starteten nicht. Lena sah Herrn Limmer, ihren Biologielehrer, wie er den Schlüssel im Schloss herumdrehte, doch der Wagen gab nicht den kleinsten Mucks von sich. Herr Limmer stieg aus, öffnete die Motorhaube und blickte ratlos ins Innere.

»Hab doch gesagt, dass es was anderes ist«, hörte Lena eine Stimme hinter sich. Es war Ben. Er beobachtete Herrn Limmers verzweifelten Versuch, seinen Wagen zum Laufen zu bringen. »Hat alle Fahrzeuge erwischt, siehst du?« Er deutete nach vorne. Weitere Lehrer saßen in ihren Autos oder standen davor. Bei keinem von ihnen sprang der Motor an.

»Seltsam«, sagte Lena. »Kannst du dir das erklären?«

Ben schüttelte den Kopf. »Zumindest eines weiß ich: Was der Typ da vorhin gesagt hat, ist Bullshit. Ein normaler Stromausfall ist das nicht.«

»Hoffen wir, dass wenigstens die Busse fahren.«

An der Bushaltestelle herrschte gewaltiges Gedränge. Über hundert Schüler hatten sich versammelt und warteten auf den Bus. Der aber nicht kam. Geschlagene zwanzig Minuten standen sie sich die Beine in den Bauch. Lena reckte den Hals. Nirgendwo fuhr auch nur ein einziges Auto. Kein Flugzeug, kein Hubschrauber, nichts. Sie sah ein paar Anwohner, die sich über den Zaun hinweg mit ihren Nachbarn unterhielten. Alle waren ziemlich aufgebracht.

Die Sonne brannte unerbittlich auf sie herab. Bens Uhr, die vielleicht nur deshalb noch funktionierte, weil sie über ein mechanisches Laufwerk verfügte, zeigte an, dass schon längst einer hätte auftauchen müssen. Die Anspannung unter den Schülern war mit Händen zu greifen. Bens Geschwister Jennifer, Noel und Liam waren inzwischen ebenfalls eingetroffen.

»Ich glaube nicht, dass der noch kommt«, sagte Ben. »Ich schlage vor, wir machen uns vom Acker. Ist ein ordentlicher Marsch bis nach Hause.«

»Die ganze Strecke laufen?«, maulte Liam. »Das sind fünf Kilometer.«

»Eher sieben«, sagte Jennifer. »Trotzdem. Ben hat recht. Hat keinen Sinn, hier noch länger zu warten. Sollte der Bus doch noch kommen, können wir den Daumen rausstrecken und den Fahrer fragen, ob er uns mitnimmt.«

»Ich brauche was zu trinken«, maulte Noel. »Hab voll Durst.«

»Bestimmt finden wir unterwegs was«, sagte Jennifer. »Am Stahläcker Bach gibt es ein paar kleine Teiche. Da kannst du trinken. Das Wasser ist okay.«

Noel rümpfte die Nase. »Ich trinke doch nicht aus einem Teich. Bin ich 'ne Kuh, oder was?«

»Dann bleib halt durstig.«

Lena öffnete ihre Tasche und holte ihr Getränk heraus. »Ich habe was dabei, ich könnte dir was abgeben.«

Noels Augen verengten sich. »Was'n das?«

»Ingwerschorle. Bioqualität«, fügte sie hinzu.

»Ingwer?« Der blonde Junge mit der markanten Narbe auf der Stirn nippte daran, dann hellte sich sein Gesichtsausdruck auf. »Hey, gar nicht schlecht.«

»Darfst du behalten, wenn du willst«, sagte Lena.

»Voll cool, danke.« Er nahm einen großen Schluck und erntete dafür neidische Blicke von seinem Zwillingsbruder. Lena dachte kurz nach, dann sagte sie: »Ihr wohnt doch Richtung Ursulahochberg, oder? Darf ich mich euch anschließen? Ich habe denselben Weg.«

»Klar, warum nicht?«, sagte Ben. »Je mehr, desto besser.«

Je weiter sie sich vom Ortszentrum entfernten, desto gespenstischer wurde es. Eine Menge Menschen hatten ihre Häuser verlassen und blickten in den Himmel. Manche unterhielten sich, andere versuchten, mit ihren Handys ein Signal zu bekommen. Nirgendwo war auch nur ein einziges fahrendes Auto zu sehen. Passagiermaschinen, die Kondensstreifen erzeugten, gab es auch keine. Der Himmel über der Schwäbischen Alb war so blau wie am ersten Tag der Schöpfung. Lena war inzwischen überzeugt, dass Ben recht hatte: Das war kein normaler Stromausfall.

Während sie die Straße Richtung Osten einschlugen, fiel ihr auf, wie ruhig es war. Normalerweise war hier immer etwas zu hören, doch jetzt lag eine Totenstille über dem Ort. Weder waren Lautsprecherdurchsagen zu hören noch erklangen Radios oder Musik. Das Tal, in dem ihre Stadt lag, wirkte wie ein Trichter, der sämtliche Geräusche verstärkte. Hatte man den ersten Abschnitt des Albaufstiegs hinter sich gebracht, war es, als würde man mit einem Ballon über den Dächern schweben. Doch eine solche Stille hatte niemand von ihnen bisher erlebt.

Lena wurde es mulmig zumute. Sie musste jetzt einfach ein paar Worte reden. »Meine Eltern und ich wohnen übrigens gar nicht weit von euch entfernt, wusstet ihr das?«, sagte sie. »Luftlinie vielleicht einen Kilometer.«

»Klar wissen wir das«, sagte Jennifer augenzwinkernd. »Die piekfeine Energieplushütte am Waldrand. Unser Dad hält die Holzbauweise zwar für Schwachsinn, aber bestimmt lebt es sich dort ganz gut.«

»Tut es«, versicherte Lena. »Außerdem ist Holz ein tolles

Baumaterial. Wir halten es für wichtig, nachwachsende Rohstoffe zu benutzen, um die Ressourcen zu schonen. Meine Eltern hatten diese Idee und haben es nach eigenen Plänen bauen lassen. Ein Freund von uns ist Architekt, er hat sich auf solche Gebäude spezialisiert.«

»Hat bestimmt 'ne Stange Geld gekostet«, sagte Noel.

»Meine Eltern verdienen gut.«

»Was machen die denn so?«

»Meine Mutter arbeitet im Reutlinger *Energiezentrum für dezentrale Energiesysteme und Energieeffizienz.* Vater hat Biologie studierte und ist jetzt beim BUND für Umweltprojekte zuständig.«

»BUND – was'n das?«, erkundigte sich Noel.

»Bund für Umwelt und Natur, du Dödel«, sagte Jennifer.

Noel grinste schief. »Ist das der Grund, warum du so komische Sachen trägst?« Er befingerte Lenas Hemd.

»Was heißt denn hier komisch? Das ist hundert Prozent Biobaumwolle aus Fair-Trade-Handel.«

»Also weich ist das Zeug ja, aber diese Farbe ...« Noel grinste. »Wie nennt sich das, *Schlamm?«*

»Kann ja nicht jeder so schrillbuntes Zeug tragen wie du«, konterte Lena und deutete auf Noels knallrote Schuhe. »Es gibt bekanntermaßen dreiunddreißig Chemikalien, die Krebs verursachen und die Fortpflanzungsfähigkeit beeinträchtigen. Das da gehört bestimmt dazu.«

Ben stieß ein Lachen aus. »Jetzt hat sie dich, Bro.«

»Das ist doch das alte Bundeswehrgelände, wo ihr wohnt, oder?«, fragte Lena. »Ich habe mir das mal aus der Ferne angesehen. Euer Prepper-Hof sieht ganz schön zusammengewürfelt aus.«

»Prepper?« Ben grinste. »Na, ich muss doch sehr bitten. Willst du uns beleidigen? Wenn schon, dann sind wir *Survivalists.«*

»Was macht euch denn zu Überlebenskünstlern? Dass ihr in einem Haufen Blechbarracken lebt?«

»Also erstens sind das keine Blechbaracken, sondern Hochseecontainer«, sagte Ben, »und zweitens leben wir dort völlig eigenständig. Wir produzieren unseren eigenen Strom, wir haben einen eigenen Brunnen, wir bauen Nahrungsmittel an, und was wir nicht selbst herstellen können, haben wir in großen Vorräten eingelagert, für den Fall, dass mal etwas passiert.«

»Ich weiß, dass uns die Leute für seltsam und verschroben halten«, sagte Jennifer, »aber das ist uns egal. Ich könnte wetten, viele von denen, die gestern noch über uns gelacht haben, sind heute neidisch auf uns.«

Lena schwieg. Wenn man den Begriff in seiner ursprünglichen Form verwendete, waren sie und ihre Eltern ebenfalls Prepper. Sie lebten unabhängig von Strom, Gas und Wasser, waren also völlig autark. Gut, sie bauten keine eigenen Nahrungsmittel an, aber ihr Plusenergiehaus versorgte sie mit allem, was nötig war. Und Lebensmittel fand man in der Natur in Hülle und Fülle – vorausgesetzt, man wusste, wo man suchen musste.

Dennoch wollte sie nicht mit den Kowalskis in einen Topf geworfen werden. Sie waren grundverschieden. Zugegeben, die Familie war nett, aber auch ziemlich prollig, laut und sehr von sich überzeugt. Dass sie in Containern wohnten, geschah aus Angst vor einer Katastrophe, nicht, weil ihnen die Umwelt am Herzen lag. Das war ein gewaltiger Unterschied.

Die Straße machte eine Kurve. Sie kamen an eine Stelle, von der aus man eine gute Aussicht runter ins Tal hatte. Unweit ihrer Schule stieg schwarzer Rauch in den Himmel.

»Seht mal, da drüben brennt es.«

Jennifer beschirmte ihre Augen. »Da war ich schon mal. Das ist die Firma für Metallgießerei.«

»Das ist aber ein großer Brand«, sagte Ben. »Normalerweise wäre da schon längst die Feuerwehr angerückt. Ich hoffe, die kriegen das in den Griff.«

»Da drüben ist noch ein Brand«, sagte Liam und deutete etwas weiter nach rechts. »Und dahinter noch einer. Überall Brände.«

Lena spitzte die Ohren. »Wisst ihr, was unheimlich ist?«

»Was denn?«, fragten alle.

»Diese Stille. Kein Martinshorn, keine Sirene, nichts.«

Alle schwiegen. Der Rauch fing an, den Himmel zu verdunkeln. Lena hatte ein ganz ungutes Gefühl im Magen. Bis jetzt hatte sie versucht, sich einzureden, dass es eine ganz einfache Erklärung für all das gab und dass bestimmt morgen alles wieder gut wäre. Doch beim Anblick dieser Rauchsäulen kamen ihr ernste Zweifel. Konnte es sein, dass sie gerade das Ende der Welt miterlebten?

Sie konnte nur hoffen, dass es ihrer Familie gut ging. Nichts wäre schlimmer für sie, als wenn ihren Liebsten etwas passiert wäre.

Doch zum Glück war nichts passiert.

Lena hatte das Grundstück noch nicht betreten, als Lupo mit freudigem Gebell auf sie zugeschossen kam, an ihr hochsprang und ihr das Gesicht ableckte. Der Druck seiner Pfoten stieß sie beinahe von den Füßen. Der Tschechoslowakische Wolfshund war halb so hoch wie sie selbst. Wild mit dem Schwanz wedelnd, rannte er um sie herum.

»Nein«, rief sie. »Aus, Lupo! Nicht freuen. Sitz!«

Er folgte ihrem Befehl, wenn auch widerwillig. Selbst im Sitzen wedelte er noch mit dem Schwanz. Der Name bedeutete einfach *Wolf,* gehörte aber auch zu einer Comicfigur aus der alten Heftchenserie *Fix und Foxi,* die ihr Papa ihr geliehen hatte. Es waren seine alten Hefte, die er wie seinen Augapfel hütete. Lupo war ein liebenswerter Vielfraß und Taugenichts. Und wie er es genoss, zwischen den Ohren gekrault zu werden!

Als ihre Eltern von Stuttgart fort und Richtung Schwäbische Alb gezogen waren, war Lena todunglücklich gewesen. Es war eine dunkle Zeit. Abschied von ihrer Schule, Abschied von ihren Freunden und ihrer vertrauten Umgebung – sie war überzeugt, niemals wieder glücklich werden zu können. Doch dann hatte sie einen Wunsch äußern dürfen und ihr war die Idee mit dem Hund gekommen. So war Lupo in ihr Leben getreten und es war die beste Entscheidung ihres Lebens. Seither hatte es keinen Tag gegeben, an dem sie alleine war. Und inzwischen hatte sie beides: Freunde und Hund. Sie hatte ihren Frieden mit dem Landleben geschlossen.

»Und, Lupo, ist denn schon jemand zu Hause? Sind Jette oder Peter da?«

Die Frage wurde umgehend beantwortet.

»Lena!« Ihre Mutter stürzte die Vordertreppe herunter, eilte auf sie zu und umarmte sie stürmisch. »Da bist du ja endlich. Ich habe mir solche Sorgen gemacht.« Noch ein herzhafter Druck, dann wurde Lena von oben bis unten begutachtet. »Wo warst du? Alles in Ordnung mit dir?«

»Alles okay, mir geht's gut«, sagte Lena. »Sorry, dass ich so spät bin. Musste zu Fuß laufen. Die Busse sind nicht gefahren. Wo ist Papa?«

Jette schüttelte besorgt den Kopf. »Noch nicht wieder zurück. Ist in Stuttgart, auf der Suche nach einer neuen Wasserpumpe. Ich habe versucht, ihn ans Handy zu kriegen, aber die Geräte sind alle tot. Hoffentlich ist ihm nichts passiert ...«

»Wolltest du heute nicht ins Institut?«

»Das war der Plan, ja. Aber dann überschlugen sich hier die Ereignisse und ich hatte alle Hände voll zu tun. Komplettausfall der Geräte im ganzen Haus. Inzwischen funktioniert das meiste wieder – abgesehen von der Wasserpumpe natürlich.« Sie neigte den Kopf. »Du sagtest, die Busse fuhren nicht? Gab es bei euch auch dieses seltsame Ereignis? Ich habe gesehen, dass es unten im Tal brennt. Ich hatte das für einen Zufall gehalten ...«

Lena schüttelte den Kopf. »Totalausfall in der Elektrik. Handys, Telefone, alles tot.« Sie versuchte, sich das Ereignis noch einmal in Erinnerung zu rufen. »Es gab da diesen Moment, in dem die Luft wie mit Elektrizität aufgeladen schien. Es gab ein Knistern, dann war alles tot. Und ich meine wirklich alles.«

»Das Knistern habe ich auch gespürt!«, rief Jette aufgeregt. »Es gab einen Lichtbogen, der über die Küchenarmaturen wanderte. Manche der Geräte wurden richtig heiß. Der Kurzschluss hat einen Brand in unserer zentralen Steuerung ausgelöst. Zum Glück war ich nicht weit weg und konnte das Feuer löschen. Ich musste ein paar Platinen austauschen, jetzt arbeiten Zentralsteuerung und Fotovoltaik wieder. Ich frage mich allerdings ...«

In diesem Moment erklang ein Rumpeln und Knattern von der Straße. Die Auffahrt herauf kam ein Motorrad, auf dem ein wild aussehender Fahrer saß.

Zerschlissene Lederjacke, zerbeulter Armeehelm und ein stockfleckiges Tuch, das er über Mund und Nase geschlungen hatte. Das Motorrad hustete sich die Lunge aus dem Leib, stieß schwarze Rußwolken aus und blieb dann mit einem letzten Knall vor der Einfahrt stehen.

»Warte hier.« Jette griff nach der Schaufel, die neben dem Eingang stand, und trat dem Neuankömmling entgegen. Lupo wedelte freudig mit dem Schwanz.

Lena kniff die Augen zusammen. »Papa?«

Der Fahrer stieg ab, riss sich Helm und Mundtuch vom Kopf und strich die Haare zurück. Es war tatsächlich ihr Vater. Und er sah ziemlich verdrießlich aus. Etwas unsicher auf den Beinen stehend, lag in seinen Augen etwas, das Lena noch nie zuvor gesehen hatte: *Furcht.*

Jette schloss ihn in ihre Arme, dann sah sie ihn verwundert an. »Ist alles in Ordnung mit dir? Was ist denn das für eine Dreckschleuder? Wo ist unser Tesla?«

»Lasst uns erst mal reingehen, okay? Ich komme um vor Durst.«

Fünf Minuten später saßen sie gemeinsam am Tisch. Peter hatte bereits das dritte Glas Zitronenlimo runtergestürzt und schien immer noch Durst zu haben. »Gott sei Dank, euch ist nichts passiert«, sagte er mit rauer Stimme. »Meine beiden Lieblingsfrauen zusammen bei einem kühlen Getränk. Davon habe ich die ganze Fahrt von Stuttgart hierher geträumt.«

»Erzähl uns, was passiert ist«, sagte Jette. »Was ist das für ein Bike?«

»Habe ich getauscht. Gegen den Tesla.«

»Was?« Jette sah ihren Mann entgeistert an. »Du hast unser fünfzigtausend Euro teures Auto gegen *das da* getauscht? Warum, um Himmels willen?«

»Weil es fährt. Genau genommen ist es das einzige Fahrzeug weit und breit, das überhaupt noch einen Mucks von sich gibt. Frag mich nicht, wieso, aber alles andere war tot, einschließlich des Tesla.«

Lena hielt Lupo fest an sich gedrückt.

»Es ist ein Wunder, dass ich es überhaupt geschafft habe, aus der Stadt rauszukommen«, fuhr ihr Vater fort. »Ihr könnt euch nicht vorstellen, was da abging. Die Leute sind panisch. Alle rennen draußen auf den Straßen rum. Es kam bereits zu Plünderungen. Die Scheiben vieler Geschäfte wurden eingeschlagen und die Leute haben rausgeholt, was nicht niet- und nagelfest ist.

Supermärkte, Kleidungsgeschäfte, Werkstätten – alles wird leer geräumt. Polizei habe ich keine gesehen. Ich habe den erstbesten Deal gemacht, den ich machen konnte, und dann nichts wie weg von dort. Habe ich falsch gehandelt?«

Jette strich über seine Hand. »Nein, natürlich nicht. Hauptsache, du bist gesund und munter. Den Tesla hätte ich alleine ohnehin nicht repariert gekriegt. Zu viele Mikroschaltkreise. Genau genommen ist er ja ein Computer auf vier Rädern.«

Lena runzelte die Stirn. »Apropos Computer, was ist mit denen?«

»Die hat's allesamt dahingerafft«, sagte ihre Mutter. »Desktop, Laptop, Fernseher, Handy. An unserem internen Stromsystem kann es nicht liegen, das habe ich wieder hinbekommen. Es muss etwas anderes sein. Ich tippe auf defekte Platinen. Diese Rußschleuder da draußen funktioniert vermutlich nur aus dem Grund, weil das komplizierteste Bauteil der Vergaser ist.«

»Schön möglich«, sagte Lenas Vater. »Aber was gibt es denn, das sämtliche Mikroschaltkreise im Umkreis von hundert Kilometern lahmlegt?«

Jette zuckte die Schultern.

Lenas Kopf schwirrte wie ein Bienenstock. Für sie waren Computer und Handys Dinge, die zu funktionieren hatten. Klar, man musste sich ab und zu um sie kümmern und sie pflegen, aber dass wirklich mal etwas kaputtging, war doch sehr selten. »Wie kann denn so was passieren?«, murmelte sie.

Mom nahm sie in den Arm. »Zerbrich dir nicht den Kopf. Ist doch bloß Technik.«

Sie schwiegen.

Lena fühlte sich etwas besser. Ihrer Familie war nichts passiert, das war schon mal gut. Doch alles andere? Was war mit dem Internet, mit ihren Freundinnen, ihrem Umweltclub? Wie sollte sie zu denen jetzt Kontakt aufnehmen? Ihr Haus lag ganz schön weit draußen und jetzt hatten sie nicht mal mehr ein Auto. Sie waren hier wie abgeschnitten.

Sie blickte durch die Verandatür auf das heruntergekommene Motorrad. Erstaunlich, dass ausgerechnet dieser alte Klapperkasten das einzige benzin- oder elektrobetriebene Fahrzeug sein sollte, das noch funktionierte. Sie musste an Bens Uhr denken. Plötzlich kam ihr eine Idee.

»Wartet einen Moment!«, rief sie. »Bin gleich wieder da.«

Ehe ihre Eltern Fragen stellen konnten, flitzte Lena los und rannte die Treppe runter in den Keller. Unten angekommen, wandte sie sich nach rechts. Warm war es hier. Ein tiefes Summen drang an ihr Ohr. Um sie herum waren die Maschinen, die das Haus am Leben hielten. Pumpen, Filteranlagen, Wasserwiederaufbereitung, Haus- und Heiztechnik sowie die zentrale Schaltstelle, mit der das alles kontrolliert wurde. Zu hundert Prozent aus erneuerbaren Energien gespeist. Eine atmende Maschine, die alles hier am Leben erhielt.

Hinter dem Wärmetauscher befand sich eine kleine Abstellkammer, in der allerlei Krimskrams aufgehoben wurde. Am Boden stand ein Pappkarton mit alten Spielsachen. Da sie nicht wusste, ob sie etwas davon jemals wieder würde brauchen können, sich aber auch nicht ganz davon trennen konnte, hatte Lena das Zeug hier zwischengelagert. Schließlich hingen viele schöne Erinnerungen daran.

Unter ein paar Barbiepuppen, die noch aus ihrer Stuttgarter Zeit stammten, fand sie, was sie suchte: ein hässlicher kleiner Kasten aus rosa Plastik. Rasch zog sie ihn raus und rannte, den Schatz an ihre Brust gepresst, wieder nach oben.

Jette lächelte verwundert, als sie sie sah. »Nanu, was bringst du uns denn da Schönes mit? Dein altes Transistorradio?«

»Es gibt zwei Dinge, die nicht kaputtgegangen sind«, sagte

Lena. »Bens Uhr und Papas Motorrad. Beide haben keine Mikroprozessoren. Genau wie das hier. Deswegen dachte ich, wir könnten ja mal probieren, ob wir Empfang kriegen.«

»Keine schlechte Idee.« Peter sah sie voller Hochachtung an.

Lena holte zwei Batterien aus der Schublade, legte sie in das Gerät und zog die Antenne raus. Dann drehte sie am Sendersuchlauf. Ein hässliches Geräusch drang aus dem winzigen Lautsprecher. Es rauschte und knackte, mehr passierte jedoch leider nicht. Lena drehte, bis sie die gesamte Skala durchlaufen hatte, dann versuchte sie es noch einmal in umgekehrter Richtung. Ohne Erfolg. Enttäuscht sah sie ihre Eltern an. Vielleicht war doch etwas kaputtgegangen? Oder das Radio war einfach zu alt. Sie bewegte den Knopf für den Sendersuchlauf ein paarmal kräftig hin und her. Auf den Drehpotenziometern sammelte sich mit den Jahren manchmal Schmutz an. Dann versuchte sie es noch einmal.

Als sie es schon fast nicht mehr glaubte, hörte sie eine dünne, verrauschte Frauenstimme: *»... fordern Sie auf, Ihre Wohnung wenn möglich nicht zu verlassen. Bleiben Sie zu Hause und warten Sie auf Hilfe. Kümmern Sie sich um Ihre Mitmenschen. Stellen Sie, wenn nötig, Unterkunft und Verpflegung bereit. Dies ist eine automatisierte Durchsage des Katastrophenschutzes. Wir senden vierundzwanzig Stunden, sieben Tage die Woche. Fallen Sie nicht in Panik, es besteht keine unmittelbare Gefahr ...«*

Ein heftiges Rauschen erklang, dann brach das Signal ab.

»So ein Mist. Wo ist es hin? Eben war es doch noch da.« Lena versuchte es ein paarmal, doch die Stimme kam nicht zurück. Sie war so aufgeregt, dass ihr das Radio um ein Haar herunterfiel.

»Liegt vielleicht an der Antenne«, sagte Jette. »Das Signal ist zu schwach.« Sie stand auf, öffnete eine Schublade und holte eine Rolle Haushaltsdraht hervor. »Das haben wir gleich ...« Sie öffnete das rosa Gehäuse. Die Zunge zwischen die Zähne geklemmt, begann sie, den Draht im Inneren zu befestigen. »Das ist ein Mittelwellenradio, wisst ihr? Uralte Technologie. Es kann kein UKW empfangen, ganz zu schweigen von digitalen Signalen. Ich dachte immer, dass die Mittelwellensender vor einigen Jahren stillgelegt wurden. Und doch …«

Ein erneutes Knacken ertönte. Mit großer Faszination beobachtete Lena, wie Jette das Radio verarztete. Eine Klammer hier, eine Schraube da, dann war sie fertig. Mit einem Mal ertönte die Stimme wieder. Klarer als jemals zuvor.

»… dies ist eine Sonderdurchsage des Katastrophenschutzes. Heute um 9:30 Uhr mitteleuropäischer Zeit traf ein elektromagnetischer Puls unbekannter Herkunft die Erde und führte zu einem weltweiten Ausfall der Sicherheits- und Kommunikationsnetzwerke. Geräte, die über eine unzureichende Abschirmung verfügen, wurden in erheblichem Ausmaß in Mitleidenschaft gezogen. Dies betrifft vor allem Geräte mit Mikroprozessoren, Platinen und feinen Schaltkreisen. Wir werden versuchen, dieses Problem baldmöglichst zu lösen, und fordern Sie auf, Ihre Wohnung nicht zu verlassen. Bleiben Sie zu Hause und warten Sie auf Hilfe. Kümmern Sie sich um Ihre Mitmenschen. Stellen Sie, wenn nötig, Unterkunft und Verpflegung bereit. Ich wiederhole: Dies ist eine automatisierte Durchsage des Katastrophenschutzes. Wir senden vierundzwanzig Stunden, sieben Tage die Woche. Fallen Sie nicht in Panik, es besteht keine unmittelbare Gefahr. Lassen Sie Ihr Radio wenn möglich eingeschaltet und verlieren Sie nicht die Hoffnung. Sobald es Neuigkeiten gibt, werden wir Sie auf diesem Kanal informieren. Halten Sie durch und möge Gott uns beistehen.«

Ein Moment der Stille, dann begann die automatisierte Durchsage von Neuem.

Lena fühlte sich elend. *Möge Gott uns beistehen?* Das klang so gar nicht nach dem, was dieser Hartmann ihnen in der Schule erzählt hatte.

»Ein elektromagnetischer Puls?«, sagte sie. »Was ist das?«

Lenas Mutter starrte düster auf das kleine Radio. Ihr Schweigen erfüllte Lena mit großer Sorge. Als sie endlich anfing zu reden, klang ihre Stimme anders. Dunkler.

»Ich kenne nur eine einzige Kraft, die einen elektromagnetischen Puls dieser Größenordnung erzeugen könnte«, sagte sie und hob langsam den Kopf. Als sie weitersprach, wirkte ihre Stimme verändert.

»Die Explosion einer Atombombe.«

Teil II

DIE NEUANKÖMMLINGE

T minus 50

Hornburg …

Lena sah betroffen, wie Ben auf eine Bahre gelegt, hochgehoben und von zwei Männern ins Innere der Siedlung abtransportiert wurde. Sein Gesicht war totenbleich. Seine Augen hielt er fest geschlossen. Lupo stieß ein mitfühlendes Jaulen aus.

»Ist es etwas Ernstes? Wird er wieder gesund?«

»Ben ist zäh. Der wird es schon schaffen.« Die tiefe Bassstimme gehörte einem massigen Mann mit kräftigen Armen und Beinen und einem Bauch, der sich unter dem blauen Overall wie eine Trommel spannte. Rico Kowalski war seit den Tagen, als er den halben Landkreis mit Rohren und Leitungen versorgt hatte, noch rotbäckiger und auf dem Kopf noch kahler geworden. Sein Vollbart war inzwischen von grauen Strähnen durchsetzt. Etwas Respekteinflößendes ging von ihm aus. Er wandte sich dem Mädchen zu, das kurz vor Ben hier eingetroffen war. Lena kannte sie ebenfalls von ihrer Schule. Sie war zwei Stufen über ihr gewesen.

»Jennifer, ich will wissen, was passiert ist. Ich erwarte deinen Bericht in einer halben Stunde. Hol dir zwischendurch was zur Stärkung. Siehst aus, als könntest du es brauchen. Mit etwas Glück ist Ben bis dahin wieder bei Bewusstsein und kann seinen Teil der Geschichte beitragen. Hoffen wir, dass es nichts Ernstes ist.«

Jennifer nickte demütig. »Ja, Dad.«

Kowalski richtete seine Augen auf die drei Neuankömmlinge. »Und nun zu euch. Habe ich das richtig verstanden: Ihr bittet mich um Asyl?«

Aus dem Augenwinkel bemerkte Lena, wie ihr Vater zusammenzuckte. Die Worte *bitten* und *Asyl* mussten ihm schrecklich sauer aufstoßen. Wie sehr Peter es hasste, bei Rico Kowalski angekrochen zu kommen. Wenn es nach Lena gegangen wäre, hätten sie diesen Schritt schon viel früher unternommen, doch es war immer am Widerstand ihres Vaters gescheitert. Jetzt ließ es sich nicht länger rausschieben.

Damals hatten Peter und Rico sich auf Elternabenden regelmäßig in die Haare gekriegt. Mal ging es um die Organisation von Ausflügen, dann um die Wahl des Klassensprechers, bis hin zum Aufbau der Kulissen für das Schultheaterprojekt. Nie waren sie einer Meinung. Es ging sogar das Gerücht, sie hätten sich mal geprügelt. Lena hielt das für ausgeschlossen. Erstens, weil ihr Vater nicht zu der Art Mensch gehörte, der sich regelmäßig schlug, vor allem aber, weil ein Hieb von Ricos Pranke Peter sofort zu Boden geschickt hätte.

Über ein Jahr lang hatten Lena und Jette mit dem Gedanken gespielt hierherzuziehen und über ein Jahr hatte Peter sich dagegen gewehrt. Doch inzwischen ließ sich ihr Haus kaum noch bewohnen. Die ganze schöne Technik, auf die sie früher so viel gegeben hatten, war inzwischen ein Fall für den Schrotthändler. Nichts funktionierte mehr. Entweder baten sie die Kowalskis um Schutz oder sie mussten in den sauren Apfel beißen und ihre Zelte hier abbrechen. Was eine noch viel schlechtere Lösung war. Lena und Jette waren sich schon lange einig, es mal auf einen Versuch ankommen zu lassen. Was hatten sie schon zu verlieren? Doch für Peter war das Thema ein rotes Tuch. Seine Lippen waren zu einem schmalen Strich zusammengeschmolzen. Es war offensichtlich, dass er nicht antworten wollte.

Deswegen übernahm Jette jetzt das Gespräch. »Ja«, sagte sie mit fester Stimme. »Ja, wir bitten Sie um Asyl, Herr Kowalski. Wir benötigen Unterschlupf. Und da wir Nachbarn sind, haben wir uns gedacht, wir fragen einfach mal.«

»Gut. Sehr gut.« Kowalski strich durch seinen Bart. »Ich denke, da lässt sich was machen. Wir haben hier allerdings ein paar Regeln. Die erste: Wir nennen uns alle beim Vornamen.«

»Einverstanden.« Mutter entblößte beim Lächeln eine Lücke zwischen den Schneidezähnen. Sie hatte eine so herzliche Art, dass niemand ihr böse sein konnte. »Ich bin Jette, das ist Peter und Lena dürfte dir auch bekannt sein.«

»Nicht zu vergessen euer braver Lupo.« Rico kraulte Lenas Liebling zwischen den Ohren. »Um ehrlich zu sein, ich hatte euch früher erwartet«, sagte er. »Aber besser spät als nie, oder? Das Problem ist, dass wir momentan an unsere Kapazitätsgrenzen geraten sind. Als ich euch vor einem Jahr gefragt habe, hatten wir noch massig Platz, aber jetzt ...« Er wiegte seinen Kopf. »Na, wir werden schon noch ein Örtchen für euch finden. Aber das kostet natürlich etwas. Alles hier unterliegt dem Handel. Freie Marktwirtschaft, um es mal so zu formulieren. Eine Hand wäscht die andere. Also, was könnt ihr mir anbieten?«

Lena sah Mutter und Vater an. Sie hatten das bereits ausführlich diskutiert.

»Das technische Equipment in unserem Haus«, sagte Jette. »Fotovoltaik, Wärmetauscher, Filteranlage und Wasserpumpe. Allerdings hat die vor einiger Zeit ihren Geist aufgegeben. Liegt an einer defekten Dichtung. Das Teil ist nicht mehr zu bekommen. Vielleicht lässt sich die Anlage ja noch als Ersatzteillager gebrauchen.«

Kowalski sah sie unter seinen buschigen Brauen an. »Und wir dürfen uns nehmen, was wir brauchen?«

»Was ihr wollt.«

Er strich durch seinen Bart. »Um die Fotovoltaikanlage habe ich euch immer beneidet. Sie ist viel moderner als unsere und wäre eine fabelhafte Ergänzung. Der Rest klingt auch gut. Also abgemacht: *Deal!*« Er spuckte in seine haarige Pranke und streckte sie ihnen entgegen. Peter rührte sich noch immer nicht. »Abgemacht.« Jette schlug ein.

»Nachdem das geklärt ist, zeige ich euch mal, wie wir hier leben. Kommt mit.« Er führte sie durch das Tor ins Innere der Anlage.

Lena war beeindruckt, wie groß das Dorf inzwischen geworden war. Damals hatten hier nur ein paar Container herumgestanden, inzwischen waren es etwa vierzig. Auch standen sie nicht kreuz und quer in der Gegend herum, sondern waren sorgfältig übereinandergestapelt und durch Stege und Hängebrücken miteinander verbunden. Nach innen war die Anlage offen und so belebt wie ein Bienennest. Nach außen bildeten die Container einen uneinnehmbaren Wall. Schirmartig spannte sich ein Tarnnetz darüber. Vermutlich um die Siedlung vor neugierigen Blicken aus der Luft zu schützen.

»Stellt euch ein Haus vor, das sich selbst heizt, das sein eigenes Wasser liefert und Essen produziert«, sagte Kowalski, während sie die Innenseite des Bauwerks umrundeten. »Wir benötigen keine teure Technologie, recyceln unseren Abfall und verfügen über eigene Energiequellen. Alles, was ihr hier seht, sind Dinge, die unsere Gesellschaft weggeworfen hat und die wir nutzen. Hier zum Beispiel unsere Metallwerkstatt. Sie umfasst Gießerei, Schmiede und Schweißerei. Ihr solltet sie nie ohne Genehmigung betreten, denn sie ist ein ziemlich gefährlicher Ort.«

Fasziniert beobachtete Lena, wie ein Mann mit Lederschurz

und Schweißerbrille an einer Werkbank stand und Metallteile zusammenfügte. Das Schweißgerät erzeugte ein lautes Knistern und einen Funkenregen, der so hell war, dass ihr die Augen beim Hingucken wehtaten.

»Unsere Häuser haben allesamt einen geschlossenen Energie- und Versorgungskreislauf«, fuhr Bens Vater fort. »Sie dienen zur Lebensmittelproduktion, zur Regenwasseraufbereitung sowie zur Strom- und Heizenergiegewinnung. Und zwar mittels Wind- und Solaranlagen.«

»Lebensmittelproduktion?«, hakte Lena nach. »Wie soll das gehen?«

Kowalski schien sich über ihr Interesse zu freuen. Er deutete nach oben. »Siehst du die oberste Reihe der Wohncontainer? Auf ihnen befinden sich Hochbeete, die zur Gemüsezucht genutzt werden. Erbsen, Bohnen, Karotten, Kohl und Salat – unsere Auswahl ist riesig. Über die begrünten Dächer wird Regenwasser gesammelt und in Zisternen gespeichert. Zusätzliches Trinkwasser gewinnen wir aus einem nahe gelegenen Bach, der das ganze Jahr Wasser führt. Wir nutzen ihn auch für die Toilettenspülung und die Waschmaschinen. Die Container werden passiv durch Solarwärme geheizt, Frischluft wird durch Rohre im Erdwall geleitet und dabei vorgewärmt. Das dient uns die größte Zeit des Jahres als Heizung. Fotovoltaikanlagen erzeugen Strom, der in Batterien gespeichert wird. Eure Powerwalls sind hier sehr willkommen.« Er lächelte Jette zu.

»Und das da drüben?«, erkundigte sich Lena und deutete auf ein gläsernes Gebäude im Süden der Anlage. Es erinnerte sie an einen kleinen Kristallpalast und machte sie neugierig, seit sie das Innere der Anlage betreten hatten.

»Das ist unser Gewächshaus«, sagte Rico Kowalski. »Wollt ihr es sehen? Dann kommt mit.«

Im Inneren war es warm und feucht. Die Fenster waren beschlagen und es roch nach Erde und verrottenden Pflanzen. Eine Frau mit Schürze und Gummistiefeln empfing sie. In der einen Hand hielt sie eine Gartenschaufel, in der anderen einen Setzling, der gerade eingepflanzt werden sollte.

»Das ist Clara, unsere Gemüseexpertin«, sagte Kowalski. »Magst du unseren Neuankömmlingen etwas über das Gewächshaus erzählen?«

»Na klar«, sagte die Frau und lächelte breit. »Hier drin haben wir Gemüsesorten untergebracht, die ganzjährig beliebt sind und Kälte nicht so gut vertragen. Melonen, Gurken, vor allem aber Tomaten. Ich bin gerade dabei, ein paar neue Ableger einzusetzen. Wenn du Lust hast, kannst du mir später noch helfen. Sehr beliebt sind auch Paprika und Auberginen«, sagte sie und deutete auf einige Pflanzen, die besonders hoch wuchsen. Überhaupt hatte Lena das Gefühl, dass hier alles prächtig gedieh. Viel besser als bei ihnen daheim.

»Mit was düngen Sie denn?«, erkundigte sie sich.

»Vor allem mit abgelagertem Stallmist und Kompost«, entgegnete Clara. »Er wird zusammen mit Hornmehl in den Boden eingearbeitet und liefert beste Ergebnisse. Hier drüben ist übrigens unser Kräutergarten. Petersilie, Schnittlauch, Basilikum.«

»Sieht toll aus«, sagte Lena.

»Danke.« Die Frau strahlte.

»Danke, Clara«, sagte Kowalski. »Wir wollen dich nicht länger stören. Ich spendiere den dreien nur einen kleinen Rundgang durch die Anlage. Jetzt wollt ihr bestimmt eure Unterkunft sehen, oder?«

Sie verabschiedeten sich von Clara und verließen das Gewächshaus.

»Das Besondere an unserer Siedlung ist, dass man kein Spezialist sein muss, um mitzuhelfen. Wir praktizieren hier *Learning by Doing*. Problemlösungen finden unmittelbar statt, Entscheidungen werden gemeinsam gefällt. – So, hier ist euer Wohncontainer. Das ist alles, was ich euch anbieten kann. Momentan wohnen hier elf Familien. Knapp fünfzig Leute insgesamt. Jede Familie besitzt einen solchen Container, manche sogar zwei, je nach Köpfen. Den Rest verwenden wir als Stauraum, als Werkstätten und Aufenthaltsräume. Die Container sind fünf Meter dreißig lang, zwei Meter vierzig breit und besitzen eine Höhe von zwei Meter siebzig. *Modulares Wohnen, Tiny Houses,* so nannte man das früher. Eine platzsparende und effiziente Lösung.«

»Große Sprünge macht man da nicht.« Lenas Vater blickte missmutig auf die kleine Wohneinheit, die von etlichen Hühnern belagert wurde, die nach Körnern scharrten. Lena fand, dass ihr Gackern etwas Gemütliches hatte.

»Stimmt«, antwortete Kowalski, »aber wenn man clever vorgeht, ist der Platz völlig ausreichend. Ich rede von Stockbetten, Klapptischen, versenkbaren Stühlen und so weiter. Na, ihr könnt es euch alles nachher in Ruhe ansehen. Die Vorderseite eures Containers lässt sich wie eine Zugbrücke runterklappen, sodass euch noch einmal eine ebenso große Fläche als Außenterrasse zur Verfügung steht. Vor allem jetzt, im Sommer, ist das sehr empfehlenswert. In den warmen Monaten halten wir uns die ganze Zeit im Freien auf. Eigentlich ziehen wir uns nur zum Schlafen und für ein paar andere Sachen in unsere Privaträume zurück.« Er lachte, Jette kicherte ebenfalls. Peter hingegen schwieg. Lena, die einen Verdacht hatte, was er damit meinte, fand es megapeinlich und wechselte rasch das Thema.

»Haben die Wohnungen auch eine Dusche?«

Kowalski schüttelte den Kopf. »Eigene Küchen und Bäder sind überflüssig. Wir kochen und essen gemeinsam. Der Gemeinschaftsraum befindet sich im Rundbau in der Mitte der Siedlung. Geduscht wird ebenfalls gemeinschaftlich.«

»Wie, zusammen mit allen anderen?« Lena hob alarmiert die Brauen. Die Vorstellung, mit Liam und Noel gemeinsam unter der Dusche zu stehen, behagte ihr nicht.

»Kein Grund zur Sorge, Kleines.« Kowalski lächelte. »Es gibt einen strengen Duschplan. Außerdem haben wir getrennte Kabinen. Männlein links, Weiblein rechts. Wie ihr seht, sind die Container übereinandergestapelt und mittels Außentreppen miteinander verbunden. Sie sind also gleichzeitig Wohnbereich wie auch Verteidigungsanlage. Wir haben in der Vergangenheit sehr erfolgreich die Angriffe einiger Streuner zurückgeschlagen.«

»Und wie sieht es mit der Verpflegung aus?«, erkundigte sich Lena. »Ihr müsst doch Vorräte haben, oder? Zumindest kursierte damals in der Schule dieses Gerücht.«

»Ah, unsere Vorratskammer.« Kowalski strahlte. »Die zeige ich euch jetzt. Kommt mit.«

Über eine Falltür im Boden ging es hinab in dunkle Tiefen. Der Untergrund wurde mit LED-Lampen beleuchtet.

»Passt auf eure Köpfe auf, die Decken hier sind recht niedrig. Das ist das Herz unserer Siedlung«, erläuterte Kowalski. *»Die Minen von Moria,* wie meine Ex-Frau sie immer genannt hat. Ich weiß, ein blöder Name, aber sie war nun mal ein *Herr der Ringe*-Fan und irgendwie ist der Name hängen geblieben.«

»Das wollte ich dich schon die ganze Zeit fragen«, sagte Jette. »Was ist eigentlich aus Marianne geworden? Wir hörten, sie sei fortgegangen, um sich einer Widerstandsgruppe anzuschließen. Stimmt das?«

Lena bemerkte augenblicklich, wie Ricos Ausdruck sich verdüsterte. Kein gutes Thema. »Ich will nicht über sie sprechen.«

»Aber ...«

Peter legte seine Hand auf die von Jette und schüttelte den Kopf. Er war von ihnen der Feinfühligere und hatte begriffen, dass es sinnlos war, weiterzubohren. Natürlich wäre es auch für Lena interessant gewesen, mehr zu erfahren, aber jetzt war hier weder der richtige Zeitpunkt noch der richtige Ort. Vielleicht würde sie über Ben herausbekommen, was mit Marianne passiert war.

»Diese Gänge stellen den wichtigsten Bereich unserer Anlage dar«, sagte Rico. »Dort drüben ist Steffen. Einer von vier Mitarbeitern, die sich um die Lagerhaltung und die Verteilung kümmern. Steffen, alles klar?«

»Jo, alles klar.« Der rothaarige Bursche musterte sie skeptisch. »Wer's'n das?«

»Neuzugänge«, sagte Rico lapidar. »Das ist Familie Arendt: Jette, Lena, Peter und Lupo. Sie haben sich uns angeschlossen. Ich mache gerade eine kleine Führung durch den Komplex. Sag Hallo zu ihnen.«

»Moin.«

»Hallo.« Lena nickte ihm zu.

»Ohne Steffen und seine Kollegen läuft hier unten nichts«, fuhr Vater Kowalski fort. »Wenn ihr etwas möchtet, Milch oder Munition, müsst ihr es bei ihm abholen. Er weiß, wo alles steht, gibt es euch, dokumentiert es. Ihr quittiert die Abholung und so hat alles seine Richtigkeit. Nur die klare Organisation unserer Vorräte bewahrt uns davor, dass wir in Engpässe geraten. Ordnung ist das halbe Leben. Stellt euch vor, wir würden eines Tages erschrocken feststellen, die Milch wäre alle ...«

»... oder die Munition«, sagte Steffen.

»Genau!« Kowalski lächelte grimmig. »Das wäre ein ziemliches Problem, oder?«

»Ihr habt Waffen hier?« Lena zog die Brauen hoch.

»Was dachtest du denn?« Rico grinste. »Wir sind bis an die

Zähne bewaffnet. Jeder hier muss ein Schießtraining absolvieren, ihr ebenfalls. In den nächsten Tagen wird euch jemand zum Schießstand begleiten, da dürft ihr euer Können unter Beweis stellen. Hier jedenfalls befinden sich Räume hinter Räumen, gefüllt mit Regalen hinter Regalen, die allesamt mit Lebensmitteln, Werkzeugen, Schrauben, Nägeln und so weiter bestückt sind. Fein säuberlich aufgelistet. Vorräte für zehn bis fünfzehn Jahre. Fertig gepackte Rucksäcke sind auch vorhanden, falls wir plötzlich das Weite suchen müssen. Ich will euch damit nicht langweilen, sondern euch nur zeigen, dass dies hier weit mehr ist als eine gemütliche Ferienanlage. Alles dreht sich um das eigene Überleben. Ihr werdet das noch im Detail kennenlernen. Wichtig dabei ist, dass alles, was verbraucht wird, auch wieder aufgefüllt werden muss. Entweder durch Handel, durch Beutezüge oder durch eigene Produktion. Wir stellen unser eigenes Brot her, unseren eigenen Käse, auch Wurst und Schinken. Alles von bester Qualität.«

»Im Innenhof habe ich Hühner gesehen«, sagte Lena. »Gibt es denn noch andere Tiere?«

»Klar, jede Menge«, erwiderte Kowalski. »Im Inneren der Hornburg halten wir kleinere Tiere wie Hühner, Kaninchen, Fische, draußen auf der Weide haben wir Schafe und sogar Kühe. Wenn du magst, darfst du dich gerne für die Pflege einteilen lassen. Das ist übrigens noch eine Regel: Bei uns muss jeder arbeiten, keiner drückt sich. Wenn Tiere dein Ding sind, umso besser.« Sein Blick fiel auf Lupo. »Ich freue mich übrigens, dass du einen Hund hast. Unser guter alter Benno ist letzten Monat von uns gegangen und wir hätten Bedarf für einen neuen Wachposten. Könntest du dir vorstellen, ihn diese Aufgabe übernehmen zu lassen?«

»Na klar. Lupo hat Ohren wie ein Luchs und mit seiner Nase riecht er Gefahr fünf Kilometer gegen den Wind.«

»Ausgezeichnet. Wobei ich mich schon die ganze Zeit gefragt

habe, was das für eine Rasse ist. Sieht aus wie ein Wolf, aber ein echter Wolf ließe sich niemals so halten, nicht wahr?«

»Lupo ist ein Tschechoslowakischer Wolfshund. Er ist sehr umgänglich, aber auch furchtlos und aufgeweckt.«

»Prächtig, prächtig. Dann wäre das also geregelt.« Kowalski klopfte Lena auf den Rücken, was sich anfühlte, als hätte sie ein Hammer zwischen den Schulterblättern getroffen. »All die anderen Bereiche, wie etwa die Energiegewinnung und die Wasseraufbereitung, zeige ich euch später. Ihr merkt schon, wir sind für alle Eventualitäten gerüstet. Gerne würde ich euch noch mehr zeigen, aber jetzt warten andere Aufgaben auf mich. Ich muss wieder nach oben und mir Jennifers Bericht anhören.«

»Was war denn da vorhin los?«, erkundigte sich Lena. »Klang fast so, als wären die beiden auf der Flucht gewesen.«

Kowalski nickte. »Jennifer und Ben waren auf einer Außenmission unterwegs. Einer Erkundungstour. Ich vermute, dass etwas schiefgegangen ist. Ein Angriff von Streunern vielleicht? Wir werden sehen. Wenn ihr mögt, dürft ihr mich gerne begleiten. Kommt mit ins Gemeinschaftshaus auf eine Tasse Kaffee und ein gegenseitiges Kennenlernen. Lauter nette Leute hier, ihr werdet euch bestimmt wohlfühlen.«

Lena presste die Lippen aufeinander. Sie war zu dem Schluss gekommen, dass sie die richtige Entscheidung getroffen hatten. Hier würden sie es eine Weile aushalten. Vermutlich würde es nicht immer einfach werden, aber extreme Situationen erforderten nun mal extreme Maßnahmen.

Und einen Job als Tierpflegerin konnte sie sich tatsächlich recht gut vorstellen.

T minus 49

Ben kam es vor, als würde die Welt hinter einem Schleier verschwinden. Ganz zweifellos als Folge der Medikamente, die Sven ihm verabreicht hatte. Sie vernebelten seinen Verstand und führten dazu, dass seine Augen Schwierigkeiten hatten, scharf zu stellen. Sein Arm hing in einer Schlaufe, die in einen dicken Schulterverband mündete.

Er spürte die Blicke der Anwesenden wie Nadelstiche auf seiner Haut. Fragen standen im Raum. Fragen, auf die weder er noch Jennifer eine Antwort wussten.

»Und ihr seid sicher, dass es Unionsagenten waren? Nicht etwa die Inhaber der Tankstelle oder die Bürgerwehr?« Dads Augen waren wie Kieselsteine. Er hatte ein Bier vor sich stehen, von dem bereits die Hälfte getrunken war. Ben konnte seinen alkoholgeschwängerten Atem riechen.

»Hundertprozentig«, erwiderte Jennifer. »Aus den freien Siedlungen könnte sich niemand so ein Auto leisten. Die werden nur von der Union benutzt. Es befand sich ja auch ihr Logo auf der Tür.«

Dad schüttelte den Kopf. »Gefällt mir nicht. Was hat diese Bande hier draußen zu suchen? Ich dachte, die würden sich nur in den regionalen Zentren aufhalten.«

Ben sah große Besorgnis in den Gesichtern der Anwesenden.

Der Gemeindesaal war bis auf den letzten Platz gefüllt. Fast alle waren gekommen. Sein Auftritt vorhin schien mächtig Eindruck gemacht zu haben.

»Und ihr habt keine Ahnung, warum ihr so hartnäckig verfolgt wurdet?«

»Da können wir nur Vermutungen anstellen«, sagte Ben mit schwerer Zunge. »Vielleicht hatten sie den Auftrag, Plünderer zu fassen und zu bestrafen. Ihr wisst, dass die Union darauf heftige Strafen erhebt.«

»Unwahrscheinlich«, entgegnete Dad. »Unionsagenten geben sich nicht mit Kleinvieh wie uns ab. Die paar freien Siedlungen entlang der Alb dürften denen wenig Kopfzerbrechen bereiten. Es muss einen anderen Grund geben.«

»Vielleicht waren sie nur auf der Durchreise«, gab Jennifer zu bedenken. »Klang, als wären die schon eine Weile unterwegs. Die wirkten beide ziemlich angepisst.«

Ben schwieg. Er hätte jetzt erwähnen können, dass er sich einbildete, etwas gesehen zu haben, doch er wusste ja selbst nicht genau, was. Es hing irgendwie mit dem Gerät zusammen, das der Mann an der Zapfsäule angebracht hatte. Und wenn er es gedanklich schon nicht richtig zu fassen bekam, wer sollte ihm glauben?

Jennifer hob ihr Kinn. »Ich denke, es war ein dummer Zufall. Wir waren zur falschen Zeit am falschen Ort. Ein paar Unionsagenten waren auf der Durchreise, wollten tanken und sind dabei auf uns gestoßen. Und ihr wisst ja, was das für Geheimniskrämer sind. Vermutlich haben sie sich einfach beobachtet gefühlt und sind deswegen so ausgerastet.«

Niemanden schien diese Erklärung wirklich zu überzeugen.

Vater nahm noch einen Schluck und strich über seinen Bart. »Ich denke, ihr hattet mehr Glück als Verstand. Vor allem du, Ben. Deine Schwester hat es richtig gemacht. Dein Fehler war, dass du stehen geblieben bist und zurückgeschaut hast. *Duck and cover* – Kopf einziehen und abtauchen. Halte dich nächstes Mal besser an Jennifer.«

Bens Schwester wurde gefühlt ein paar Zentimeter größer.

»Mit Unionsagenten ist nicht zu spaßen«, sagte Rico. »Haltet demnächst die Augen offen und geht ihnen aus dem Weg. Ich bin sicher, Oswald würde mir beipflichten.«

Ben spitzte die Ohren. Interessant, dass Dad ausgerechnet jetzt von Moms Bruder anfing. Er mochte ihn nicht besonders und hatte bisher keinen Pfifferling auf Oswalds Geschichten gegeben. Doch irgendwas schien ja dran zu sein, wenn er ihn plötzlich ins Spiel brachte, oder?

»Nichtsdestotrotz scheint ihr eine ausgezeichnete Vorratsquelle ausfindig gemacht zu haben«, fuhr Dad fort und stand auf. »Ich werde mit Jennifer und ein paar Leuten dorthin fahren und alles einsacken. Wenn dort wirklich Werkzeug ist, hat sich die ganze Aufregung gelohnt.«

»Und ich?« Ben sah seinen Dad hoffnungsvoll an. Immerhin waren er und Jennifer es gewesen, die die Tankstelle gefunden hatten. »Darf ich nicht mitkommen?«

»Du ruhst dich inzwischen aus. Erhol dich von der wilden Jagd und komm bald wieder zu Kräften. Morgen ist Markt in St. Johan. Eigentlich hatte ich vorgehabt, jemand anderen dorthin zu schicken, aber vielleicht würde dich das reizen? Natürlich nur, wenn du erholt bist.«

Markttag? Morgen? Das änderte natürlich alles. Ben liebte Markttage. Es war die einzige Möglichkeit, mal ein paar andere Leute zu treffen. Ben blickte zu Sven rüber, der aber nur verschmitzt lächelte.

»Einverstanden«, sagte er und nickte aufgeregt. »Ich verspreche, dass ich mich keinen Meter von hier fortbewegen werde.«

»Schön, dann ist die Sitzung hiermit geschlossen.« Rico schlug mit dem Hammer auf den Tisch. »Nächste Versammlung morgen um dieselbe Zeit. Wir sehen uns nachher beim Abendessen.«

Die Menschen standen auf, verteilten sich und verließen das Gemeindezelt.

Bens Blick wanderte über die Köpfe und blieb bei Lena hängen. Lena Ahrendt. Und waren das nicht ihre Eltern? Stimmt, er hatte sie vorhin gesehen. Kurz, ehe er ohnmächtig geworden war. Vielleicht hatten sich die drei ja entschlossen, hier bei ihnen zu leben. Das wäre natürlich großartig.

Ben hatte Lena immer schon gemocht. Sie war ihm damals zwar ein bisschen hochnäsig rübergekommen, aber Ben vermutete, dass das nur Show war.

Schüchtern lächelte sie ihm zu.

»Hallo, zusammen«, sagte Ben. »Herzlich willkommen. Bitte verzeiht, dass ich euch vorhin nicht begrüßen konnte, aber ihr seht ja selbst.« Er hob seinen bandagierten Arm.

»Tut es sehr weh?« Lena verzog schmerzhaft das Gesicht.

»Halb so wild. Sven ist mit Medikamenten nicht geizig. Außerdem bin ich hart im Nehmen. Was macht ihr hier? Wollt ihr bei uns leben?«

»Das war der Plan.« Lenas Mom grinste. »Wir haben eben mit deinem Vater darüber gesprochen und er ist einverstanden. Ich hoffe, das ist okay für dich.«

»Aber klar.« Ben lächelte Lena an. »Ich freue mich, dass ihr beschlossen habt, Teil unserer Gemeinschaft zu werden. Hoffentlich gefällt es euch auch hier.«

»Davon sind wir überzeugt. Nicht wahr, Peter?« Jette stupste ihren Mann in die Seite. Sie war eine kräftige Frau mit roten Wangen und einem ansteckenden Lächeln. Peter hingegen war blass und schmal. Der verbitterte Ausdruck um seinen Mund zeugte davon, dass er lieber weit weg wäre. An Lenas Seite saß ein Hund von beeindruckender Größe und Aussehen. War das ein Wolf?

»Ich hoffe, ihr werdet euch gut hier einleben«, sagte Ben. »Tut mir echt leid, dass ihr euer schönes Haus aufgeben musstet.«

»Die Zeiten haben sich geändert«, entgegnete Jette. »Heute kann niemand mehr alleine überleben. Wir müssen zusammenhalten. Aber bestimmt werden wir noch genug Gelegenheit haben, uns zu unterhalten. Wir lassen dich und Lena jetzt mal allein. Ihr werdet euch sicher viel zu erzählen haben. Komm, Peter, gesellen wir uns zu den anderen. Betreiben wir ein bisschen *Socializing.«* Sie ergriff die Hand ihres Mannes und zog ihn hinter sich her.

Ben überlegte, wie er wohl am besten ein Gespräch beginnen sollte. Es gab so viel, was er Lena fragen wollte, aber er fand keinen geeigneten Einstieg. Zum Glück erlöste sie ihn von dem peinlichen Schweigen.

»Als ich gesehen habe, wie man dir die Schulter eingerenkt hat, wäre mir beinahe schlecht geworden.« Sie lächelte unsicher.

»Mir auch, das darfst du mir glauben. Ich habe gedacht, mich tritt ein Pferd.«

»Geht es dir denn schon wieder etwas besser?«

»O ja, kein Problem. Sven ist zwar ein Folterknecht, aber seine Behandlungsmethoden funktionieren. Wir sind froh, überhaupt einen Arzt an Bord zu haben. Aber jetzt ist die Schulter wieder da, wo sie hingehört, und der Rest wird sich auch noch finden. Habt ihr denn schon eine Unterkunft?«

»Ja, der Container drüben beim Hühnerhaus. Recht kuschelig mit all dem Gegacker ...«

»Beim Hühnerhaus?«

»Ja. Wieso?«

Ben hatte das Gefühl, dass Rico die drei ein bisschen necken wollte. Keiner wollte freiwillig neben dem Hühnerhaus wohnen. »Na, ich denke, ich werde mal mit Dad reden. Ich will dir nichts versprechen, aber da lässt sich bestimmt was Besseres finden. Weißt du, dieser Container war ursprünglich als Schweinepferch gedacht. Dann haben wir die Schweine aber außerhalb untergebracht – wegen dem Geruch und so – und jetzt steht er frei.«

»Verstehe ...«

»Im oberen Stock gibt es noch einen zweiten freien Container. Er ist echt schön und gar nicht so weit von meinem und Jennifers entfernt. Und das Beste – der Blick geht nach Süden. Er liegt also auf der Sonnenseite. Vater wollte dort damals eine Hanfzucht anlegen, aber Mom hat es ihm verboten.«

»Deine Mutter ...«

Ben hob verwundert die Brauen. »Ja. Wieso?«

»Dein Vater hat vorhin komisch reagiert, als Jette ihn auf das Thema angesprochen hat. Es klang, als wäre sie tot.«

»Was? Nein, Quatsch.« Ben bekam einen trockenen Mund. »Vielleicht hat er gemeint, dass sie für ihn gestorben ist.« Das Thema war für ihn immer noch belastend. Vielleicht war sie wirklich inzwischen tot, aber das glaubte er nicht. Er *wollte* es nicht glauben. »Sie ist vor einem Jahr auf und davon. Hat sich einer Widerstandsgruppe angeschlossen. Meine Mom ist zäh, sie besitzt einen starken Überlebenswillen.«

»Eine Widerstandsgruppe«, murmelte Lena. »Ganz schön mutig.«

Ben nickte. »Das war sie. *Ist* sie«, korrigierte er sich schnell. »Sie war immer der Meinung, dass man der Atlas-Union nicht trauen darf. Keine Ahnung, ob da was dran ist.« Noch einmal schluckte er. Natürlich liebte er sie, war stolz auf sie und bewunderte ihren Mut. Andererseits war er auch ziemlich angefressen, dass sie ihn, seine Geschwister und ihren Dad einfach so hatte sitzen lassen und mit einem anderen Mann davongezogen war. Er merkte, dass es ihm immer noch schwerfiel, über sie zu reden.

»Die Atlas-Union, ja. Darüber habe ich mir auch schon den Kopf zerbrochen ...« Lena schüttelte den Kopf. »Ich frage mich immer noch, woher diese Leute so plötzlich kamen. Eben noch wusste niemand etwas von ihnen und plötzlich waren sie da und übernahmen – zack – die Regierung. Seltsam, oder?«

Ben nickte. »Erinnerst du dich an den Typ, der damals in der Schule erschien? Als wir alle uns in der Aula versammeln sollten.«

»Der mit der Krawatte und dem Anzug? Sah aus wie einer von den *Men in Black*. Der alte Film, erinnerst du dich?«

Ben nickte. »Du wirst lachen. Genau den Typen habe ich vor ein paar Stunden wiedergesehen.«

»Was? Wo?«

»Oben bei der Tankstelle. Er war auf einem Plakat zu sehen. Die Typen, die dort getankt haben, sahen ihm sehr ähnlich.«

»Dann war er also auch einer von der Union. Ich habe ihm schon damals misstraut. Er wirkte so kalt und aalglatt ... ja, irgendwie fischig.«

»Fischig, das trifft's gut.« Ben lachte, hörte aber sofort damit auf, als ihm ein Brennen durch die Schulter fuhr. Er deutete er auf den Wolf an Lenas Seite. »Ist das deiner?«

»Lupo? Ja.« Sie strahlte. »Er ist ganz lieb, du kannst ihn ruhig streicheln. Dein Vater hat gesagt, dass er die Hundehütte vom alten Benno bekommt. Ich hoffe, das ist okay.«

»Ja klar.« Ben streckte seine Hand aus und ließ sich beschnuppern. Dann kraulte er das Tier zwischen den Ohren. Der Hund schien es zu genießen. »Ich finde das prima. Ein zusätzlicher Wachposten kann nie schaden.«

»Das hat dein Vater auch gesagt.«

Ben dachte kurz nach, dann sah er sich um und senkte seine Stimme.

»Ich müsste noch mal kurz weg ... Hättest du vielleicht Lust, mich zu begleiten?«

»Weg? Ich dachte, man hätte dir Ruhe verordnet.«

»Es gibt da etwas, was ich erledigen muss. Ist nicht weit. Eine knappe halbe Stunde oder so. Wir wären rechtzeitig vor dem Abendessen wieder da. Nebenher könnten wir uns noch ein bisschen unterhalten.«

Sie neigte ihren Kopf. »Was, wenn man uns beobachtet? Eben hast du doch noch versprochen, dich keinen Meter wegzubewegen.«

»Zu Fuß, ja. Aber wir nehmen die E-Bikes.« Er senkte den Blick. »Außerdem ist es nur ’ne kaputte Schulter, ich kann einhändig fahren.« Ben lächelte gequält.

»Und wo willst du hin?«

»Erkläre ich dir unterwegs. Jetzt sind alle beschäftigt. Eine gute Chance, dass keiner unser Verschwinden bemerkt.«

»Na gut.« Sie lächelte. Ihre Wangen waren rot. »Wie ist dein Plan?«

»Weißt du, wo die E-Bikes stehen?«

»Dein Vater hat uns vorhin eine Führung spendiert. Also: ja.«

»Gut. Wir treffen uns dort in fünf Minuten. Ich muss noch schnell einen Rucksack organisieren. Und nimm Lupo mit. Könnte nichts schaden, ihn dabeizuhaben.«

T minus 48

Eine halbe Stunde später gelangten sie an die Stelle, wo Ben den Wald verlassen hatte. Es tat gut zu wissen, dass er diesmal nicht alleine war. Nach allem, was vorgefallen war, wäre es fahrlässig gewesen, niemanden an seiner Seite zu haben.

Lena hatte ihm auf der Fahrt hierher erzählt, wie es ihr die letzten Jahre ergangen war. Es war spannend zu erfahren, wie sie sich durchgekämpft hatten, womit sie Geld verdient hatten, um auf den Schwarzmärkten in den umliegenden Siedlungen Lebensmittel und Gebrauchsgegenstände zu kaufen. Jette, die sich auf Reparaturen aller Art verstand, Peter, dessen umfangreiche Kenntnisse im Bereich Tierhaltung, Jagd und Pflanzenzucht ihnen zumindest die Lebensgrundlage sicherten. Aber wie es klang, war es trotzdem für sie nicht leicht gewesen, über die Runden zu kommen. Einzelne Familien hatten es da schwer. Gewiss.

Er hätte gerne noch mehr erfahren, doch das Ziel lag jetzt direkt in Sichtweite und andere Dinge wurden wichtiger. Der Waldrand wirkte düster und abweisend. Ben verlangsamte sein Bike und hielt an.

Die Furcht lag auf ihm wie eine kalte, nasse Decke. Was, wenn die Fremden immer noch da waren? Wenn sie nach ihm suchten? Er beobachtete Lupo, der mit gespitzten Ohren und wachem Blick das nahe gelegene Gebüsch durchstöberte. Gut, dass sie ihn mitgenommen hatten. Nichts entging den Sinnen eines solchen Tieres. Trotzdem sollten sie vorsichtig sein.

»Nimm deinen Hund besser an die Leine«, sagte Ben. »Wir werden ab hier zu Fuß gehen.« Er schob sein Bike unter einen Busch und blickte prüfend nach allen Seiten. Seine Schulter brannte wie Feuer. Die Wirkung des Schmerzmittels begann nachzulassen. Vielleicht waren es doch keine leeren Worte gewesen, den Arm ruhig zu halten.

»Komm«, sagte er und Lena folgte ihm. Mit eingezogenen Köpfen tauchten sie in den Schatten der Bäume.

Eine Weile stiegen sie schweigend den Berg hinauf. Irgendwann fragte Lena: »Das ist die Stelle, an der du den Unfall hattest, nicht wahr?«

»Das war kein Unfall«, antwortete Ben schnaufend. Der Hang war ziemlich steil an dieser Stelle. »Eher ein Überfall. Dort drüben, wo die Straße den Waldweg kreuzt. Siehst du? Halte dich am besten dicht hinter mir.«

»Warum willst du unbedingt dahin zurückkehren?«

»Ich will sehen, ob ich noch einen Hinweis finde. So hart, wie ich gegen den Typen gekracht bin, dürfte er ebenfalls verletzt worden sein. Er war auf den Stoß nicht vorbereitet. Ich habe ihn noch über die Motorhaube segeln sehen.«

Lena schien die Antwort nicht zufriedenzustellen, sie schwieg jedoch. Nach einer Weile flüsterte sie: »Ich bekomme das immer noch nicht zusammen. Was könnten die Unionsleute von dir gewollt haben? Ohne dir zu nahe zu treten, aber du bist doch ein kleiner Fisch. Nicht bös gemeint, du weißt, was ich sagen will …«

Er lächelte grimmig. »Du hast ja recht, mir ist das auch ein Rätsel. Genau deswegen musste ich noch einmal herkommen, um Licht in die Sache zu bringen.« Und, weil er das Gefühl hatte, etwas übersehen zu haben. Aber davon wollte er Lena erst später berichten.

In geduckter Haltung schlichen sie den Waldpfad empor.

Soweit es ihnen möglich war, nutzten sie die natürliche Deckung. Büsche, Baumstämme und Felsbrocken. Lupo blieb dicht bei Lena. Er war so gut ausgebildet, dass er keine Leine brauchte.

Das Licht kam Ben jetzt anders vor als vorhin. Schummriger, weicher, geheimnisvoller. Der Wald wirkte verändert. Das Zwitschern der Vögel war dunkler, das Rauschen der Blätter flüsternder. Am späteren Nachmittag kam immer Wind auf. Er wehte durch die freien Stellen zwischen den Baumkronen, trieb kleine Wolken vor sich her und brachte Abkühlung. Vorboten des Abends.

Damals hatte Ben solche Tage im Freibad verbracht, hatte sich mit Freunden getroffen, Spaß gehabt.

Lange her ...

Er zwang sich, nicht abzuschweifen. Den Blick auf den Boden gerichtet, arbeitete er sich voran. Mit Schaudern bemerkte er die Fahrradspuren auf der Erde. An manchen Stellen hatte sich das Profil so tief in die Walderde gegraben, dass es aussah wie eine Schnittwunde. Es war gerade mal ein paar Stunden her, dass er hier runtergebrettert war, den Tod im Genick.

Vor ihnen tauchte die Straße im Dämmerlicht auf. Sie mussten jetzt sehr vorsichtig sein. Bislang war der schwarze SUV nicht zu sehen, aber das hieß nichts. Vielleicht hatten sich die Fahrer nur gut versteckt. Und dann war da noch diese Drohne. Einmal ihre Aufmerksamkeit erregt, und der Tanz würde von Neuem beginnen.

»Warte kurz«, flüsterte Ben Lena zu. »Ich sehe nach, ob alles safe ist.«

In geduckter Haltung kroch er vorwärts. Der Saum der Straße wirkte unscheinbar. Rechts und links verlor sich der Asphalt in der Dämmerung. Kein Auto zu sehen. Hier gab es kaum Versteckmöglichkeiten. Ben atmete erleichtert aus. Er war ziemlich sicher, dass seine Verfolger nicht mehr da waren. Er drehte sich um. Lenas rote Haare und Lupos wolfsartiger Kopf tauchten im Unterholz auf. »Ihr könnt kommen, die Luft ist rein.«

»Und?«

»Weg«, sagte er.

»Gut so.« Sie lächelte zaghaft. »Sind das ihre Spuren?«

»Hier hat der Wagen gestanden«, erläuterte Ben. »Sie kamen die Straße entlanggerast, während ich von dort oben kam. Auf dem Asphalt sind sogar noch leichte Bremsspuren zu erkennen.« Im Geiste versuchte er, die Ereignisse zu rekonstruieren, doch es gelang ihm nicht. Sein Kopf war wie in Watte gepackt. Er wusste nicht, ob das an den Drogen lag oder ob er sich beim Aufprall eine leichte Gehirnerschütterung zugezogen hatte, jedenfalls waren die Erinnerungen verschwommen.

Um seinem Gedächtnis auf die Sprünge zu helfen, verließ er die Straße und ging ein Stück weiter den Waldweg hinauf. Lena folgte ihm. Als er etwa fünfzig Meter zurückgelegt hatte, stieß Lupo ein leichtes Jaulen aus. Jetzt konnte Ben es auch riechen.

Rauch …

Die Erkenntnis durchzuckte ihn wie ein Blitz. Die Explosion. *Der Typ hatte auf ihn geschossen.* Er hatte diesen komischen kleinen Apparat auf ihn gerichtet und als Waffe benutzt. Ben erinnerte sich, wie ein heißer Wind an ihm vorbeigefegt und hinter ihm im Wald verschwunden war.

»Warte mal …« Er verließ den Pfad und ging tiefer in den Wald. Er brauchte nicht lang, um zu finden, wonach er suchte. Der Boden war übersät mit Rindenstücken und Holzsplittern. Frisches Holz, wie sich an der hellen Farbe erkennen ließ. Der Brandgeruch wurde intensiver. Lupo beschnupperte alles, wirkte aber nicht begeistert. Er hielt den Schwanz zwischen die Hinterbeine geklemmt.

»Was ist hier passiert?« Staunen lag in Lenas Augen. »Sieht aus, als wäre eine Bombe eingeschlagen.«

»So ähnlich hat es sich angefühlt, ja«, erwiderte Ben. »Den Baum hat es völlig zerlegt, siehst du? Ich erinnere mich, dass auf mich geschossen wurde.«

»Womit, mit einer Panzerfaust?«

»Keine Ahnung.« Er blickte talabwärts. »Ich bin hier runtergekommen und konnte nicht bremsen. Der Typ legt auf mich an und schießt.«

Um seinen Gedanken auf die Sprünge zu helfen, ging Ben ein paar Schritte talwärts. »Ich versuche auszuweichen und rutsche mit dem Vorderrad weg. Hier ist die Spur, siehst du?«

Eine tiefe Kerbe zerschnitt die Walderde.

»Dann geht's weiter. Der Typ stellt sich mir genau in den Weg. Ich versuche, den Lenker rumzureißen, doch es gelingt mir nicht. Unsere Schultern knallen gegeneinander. Er wird zurückgeworfen, fliegt über die Motorhaube. Seine Waffe ...« Ben stockte. Ein weiterer Erinnerungsfetzen war aufgetaucht.

»Seine Waffe fliegt ihm aus der Hand. Während ich weiter bergab rase, segelt sie über meinen Kopf und landet irgendwo links von mir im Unterholz.« Sein Herz pochte wild in seiner Brust. Jetzt wusste er wieder, warum er unbedingt noch einmal zurückkehren musste. Das eine entscheidende Element, das er übersehen hatte.

»Vielleicht ist sie noch da«, stieß er aus.

»Worauf warten wir noch?«, sagte Lena aufgeregt. »Lass sie uns suchen.«

Seite an Seite durchforsteten sie den dicht bewachsenen Untergrund. Hier wuchsen so viel Farn und Efeu, dass es unmöglich war, weiter als bis zu den Knien zu schauen. Es dauerte jedoch nicht lange, als Lupo ein kurzes Kläffen ausstieß. Lena war sofort bei ihm.

»Ich glaube, hier liegt was!«, rief sie. »Himmel, das Ding ist ja noch ganz warm.« Ben sah, wie sie sich vorbeugte, um es aufzuheben, doch da war er schon bei ihr. »Vorsichtig«, sagte er. »Nicht anfassen, es könnte gefährlich sein.« Er fing an, die Pflanzen rund um die Fundstelle platt zu treten. Anschließend ließ sich der Fund besser in Augenschein nehmen.

In Lenas Ausdruck vermischten sich Neugier und Argwohn. Wie bei einer jungen Katze, die nicht sicher war, ob die erlegte Maus auch wirklich tot war.

»Ist es das, wonach du gesucht hast?«

Ben nickte. Er wusste nicht, was ihn zufriedener machte, die Tatsache, die merkwürdige Waffe gefunden zu haben, oder die Erkenntnis, dass mit seinem Kopf doch alles in Ordnung zu sein schien.

T minus 47

Der nächste Morgen begann kurz vor Tagesanbruch.

Lena verließ ihren Wohncontainer und ging zu den Pferdeställen rüber. Fröstelnd blickte sie nach oben. Es war Samstag und der Himmel so frisch und klar wie ein Bergbach. Ein paar Sterne zwinkerten vor dem zunehmend rosa gefärbten Firmament. Im Osten war der Mond aufgegangen. Eine schmale, lang gezogene Sichel, deren Unterkante wie ein Schwert im Schloßberg steckte.

Während vorne das Pferd angeschirrt wurde, beluden Bens Geschwister den Wagen mit Handelsgütern für den Markt. Jennifer, Noel und Liam würden nicht mitkommen, denn heute wartete auf alle viel Arbeit. Die Kartoffel- und Rübenernte stand an sowie erste Arbeiten in den Apfel- und Birnbaumplantagen. Für alle gab es reichlich zu tun.

Ben hatte ihr erklärt, dass heute ein besonderer Tag war. Die Hornburg lag in einem vierzig Kilometer langen Gürtel von Streuobstwiesen, der sich entlang der Schwäbischen Alb erstreckte und etwa zwei Millionen Obstbäume umfasste. Einst gehörte diese Kulturlandschaft zum Weltkulturerbe, doch heute wurden nur noch kleine Abschnitte davon bewirtschaftet. Obst war ein wichtiger Teil der Grundversorgung der freien Siedlungen und was nicht frisch verzehrt werden konnte, wurde eingekocht oder anderweitig haltbar gemacht. Man konnte Marmelade daraus herstellen, Trockenobst, ja sogar Schnaps. Jeder, der kräftig genug war, Mann, Frau oder Kind, würde auf den Wiesen und Feldern unterwegs sein.

Als Belohnung für seinen Fund durfte Ben einige ihrer Handelsgüter zum Wochenmarkt nach St. Johan fahren. Er hatte Lena gefragt, ob sie ihn begleiten wollte, und sie hatte begeistert zugesagt. Jette und Peter hatten sie nie mit auf den Wochenmarkt genommen. Angeblich, weil es zu gefährlich sei. Lena vermutete aber andere Gründe dahinter. Weder ihre Mutter noch ihr Vater waren geschickte Händler. Vermutlich wollten sie sich einfach die Blamage vor ihrer Tochter ersparen.

Vorne auf dem Kutschbock sitzend, bebte Lena vor freudiger Erregung. Während das Tor aufging und Ben den Wagen langsam und vorsichtig aus dem Hof und die steile Auffahrt hinab steuerte, zog sie die Decke bis zur Nasenspitze hoch. Es war immer noch recht kühl.

Wie sie sich danach sehnte, endlich mal wieder unterwegs zu sein. Außerdem bot die Tour eine gute Möglichkeit, sich weiter mit Ben zu unterhalten. Sie verspürte den Wunsch, noch viel mehr über ihn zu erfahren.

Die ersten Kilometer fuhren sie schweigend. Erst als sie das Tal erreichten und auf die Hauptstraße abbogen, begannen sie zu reden. »Du machst das nicht regelmäßig, oder? Zum Markt zu fahren, meine ich.«

»Nein«, entgegnete Ben mit schiefem Grinsen. »Tatsächlich ist das mein erstes Mal. Jedenfalls allein. Mitgefahren bin ich schon häufig.«

»Dachte ich mir. Gertrude scheint sich inzwischen an deine Stimme gewöhnt zu haben. Sie ist jetzt viel folgsamer als vorhin.« Lena blickte auf das stämmige Pferd, das den Karren zog. Ein Kaltblüter, wie sie mit fachkundigem Blick erkannte. »Tiere brauchen eine Weile, um Vertrauen zu schöpfen. Da muss man geduldig sein.«

»Du scheinst dich gut mit Pferden auszukennen«, sagte Ben. »Hattest du schon mal eines?«

»Leider nein. Dabei war es immer mein größter Wunsch. Aber Pferde kosten viel Geld und meine Eltern haben alles ins Haus gesteckt.«

Er nickte. »Tut mir echt leid, dass ihr es verlassen musstet. War sicher kein einfacher Schritt.«

»Ich wollte schon lange da weg. Die blöde Hütte hat nur Arbeit gemacht. Ständig war etwas kaputt. Und außerdem war es echt einsam dort. Nur ich und meine Eltern. Ganz selten, dass mal jemand zu Besuch kam. Von anderen Kindern ganz zu schweigen. Ohne Lupo wäre ich vor Einsamkeit bestimmt schon längst gestorben.« Sie schluckte. So offen hatte sie noch nie mit jemandem über ihre Gefühle gesprochen. Aber Ben war nett. Und vor allem war er ein guter Zuhörer. »Du ahnst gar nicht, wie oft ich sehnsüchtig zu euch rübergeblickt habe«, sagte sie.

»Zu uns?« Ben hob erstaunt die Brauen. »Wieso?«

»Nachts die Lichter zu sehen, tagsüber der Rauch, der über den Dächern aufsteigt. An manchen Tagen habe ich mir eingebildet, Musik und Gelächter zu hören. Ich dachte, dass ihr bestimmt gerade ein Fest feiert, dass Kinder im Hof herumrennen und alle viel Spaß haben – während ich einsam und allein bei meinen Eltern hocken muss.«

Ben gluckste vor Vergnügen.

Sie warf ihm einen Blick aus dem Augenwinkel zu. »Was denn?«

»Bitte entschuldige, aber bei mir war es genau andersherum. Ich habe immer davon geträumt, bei euch zu wohnen.«

»Du verarschst mich ...«

»Nein, ernsthaft. Deine Eltern sind klug. Gebildet. Damals bei den Schulfesten habe ich euch manchmal belauscht. Wie ihr von euren Reisen erzählt habt. Davon, wie ihr schnorcheln wart oder auf Vogelbestimmungstour, wie ihr Wale beobachtet habt und so weiter. Ich habe mir vorgestellt, dass euer Haus sicher voller Bücher ist und ihr ständig ganz schlaue Gespräche führt.«

»Ja, Bücher gab's eine Menge ...«

»Deine Mom ist – *war* – Professorin. Dein Dad im Naturschutz tätig. Und euer Haus fand ich einfach nur geil. Ein Haus, das selbstständig für seine Bewohner sorgt. Wie ein intelligentes Lebewesen.«

Lena nickte. »Eine Zeit lang war das auch so. Bis alles kaputtging und keine Ersatzteile mehr zu bekommen waren ...«

»Bei uns hat immer Chaos geherrscht«, sagte Ben. »Gebrüll von morgens bis abends. Es gab immer Arbeit, nie Ruhepausen. Und gefühlt stank es bei uns den ganzen Tag nach Kohl und Bohnen.« Er lachte und Lena stimmte mit ein. Dass jemand sie um die Art, wie sie lebten, beneiden konnte, war ein völlig neuer Gedanke für sie.

»Glaub mir, bei uns war auch nicht alles Honigschlecken«, sagte sie. »Es gab ständig was zu tun. Und meine Eltern haben viel gestritten. Am meisten darüber, wie es weitergehen soll. Mich hat genervt, dass sie gar keinen Willen hatten, etwas zu verbessern. Uns war allen klar, dass die Union unrechtmäßig die Macht an sich gerissen hat. Immerhin sind sie von niemandem gewählt worden. Auch dass sie ihre Unterdrückungsmethoden immer weiter ausbauten, war zu erkennen. Aber da muss man sich doch Gleichgesinnte suchen, sich vernetzen, etwas unternehmen, oder? Aber meine Eltern haben nur dagehockt und nichts getan ...«

»Genau wie bei uns.« Ben nickte wissend. »Dasselbe habe ich zu Dad gesagt. Ich habe ihm gesagt, dass wir etwas unternehmen müssen. Dass es Blödsinn ist, dass nur die Städte wieder Strom haben und wir auf dem Land nicht. Und dass es Unsinn ist, die Äcker und Felder unbewirtschaftet zu lassen, während die Menschen in den Städten Hunger leiden. Und weißt du, was er mir geantwortet hat? *Kümmere dich um deine eigenen Probleme.* Das waren seine Worte. Aber das ist mir zu wenig.«

»Mir auch.« Lena verstand ihn so gut. »Unsere Eltern haben den Kopf in den Sand gesteckt. Sie haben aufgegeben. Manchmal kommt es mir vor, als hätten sie vergessen, wie schön es vor dem großen Stromausfall war. Als man verreiste, sich mit Freunden traf und das Leben genießen konnte.«

»Dabei ist es erst zwei Jahre her«, sagte Ben. »Zwei lächerliche Jahre.«

»Ich will, dass es wieder so wird wie damals.«

»Ja, ich auch …«, murmelte Ben. Dann schwiegen beide.

Gertrude, die von all ihren Problemen nichts mitbekam, zog den Karren geduldig die Straße entlang. Für sie schien die Welt völlig in Ordnung zu sein.

St. Johan lag zwar nur wenige Kilometer Luftlinie von der Hornburg entfernt, doch dadurch, dass es keine direkte Verbindung gab, zog sich die Fahrt in die Länge. Ein steiler Hang und ein unüberbrückbares Tal lagen zwischen ihnen und sie mussten die Nordstrecke über Pfullingen und Eningen nehmen. Etwa zehn Kilometer, für die Ben knapp zwei Stunden veranschlagt hatte.

Lena betrachtete die vorbeiziehende Landschaft. Sie war schon lange nicht mehr hier unten in der Ebene gewesen. Wie sehr sich alles verändert hatte. Viele der Seitenstraßen waren überwuchert und unpassierbar, aber auf den großen Hauptachsen, die nach Norden, Süden, Osten und Westen verliefen, konnte man immer noch reisen.

Bäume säumten die breiten Seitenstreifen und wuchsen zwischen den verlassenen Gebäuden empor. Aus dem geborstenen Asphalt quoll Gras. Schwärme von Mauerseglern zischten über ihre Köpfe hinweg und stießen dabei schrille Schreie aus. Hier und da standen verbeulte und verrostete Autos herum, in deren Chrom- und Glasflächen sich das Licht der Sonne spiegelte.

Überall grünte und blühte es. Hüfthohes Gras wuchs auf den leeren Flächen zwischen den Gebäuden. Efeu umrankte die zerstörten Fassaden und ließ die Häuser wie Überbleibsel einer längst vergangenen Zivilisation aussehen. Nur noch ein paar Jahre, dann würde alles hier total überwuchert sein. Dann würde niemand mehr erkennen können, wo einst Straßen und Gebäude gewesen waren.

Lena sah nach hinten und prüfte, ob jemand ihnen folgte. Erleichtert stellte sie fest, dass sie allein waren. Die wenigen Leute, die hier nach dem Stromausfall noch gelebt hatten, waren inzwischen fortgezogen. Da Lena so gut wie nie außerhalb ihres Grundstücks gewesen war, hatte sie auch nicht mitbekommen, wie verlassen die Gegend inzwischen war. Die Erkenntnis wirkte bedrückend auf sie und so hatte sie auch kein Verlangen zu reden.

Ben führte zum Glück in einer Halterung hinter der Rückenlehne ein Gewehr mit sich. Im Notfall konnten sie sich verteidigen. Neben dem Gewehr lag, gut verpackt, der Fund, den sie gestern im Wald gemacht hatten. Ben hütete ihn wie seinen Augapfel. Obwohl Lena viele Fragen dazu hatte, wollte sie ihn nicht bedrängen. Wenn es etwas zu erzählen gab, würde er schon von alleine damit rausrücken.

»Wie hast du eigentlich geschlafen?«, fragte Ben und holte sie aus ihren Gedanken. »Ist der neue Wohncontainer besser als der alte?«

»Viel besser!«, rief sie aus. »Kein Gestank, kein Hühnergackern, dafür mehr Licht. Danke, dass du dich für uns eingesetzt hast. Sogar mein Vater ist zufrieden, und das will was heißen.«

»Freut mich.«

»Wie habt ihr es eigentlich geschafft, nach dem Stromausfall so viele Container ranzuschaffen? War das nicht sehr schwierig?«

»Mein Dad ist gut in so was.« Ben lächelte. »Er hatte da irgendwelche krummen Deals am Laufen. Man kann von ihm halten, was man will, aber im Organisieren ist Rico ein echtes Talent. Er hat über Jahre hinweg Connections zu Spediteuren aufgebaut. Unter anderem zu jemandem, der im Stuttgarter Hafen für die Vergabe von Großcontainern zuständig ist. Die beiden haben sich mehr als nur einmal getroffen und mehr als nur einen Kasten Bier dabei geleert. Aber er hat damit unserer Siedlung das Überleben gesichert und das rechne ich ihm hoch an. Ich glaube sogar, es liegen immer noch ein paar Container ungenutzt am Hafen herum. Falls wir noch mal auf den Gedanken kommen, unsere Siedlung zu erweitern.« Er grinste.

»Das dürfte für dich doch kein Problem sein«, sagte Lena. »Du scheinst deinem Vater ja in mancher Hinsicht sehr ähnlich zu sein.«

»Ich hoffe doch, nicht *zu* sehr ...«

»Ich habe das nicht abfällig gemeint«, beeilte sich Lena zu sagen. »Ihr seid beide Praktiker. Ihr packt gerne an.«

»Das stimmt ...«

»Meine Mutter hat mir erzählt, dass du der Mechaniker im Dorf bist. Sie hat sich mit einigen Bewohnern angefreundet und die sind voll des Lobes über dich.«

»Echt?«

Sie nickte. »Wenn irgendwo was kaputtgeht, ruft man nach Ben, der kommt mit dem Schraubenzieher und repariert es.«

»So was erzählt man sich also ...«

»Und nicht nur das«, fuhr Lena fort. »Sie sagen, dass du auch noch ein guter Scout bist. Der Fund, den du und Jennifer gemacht habt, scheint nicht der erste gewesen zu sein. Ihr seid wohl ein recht gutes Team.«

»Stimmt, Jenny ist Klasse« Ben strahlte. »Wenn du Lust hast, kannst du uns ja mal begleiten. Wir durchstromern die Gegend und suchen nach Läden, Werkstätten und Geschäften, die verlassen worden sind und die noch niemand vor uns entdeckt hat. Und so seltsam das klingt, aber von denen gibt es immer noch reichlich. Viel zu tun also für uns.«

»Da würde ich gerne mal mitkommen, ja. Klingt ziemlich abenteuerlich.« Sie atmete tief ein, dann sagte sie: »Du hast dich ganz schön verändert seit damals, weißt du das?«

»Findest du?«

»Während der Schulzeit warst du ein Eigenbrötler, jetzt setzt du dich für die Gemeinschaft ein. Klingt, als hättest du deinen Platz im Leben gefunden.«

»Na ja …« Ben rutschte unruhig auf seinem Platz hin und her. Er genoss die kleinen Schmeicheleien sichtlich. Vor Verlegenheit bekam er ganz rote Wangen.

Er räusperte sich. »Ich bin eigentlich ganz normal. Jeder von uns trägt etwas bei. Manche mehr, andere weniger. Ich bin mal gespannt, was deine Aufgaben sein werden.«

Sie nickte gedankenvoll. Die Frage hatte sie sich auch schon gestellt. Was würde wohl mal aus ihr werden? Was waren ihre Stärken? Sie musste das noch für sich herausfinden. Erst mal war sie einfach nur glücklich, unterwegs zu sein.

Die Straße wand sich wie ein Gummiband durch die Landschaft. Fern im Osten, dort, wo St. Johan liegen musste, fielen silbrige Himmelsleitern zu Boden. Es war ein Licht, wie man es nur selten und nur an besonderen Tagen zu sehen bekam. Bislang waren solche Lichtstrahlen stets Vorboten für künftige Ereignisse gewesen. Es lag etwas in der Luft, Lena spürte es. Etwas Einzigartiges. Ein Wind der Veränderung.

T minus 46

Das Bimmeln der Dorfkirche hallte weithin über das Tal. Ben sah die Händler von überallher kommen. Entweder mit Pferdefuhrwerken oder mit Handwagen, die geschoben oder gezogen wurden. Selbst auf den Nebenstraßen waren Menschen unterwegs. Eine bunte Mischung aus Männern, Frauen und Kindern, die ihre Waren zum Markt brachten.

Als Tauschplatz von Waren war die Gemeinde St. Johan, zu der die Orte Bleichstetten und Würtingen sowie das Pferdegestüt Marbach gehörten, seit Beginn der Krise bekannt. Bereits kurz nach dem Stromausfall hatte man hier die ersten Marktstände errichtet. Kleidung wurde gegen Nahrungsmittel getauscht, Werkzeuge gegen Medizin, Baumaterialien gegen Dienstleistungen. Es gab nichts, was nicht irgendwo gebraucht wurde. Da das alte Geldsystem binnen weniger Wochen zusammengebrochen war, hatte ein neues seinen Platz eingenommen. Tauschwaren hatten sich als Zahlungsmittel durchgesetzt, aber auch Gold-, Kupfer- und Silbermünzen. Schnaps wurde ebenfalls gerne genommen, oder Wein. Hauptsache, alt und selten.

Was die Lautstärke betraf, ging es hier zu wie auf einem Mittelaltermarkt. Ben schnalzte mit der Zunge, während Gertrude den Wagen gemächlich ins Zentrum des Dorfes zog.

»So viele Menschen!« Lenas Augen funkelten vor Aufregung.

»Das war mir nicht bewusst. Ich dachte, es kämen einige wenige Händler. Aber das Dorf platzt ja aus allen Nähten.«

»Ja, der Markt zu Monatsbeginn ist aber auch etwas Besonderes. Viel größer als der normale Wochenmarkt«, sagte Ben. »Da kommen die Händler von weit her. Keine Ahnung, warum ausgerechnet St. Johan so beliebt ist, aber er hat sich als größter Markt im Umkreis von fünfzig Kilometern entwickelt. Alle freien Siedlungen bieten hier ihre Waren feil.«

»Nach was halten wir denn Ausschau?«

»Vor allem Getriebeteile«, sagte Ben. »Lebensmittel haben wir selbst genug, aber mechanische Bauteile sind megaselten und nur zu Wucherpreisen zu bekommen. Wir haben ein paar Sachen mit dabei, die sich zum Tausch eignen. Zur Not auch ein paar Kupfer- und Silbermünzen. Unsere Waren bieten wir auf Kommissionsbasis an, das heißt, wir werden sie nicht selbst verkaufen. Das tun andere für uns. Links neben der Kirche gibt es einen Gemeinschaftsstand. Er wird von Ida und ihren drei Töchtern betrieben. Die machen ihre Sache wirklich gut.«

»Und warum kein eigener Stand?«

Ben freute sich über Lenas Interesse. Sie schien fest entschlossen, alles zu lernen, was es zu lernen gab. Was wiederum bedeutete, dass sie wirklich zu ihnen gehören wollte.

»Zu aufwändig und zu teuer«, sagte er. »Wir verbrauchen das meiste selbst, haben also nicht genug, dass sich ein eigener Stand lohnen würde. Lieber teilen wir die Einnahmen mit der Standbetreiberin, als dass wir uns die Mühe machen, jede Woche selbst alles herzutransportieren und aufzubauen.«

»Verstehe ...«

»Es ist ohnehin nicht viel, was wir anzubieten haben. Den Tausch Getreide gegen Mehl können wir uns zum Glück sparen. Früher ging immer viel Zeit dafür drauf, zum Müller zu fahren, aber seit wir unsere eigene Steinmühle besitzen und unser eigenes Mehl herstellen, haben wir das Problem nicht mehr. Was uns wiederum die Chance gibt, ein bisschen über den Marktplatz zu stromern und anschließend im Gasthaus zu Mittag zu essen.«

»Klingt wunderbar.« Lena strahlte.

Ben fuhr den Wagen hinter die Kirche und stellte ihn neben die anderen Karren in den Schatten einer alten Eiche. Gertrude wurde abgeschirrt und der Pferdemeister nahm sich ihrer für zwei Kupfermünzen an. Dafür gab es frisches Wasser, Futter und einmal Striegeln.

Ida empfing sie mit einem breiten Grinsen. »Nanu, Ben, ohne deinen Vater heute? Wo steckt der alte Gauner?«

»Lässt sich entschuldigen«, sagte Ben. »Die Kartoffel- und Rübenernte wurde vorgezogen, weil schlechteres Wetter kommen soll. Heute sind alle auf dem Feld und helfen mit.«

Ida blickte in den Himmel. »Ja, spür's auch. Wird Regen geben. Dann darfst du also heute ganz alleine kommen? Obwohl – ganz alleine bist du ja nicht. Wer ist denn die junge Dame an deiner Seite?«

»Das ist Lena«, sagte Ben und plusterte sich ein bisschen auf. Dass er hier mit einem Mädchen aufkreuzen durfte, erfüllte ihn mit Stolz. So etwas brachte einem Jungen in seinem Alter immer den Respekt der Älteren und die neidischen Blicke der Gleichaltrigen ein. »Sie und ihre Eltern sind gerade zu uns gezogen. Ich habe ihr angeboten, mich zu begleiten.«

»Hallo, Lena. Gefällt es dir hier? Warst du schon mal in St. Johan?«, fragte Ida.

»Ist mein erstes Mal«, antwortete Lena. »Ich bin auch ganz schön aufgeregt.«

»Das erste Mal, tatsächlich? Na, dann wünsche ich euch beiden viel Spaß.« Ida lächelte vergnügt und sah Ben an. »Richte deinem Vater schöne Grüße von mir aus und sag ihm, die Einladung zum

Apfelkuchen steht noch. Er muss seinen Hintern nur mal hierherbewegen.«

»Werde ich machen.«

»Dann lasst mich mal sehen, was ihr hier habt.« Sie ging um den Wagen herum. »Ein paar Ballen Wolle, Stangenbohnen, Tomaten und Silomais. Und was ist hier drin?« Sie klopfte gegen die Kanister.

»Dieselöl«, sagte Ben. »In den Flaschen da drüben ist unser Selbstgebrannter. Ich habe mir sagen lassen, er sei dieses Jahr besonders gut geworden.«

»Davon werde ich mich selbst überzeugen. Nicht, dass ich meiner Kundschaft billigen Fusel verkaufe.« Sie nippte an einer der Flaschen und nickte zufrieden. »Du hast nicht zu viel versprochen. Den werden sie uns aus den Händen reißen.«

Sie steckte zwei Finger in den Mund und stieß einen Pfiff aus. Sofort kamen drei rothaarige Mädchen im Alter zwischen sechs und zehn Jahren angesprungen.

»Sophie, Tanja, Rosi. Abladen, aber dalli! Stellt alles drüben zu den Sachen vom Klingenhof, ich werde mich gleich um den Verkauf kümmern.« Sie beugte sich zu Ben und senkte ihre Stimme. »Übrigens habe ich gehört, dass Mayering heute Morgen neue Getriebeteile reinbekommen hat. Weil du mich beim letzten Mal danach gefragt hast. Vielleicht gehst du mal rüber und siehst selbst nach.«

»Das werde ich tun.« Bens Herz klopfte vor Aufregung. »Und danke für den Tipp.«

»Dann sehen wir uns nachher wieder. Drückt uns die Daumen, dass die Leute heute in Tauschlaune sind.«

Eine halbe Stunde später verließen sie den Eisenwarenladen vom alten Mayering mit einem glänzenden neuen Kegelradmodul. Ben war außer sich vor Freude. Ida hatte nicht zu viel versprochen. Endlich hatte Ben das Teil gefunden, das er so dringend benötigte, um das Windrad in Ordnung zu bringen, das seit fast sechs Monaten still vor sich hin rostete. Drei Flaschen Schnaps und fünf Kupfermünzen hatte ihn das gekostet. Doch das war ein fairer Preis, bedachte man, wie selten diese Getriebeteile inzwischen geworden waren. Außerdem war es gut investiert, denn jetzt konnte er endlich wieder die Bewässerung für die Fischteiche reparieren.

Ben schwebte dermaßen über den Wolken, dass die restliche Zeit auf dem Markt wie im Fluge verging. Ehe sie sich's versahen, war es auch schon Mittag. Sie tauschten noch ein paar Liter Sonnenblumenöl und ein paar Gewürze, stellten die Einkäufe bei Ida ab und gingen dann hinüber zum *Goldenen Hirsch.*

Das Wirtshaus befand sich nur einen Steinwurf von den ehemaligen Pferdeställen entfernt und war weithin bekannt für seine ausgezeichnete Küche. Als sie ihren Fuß auf die Schwelle setzten, wehte ihnen Bratengeruch entgegen. Von drinnen erklang das Klappern von Geschirr und Besteck.

»Ich hoffe, du hast Appetit mitgebracht«, sagte er augenzwinkernd. »Die Portionen hier sind echt riesig.«

»Wetten, dass ich mehr verdrücken kann als du?«, entgegnete Lena lachend. »Ich habe Hunger wie ein Bär.«

Lärm und Gestank schlugen ihnen entgegen. Die Luft war zum Schneiden dick. Säuerliche Bierschwaden umwehten Bens Nase und vermischten sich mit dem Geruch nach Tabak, Bratensoße und gerösteten Zwiebeln. Ihm lief das Wasser im Mund zusammen. Zwischen den mit ausgestopften Tierköpfen dekorierten Stützpfeilern kam ihnen ein Kellner entgegen und wies ihnen zwei Plätze am Ende einer langen Tafel zu. Ben nutzte die Gelegenheit, um gleich zwei Apfelschorlen und das Tagesgericht zu bestellen. Es gab Schweinebraten mit Klößen, dazu Weißkrautsalat. Er freute sich, wie sehr Lena den Trubel genoss. Auf ihrem Gesicht war ein breites Grinsen, das gar nicht mehr verschwinden wollte.

Ein paar Plätze weiter wurde heftig diskutiert.

Ein alter Mann, der Ben gegenüber auf der anderen Seite des Tisches saß, kaute auf seinem Brot herum und deutete mit dem Finger auf sein Gegenüber. »Wenn ich's dir doch sage. Gestern war Großrazzia in Stuttgart. Hab mich heute Morgen noch mit ein paar Leuten aus Sillenbuch unterhalten. Angeblich wurde dort ein Widerstandsnest ausgehoben. Keine Ahnung, um was es dabei ging, aber die Union soll nicht gerade zimperlich vorgegangen sein. Hat wohl Verletzte gegeben, wie mir die Leute erzählt haben. Aber selbst schuld, wenn man unbedingt meint, sich mit der Union anlegen zu müssen. Deswegen leben wir hier so friedlich und ungestört. Die Union weiß, dass wir ihr keinen Ärger machen, und lässt uns deswegen unbehelligt. Und so soll es bleiben. Prost.« Er trank einen Schluck und stieß danach ein Geräusch aus, das wie eine Mischung aus Husten und Lachen klang. Offensichtlich war das nicht sein erstes Bier. Ben hielt die Ohren gespitzt. Er lauschte voller Interesse. Nachrichten aus der Stadt waren immer interessant.

Der Mann, auf den er die ganze Zeit einredete, hatte bisher noch kein Wort gesagt. Er war in Schwarz gekleidet und noch recht jung – vielleicht zwanzig. Er trug die typischen Insignien eines Handwerksgesellen auf der Walz. Schwarzer Anzug, breiter Hut, der Wanderstab und ein Ohrring. Es waren junge Handwerker und Handwerkerinnen, die nach dem Abschluss ihrer Lehrzeit auf Wanderschaft gingen, um fremde Orte und andere Arbeitspraktiken kennenzulernen. Vor dem großen Stromausfall war diese Tradition so gut wie ausgestorben gewesen, doch in den letzten zwei Jahren sah man die Gesellen wieder vermehrt durch die Lande ziehen.

Mit stoischer Gelassenheit aß der junge Mann seine Schweinshaxe, die er inzwischen fast komplett verzehrt hatte. Das Fett tropfte von seinen Lippen und lief seitlich an seinem Bart hinab.

»Wenn ich Sie wäre, würde ich nicht so viel über den Widerstand reden«, raunte er dem Mann mit dem Bier zu. »Die Agenten haben ihre Augen und Ohren überall. Wenn Sie nicht in Gefangenschaft landen wollen, sollten Sie lieber still sein.«

Der Mann mit dem Bierkrug blickte einen Moment wie eine Kuh, wenn es blitzt. Dann stieß er ein donnerndes Lachen aus.

»Du bist nicht von hier, was, Junge?«

Der Mann in Schwarz deutete an sich runter. »Wonach sieht das denn aus? Wie unschwer zu erkennen sein dürfte, bin ich ein fahrender Handwerksgeselle. Zimmermann, um genau zu sein. Meine letzte Arbeit hatte ich in Filderstadt, wieso?«

»Wenn du von hier wärst, wüsstest du, dass die Dinge bei uns anders laufen. Hier draußen wirst du niemanden von der Union finden. Die sind nicht an uns interessiert, also schicken sie auch keinen ihrer Leute zu uns.«

»Darauf würde ich mich nicht verlassen«, sagte der junge Mann. »Inzwischen weht ein anderer Wind. Bevor ich hierherkam, war ich mehrere Monate in der Landeshauptstadt tätig und habe an allen möglichen Bauprojekten mitgearbeitet. Ich kann Ihnen sagen, dass ihre Macht täglich zunimmt. Inzwischen kontrollieren sie sogar die Außenbezirke Ludwigsburg, Leonberg, Filderstadt und Esslingen. Der Kontrollpostenring, der um die Innenstadt gezogen wurde, ist ausgeweitet worden. Überall werden neue Wohnunterkünfte errichtet. Vermutlich, um die wenigen Menschen, die jetzt noch in den freien Siedlungen leben, in die Stadt zu holen.«

»Könnte es nicht sein, dass sie den Bewohnern einfach nur bessere Unterkünfte bieten wollen«, sagte der Mann mit dem Bierkrug. »Ich glaube, dieser Generalgouverneur ist kein so übler

Kerl. Er sieht ja, dass die Dinge in der Stadt nicht allzu gut laufen, und handelt entsprechend. Ich würde mir deswegen keine grauen Haare wachsen lassen.«

»Möglich, dass Sie über andere Informationen verfügen als ich«, sagte der junge Mann und senkte die Stimme. »Meine Quellen reden davon, dass etwas Großes im Gange ist. Eine grundlegende Umstrukturierung. Eine Art Neubeginn.«

»Widerstandsgequatsche«, brummte der Alte. »Diese Art von Gerüchten höre ich seit dem großen Stromausfall. Und was ist draus geworden? Nichts.«

»Ich habe davon auch gehört«, sagte ein anderer Mann, etwas näher in Bens und Lenas Richtung. »Mein Schwager ist heute Morgen aus Waiblingen gekommen. Er kann bestätigen, was du sagst. Es heißt, Generalgouverneur E'Tach will einen Perimeter um die Stadt ziehen, den nur durchqueren darf, wer einen Passierschein hat. Niemand ohne Berechtigung kommt dann rein oder raus. Die Grenze soll streng bewacht werden. Bisher war das Reisen problemlos möglich, angeblich soll sich das jetzt ändern.«

»Auch das glaube ich nicht«, erwiderte der Mann mit dem Bierkrug. »Schaut uns doch an. Wir kommen bisher ohne Passierschein überallhin und das werden wir in Zukunft auch. Alles nur Mutmaßung und Hörensagen. Der Generalgouverneur ist ein vernünftiger Mann, der uns allen so bald wie möglich wieder Normalität gewährleisten will.«

»Sie glauben wohl auch an den Weihnachtsmann«, sagte der Handwerksbursche.

»Und die Essensspende, die E'Tach kürzlich an die Familien hat verteilen lassen?«, rief eine Frau. »War das etwa kein Zeichen seines guten Willens?«

»Alles nur Taktik«, sagte der Handwerksbursche und winkte ab. »Das Ziel ist Kontrolle. Brot und Spiele, das wussten schon die

Römer. Die Leute sollen von morgens bis abends arbeiten, damit ein paar wenige wie die Könige leben, während der Rest für sie schuftet. Das war immer so und wird immer so bleiben. Das ist meine Überzeugung.«

»Dafür kann ich dich nur bedauern, Junge«, sagte der Mann mit dem Bierkrug. »Ich sage euch, E'Tach ist besser als sein Ruf. Wir täten gut daran, ihm zu vertrauen.«

»Schluss mit dem Gerede von der Union und dem Widerstand!«, donnerte eine Stimme neben ihnen. Ben zuckte zusammen. Er war so in das Gespräch vertieft gewesen, dass er den Wirt gar nicht hatte kommen hören. Er brachte Lena und Ben Essen und Getränke.

»Wenn ich noch ein einziges Wort über Razzien oder E'Tach höre, schmeiße ich euch achtkantig raus. Ihr vergrault mir noch die Gäste. Das ist kein Thema für hier drinnen. Wenn überhaupt, dann redet draußen darüber, wo es nicht so viele neugierige Ohren gibt.« Er warf Ben einen bedeutungsvollen Blick zu. »Hier ist euer Essen, Kinder. Lasst es euch schmecken. Und ihr anderen reißt euch gefälligst am Riemen. Will noch jemand etwas trinken? Wenn nicht, dann zahlt und überlasst anderen euren Platz. Es gibt noch mehr Gäste, die Hunger haben.« Damit war die Angelegenheit erledigt. Der Rest der Mahlzeit verlief schweigend.

Eine knappe Stunde später befanden sie sich auf dem Heimweg. Diesmal durfte Lena fahren. Ben wollte sich mit der Waffe beschäftigen, die sie im Wald gefunden hatten. Das Ding war schwerer zu bedienen, als er gedacht hatte. Die Funktionsweise wirkte auf ihn vollkommen fremdartig, zumal es keinerlei Beschriftung oder Symbole gab.

Lena plauderte auf ihn ein, doch er war schweigsam.

Die Gespräche im *Goldenen Hirsch* hatten ihn nachdenklich gemacht. Ob es wohl stimmte, was dieser Handwerksbursche gesagt hatte? Von einer Razzia gegen eine Widerstandsgruppe war die Rede gewesen. Ob seine Mom davon betroffen war?

Im Grunde hatten sie keine Ahnung, was draußen in der Welt vor sich ging, was in anderen Ländern und auf anderen Kontinenten passierte. War die Situation ähnlich wie ihre? Die Union behauptete auf ihren offiziellen Sendern immer, dass es keinen Grund zur Sorge gab, dass bald alles so werden würde wie vor dem Stromausfall. Aber konnte man sich darauf wirklich verlassen? Viele der Leute im Gasthaus schienen jedenfalls zu spüren, dass eine Veränderung vor sich ging. Ob zum Guten oder Schlechten, wusste jedoch keiner. Ben fluchte im Stillen, dass sie hier so völlig von allem abgeschnitten waren.

Was gäbe er nur für ein paar handfeste Informationen.

»So in Gedanken?« Lena sah ihn aufmerksam an.

Er zuckte hoch. »Wie kommst du darauf?«

»Du hast so ein komisches Seufzen von dir gegeben. Klang fast wie ein Stöhnen.«

»Ich komme hier einfach nicht weiter«, erwiderte er. Er wollte sie nicht unnötig mit seinen Sorgen belasten. »Dieses Ding ist komplizierter, als es aussieht.«

»Du bist doch der Technikspezialist. Gibt es da nicht irgendwo einen Schalter oder so?«

»Schön wär's. Hab alles abgesucht und nichts dergleichen gefunden.«

»Vielleicht ist es kaputt?«

»Auch daran habe ich schon gedacht, aber das Ding sieht eigentlich recht stabil aus. Und es ist nur auf weichen Waldboden gefallen.« Er zuckte die Schultern. »Es sah so leicht aus, als der Typ es bedient hat.« Ben umschloss den Griff mit seinen Fingern und zielte in die Landschaft. Dabei visierte er einen kleinen Busch an. »Er hat einfach so auf mich gezielt, den Abzug gedrückt und ...«

Ein grelles Licht zuckte an der Spitze der Waffe auf, formte sich zu einer Kugel und schoss dann auf den Busch zu. Ein Knall, eine Stichflamme, dann war von dem Busch nichts mehr übrig.

Gertrude stieß ein schrilles Wiehern aus und preschte nach vorne. Ben wäre um ein Haar vom Kutschbock gefallen.

Etwa hundert Meter weiter gelang es Lena endlich, das Tier wieder unter Kontrolle zu bringen.

»Sag mal, spinnst du? Du willst uns wohl umbringen!«

»Du musst mir glauben, ich habe keine Ahnung, was da passiert ist«, verteidigte sich Ben. »Das Ding ist einfach so losgegangen.«

»Einfach so? Nichts geht einfach so los. Aber he, sieh dir das mal an ...« Sie deutete auf die Waffe.

Auf der rechten Seite leuchteten auf einmal merkwürdige Zeichen. Kryptische Buchstaben. Genau wie damals bei der Tankstelle, als Ben das Gerät zum ersten Mal gesehen hatte.

»Was immer du getan hast, jetzt scheint's zu funktionieren.«

»Aber ich habe gar nichts getan«, sagte er. »Ich habe in die Landschaft gezielt und abgedrückt. So ...« Er wiederholte den Vorgang, zielte auf einen Stein, doch nichts passierte.

»Siehst du?«

»Aber irgendetwas musst du gemacht haben. Irgendwas war anders als jetzt.«

»Nichts. Außer dass ich mir vorgestellt habe, wie es wohl aussehen würde, wenn der Busch in Flammen aufgeht.«

»Mach mal.«

»Was?«

»Es dir vorstellen. Aber halte es um Himmels willen in eine andere Richtung.«

Absurde Vorstellung. Aber natürlich wollte Ben nichts unversucht lassen. Er sah sich um, vergewisserte sich, dass niemand sie beobachtete, dann zielte er auf einen Felsbrocken, etwa hundert Meter von ihnen entfernt. Nur um sicherzugehen, sagte er: »Feuer!«

Und aus der Spitze löste sich ein weiterer greller Blitz. Der Stein zerbarst in einer Wolke aus Splittern und Sand. Als Knall und Staubwolke sich verzogen hatten, war nichts mehr von dem Felsbrocken übrig.

Ein scharfer Atemzug entwich aus Bens Kehle. *»Das gibt's doch nicht.«*

Lena sah ihn eindringlich an. »Offenbar doch!«

T minus 45

Tief in der Pyramide aus Glas, auf seinem Thron aus Obsidian, saß Generalgouverneur E'Tach und beobachtete die drei Gefangenen, die vor ihm aufgereiht waren. Sie standen im Verdacht, mit den Anführern des Widerstandes in dieser Stadt gemeinsame Sache zu machen. Sie waren im Verlauf der Razzia, die er vor einigen Tagen angeordnet hatte, in Gewahrsam genommen worden.

Allerdings ließ sich weder der Verdacht einer Kollaboration erhärten, noch war er gänzlich aus der Welt zu räumen. E'Tach musste mit Fingerspitzengefühl zu Werke gehen, um die Bevölkerung nicht gegen sich aufzubringen. Die Zeiten waren schwierig und es genügte bereits ein Funke, um einen Flächenbrand zu legen.

Die beiden Männer und die blonde Frau waren Führungspersönlichkeiten und beim Volk beliebt. Eine übermäßig harte Bestrafung hatte möglicherweise genau den gegenteiligen Effekt, den E'Tach beabsichtigte. Zumal es mehr als fraglich war, dass sie tatsächlich Kontakt zur Spitze des Widerstandes hatten.

Er stand auf, räusperte sich und verkündete seinen Richtspruch.

»Sie dürfen gehen«, sagte er und wedelte mit der Hand. »Es konnte Ihnen keine Verfehlung nachgewiesen werden und in unserem Land gilt immer noch: *Im Zweifel für den Angeklagten.* Ich bitte Sie um Nachsicht für die Behandlung und das Verhör, aber Sie werden sicher verstehen, dass ich keine andere Wahl hatte. Als Gouverneur bin ich für die Sicherheit und Stabilität dieses Distriktes zuständig und kann es mir nicht erlauben, unsauber zu arbeiten.« Er atmete tief ein. »Der Widerstand stellt eine Gefahr für uns alle dar, für Sie, für mich, für jeden Mann, jede Frau und jedes Kind. Ich darf also kein Risiko eingehen und muss jeden Verdacht zerstreuen. Möge er auch noch so klein sein.«

Zustimmendes Gemurmel war zu hören. Die drei Angeklagten waren sichtlich erleichtert.

»Als Entschädigung für Ihre Inhaftierung gewähre ich Ihnen drei freie Tage und zusätzliche Essensrationen für Sie und Ihre Familien. Bitte gehen Sie jetzt. Auf mich wartet viel Arbeit. Lang lebe das Kollektiv.«

Lächelnd hoben die drei ihre Hände. »Lang lebe das Kollektiv.« In Begleitung der Wachen verließen sie den Thronsaal. Die Tür schloss sich. E'Tach war allein.

Mit einem unguten Gefühl trat er ans Fenster. Wie er es hasste, seinen Untergebenen in den Hintern zu kriechen. Die Gnade, die er ihnen gewährt hatte, war ein Akt der Diplomatie gewesen, mehr nicht. Reine Politik. Und er hasste Politik. Beides war in seinen Augen ein Zeichen von Schwäche. Doch als Anführer bleibt einem manchmal nichts anderes übrig. Denn auch er war nur ein Rädchen im Getriebe – Teil der allumfassenden Maschine. Sie war der alleinige Grund, so zu handeln. Doch er beklagte sich nicht, wusste er doch, dass sich schon bald alles ändern würde.

Sein Blick glitt über die Dächer der Stadt.

Von außen betrachtet, war die Atlas-Zentrale ein beeindruckendes Bauwerk. Hoch und steil ragte die Pyramide über dem Schlossplatz auf. Dort, wo einst Fürsten und Könige geherrscht hatten, regierte jetzt die Atlas-Union mit ruhiger Hand. Die Form des Gebäudes war nicht zufällig gewählt. Die Vorväter von

E'Tach hatten schon einmal ein Reich errichtet. Damals in Ägypten. Doch das jetzige erstreckte sich über ein weitaus größeres Gebiet. Etwa achtzig Prozent der Länder der Erde standen jetzt unter der Kontrolle der Union. Ein unvergleichlicher Siegeszug, der schon bald seinem Höhepunkt entgegenstrebte. Seit jeher war die Pyramide ein Symbol der Macht und weil diese hier schwarz war, wirkte sie noch beeindruckender. Vierzig davon existierten rund um den Erdball. Manche etwas kleiner, manche von gigantischen Proportionen, so wie die in Moskau, Peking und New York. Auf jeder ihrer Flanken prangte in roter Farbe das Symbol der neuen Weltordnung: der Titan, der die Erde auf seinen Schultern trägt.

E'Tach stand am Fenster des achtzigsten Stockwerks und blickte nach unten. Die Reflexion im Glas zeigte einen Mann um die vierzig. Sauber gescheiteltes Haar, glatt rasierte kantige Wangenknochen, scharfer Blick. Er trug einen maßgeschneiderten Anzug und handgefertigte Schuhe. Am Revers seines Sakkos steckte die goldene Nadel des Parteivorstands. An seinem Gürtel befanden sich zwei Halfter. Einer für den Frequenzierer, der andere für sein traditionelles Ehrenmesser.

Die Arme hinter dem Körper verschränkt, ließ E'Tach seinen Blick über die ehemals grünen Hügel schweifen. Früher war dieser Stadtteil von Parks und Gärten durchzogen gewesen, in denen Menschen flanierten, sich unterhielten und ihre Hunde ausführten. Seit dem weltweiten Stromausfall war die Stadt zu einem schwarzen, pulsierenden Organismus angeschwollen, der weder Pflanzen duldete noch den blau schimmernden Himmel durchließ. Die Farben Gelb, Braun und Grau dominierten das Stadtbild. Wo früher edle Bürgerhäuser in neoklassizistischem Stil und mit prächtigen Sandsteinfassaden standen, regierten heute Fabriken und Wohnkasernen. Die *Arbeit* stand im Vordergrund, nicht

Freude oder Freiheit. Das Kollektiv – der Zusammenschluss aller Teile eines sozialen Gebildes – war die größte Macht auf Erden. Eine Macht, die in nur zwei Jahren vollbracht hatte, wozu andere Regierungs- und Gesellschaftsformen Jahrzehnte benötigten. Ein Einzelner bedeutete nichts, die Gemeinschaft alles. Der Mensch lebte, um zu arbeiten, um der Gemeinschaft zu dienen, sich ihr unterzuordnen, sich darin zu verlieren. Und die Union war das entscheidende Bindeglied.

Sie war die Steuerungszentrale, *das Gehirn.*

Der parkähnliche Mittelteil des Schlossplatzes wurde von einer stählernen Mauer durchschnitten, hinter der Sicherheitspersonal patrouillierte. Niemand, der halbwegs bei Verstand war, würde es wagen, hier einzudringen. Die Pyramide war das Zentrum von E'Tachs Macht. Und Macht war nun mal unteilbar.

Während er nach seiner Tasse mit Tee griff, hörte er, wie sanft der Türgong ertönte.

»Herein.« Er wandte sich um.

Die Türen glitten zur Seite und eine schlanke Erscheinung betrat den Raum. Weißes Hemd, schlichter grauer Anzug, schwarz polierte Schuhe. Der Neuankömmling salutierte beim Eintreten.

»Ich habe dich erwartet, M'Enat. Tritt ein.« E'Tach kniff die Augen zusammen. Etwas stimmte nicht. M'Enat humpelte. Seine rechte Schulter hing herab, als würde ein Gewicht daran hängen. Als das Licht auf ihn fiel, wurde deutlich, dass er Schmerzen litt.

»Was ist los, geht es dir nicht gut?«

»Nein«, stieß sein Neffe zwischen zusammengepressten Zähnen aus. »Es geht mir nicht gut.«

»Brauchst du ein Schmerzmittel?«

Statt einer Antwort humpelte M'Enat näher. Er ging rüber zum Arbeitstisch, griff nach der Teekanne und goss sich eine Tasse ein. Ungefragt.

E'Tach hasste so etwas, Familie hin oder her. Er war der Vorderste in diesem Distrikt und so wollte er gefälligst behandelt werden. Dabei ging es nicht um den Tee, es ging um den Respekt. Aber das war bei M'Enat immer schon ein Problem gewesen.

»Bekomme ich keine Antwort?«

»Ja doch, Moment.« Der Junge zog ein grünliches Fläschchen aus der Innentasche seiner Uniform und träufelte ein paar Tropfen in den Tee. Dann trank er.

Die Wirkung schien nicht lange auf sich warten zu lassen. Ein Krampf durchzuckte ihn. An den Schultern fing es an und lief dann bis in die Fingerspitzen. M'Enat wirkte, als habe er einen Stromstoß erhalten. Er legte den Kopf in den Nacken, öffnete den Mund und stieß ein lang gezogenes Keuchen aus. Dann klappte der Kopf wieder nach vorne und der Ausdruck eines Drogensüchtigen lag in seinen Augen.

»Besser?«, fragte E'Tach.

Sein Neffe entspannte sich und ließ den Kopf kreisen. Dann nickte er. »Besser.«

E'Tach nahm hinter seinem Tisch Platz und deutete auf den Stuhl ihm gegenüber. »Setz dich und dann berichte mir. Bringst du mir gute Nachrichten?«

»Der Auftrag wurde wie gewünscht ausgeführt. Die Seefraktion steht geschlossen hinter dir, Vorderster.«

»Was ist das Problem?«

»Das Problem ist, dass wir angegriffen wurden. Zall'ah und ich hatten eine Begegnung mit Plünderern. Während wir unseren Verbrenner neu befüllten, wurden wir beobachtet. Ich weiß nicht, wie lange sie schon dort waren. Aber doch lange genug, dass sie etwas aufgeschnappt haben könnten.«

E'Tach legte die Fingerspitzen aufeinander. Er mochte es nicht, wenn es zu Kontakten mit dem gemeinen Volk kam. So etwas brachte immer Komplikationen mit sich. Er ließ sich den Vorfall von M'Enat in aller Ausführlichkeit beschreiben. Um ein Haar hätte er laut aufgelacht, als dieser ihm davon berichtete, wie ihn der Halbwüchsige auf seinem Zweirad über die Motorhaube geschleudert hatte. Was für ein lächerliches Bild. Was für eine lächerliche Vorstellung. Doch Humor war in dieser Situation fehl am Platze.

E'Tach stand auf, aktivierte den Wandschirm und ließ sich eine Übersichtskarte des Südwestdistrikts anzeigen. »Wo genau war das?«

M'Enat humpelte in Richtung Karte und orientierte sich. Dann tippte er mit dem Finger darauf. »Eine abgelegene Tankstelle oben auf der Hochfläche. Es gibt in der Nähe ein paar freie Siedlungen. Ich vermute, die Leute kommen von dort.«

»Das ist natürlich sehr ärgerlich. Die freien Siedlungen sind mir schon lange ein Dorn im Auge. Wenn das Schule macht, fühlen sich vielleicht auch andere Menschen ermutigt, raus in die Wildnis zu ziehen. Allerdings sehe ich in diesem Fall keinen unmittelbaren Handlungsbedarf. Wir müssen unsere Kräfte bündeln, dürfen keine Fehler machen. Es ist eine kritische Zeit, so kurz vor der Großen Vollendung.«

»Ich dachte nur ...«

»Das Denken überlasse bitte mir. Es sei denn, du hättest mir noch etwas zu sagen?« E'Tach musterte seinen Neffen streng.

M'Enat schien hin- und hergerissen zu sein. Dann senkte er den Kopf.

»Nein.«

»Bist du sicher?« E'Tach konnte eine Lüge drei Meilen gegen den Wind riechen und das hier stank zum Himmel. Er fixierte M'Enat mit seinen stahlblauen Augen. Der Junge wich seinem Blick aus. Vermutlich schämte er sich.

E'Tachs Blick wanderte zurück zur Karte. *Die blaue Mauer,* wie das Mittelgebirge bei den Einheimischen genannt wurde, war in der Vergangenheit unauffällig gewesen. Gewiss, es gab dort ein paar versprengte Siedlungen, aber sie verhielten sich neutral. Die Leute führten ein Leben in der Wildnis. Solange sie seine Ziele nicht torpedierten, konnte er damit leben. Ganz anders der Widerstand in der Landeshauptstadt. Hier lag der Ursprung seiner schlaflosen Nächte. Sobald das Problem beseitigt war, konnte er sich mit den Siedlungen beschäftigen.

M'Enat räusperte sich. E'Tach war mit seinen Gedanken abgeschweift.

»Ich denke, Ihr habt recht, Onkel. Vermutlich war es nur ein dummer Zufall. Trotzdem würde ich gerne zurückkehren und der Sache auf den Grund gehen.«

»Von mir aus«, erwiderte E'Tach und wedelte mit der Hand. »Aber nur eine kleine Einsatzgruppe. Kein Aufsehen. Zwei Gardisten, Standardkampfausrüstung. Berichte mir, falls du irgendetwas Ungewöhnliches bemerkst. Und mit etwas Glück findest du heraus, wer hinter dem Angriff steht. Geh jetzt.«

»Ja, Onkel ... äh, Vorderster. Lang lebe das Kollektiv.« M'Enat verbeugte sich, vollzog das Ritual der Unterwürfigkeit und trat den Rückzug an. E'Tach war froh, ihn los zu sein.

T minus 44

Es war kurz vor Mitternacht, als Lena ihren Wohncontainer verließ und sich zu den anderen unten im Hof gesellte. Jennifer, Liam und Noel warteten bereits auf sie.

Die Hornburg lag ruhig unter dem Sternenhimmel. Von einem der benachbarten Bäume klang das Zwitschern einer Nachtigall an ihre Ohren. Lena fühlte sich, als hätte sie zu viel Kaffee getrunken. An Schlaf war nicht zu denken. So viel war heute passiert und der Tag war noch nicht zu Ende. Vor der Werkstatt machten sie halt.

Noel vollzog das vereinbarte Klopfzeichen und Ben öffnete. Er trug einen schwarzen Kittel sowie einen transparenten Sichtschutz, der sein Gesicht bedeckte. Den Finger auf die Lippen gepresst, sah er sich um, dann gab er ihnen Zeichen, still und unauffällig ins Innere der Werkstatt zu kommen.

Der Raum war in Halbdunkel getaucht, notdürftig beleuchtet von einer kleinen Lampe am hinteren Ende. In der Mitte stand eine stabile Werkbank, an den Wänden waren Regale voller Werkzeuge und Beschläge. Muttern, Schrauben, Nägel – alles fein säuberlich sortiert und in kleinen Kunststofffächern abgelegt.

Lena ertappte sich bei dem Gedanken, dass sie diese Leute falsch eingeschätzt hatte. Äußerlich mochten sie wie Messies erscheinen, doch sie waren ordentlich und strukturiert. Ben winkte sie zum Kopfende des Tisches, wo der merkwürdige Apparat lag, den sie beide heute im Wald gefunden hatten.

Liam betrachtete das fremdartige Gerät mit argwöhnischem Blick. »Ist das ein Akkuschrauber, oder was?«

»Um ehrlich zu sein, ich weiß es nicht«, gab Ben zu. »So etwas wie das hier habe ich noch nicht gesehen.«

Noel hob die Brauen. »Dann muss es aber wirklich etwas Besonderes sein. Du hast doch schon jedes Gerät in den Fingern gehabt.«

»Und auseinandergenommen«, ergänzte Jennifer mit einem Grinsen.

»Hört auf«, sagte Ben. »Wenn ich sage, das Ding hier ist anders, dann ist es anders. Und es ist gefährlich. Kleine Demonstration gefällig?«

»Und ob.« Liam strahlte.

Ben nahm den Apparat, fummelte daran herum und klappte ihn auseinander. Ein Griff erschien, der perfekt in Bens Hand passte. Ein paar Knöpfe und eine Schlaufe vervollständigten das Bild. Lena trat einen Schritt zurück. Sie wusste, was das Ding anrichten konnte.

»Also gut, seid jetzt besser vorsichtig«, sagte Ben. »Diejenigen von euch, die keine Brille tragen – nehmt euch einen Augenschutz!« Er deutete auf eine Sammlung von Schutzbrillen, die an einem Nagel hing.

Während sie sich versorgten, stellte er einen Holzklotz an das entgegengesetzte Ende der Werkbank und zielte darauf. Merkwürdige grüne Zeichen erschienen an der einen Seite des Apparates und fingen an zu blinken.

»Alle bereit? Drei ... zwei ... eins ...« Er drückte den Abzug.

Ein Knistern wie von einer starken elektrischen Entladung war zu hören. Lena sah, wie sich an der Spitze ein blaues Licht bildete und dann auf den Holzklotz zuraste. Ein trockener Knall ertönte und eine Wolke von Splittern und Holzstückchen sauste durch die Luft. Der Holzklotz war verschwunden.

»Alter ...« Liam klappte der Unterkiefer runter.

»Aua!« Noels Hand fuhr zu seiner Schulter. Ein streichholzgroßer Splitter steckte dort. Fluchend zog er ihn raus und warf ihn auf den Boden. »Was ist das denn für ein Scheiß? Hättest du uns nicht warnen können?«

»Habe ich doch«, sagte Ben ungerührt und drehte sich zu ihnen um. Die Waffe in seiner Hand ließ sie zurückzucken. »Das ist die vorletzte Stufe. Die letzte scheint eine Betäubungseinstellung zu sein. Aber dafür bräuchte ich einen Freiwilligen. Möchte sich jemand melden?«

Alle schwiegen.

»Dachte ich mir. Das muss also warten. Ich mache jetzt lieber wieder die Sicherung rein. Falls mal jemand versehentlich den Auslöser berührt.« Er legte einen kleinen Schalter um. »Ich habe schon eine Weile damit herumexperimentiert und ich kann euch sagen, je mehr ich darüber erfahre, desto mehr Rätsel gibt mir dieses Ding auf.«

»Also, dass es eine Waffe ist, dürfte jetzt jedem klar sein«, sagte Jennifer mit Blick auf Noels blutende Schulter.

»Die Durchschlagskraft ist der Wahnsinn«, sagte Liam. »Das Ding stellt selbst Dads *Gatling* in den Schatten. Wo hast du die her?«

»Das ist eine Unionswaffe«, sagte Ben. »Wo ich sie herhabe, ist im Moment egal.«

Lena blickte auf den mit Splittern übersäten Boden. Keines der Holzstückchen war größer als ein Fingernagel. Der Gedanke, was wohl passierte, wenn so ein Strahl auf einen Menschen traf, ließ Übelkeit in ihr aufsteigen.

»Was mich zur zweiten Funktion dieses Gerätes bringt«, sagte Ben.

»Das Ding kann noch mehr?« Lena riss überrascht die Augen auf.

»Allerdings. Meine Begegnung oben bei der Tankstelle hat mich auf die Idee gebracht. Jennifer war bereits hinten im Lagerraum. Sie konnte nicht sehen, wie der Typ das Ding an der Zapfsäule angebracht hat. Ich konnte mir zuerst keinen Reim darauf machen, bis plötzlich überall wieder Strom war.« Ben ging rüber zum Sicherungskasten und drückte das Ding gegen die Metalltür. Es blieb dort haften, als wäre es magnetisch. Lena sah seltsame Zeichen über die Oberseite huschen. Diesmal waren sie blau.

»Was bedeutet das?«

»Wart's ab.« Ben schien den Auftritt zu genießen. »Seid ihr bereit? Drei ... zwei ... eins ...«

Klick. Das blaue Blinken verwandelte sich in Gelb, dann in Grün. Ein tiefes Summen ertönte. Schlagartig flammte eine überwältigende Helligkeit auf.

Erschrocken presste Lena die Augenlider zusammen. Sie hatte das Gefühl, direkt in die Sonne zu blicken. Als sie ihre Augen wieder öffnete, sah das Innere des Containers anders aus. Ein geradezu überirdisches Licht leuchtete die Werkstatt bis in den hintersten Winkel aus.

»Was zum Geier ist das?«, stammelte Noel. »Eine 120.000-Volt-Batterie?«

»Könnte man glauben, nicht wahr?« Ben grinste. »Nur gut, dass wir hier Deckenstrahler mit LEDs haben. Normale Glühbirnen wären längst durchgebrannt. Tatsächlich vermute ich, dass hier eine völlig neue Form von Energiequelle verbaut wurde. Ich will es nicht beschwören, aber ich könnte mir vorstellen, dass es ein kleiner Reaktor ist.«

»Ein Reaktor? Du meinst, wie bei einem Kernkraftwerk?« Lena machte vorsichtshalber noch einen Schritt zurück. Das wurde ja immer bedrohlicher.

Ihre Eltern hatten ihr so viele Vorträge über die Schädlichkeit von Atomenergie gehalten, dass sie allein bei der Erwähnung dieses Wortes nervös wurde. »Du meinst … radioaktiv?«

»Vielleicht ja, vielleicht nein.« Ben wiegte den Kopf. »Möglicherweise ist es etwas, was wir noch gar nicht kennen. Eine unbekannte Energieform. Allerdings glaube ich nicht, dass das Ding gefährlich ist. Die Unionsmitglieder würden es sonst nicht so locker mit sich herumtragen. Solange wir nicht versuchen, es gewaltsam zu öffnen, sollte nichts passieren.«

Lena gingen die Symbole nicht aus dem Kopf. »Diese Zeichen …«, murmelte sie. »Ist das eine Schrift?«

Ben zuckte die Schultern. »Keine Ahnung. Ich habe mal versucht, sie aufzuschreiben. So sehen sie aus.« Er schob ihr ein Blatt hin.

Lena beugte sich darüber. Die Buchstaben sahen fremdartig aus. Nicht vergleichbar mit irgendetwas, was sie bisher gesehen hatte.

»Meinst du, du könntest das Licht ein bisschen dimmen?«

»O ja, natürlich. Bitte verzeih.« Ben drückte einen Schalter an dem Gerät und schlagartig sank die Helligkeit auf ein angenehmes Maß.

Seufzer der Erleichterung erklangen.

»Schon besser«, sagte Noel. »Ist euch aufgefallen, dass sich nicht nur die Farbe, sondern auch die Zeichen verändern? Als du von Waffe auf Batterie umgeschaltet hast, sind auch die Buchstaben andere geworden.«

»Habe ich bemerkt«, sagte Ben. »Insgesamt sind es drei Zeichenreihen. Beim Ladevorgang hat die erste Reihe aufgeleuchtet, beim Abfeuern der Waffe die zweite. Wenn wir also davon ausgehen, dass diese Zeichen Worte bilden und diese Worte jeweils eine andere Funktion umschreiben ...«

Lena nickte aufgeregt. »... dann heißt das, dieses Ding könnte noch eine dritte Funktion ausführen. Was mag das sein?«

»Ich habe nicht die geringste Ahnung.« Ben blickte betrübt. »Es gibt hier noch einen Knopf, doch wenn man den drückt, passiert nichts. Hier, seht ihr?« Er betätigte den Schalter. Lena versuchte es ebenfalls. »Vielleicht ist der Apparat beim Sturz beschädigt worden. Hat einen Schlag abbekommen oder so.«

»Möglich«, murmelte Ben. »Andererseits – der Rest funktioniert ja. Ich frage mich ...«

»Ja ...?«

»Vielleicht ist es an der Zeit, Onkel Oswald einen Besuch abzustatten. Er kann uns möglicherweise weiterhelfen.«

»Du willst *was?*« Liam sah ihn entsetzt an. »Keine zehn Pferde bringen mich zu diesem Verrückten.«

»Wer ist Onkel Oswald?« Lena sah Ben an.

»Der Bruder unserer Mutter«, entgegnete Liam und machte dabei eine Geste, als hätte der Betreffende nicht alle Tassen im Schrank. »Hat eine Zeit lang gegen die Union gekämpft, dann aber resigniert aufgegeben. Darüber scheint er nicht hinweggekommen zu sein. Er ist seitdem ziemlich gaga. Wir sehen ihn hier nur sehr selten.«

»Nur, wenn es etwas umsonst zu essen gibt«, sagte Noel grinsend. »Er hasst Technik. Wenn du zu ihm gehst, pass bloß auf, dass du keine Metallgegenstände bei dir trägst, da rastet er völlig aus.«

»Nicht zu vergessen Rambo«, sagte Liam. »Er hat mir das Biest mal auf den Hals gehetzt. War verdammt knapp.«

»Rambo?« Lena fand, dass der Name bedrohlich klang.

»Oswalds englische Bulldogge.« Liam verzog das Gesicht. »Ein übles Vieh. Hat mir mein bestes Paar Lederstiefel ruiniert.«

Sie blickte auf den seltsamen Apparat. »Wenn er Technik so sehr hasst, ist er vielleicht nicht die richtige Anlaufstelle.«

»Doch.« Ben schob den Unterkiefer vor. »In unserer Siedlung ist er der Einzige, der jemals eine Unionswaffe zu Gesicht bekommen hat. Ich würde vorschlagen, wir gehen jetzt schlafen und brechen morgen zeitig auf. Wenn ich mich recht erinnere, ist Oswald Frühaufsteher.«

»Von mir aus«, sagte Liam gähnend. »Aber lasst uns hier vorher noch sauber machen. Wenn Dad die Holzspäne sieht, könnte er anfangen, Fragen zu stellen.«

Teil III

OSWALD

T minus 43

Es war früh am Morgen, als sie bei Onkel Oswald eintrafen. Die Hütte befand sich im Wald, unter einem steilen Überhang. Eine windschiefe Behausung, bei der Lena unwillkürlich an ein Hexenhaus erinnert wurde. Mit Holzschindeln, winzigen Fenstern und einem krummen Schornstein, aus dem ein dünner Rauchfaden stieg. Lupo rieb seinen Kopf an ihrer Seite und blickte zu ihr hoch.

»Sieht gruselig aus, nicht wahr?«, sagte sie. »Aber du passt ja auf mich auf.«

Ihr steckte die Müdigkeit in den Gliedern. Es musste halb zwei gewesen sein, als sie endlich im Bett gelegen hatte. Als ihr die Augen zugefallen waren, war sie von wirren Träumen verfolgt worden. Von Menschen, die lebensecht wirkende Masken auf ihren Gesichtern trugen und die niemals lächelten. Zum Glück hatten ihre Eltern nichts von dem Ausflug bemerkt, das hätte noch zusätzlichen Stress bedeutet.

Die Gesichter von Ben, Noel und Liam wirkten grau. Auch ihnen stand die Müdigkeit ins Gesicht geschrieben. Jennifer war nicht mitgekommen, sie hatte heute Schießtraining im Steinbruch.

Noel blickte in die Runde. »Wer traut sich?«

»Es war meine Idee, also sollte ich das wohl übernehmen.« Ben blickte sorgenvoll auf die windschiefe Tür. Es schien ihn große Überwindung zu kosten anzuklopfen.

»Vielleicht sollten wir uns vorher bemerkbar machen«, schlug Lena vor. »Wenn euer Onkel so reizbar ist, sollten wir ihm Zeit geben, sich auf uns vorzubereiten.«

»Stimmt«, sagte Noel grinsend. »Nicht, dass er noch einen Herzinfarkt bekommt.«

»Pass lieber auf, dass du keinen bekommst.« Die Stimme erklang direkt hinter ihnen. Alle fuhren herum.

Lena hielt den Atem an.

Wie aus dem Nichts war ein großer, hagerer Mann aufgetaucht. Zwischen Kapuze und Vollbart schimmerte ein blindes Auge. Gekleidet war der Kerl in die Farben des Waldes. Tatsächlich vermochte Lena nicht zu sagen, wo der Umhang anfing und wo er endete, denn der Baum, vor dem er stand, hatte exakt dieselbe Farbe.

Doch unter dem Bart zeichnete sich ein Lächeln ab. »Ich bin keineswegs so schreckhaft, wie ihr glaubt«, sagte er. »Tatsächlich erfreue ich mich bester Gesundheit. Danke der Nachfrage.«

Als Lenas und seine Blicke sich kreuzten, verschwanden die harten Falten um die Augen. »Endlich mal ein neues Gesicht. Und ein hübsches dazu, wenn ich mir die Bemerkung erlauben darf. Ich bin Oswald, wie heißt du?«

»Lena.«

»Le...na ...« Er rollte ihren Namen wie ein Bonbon im Mund. »Schöner Name. Ich kannte mal eine Lena. Lange her. Wer ist dein Begleiter?«

»Lupo.«

»Ein Wolfshund, ich bin beeindruckt.« Er nickte voller Respekt. »Ich hoffe, er ist friedlich. Dies ist Rambos Territorium. Rambo ist ziemlich wählerisch, was Besucher angeht.« Auf ein Schnalzen hin kam hinter dem Baum der hässlichste Hund hervor, den Lena jemals gesehen hatte. Er sah aus wie ein Mittelding aus dem ehemaligen englischen Premierminister Winston Churchill und einem Sumoringer. Gedrungener Körperbau, dicke Tränensäcke und eine hängende Unterlippe. Aus dem Winkel seines Mauls ragten spitze Zähne hervor. Unter dem sandfarbenen, kurzen Fell spannte sich ein Berg von Muskeln.

Lupo ging in Habachtstellung. Er beobachtete den Neuankömmling mit wachsamen Augen. Lena packte das Halsband, doch ihre Sorge war unbegründet. Lupo begann, mit seinem Schwanz zu wedeln, und – o Wunder – auch Rambos kurzer Stummelschwanz begann zu zucken. Lena, die ihren Begleiter gut genug kannte und ihm vertraute, ging das Risiko ein und ließ ihn los. Die beiden Hunde umschlichen einander respektvoll und beschnupperten sich. Dann geschah das Unfassbare. Rambo warf sich auf den Rücken, präsentierte Lupo seinen Bauch und stieß Geräusche aus wie ein kleines Schwein.

Oswald klappte der Unterkiefer runter. »Das kommt jetzt überraschend ...«

»Scheint, dass die beiden Freundschaft geschlossen haben«, sagte Lena. »Und dann noch in so kurzer Zeit.«

»Wenn es nur Freundschaft ist, wäre alles in Ordnung. Ich könnte mir aber vorstellen, dass es mehr ist.« Auf Oswalds Gesicht erschien ein schiefes Grinsen. »Falls ihr es noch nicht bemerkt habt, Rambo ist ein Weibchen.«

»Ein Weibchen?« Liam stand der Mund offen. »Aber wieso dann dieser Name?«

»Ich habe mir eine abschreckende Wirkung davon versprochen«, sagte Oswald. »Allerdings scheint sich das jetzt erledigt zu haben. Die Natur folgt ihren eigenen Regeln.«

Noel gluckste vor Lachen. »Sieht aus wie Liebe auf den ersten Blick.«

Oswald räusperte sich. »Kommen wir mal zu euch. Was wollt ihr von mir?«

»Das soll Ben Ihnen erklären«, sagte Lena. »Er hat etwas gefunden, bei dem wir Ihren Rat brauchen könnten.«

»Meinen Rat? Was soll das sein, ein neues Rezept für Esskastaniensuppe?«

»Nein ...« Ben sah sich um. »Es ist ein bisschen schwierig zu erklären. Ich hoffe, du gehst mir nicht gleich an die Gurgel, aber du bist der Einzige, der vielleicht weiß, was das hier ist.« Er schlug das Tuch beiseite. Die Unionswaffe glänzte schwarz und bedrohlich.

Oswalds Reaktion war verblüffend. Er zuckte zurück und stieß ein Geräusch aus, bei dem sogar Rambo und Lupo für einen Moment ihr Spiel unterbrachen.

»Ein Frequenzierer ... wo habt ihr den her?«

»Komplizierte Geschichte«, sagte Ben. »Sagen wir der Einfachheit halber, er ist durch einen Unfall in meinen Besitz gekommen. Ein bisschen was haben wir schon in Erfahrung gebracht, aber wir würden gerne mehr wissen.«

»Ich habe den anderen erzählt, dass du gegen die Union gekämpft und den Agenten ein paar aufs Maul gegeben hast«, sagte Liam großspurig. »Ich dachte, dein Wissen könnte vielleicht helfen, dieses Rätsel zu knacken.«

»Spar dir deinen flapsigen Ton, Junge. Ich bin keiner deiner Bros. Und mit Sicherheit habe ich nie einem Agenten *ein paar aufs Maul gegeben.«* Das stahlgraue Auge unter den Brauen blickte Liam finster an. »Wenn ihr einen Rat von mir wollt: Versenkt das Teil an der tiefsten Stelle des Sees. Es wird euch nur Unglück bringen. So, wie es mir nur Unglück gebracht hat.«

Er öffnete seinen Umhang. Lena sah eine lange Narbe, die quer über seine bleiche Brust verlief. Es musste eine heftige Verletzung gewesen sein und sie war schlecht behandelt worden, die Narbe wäre sonst nicht so hässlich geworden. Ein seltsam aussehendes Amulett in Form eines länglichen Kristalls hing um seinen Hals.

Oswald knöpfte das Hemd wieder zu. »Ein kleines Souvenir, das ich von einem dieser Scheißdinger zurückbehalten habe. Liegt jetzt über ein Jahr zurück, aber es vergeht kaum ein Tag, an dem mir die Narbe keine Schmerzen bereitet. Ihr wollt einen Rat? Lasst die Finger davon.«

Es sah aus, als wäre das Gespräch damit für ihn beendet. Doch als er sah, dass die Jugendlichen nicht gehen wollten, gab er sich einen Ruck. »Na ja, wenn ihr euch schon die Mühe gemacht habt, sollte ich euch wohl wenigstens einen Tee anbieten. Aber Schuhe ausziehen, verstanden? Und Metallgegenstände da drüben ins Körbchen. Wehe, ich erwische euch mit irgendeiner Form von Technik. Das Ding da kannst du ausnahmsweise mitnehmen.« Er nickte in Richtung der Waffe. »Ich wage zu bezweifeln, dass es aus Metall ist.« Er stieß einen Pfiff aus. »Rambo – heimwärts! Du darfst deinen neuen Spielkameraden mitnehmen.«

Mit einem Grunzen sprang die Bulldogge auf und wuselte in Richtung Hütte.

Im Inneren war es warm und gemütlich. So winzig das Haus von außen auch wirken mochte, drinnen war es geräumig und gepflegt. Oswald erklärte ihnen, dass er das vorhandene Höhlensystem genutzt hatte, um sich dort einzurichten, und dass die Hütte draußen nur Tarnung war. »Macht es euch gemütlich«, sagte er mit einladender Geste. »Ich werde einen Tee aufsetzen.«

Lena sah sich um. Sie bemerkte einen Plattenspieler, einen Schreibtisch aus Kirschholz sowie Papier und Federkiel. Relikte einer längst vergangenen Epoche. Entlang der holzgetäfelten Wände wechselten sich Buchregale mit Gemälden ab, Musiksammlungen mit Globen und Atlanten. In antik wirkenden Kristallleuchtern flackerten Kerzen.

Auf dem Boden lagen wertvolle Orientteppiche, es gab einen

Kamin sowie eine Sammlung alter Whiskys. Lena musste feststellen, dass sie den Mann vielleicht falsch eingeschätzt hatte; dies war nicht das Haus eines Verrückten, sondern eines Mannes von Bildung und Geschmack.

Als Oswald mit einem Tablett in der Hand zurückkam, wirkte er sichtlich verändert. Seinen Umhang hatte er durch einen bequem aussehenden Hausanzug ersetzt. Seine Füße steckten in weinroten Pantoffeln. Haare und Bart hatte er gekämmt, sodass er nicht länger wie ein Landstreicher wirkte.

»Hat sich einiges verändert seit letztem Mal, nicht wahr, Kinder?« Er zwinkerte ihnen zu. »Ich habe keine Lust mehr gehabt, wie ein Einsiedler zu leben. Das war mir auf Dauer dann doch zu trostlos. Stattdessen habe ich beschlossen, mein Leben künftig der Erinnerung und dem Erhalt der alten Welt zu widmen. Literatur, Naturwissenschaften, Kunst, Geschichte – all das, was wir seit dem Stromausfall vergessen haben. Nichts gegen die Ziele eures Vaters. Rico ist ein guter Mann, ein Überlebensexperte. Aber Überleben ist in diesen Zeiten nicht alles. Ab einem bestimmten Punkt muss sich jeder die Frage stellen, warum er auf der Welt ist. Welchen Sinn das eigene Leben hat. Meinen finde ich im Erhalt und der Pflege dieser Sammlung. Es soll so etwas wie mein Vermächtnis sein.«

»Woher stammen die Stücke?«, erkundigte sich Lena. »Sie sind wunderschön.«

»Freut mich, dass sie dir gefallen.« Oswald lächelte. »Ich sehe darin so etwas wie die Arche Noah. Etwas, das ich aus der alten Welt in die neue gerettet habe. Das meiste davon stammt noch aus meinem alten Haus. Menschen plündern keine Büchersammlungen, wenn sie auf der Suche nach etwas Essbarem sind. Nachdem ich meine jetzige Behausung um ein paar Räume erweitert hatte, verspürte ich den Drang, die alten Sachen wieder um mich zu haben. Vielleicht können sie ja den Grundstein für eine neue und bessere Zukunft bilden.«

Lena nickte. Ben und sie hatten darüber gesprochen. Eine bessere Zukunft war etwas, wovon sie beide träumten.

Ben räusperte sich verlegen. »Hast du eigentlich mal wieder was von unserer Mutter gehört, deiner Schwester ...?«

Oswald stellte das Tablett mit einem so heftigen Schlag auf den Tisch, dass die Tassen klirrten. »Nein«, sagte er. »Und ich glaube auch nicht, dass wir jemals wieder etwas von Marianne hören werden. Wenn ihr mich fragt, so ist sie tot. Hier, bedient euch selber.«

»Aber wie kannst du das wissen? Hast du Nachricht von ihr erhalten?« Ben blickte betroffen.

»Wissen?« Er runzelte die Stirn. »Ich weiß nichts, ich vermute es. Wäre sie noch am Leben, hätte sie uns doch schon längst verständigt. Ich weiß, wie schwer es ihr gefallen ist, euch zu verlassen. Ich habe versucht, es ihr auszureden, doch sie ließ sich nicht umstimmen. Marianne war eine leidenschaftliche Gegnerin der Leute, die seit dem Stromausfall unser Land regieren. Euer Vater wollte immer nur seine Ruhe, sie dagegen wollte auch früher schon die Welt verändern, sie zu einem besseren Ort machen.«

»Ja, ich weiß«, sagte Ben seufzend.

»Niemand konnte so gut mit der Waffe umgehen wie sie«, sagte Oswald lächelnd. »Doch selbst ich konnte ihren hochtrabenden Träumen und Zielen irgendwann nicht mehr folgen. Sie hat sich mit den falschen Leuten verbündet und sich die falschen Gegner ausgesucht. Man legt sich nicht mit der Union an.«

Lena runzelte die Stirn. »Klingt, als hätten Sie sich mit der Union als zentraler Regierung abgefunden ...«

Die Reaktion fiel heftiger aus als erwartet. »Nach dem, was sie mir angetan hat? Wohl kaum.« Das stahlgraue Auge wanderte in ihre Richtung. »Ich weiß, dass viele die Atlas-Union verteidigen. Wäre sie nicht gewesen, hätte die Menschheit den weltweiten Stromausfall niemals überlebt, so sagen manche. Die Union hat dafür gesorgt, dass alle wieder Arbeit haben, ihre Familien versorgen können. Sie hat dafür gesorgt, dass die Krankenhäuser wieder geöffnet haben, dass der Handel funktioniert, sogar dass wir wieder ein einfaches Währungssystem haben, bla bla bla.« Er schenkte sich eine Tasse ein, nahm einen Würfel Zucker und rührte um. »In allen Epochen der Menschheitsgeschichte haben Herrscher ihr Tun mit dem Argument verteidigt, dass sie nur zum Wohle der Bevölkerung handeln und dass es ohne sie noch schlimmer wäre. Dabei vergessen sie zu erwähnen, um wie viel besser und schöner die Welt ohne sie hätte werden können. Denn eines ist sicher. Der Mensch braucht nicht viel. Etwas zu essen, ein Dach über dem Kopf und Freiheit. Mehr ist es nicht. Die Union gibt uns die ersten beiden Dinge, doch mit der Freiheit sieht es düster aus.«

Lena beobachtete, wie er nach seinem Amulett griff und es unter dem Morgenmantel verschwinden ließ. Sie neigte den Kopf. »Was haben Sie eigentlich gegen Metall? Wenn ich mich hier so umsehe, dann gibt es doch ein paar Geräte, die Metall enthalten. Der Plattenspieler da drüben zum Beispiel.«

»Nur, wo es sich nicht vermeiden lässt«, entgegnete Oswald. »Manche Sachen funktionieren einfach nicht ohne Metall. Doch ich schränke es so stark wie möglich ein.«

»Warum?«

»Metall ist ein Verstärker«, lautete die Antwort. »Es zieht Strahlung an, bündelt sie und leitet sie weiter. Für den menschlichen Organismus ist Strahlung schädlich, mitunter sogar tödlich. Der elektromagnetische Puls hat uns gezeigt, wie verheerend es sein kann, zu viel davon um sich zu haben. Metall ist wie eine Droge.

Deswegen habe ich mich davon losgesagt. Womit wir endlich zu diesem teuflischen Apparat kommen, den ihr mir da ins Haus geschleppt habt.«

Oswald ging hinüber zum Tisch. Er hob Bens Fund hoch, prüfte ihn von allen Seiten und legte ihn dann wieder hin.

»Ich muss euch warnen«, sagte er. »Ich weiß mehr über dieses Ding, als euch lieb sein kann. Wenn ihr mich bittet, euch davon zu erzählen, dann tut ihr das auf eigene Gefahr. Wissen ist nicht immer gut, es kann gefährlich sein.«

Schon wieder wusste Lena nicht genau, wovon Oswald sprach. »Wieso gefährlich?«

Bens Onkel wiegte nachdenklich den Kopf. »Wissen ist wie eine Tür. Erst mal geöffnet, lässt sie sich kaum schließen. Dann muss man hindurchgehen und nachsehen, was auf der anderen Seite ist. Wollt ihr das?«

»Also ich schon.« Lena sah in die Gesichter ihrer Freunde und erblickte dort die gleiche Entschlossenheit. Eine Möglichkeit, tieferes Wissen zu erlangen? Aber klar doch! Wer konnte da widerstehen?

Die anderen nickten ebenfalls.

Oswald lächelte. »Na, dann kommt mal alle her.«

T minus 42

Oswald stand am Ende des Tischs und fummelte an dem Apparat herum. Argwöhnisch beobachtete Lena das Erscheinen der Symbole.

»Ihr fragt euch sicher, was ich hier tue, oder?« Oswald blickte in ihre gespannten Gesichter. »Um euch das zu demonstrieren, muss ich ein paar Vorbereitungen treffen. Rambo, kommst du mal her? Ich brauche dich hier neben dem Frequenzierer.« Er klopfte auf den Tisch. Die Bulldogge kam angehoppelt. Da sie es allein nicht schaffte, packte Oswald sie und hob sie hoch.

»Was ist das überhaupt für ein Name?«, erkundigte sich Lena. »Frequenzierer – habe ich noch nie gehört.«

»Den Namen habe ich aufgeschnappt, als ich mal Unionsleute belauscht habe. *Frequenzieren* bedeutet so viel wie: *die Frequenz verändern.* Eigentlich stammt der Begriff aus der Akustik und Strahlungstechnik, wird aber auch in der Musik verwendet. Gebt acht.« Er platzierte Rambo neben dem Apparat und befahl der Hundedame, sitzen zu bleiben. Rambo fiel das schwer, Lena konnte es ihr ansehen. Sie wollte viel lieber mit Lupo spielen. Aber sie war gut erzogen und ertrug die Prüfung mit Würde und Haltung.

Oswald schaltete das Gerät ein. Ein merkwürdiges Licht erschien. Es umhüllte Rambo wie eine zweite Haut. Dass der Prozess weder schmerzhaft noch unangenehm war, konnte Lena daran erkennen, dass die Hundedame ruhig sitzen blieb. Sie hechelte und wedelte mit ihrem Stummelschwanz. Erst als das Licht wieder verlosch, stieß sie ein fragendes Japsen aus.

»Perfekt«, sagte Oswald. »Du hast deine Sache sehr gut gemacht. Komm, ich helfe dir wieder runter. So.« Er setzte sie auf den Boden. »Der Scanvorgang ist abgeschlossen. Jetzt bist du dran, Lupo. Komm her.« Er klopfte mit der Hand auf den Tisch. Lupo blickte fragend zu Lena. Auf ihr Nicken hin sprang er mit einem Satz auf den Tisch.

»Sehr schön. Hier neben den Frequenzierer. Mach Platz. Brav.«

Lupo blickte interessiert, wie Oswald mit dem Finger über die violett blinkende Schrift strich. Ein Summen war zu hören, dann schalteten die Buchstaben erst auf Gelb, dann auf Grün. Was dann geschah, entlockte Lena einen kleinen Schrei.

Lupo war nicht mehr da.

Stattdessen saß dort eine zweite Bulldogge. Sie glich Rambo aufs Haar. Die gleichen Augen, dasselbe cremefarbene Fell, derselbe Stummelschwanz, dieselbe hängende Unterlippe. Sogar die Geräusche und Bewegungen, die das Tier machte, waren identisch. Als hätte man Rambo geklont.

Oswald nahm sie, hob sie runter und setzte sie auf den Boden.

Lena war fassungslos. »Was haben Sie mit meinem Hund gemacht?«

»Ihn frequenziert. Das ist es, was dieses Gerät tut – abgesehen von ein paar anderen Funktionen.«

»Frequenziert? Ich verstehe nicht. Wohin ist Lupo verschwunden? Geht es ihm gut? Ich will meinen Hund wiederhaben.« Mit Abscheu blickte sie auf dieses Wesen, das gerade auf Tuchfühlung mit Rambo gegangen war.

Der Hundedame schien die Sache ebenfalls nicht geheuer zu

sein. Sie wich zurück, dann überwand sie sich und beschnüffelte ihr Gegenüber ausgiebig. Lena registrierte jede ihrer Bewegungen. Erstaunlich. Rambo fing nicht an, auszurasten oder zu kläffen. Stattdessen zeigte sie Reaktionen, als hätte sie immer noch Lupo vor sich. Wie konnte das sein?

»Ich ... ich glaube, ich weiß, was das ist.« Ben war kreidebleich geworden. »Ich habe das schon einmal gesehen. Oben, an der Tankstelle. Da war ein Flackern und für einen kurzen Moment verschwand der Mann und ...«

»Und?« Lena hing an Bens Lippen.

Er schüttelte den Kopf. »Ich weiß es nicht mehr. Es ging so schnell. Ich weiß nur noch, dass es nicht mehr dieselbe Person war, die dort eben noch getankt hatte.«

»War es ein anderer Mann?« Oswald sah Ben durchdringend an. »Versuch, dich zu erinnern, Junge.«

»Keine Ahnung. Ich glaube, ja. Aber er sah irgendwie seltsam aus.«

»Inwiefern?«

»Wenn ich mich doch nur erinnern könnte ...«

Oswald atmete tief durch. »Ich glaube, was du gesehen hast, war einer von *ihnen.«*

»Ihnen, was meinen Sie damit?«

»Hört mir zu, Kinder. Was ich euch jetzt sage, dürft ihr auf keinen Fall weitererzählen. Im Dorf würde man euch ohnehin nicht glauben. Doch da ihr durch Zufall selbst darauf gekommen seid, kann ich euch ruhig ein paar Infos anvertrauen. Diejenigen, die uns seit dem Stromausfall regieren, sind nicht von hier. Ich weiß nicht, ob sie schon früher da waren. An der Macht sind sie jedenfalls erst seit dem Stromausfall. Dank Geräten wie diesem hier ist es ihnen gelungen, uns zu täuschen und die Geschicke unseres Planeten zu lenken. Und natürlich nutzen sie sie zu ihrem Vorteil aus.«

Lena runzelte die Stirn. Sie wechselte Blicke mit Ben und den anderen. Was Oswald da von sich gab, klang wie das Geschwätz eines Irren. »Aha, aber wenn sie nicht von hier sind – von wo kommen sie und wer sind sie in Wirklichkeit? Irgendwelche verrückten Wissenschaftler?«

»Russen vielleicht«, schlug Liam vor. »Dad sagt immer, die Russen sind an allem schuld.«

»Ganz gewiss sind es nicht die Russen«, sagte Oswald. »Ich kann nicht mit hundertprozentiger Sicherheit sagen, wer es ist, aber sie dürften uns technologisch ziemlich überlegen sein, wenn sie solche Dinger bauen können. Nehmt zum Beispiel den EMP, der unsere Welt auf den Kopf gestellt hat. Das war kein natürliches Phänomen. Es ist theoretisch gar nicht möglich, dass ein einzelnes Ereignis solche Auswirkungen auf den gesamten Planeten haben könnte. Ich war früher mal Ingenieur, ich weiß, wovon ich rede. Es ist bis heute nicht bekannt, was den elektromagnetischen Puls ausgelöst hat und wie er zeitgleich alle Geräte rund um die Welt zerstören konnte.«

»Jeder weiß doch, dass die Supernova den EMP ausgelöst hat«, erklärte Lena.

»Ich bezweifele, dass daran ein wahres Wort ist. Erstens, weil die Strahlung der Supernova einige Tage früher bei uns eintraf, und zweitens, weil Beteigeuzes Strahlungsmenge für eine solch fatale Kettenreaktion viel zu schwach war. Der Stern ist einfach zu weit weg.«

»Vielleicht war es ja eine Form von Strahlung, die wir noch nicht kennen«, gab Noel zu bedenken.

»Auch das glaube ich nicht.« Oswald schüttelte entschieden den Kopf. »Es gab einen klassischen EMP und der war messbar. Binnen weniger Sekunden hat er Mikroprozessoren und Halbleiterplatinen rund um die Erde zerstört. Unser gesamtes Wirtschafts-

und Finanzwesen brach binnen weniger Sekunden zusammen. Datenbanken, Server, Forschungsergebnisse – alles futsch. Alle Konten weltweit wurden auf null zurückgesetzt. Vermögen weg, Schulden weg, niemand besaß mehr etwas.« Er atmete tief ein. »Für manche war das durchaus eine Verbesserung, doch die meisten hat es hart erwischt. Unzählige Existenzen wurden damals vernichtet. Eine solch immense Zerstörung passiert nicht einfach aus heiterem Himmel. Auch gab es nicht nur eine einzige Quelle, sondern Dutzende. Rund um den Globus, und zwar in einer Höhe von sechsunddreißigtausend Kilometern. Die Höhe, in der sich geostationäre Satelliten befinden.«

»Und was soll das bitte schön heißen?« Lena konnte nicht aufhören, diesen fremden Hund anzustarren. »Wollen Sie etwa behaupten, da wären Bomben im Weltall explodiert? Wer soll die denn da hingebracht haben?«

»Das ist die Frage, nicht wahr?« Oswald blickte auf den Frequenzierer. »Ich tippe darauf, dass es dieselben Personen waren, die dieses Gerät erfunden haben. Am besten, ich schalte den Apparat jetzt wieder ab.«

Er strich mit der Hand darüber. Es gab ein Flimmern und der fremde Hund verschwand. An seiner Stelle saß jetzt wieder Lupo dort und schaute Lena mit seelenvollen Wolfsaugen an.

Sie ging in die Hocke und breitete ihre Arme aus. Lupo kam angerannt und begrüßte sie stürmisch. Sie betrachtete ihn, strich über seinen Kopf, sah sich die Pfoten und den Rest des Körpers genau an. »Alles in Ordnung mit dir? Fehlt dir auch nichts?«

»Was soll ihm denn fehlen?«, sagte Oswald. »Der Frequenzierer funktioniert wie ein Tarnschirm. Es ist eine Illusion. Wenn auch eine sehr weit fortgeschrittene, das muss ich zugeben.«

Lena runzelte die Stirn. »Wie hat er sich denn angefühlt, als Sie ihn hochgehoben haben?«

»Das ist das Verrückteste«, sagte Oswald. »Er hat sich genau angefühlt wie Rambo. Genauso rund, genauso schwer und mit glattem Fell. Der Tarnschirm verändert nicht nur das optische Aussehen, sondern auch Form und Gewicht. Er frequenziert jedes Merkmal eines Objektes. Geruch, Gewicht, Farbe, ja sogar Stimmen.«

Alle dachten über diese Bemerkung nach, als plötzlich von außen heftig an die Tür geklopft wurde.

Lena sah Oswald alarmiert an. »Erwarten Sie etwa Besuch?«

»Nein.« Er holte ein Gewehr aus dem Wandschrank. »Packt das Ding weg, schnell!«

Rasch schlug Ben den Frequenzierer wieder in die Tücher ein und ließ ihn verschwinden. Die Nerven aufs Äußerste gespannt, verfolgte Lena, was sich vorne an der Tür tat. Wortfetzen drangen an ihr Ohr. Dem Klang nach eine Mädchenstimme. Dann folgten rasche Schritte. Oswald kehrte in Begleitung von Jennifer zurück. Sie wirkte abgehetzt.

»Na los«, sagte Oswald. »Sag ihnen, was du mir gesagt hast.«

Jennifers Gesicht war gerötet und glänzte vor Schweiß. »Ihr werdet es nicht glauben«, keuchte sie. »Packt eure Sachen und kommt mit. Es scheint Neuigkeiten zu geben. *Von unserer Mom!*«

T minus 41

Ben betrachtete den fremden Jungen mit einer Mischung aus Faszination und Argwohn. Er mochte vielleicht fünfzehn oder sechzehn Jahre alt sein und sah ziemlich verwegen aus. Seine blonden Haare waren strubbelig und standen nach allen Seiten ab. Seine blauen Augen blickten furchtlos. Eine Narbe zog sich seitlich über seine Schläfe bis zum Wangenknochen. Gekleidet war er wie ein Streuner – halb Leder, halb Stoff. Mit Schulterschützern, Stiefeln und einem Munitionsgurt, der wie eine Schärpe über Brust und Rücken hing. Ben vermutete, dass es Armbrustbolzen waren. Allerdings hatte er die Armbrust beim Waffenmeister abgeben müssen. Innerhalb der Hornburg bestand striktes Verbot jeglicher Art von Tötungswerkzeugen. Etwa ein Dutzend Bewohner der Siedlung hatten sich versammelt.

Die Stimmen wogten wild durcheinander. Jeder richtete andere Fragen an ihren Besucher. Der Bursche hielt die Arme verschränkt und blickte stumm in die Runde. Lenas Eltern befanden sich ebenfalls unter den Versammelten.

Als Lena, Jennifer, Ben, Noel und Liam eintraten, wandten sich ihnen viele Köpfe zu. Die Stimmen wurden leiser und erstarben.

Rico Kowalski stand auf. Sein Bart war gesträubt. Ben konnte ihm ansehen, wie aufgebracht er war. »Da seid ihr ja endlich«, donnerte er. »Wo habt ihr gesteckt?«

»Sie waren bei mir!«, rief Oswald, der als Letzter durch die Tür trat. »Ich habe sie zu einer Tasse Tee eingeladen.«

»Zu einer Tasse Tee?« Dads Stimme triefte vor Spott. »Es ist lange her, dass du mich mal zum Tee eingeladen hast. Ich weiß zwar nicht, was du mit meinen Kindern zu besprechen hattest, aber du hattest sicher gute Gründe.«

»Die hatte ich«, erwiderte Oswald ungerührt.

»Sei's drum«, grummelte Rico. »Sucht euch einen Stuhl und dann wollen wir endlich anfangen. Ich will hören, was der junge Mann zu berichten hat. Leg los, Bursche.«

Sie nahmen Platz.

»Mein Name ist Paul«, sagte der Junge mit kräftiger Stimme. »Paul Feininger. Ich bin der Sohn von Max Feininger, dem Anführer der Widerstandsgruppen im Südwestdistrikt.«

Aufgeregte Stimmen erklangen. Der Widerstand war etwas, wovon man in diesem Teil der Welt nicht oft zu hören bekam. Geschweige denn, dass man mal einen Widerstandskämpfer persönlich traf. Für Ben war das ein besonderer Moment.

»Vorgestern Morgen, ziemlich genau um diese Uhrzeit, startete die Union eine groß angelegte Razzia«, berichtete der Junge. »Unser Unterschlupf wurde von Gardisten angegriffen. Viele wurden getötet. Mein Vater und seine Lebensgefährtin wurden festgenommen. Ihr Name dürfte euch allen bekannt sein. Er lautet Marianne Kowalski.«

Überraschte Rufe erklangen.

Bens Herz machte einen Sprung. Eine Anführerin des Widerstands. *Seine Mom!* Das war es also, wovon der Mann in St. Johan gesprochen hatte. Sie war gefangen genommen worden. Das bedeutete, sie war noch am Leben.

Rico stand von seinem Platz auf. »Meine Frau festgenommen? Sicher, dass sie nicht getötet wurde?«

»Ganz sicher«, entgegnete der fremde Junge kühl. »Ich habe mit eigenen Augen gesehen, wie man sie in einen Wagen verfrachtet und abtransportiert hat. Abgesehen davon ist sie nicht mehr Ihre Frau. Sie ist die Lebensgefährtin meines Vaters.«

Rico nahm wutschnaubend Platz.

Der fremde Junge machte eine kurze Pause, dann fuhr er fort.

»Ich war anfangs auch nicht begeistert, dass die beiden ein Verhältnis anfingen, das dürfen Sie mir glauben, Herr Kowalski. Meine eigene Mutter starb, als ich gerade acht Jahre alt war. Für mich ist sie durch niemanden zu ersetzen. Allerdings wollte Marianne das auch gar nicht. Sie ist eine Kämpferin durch und durch ...«

Ben fühlte, wie seine Ohren anfingen zu glühen. Seine Mom lebte. Er hatte es gewusst. Er hatte nie an ihr gezweifelt. Sie hatte sie nur verlassen, um sich einem größeren Ziel zu widmen. Um sie zu schützen – ihn, seine Geschwister, das ganze Dorf. Er hätte kaum stolzer sein können als in diesem Moment.

»Was ist passiert?«, fragte er.

»Wie ich schon sagte, ein Angriff der Atlas-Union. Irgendwie müssen sie auf unsere Fährte gekommen sein. Ich selbst entkam nur mit knapper Not.« Paul sah ihn an. »Ich suche ein paar mutige Helfer, die sich mir anschließen und versuchen, Marianne zu befreien. Als ich mich zu euch aufgemacht habe, bin ich ein großes Risiko eingegangen. Die Festnahmen haben dem Widerstand starken Schaden zugefügt. Viele Mitglieder sind im letzten Jahr beim Kampf gegen die Union gestorben. Die Union setzt jetzt Drohnen für die Jagd auf uns ein. Es wird also ein riskantes Unternehmen.«

Betretenes Schweigen senkte sich über die Versammlungshalle.

»Du suchst Kämpfer?« Ben wiegte seinen Kopf. »Hier bei uns

dürfte das ziemlich schwer werden. Klar können wir mit Waffen umgehen, aber sieh dich doch mal um, wir sind einfache Bauern und Handwerker.«

»Jeder kann kämpfen, wenn er nur den Mut aufbringt. Wir wissen mit ziemlicher Sicherheit, dass Marianne und mein Vater in der großen Pyramide im Zentrum der Hauptstadt festgehalten werden und dass sie noch am Leben sind. Aber wie lange noch, das steht in den Sternen. Man will Informationen aus den beiden herauspressen und ich habe keine Ahnung, wie lange sie das durchstehen. Deswegen müssen wir schnell und entschlossen handeln. Du bist Ben, nicht wahr?«

Ben nickte.

»Ich dachte es mir. Deine Mutter hatte Fotos von euch bei sich, deswegen kenne ich euch vom Sehen. Sie war – *ist* – eine kluge Frau. Es ist ihr während des letzten Jahres gelungen, sich als Bedienstete in die Pyramide einzuschleichen und die Union auszuspionieren. Dabei hat sie Informationen gesammelt, die für den Widerstand von größtem Wert sind. Dank dieser besonderen Fähigkeit und ihres fotografischen Gedächtnisses konnte sie einen Plan der Anlage entwerfen. Er wird uns hoffentlich dabei helfen, sie zu befreien und das Kommandozentrum zu sabotieren.«

»Was denn für Informationen?«, hakte Ben nach.

»Selbst wenn ich es wüsste, dürfte ich euch davon nichts sagen. Ich weiß nicht mal, ob mein Vater über alles Bescheid weiß. Wie es scheint, hat Marianne Dinge über die Union herausgefunden, die deren Anführer in höchstem Maße in Aufregung versetzt haben. Sie hatte vor, das Land zu verlassen, um ihr gesammeltes Material an einen geheimen Ort zu bringen.«

»Wohin?«

»Weiß ich nicht. Irgendwo in den Süden. Es soll dort eine Gemeinschaft geben, einen Zusammenschluss aus Wissenschaftlern,

Militärs und Widerstandsstrategen, die an einem Plan arbeiten, wie man die Union entmachten kann. Marianne steht schon seit Längerem mit ihnen in Kontakt. Sie kommunizieren über Brieftauben.«

»Brieftauben?« Rico hob ungläubig seine buschigen Brauen.

»Die einzige Methode, die sicher ist«, fuhr Paul fort. »Die elektronischen Kanäle fallen aus. Sie werden alle von der Union kontrolliert und abgehört. Die Dokumente, die sie aus der Pyramide geschmuggelt hat, können nur von hochqualifizierten Wissenschaftlern dechiffriert werden. Deswegen ist es so wichtig, dass wir deine Mutter befreien und ihr dabei helfen, die Reise anzutreten.«

»Warum schickt Marianne nicht ein paar Brieftauben dorthin?«, rief ein Mann und sorgte damit für allgemeine Erheiterung.

»Das ist nicht komisch«, erwiderte Paul schroff. »Erstens ist sie in Gefangenschaft, zweitens sind die Dokumente zu umfangreich, um sie mit Brieftauben zu verschicken. Sie befinden sich in einem Koffer, den sie gut versteckt hat. Ich habe ihn nur einmal kurz zu Gesicht bekommen. Niemand außer Marianne weiß, wo er ist, geschweige denn, wie man den Inhalt entschlüsselt. Deswegen ist es so wichtig, dass wir sie befreien. Also, wie sieht's aus? Seid ihr die mutigen Leute, als die Marianne euch beschrieben hat, oder nicht?« In seinen Augen lag Hoffnung, während er seinen Blick über die Versammelten gleiten ließ.

»Marianne hat uns verlassen«, sagte Rico nach einer kurzen Pause. »Sie hat mich verlassen, ihre Kinder und diese Siedlung. Ich wüsste nicht, warum wir für sie unser Leben aufs Spiel setzen sollten. Und um ehrlich zu sein, ich habe ihren Kampf nie verstanden. Für mich war sie eine Fanatikerin. Die Union ist nicht so schlimm, wie es immer heißt. Immerhin lassen sie uns hier draußen in Ruhe. Solange sie uns nichts tun, werden wir uns nicht mit ihnen anlegen.«

Ben konnte sehen, wie der Junge zusammensackte. »Also doch«, sagte er. »Ich hatte es befürchtet.«

»Nimm's nicht so schwer, Junge«, sagte Rico in versöhnlichem Tonfall. »Du hast Ben gehört: Wir sind einfache Bauern und Handwerker. Wir taugen nicht für solche Aktionen.«

»Denken alle so wie Sie?« Paul blickte in die Runde. Niemand stand auf, um sich seiner Aufforderung anzuschließen. Ben tat er fast schon ein bisschen leid.

»Feiglinge«, murmelte er gerade so laut, dass die vordere Reihe es hören konnte.

Rico stand wütend auf. »Du musst nicht unfreundlich werden, Junge. Ich habe viele Jahre gebraucht, um Mariannes fanatische Gedanken aus meinem Kopf zu löschen. Ich werde nicht dulden, dass unser Dorf damit infiziert wird. Mir ist bewusst, dass die Zeiten schwierig sind und dass in schwierigen Zeiten die Leute dazu neigen, allen möglichen Unsinn zu glauben. Aber nicht hier, verstehst du? Nicht in unserer Siedlung. Wir kämpfen hier ums Überleben. Wir haben uns etwas aufgebaut, was uns hilft, die dunklen Jahre zu überstehen. Wenn ihr da drüben in der Landeshauptstadt einen Umsturz anzetteln wollt, bitte sehr. Aber lass uns aus dem Spiel. Das ist alles, was ich dazu zu sagen habe. Lass dir noch ein Essen geben, Junge, und dann wünsche ich dir eine gute Heimreise. Wenn ich zurück bin, will ich dich hier nicht mehr sehen.« Er stand auf und verließ das Versammlungshaus. Viele begleiteten ihn.

Ben fühlte sich hin- und hergerissen. Er war unendlich erleichtert, dass seine Mom noch am Leben war. Und er konnte die Verbitterung seines Vaters verstehen, der Marianne vorwarf, dass sie die Familie verlassen und den Widerstand vorgezogen hatte.

Andererseits ging es hier um das Leben seiner Mom. Wenn nur die geringste Chance bestand, sie zu befreien, musste er da nicht alle Hebel in Bewegung setzen? Unschlüssig stand er da. Dann traf er eine Entscheidung.

Er ging rüber zu Paul.

T minus 40

»Ich weiß gar nicht, wieso ich mir die Mühe gemacht habe hierherzukommen. Eigentlich hätte ich's besser wissen müssen.« Paul hatte die Hände tief in seinen Hosentaschen vergraben, während er den Waldpfad hinabstieg. Ben und Lena folgten ihm. »Marianne hatte mich vor eurem Vater gewarnt. Sie hatte mir von eurer Siedlung berichtet, insofern hatte ich mir keine allzu großen Hoffnungen gemacht.«

Ben konnte Pauls Ärger nachvollziehen. So viel Aufwand für so ein klägliches Ergebnis. Wäre er an Pauls Stelle gewesen, er wäre vermutlich noch viel wütender gewesen.

Immerhin war Oswald so nett gewesen, ihrem Besucher eine Übernachtung anzubieten. Die Abendstunden gehörten zur gefährlichsten Tageszeit, weswegen Paul ohnehin erst morgen abreisen konnte.

Irgendwie hatte Ben das Gefühl, Paul noch etwas schuldig zu sein, denn es gab da etwas, worüber er unbedingt mit ihm reden wollte. »Wir sind nicht alle so ...«, sagte er leise. »Manche von uns teilen deine Sorge.« Er kraulte Lupo kurz hinter den Ohren, ehe dieser wieder hinter dem nächsten Busch verschwand. »Oswald zum Beispiel.«

»Aber es ist nicht Oswald, der hier das Sagen hat, sondern dein Vater«, erwiderte Paul. »Er trifft die Entscheidungen und er hat ganz klar zum Ausdruck gebracht, dass mit eurer Hilfe nicht zu rechnen ist.«

Ben wiegte den Kopf. »Du musst verstehen, dass es eine Menge Arbeit gemacht hat, diese Siedlung aus dem Boden zu stampfen. Rico hat für uns alle ein Heim in der Wildnis aufgebaut. Wenn du täglich ums Überleben kämpfst, bleibt nicht viel Zeit, um über das Schicksal der Welt nachzudenken.«

Paul blieb stehen und sah ihn an. »Und du denkst, das sei bei uns anders? Ich glaube, du hast keine Ahnung, wie es in Stuttgart zugeht, mein Freund. Warst du seit dem Stromausfall schon mal dort? Hast du dir angesehen, was aus der Landeshauptstadt geworden ist?«

»Nein ...«

»Ich auch nicht«, sagte Lena.

»Ich kann euch versichern, es ist kein Zuckerschlecken. Harte Arbeit, wenig Lohn, schmutzige Luft, enge Behausungen. Wo du hinschaust, graue Kleidung, graue Hände, graue Gesichter. Und die Gedanken sind auch grau.«

»Ich verstehe nicht, wieso sich die Leute das bieten lassen«, hakte Lena nach. »Wieso gehen sie nicht auf die Barrikaden und kämpfen für bessere Arbeitsbedingungen? Für eine lebenswertere Stadt?«

»Weil die meisten froh sind, überhaupt am Leben zu sein«, erklärte Paul mit grimmigem Lächeln. »Sorry, euch das sagen zu müssen, aber eure Ansichten scheinen mir ganz schön naiv zu sein. Der Stromausfall hat Stuttgart und andere Städte hart getroffen. Wie es jenseits der Grenzen aussieht, wissen wir nicht genau, aber vermutlich nicht besser. Wir stehen in Verbindung mit Frankfurt, München und Augsburg und da ist es überall das Gleiche. Wohnungsnot, Essensrationierung, Ausgangssperren. Die Union sagt, das müsse so sein, weil sonst die Infrastruktur zusammenbrechen würde, aber wir vom Widerstand haben da so unsere Zweifel. Klar, kurz nach dem Stromausfall sah die Sache anders aus. Wer überleben wollte und nicht das Glück hatte, wie ihr in einer intakten und selbstversorgenden Siedlung zu wohnen, musste in die Stadt ziehen. Nur dort gab es Heizungen, Wasser, Lebensmittel und Unterkünfte. Die aber auch nur, weil die ehemaligen Besitzer zwangsenteignet wurden, um Platz für so viele Menschen zu schaffen. Jetzt wohnen teilweise vier Familien in einer Wohnung, die nur für eine gedacht war. Klar, die Versorgung funktioniert einigermaßen. Die Wohnungen lassen sich heizen und Strom haben wir auch, ich bezweifele aber, dass die Situation immer noch so angespannt ist wie kurz nach dem Stromausfall. Es sind immerhin zwei Jahre vergangen, in denen viel repariert und wiederhergestellt wurde. Hätte die Union sich zurückgezogen und den Weg frei gemacht für eine neue, demokratische Grundordnung, sähe es bestimmt wieder viel besser aus. Doch die neuen Herrscher haben Gefallen gefunden an ihrer Macht und werden sie nicht freiwillig wieder hergeben. Das ist der Grund, warum wir dagegen ankämpfen müssen.«

Lena neigte den Kopf. »Und E'Tach?«

»Der Generalgouverneur ist schlau«, sagte Paul. »Er gibt sich als Wohltäter und lässt regelmäßig Nahrungsmittel verteilen. Aber der Preis für diese Wohltaten ist hoch.«

»Wie hoch?«

»Nun, zum Beispiel, dass du Tag und Nacht arbeiten musst, um über die Runden zu kommen. Dass die Wochenarbeitszeit ständig erhöht wird und so weiter. So was wie Urlaub hat es seit zwei Jahren nicht gegeben. Die Leute ackern bis zum Umfallen, dann essen und schlafen sie, um am nächsten Tag weiterzuackern. Das geht vielen an die Substanz. Die Menschen haben ihren Lebensmut verloren. Der Spruch, den ihr am häufigsten hören werdet, lautet:

Irgendwann wird es schon wieder besser werden. Als würde das von ganz alleine passieren. Als müsste man nichts dafür tun …« Er verstummte.

Ben fühlte sich mies. »Wenn ich doch nur wüsste, wie ich euch helfen kann.«

»Du uns?« Paul zog eine Braue in die Höhe. »Ihr solltet lieber euch selbst helfen. Und deiner Mutter. Um sie geht es, schon vergessen? Ihre Bedeutung für den Widerstand ist enorm. Wenn es uns nicht gelingt, sie zu befreien und sie auf dem Weg Richtung Süden zu begleiten, ist möglicherweise unsere letzte Chance vertan, gegen die Union etwas auszurichten. Dann wird sie so stark werden, dass niemand sie mehr stoppen kann.«

Ben spürte eine Mischung aus Bewunderung und Eifersucht in sich aufsteigen. So wie Paul redete, hätte man meinen können, er wäre Mariannes Sohn und nicht Ben. Und zwar ein Sohn, der tausendmal mehr auf der Pfanne hatte als Ben.

Aber vielleicht bot sich für ihn ja noch die Möglichkeit, Paul zu beweisen, dass er nicht so ein Angsthase und Versager war, wie dieser glauben mochte.

Paul hatte sein Auto einen guten Kilometer die Straße hinab in einem Dickicht abgestellt. Ein ziemlich merkwürdig aussehender Dünenbuggy, der nur aus Rahmen, Rädern und ein paar zerschlissenen alten Sitzen zu bestehen schien. Ben wunderte sich über den Antrieb, der weder elektrisch noch auf Wasserstoffbasis zu funktionieren schien. Stattdessen waren zwei hässliche, rostige Tanks hinten befestigt, einer horizontal, einer vertikal. Beide verbunden mit einem gekrümmten Rohr. Er traute sich nicht, danach zu fragen, um seinen Ruf als Wundermechaniker nicht zu gefährden, war aber sicher, dass er es ohnehin bald erfahren würde.

»Sieht aus, als würde er nur von Spucke und Kaugummi zusammengehalten«, sagte er. »Hast du den selbst gebaut?«

»Er ist eine *Sie«*, sagte Paul lächelnd und klopfte auf den Rahmen. »Und ja, ziemlich viel daran habe ich selbst gebaut. Das alte Mädchen hat mehr Kilometer auf dem Buckel, als ihr euch vorstellen könnt. Sie mag keine Schönheit sein, aber sie ist zuverlässig. Und das ist alles, worauf es ankommt. Habt ihr Lust, eine Runde zu drehen? Vielleicht du, Lena. Willst du es mal versuchen?«

Sie wirkte verlegen. »Ich weiß doch gar nicht, wie das geht.«

»Ich erklär's dir. Komm schon, es ist nicht schwierig.«

»Na gut.« Sie stieg ein und setzte sich hinters Lenkrad. Lupo sprang auf den Sitz hinter ihr. Suchend beugte Lena sich vor. »Wo ist der Schlüssel?«

»Einen Schlüssel gibt's hier nicht. Unter dem Lenkrad befindet sich eine kleine Sicherheitsbox, siehst du? Wer daran herumfummelt oder den falschen Code eingibt, löst damit die Sprengfalle aus.«

»Oh ...« Ihre Finger zuckten zurück.

»Rutsch kurz zur Seite, ich mache das.« Er öffnete die Box und tippte einen zwölfstelligen Nummerncode ein. Sein Kopf berührte dabei ihr Bein. Ben sah, dass sie rot wurde.

Knatternd startete der Motor.

»Alles klar.« Schnaufend tauchte er wieder auf. »Jetzt kannst du losfahren.«

Lena gab etwas Gas und der Wagen sprang nach vorne. Ben hielt sich fest. Das Ding hatte einen ganz schönen Antritt. Nach wenigen Sekunden schien Lena den Bogen rauszuhaben.

Sie grinste. »In welche Richtung geht es zu Oswald?«

Ben deutete nach links. »Über die Wiese und zwischen den Bäumen hindurch. Es ist ein schmaler Waldarbeiterpfad.« Und Paul rief er zu: »Ich hoffe, dein Buggy schafft das!«

»Keine Sorge, der hat schon ganz andere Steigungen gemeistert. Und jetzt los.«

Lena trat aufs Gas. Das Fahrzeug schoss vorwärts und beschleunigte auf ein beachtliches Tempo.

Ben musste anerkennen, dass die Konstruktion von jemandem erdacht worden war, der sein Handwerk verstand. Selbst mit drei Personen und einem Hund an Bord bezwang der Buggy mühelos den steilen Waldpfad, der hinauf zu Oswalds Hütte führte.

Unterwegs ließ Ben sich den Antrieb erklären. Er funktionierte auf der Basis eines Holzvergasers. Dabei wurde Holz – alternativ auch Braunkohle – erhitzt und das so gewonnene, brennbare Gas zum Antrieb des Fahrzeugs verwendet. Tatsächlich konnte man mit jeder Art von Holz fahren, wobei sich Buche am besten eignete. Hauptsache, es war trocken und gut abgelagert und enthielt keine Fremdkörper wie Nägel oder Ähnliches. Die Technologie selbst war uralt, jedoch in den Jahren vor dem großen Stromausfall in Vergessenheit geraten. Erst der Mangel an Diesel, Benzin oder Strom hatte zu einem erneuten Umdenken geführt. Wenn es stimmte, was Paul sagte, so fuhren inzwischen wieder einige von diesen Knatterkisten durch die Gegend. Und die holperigen Pisten sorgten dafür, dass der Brennstoff immer schön nachrutschte.

Etwa zehn Minuten später erreichten sie ihr Ziel.

Oswald erwartete sie bereits. Er wies ihnen einen Parkplatz zu und half dabei, das Fahrzeug mit Zweigen und Blättern zu verstecken.

Er umrundete das Fahrzeug, als wüsste er nicht, was er davon halten sollte. »Damit bist du von Stuttgart bis hierher gekommen? Ganz schön waghalsig.« Er blickte auf den Motor. »Ein Holzvergaser, du meine Güte. Ich dachte, diese Technologie sei längst ausgestorben. Aber der Mensch weiß sich immer zu helfen, egal in welcher Notlage er sich befindet. Na, dann kommt mal rein. Waffen und Metallgegenstände ablegen, verstanden?«

Ben war beeindruckt, dass sein Onkel sofort wusste, was er da vor sich hatte. Aber schließlich war er Ingenieur.

»Dann erzähl mal, was als Nächstes passiert«, sagte Oswald und ließ sich neben Rambo in seinen Lieblingssessel sinken. Es gab Kräutertee und Haferkekse. »Gibt es schon Pläne zur Befreiung meiner Schwester?«

»Ja, die gibt es«, erwiderte Paul. »Es existiert ein geheimer Zugang unterhalb der Pyramide. Er führt durch die Kanalisation und ist von innen durch eine Panzertür gesichert. Unser Team wird Schweißbrenner und schweres Gerät zum Einsatz bringen, um sich durch diese Tür zu arbeiten. Dürfte ein paar Stunden dauern. Ist der Zugang geöffnet, wird eine kleine Gruppe in die Pyramide eindringen und zu den Arrestzellen vorstoßen.«

»Klingt wirklich nach einem Himmelfahrtskommando«, sagte Oswald. »Zumal ihr euch dort überhaupt nicht auskennt.«

»Mariannes Skizzen sind ziemlich detailliert«, entgegnete Paul. »Wir wissen, in welches Stockwerk wir müssen und wie wir dorthin kommen. Das Einzige, was wir nicht einschätzen können, ist, auf wie viel Gegenwehr wir stoßen werden. Andererseits glaube ich nicht, dass die Union diesen Schritt voraussieht. Ich zähle auf das Überraschungsmoment.«

»Und wie wollt ihr wieder rauskommen?« Lena hing an Pauls Lippen.

»Auf demselben Weg, wie wir reingekommen sind. Durch die Kanalisation. – Die Hauptschwierigkeit ist nicht das Rauskommen, sondern das Reinkommen. Vor allem die Panzertür. Da sich der Zugang im Wartungskeller befindet, sind wir aber zuversichtlich, dass die Aktion unbemerkt vonstatten gehen kann.«

Oswald schien nicht überzeugt. Auch Ben blickte zweifelnd. Angestrengt dachte er nach. Er wollte helfen. Unbedingt. Aber er hatte keine Ahnung, wie. Gewiss, er konnte Schlösser knacken und war recht talentiert mit der Steinschleuder, aber er war kein Krieger. Seine Stärken lagen eindeutig in der Planung und dem Austüfteln von Ideen.

Sein Blick wanderte durch den Raum. Der Frequenzierer lag immer noch an derselben Stelle, wo sie ihn beim letzten Mal zurückgelassen hatten. Oswald schien ihn seither nicht angerührt zu haben. Wäre es nicht toll, wenn man einfach die Gestalt von jemand anderem annehmen könnte? Ob es damit wohl gelänge, in ein schwer bewachtes Unionsgebäude einzudringen, ohne irgendwelche Panzertüren aufschweißen zu müssen?

Er wollte gerade etwas sagen, als Paul mit einem überraschten Laut aufsprang. Offenbar hatte er Bens Blick bemerkt. »Woher habt ihr das? Wisst ihr, was das ist?«

»Klar wissen wir das.« Ben ging ihm hinterher. Er hatte Sorgen, dass Paul das Ding in die Hand nehmen und versehentlich Onkel Oswalds Hütte abfackeln könnte. »Wir haben es ausgiebig getestet, kurz bevor du hier eingetroffen bist. Inzwischen kennen wir alle seine Funktionen.«

»Wirklich alle?« Paul musterte Ben mit schmalen Augen. »Auch den Tarnschirm?«

»Allerdings«, erwiderte Oswald und erhob sich ebenfalls aus seinem Sessel. »Woher weißt du denn davon?«

»Es ist unserer Gruppe gelungen, einmal eines dieser Geräte in die Finger zu bekommen. Es war ein harter Kampf. Menschen sind dafür gestorben.«

»Und dann?«

»Man hat es uns wieder abgenommen. Ganz offenbar wünschen seine Besitzer nicht, dass wir etwas darüber erfahren. Es ist eine verdammt mächtige Waffe. Aber wie seid ihr daran gekommen? Wo habt ihr das Ding her?«

»Es würde zu lange dauern, dir das zu erklären«, sagte Ben und warf Lena ein Lächeln zu. »Sagen wir einfach, durch einen glücklichen Zufall.«

»Aha.« Paul schlich um das Gerät, als wüsste er nicht, ob er davor auf die Knie fallen oder lieber mit dem Hammer draufschlagen sollte. Dann sah er sie an. »Ihr wisst schon, dass das alles verändern könnte, oder? Es mag euch vielleicht nicht bewusst sein, aber dieser Frequenzierer könnte unserem Angriff die entscheidende Wendung bringen, vorausgesetzt, wir machen keine Fehler.« Er strich mit dem Finger darüber. »Ihr kennt vermutlich das schmutzige kleine Geheimnis dieser Waffe und habt es entschärft, oder?« Er sah sie durchdringend an.

»Was denn für ein Geheimnis?«

Er sah sie alarmiert an. »Hast du nicht gerade gesagt, ihr wüsstet alles darüber? Dann doch sicher auch über den Tracker.«

»Tracker?« Ben fühlte sich plötzlich gar nicht mehr wohl. Was hatten sie übersehen?

»Der Grund, warum wir unseren Frequenzierer damals verloren haben, warum sie ihn uns wieder abgenommen haben?«

»Keine Ahnung, wovon du sprichst.«

»O Mann.« Pauls Hand zuckte zurück, als habe er einen elektrischen Schlag erhalten. »Um es kurz zu machen: Diese Dinger senden ein Ortungssignal. Die Union wird kommen und ihn wiederhaben wollen.«

T minus 39

Lena wurde von einem Rütteln aus dem Schlummer geweckt. Im Nu war sie wach. »Was … was ist los?«

Ben hatte ihr die Hand auf den Mund gelegt. »Psst! Oswald meint, etwas gesehen zu haben. Wir sollen uns leise verhalten.« Er nahm die Hand wieder weg.

Lena sah sich um. Der Wald lag in stilles Mondlicht getaucht. Inzwischen war es tiefste Nacht geworden. Ein kühler Wind strich über ihre Haut. Sie fröstelte. Lupo war an ihrer Seite und stieß ein leises Fiepen aus.

Plötzlich fiel ihr alles wieder ein. Der Frequenzierer. Pauls Warnung.

Der Plan …

Sie musste eingeschlafen sein. »Wie spät ist es?« Sie rieb sich die Augen.

»Kurz nach Mitternacht.«

»Warum hast du zugelassen, dass ich einschlafe? Ich habe dir doch gesagt, du sollst mich wach halten.«

»Du warst so schnell weg, da konnte ich nichts machen«, antwortete er grinsend. »Außerdem dachte ich, dass es vielleicht keine schlechte Idee ist. Zumindest hast du dich ein bisschen ausgeruht.«

»Und was ist passiert?«

»Bisher noch nichts. Doch Oswald hat eben Signal gegeben. Könnte sein, dass jemand kommt.«

»Wer?«

»Keine Ahnung. Lass uns die Umgebung beobachten und vorbereitet sein.«

Lena war jetzt hellwach. Sie erinnerte sich daran, dass sie die gesamte Umgebung rund um Oswalds Hütte mit Stolperdrähten, Rauchpatronen und Blendgranaten präpariert hatten. Für den Fall, dass tatsächlich Unionsagenten aufkreuzten. Sowohl Paul als auch Ben hatten sie gedrängt, nach Hause zurückzukehren, aber sie hatte sich geweigert. Nicht nur, weil sie fand, dass sie alle gemeinsam in diesem Abenteuer drinsteckten, sondern weil sie der Meinung war, nützlich sein zu können.

Ganz unerfahren war sie nicht. Sie war an der Seite ihres Vaters auf etlichen Erkundungstouren im Wald unterwegs gewesen. Mit nichts in der Tasche als einem Messer und einem Päckchen Streichhölzer. Sie hatte unglaublich viel gelernt und war eine echte Überlebensexpertin. Besser vermutlich als Ben, Oswald oder Paul. Beim ersten Anzeichen von Gefahr klein beizugeben, hieße, sich aus dem Staub zu machen, während die anderen ihren Hals riskierten. Das würde sie auf keinen Fall tun.

Vorsichtig lugte sie über den Farn. In der Ferne blinkten zwei Lichter in der Dunkelheit. Ein tiefes Brummen war zu hören. *Da näherte sich ein Fahrzeug!*

Ihr Blick wanderte hinauf in die Bäume. In einer Verdickung in einer Astgabel saß Paul, seine Armbrust im Anschlag. Sein Gesicht war dunkel bemalt und er hatte Tarnkleidung an. Lena und Ben hatten sich ebenfalls dem Wald angepasst. Tarnjacken, grüne Hosen, schwarz bemalte Gesichter – Lena fühlte sich sehr an die Survivalseminare ihres Vaters erinnert. In einer flachen Erdgrube kauernd, bedeckt von Zweigen und Blättern, beobachteten sie das

Geschehen. Oswald und Rambo waren drüben in Richtung Hütte und ebenfalls getarnt.

Die Lichter verloschen. Das Brummen verstummte.

Dafür erklang jetzt ein anderes Geräusch.

»Was ist das?«, flüsterte Lena. »Klingt wie ein Insektenschwarm.«

»Runter!«, zischte Ben. Lena zog ihren Kopf ein und blickte hoch. Gerade noch rechtzeitig, um einen schwarzen Schatten zu bemerken, der zwischen den Bäumen hindurchschwebte. Mit seinen sechs Beinen und dem runden Leib sah er aus wie eine gigantische Spinne.

»Ist das …?«

Ben nickte. »Eine Drohne, ja. So ein Ding hat mich vorgestern schon verfolgt. Nicht bewegen!«

Lena beobachtete, wie das Ding an Pauls Versteck vorbeiflog und dann Kurs auf Oswalds Hütte nahm. Sie kannte Bens Bericht, doch in der Realität sah das Ding noch viel bösartiger aus.

Auf Bodenhöhe sinkend, schwebte die Drohne auf die Tür zu. Ein Lichtstrahl zuckte auf – erst auf das Türschloss gerichtet, dann durch die Scheibe ins Innere des Hauses leuchtend. Als die Drohne genügend Informationen gesammelt hatte, ging das Licht wieder aus und sie kehrte um. Sie flog dabei so dicht über ihr Versteck, dass Lena den Windhauch spüren konnte. Eine Schrecksekunde lang glaubte sie, entdeckt worden zu sein, doch dann war es vorbei. Die Tarnung funktionierte.

»Und jetzt?«

»Abwarten«, flüsterte Ben.

Lupo reckte schnuppernd die Nase in die Luft, seine Ohren steil aufgerichtet. Lena konnte spüren, wie sein Körper bebte.

»Ruhig, mein Großer«, flüsterte sie. »Ganz leise, okay?«

Drei Gestalten traten aus dem Wald.

Die beiden vorderen trugen Schutzausrüstung: Helme, Brustpanzer und Knieschoner. Sie hatten Gewehre. Der hintere hielt eine Pistole in der Hand. Vermutlich der Anführer. Irgendetwas an seiner Haltung und seinen Körperproportionen gefiel Lena nicht. Vor allem die Art, wie er sich bewegte.

Aus ihrer Position heraus konnte Lena erkennen, wie die drei auf das Haus zugingen. Etwas zutiefst Feindseliges haftete ihnen an. Lena spürte, dass die drei nicht gekommen waren, um Gefangene zu machen.

Als sie sich dem Haus bis auf etwa fünfzig Meter genähert hatten, blieb der Vorderste plötzlich stehen und hob die Hand. Er deutete auf den Boden. Worte drangen an Lenas Ohr. Merkwürdige, keuchende Laute. Was war das für eine Sprache?

»Himmel«, zischte Ben.

»Was ist denn los?«

»Ich glaube, sie haben den Stolperdraht entdeckt. Sieh nur, wie der Typ in die Hocke geht. Kein Zweifel, sie haben die Falle bemerkt.«

»Was sollen wir jetzt tun?«

»Nichts«, sagte Ben. »Noch wissen sie nicht, dass wir hier sind.«

Der Mann war aufgestanden und ging nach rechts.

»Er folgt dem Stolperdraht«, erwiderte Ben mit gepresster Stimme. »Er führt ihn genau zu dem Baum mit der Blendgranate.«

Lena kniff die Augen zusammen. Im fahlen Mondlicht war schwer zu erkennen, was dort drüben vor sich ging. Die Männer sprachen miteinander und gestikulierten dabei heftig. Dann kamen sie zurück. Mit ihren Blicken durchforsteten sie den Wald.

»Runter«, zischte Ben.

Lenas Herz wurde von einer riesigen Hand zusammengepresst. Der Puls klang in ihren Ohren wie Kanonendonner.

»Sie teilen sich auf. Die beiden Gardisten fangen an, den Wald abzusuchen.«

»Und der andere?«

»Wartet am Stolperdraht.«

Lena blickte über den Rand ihrer Grube. Hätte sie es doch lieber nicht getan. *»Er kommt genau auf uns zu.«*

»Sieht so aus ...«

»Lass uns abhauen.« Sie wollte schon aus der Grube kriechen, wurde jedoch von Ben festgehalten.

»Nein, tu das nicht«, flüsterte er. »Du machst ihn damit nur auf uns aufmerksam. Falls du es noch nicht bemerkt hast, er trägt ein Nachtsichtgerät.«

Sie atmete schwer. »Können wir denn gar nichts machen?«

»Höchstens ihm eine Blendgranate in den Weg werfen. Habe ich aber nicht bei mir. Nicht mal eine Taschenlampe.«

»Aber irgendetwas müssen wir doch tun.« Ein Schrei bahnte sich seinen Weg ihre Kehle hinauf. Es gelang ihr gerade noch im letzten Moment, ihn zu unterdrücken.

Der Typ war jetzt noch etwa fünf Meter von ihrer Position entfernt. Ein paar Schritte noch, dann würde er genau in ihr Versteck latschen.

In diesem Moment ertönten Schüsse im hinteren Teil des Waldes. Licht flammte auf. Es gab einen Knall. Der Soldat fuhr herum. Lena sah ihn wie einen Scherenschnitt vor dem grell ausgeleuchteten Wald aufragen. Ehe sie etwas unternehmen konnte, sprang Lupo aus ihrem Versteck und sprintete auf den Soldaten zu. Es ging alles so schnell, dass Lena keine Chance hatte, einzugreifen. Der Wolfshund sprang den Mann von hinten an und biss ihm ins Bein. Ein schriller Schrei ertönte. Er fuhr herum und versuchte, seine Waffe auf Lupo zu richten, was nicht so einfach war, denn der Wolfshund hing wie eine Klette an ihm. Schüsse ertönten. Der

Waldboden wurde aufgerissen. Erde spritzte umher. Lupo blieb wie durch ein Wunder unverletzt. Der Mann machte einige hüpfende Bewegungen, dann stolperte er und fiel hin. Lena sprang aus ihrem Versteck und rannte auf den Mann zu. »Halt, nein!«, schrie sie. »Tun Sie ihm nichts. Lupo, zurück mit dir!«

Ihr Hund gehorchte und ließ das Bein des Angreifers los. Lena packte ihn am Halsband und zog ihn zu sich her. »Bitte tun Sie ihm nichts.«

Doch anstatt aufzustehen, richtete der Mann den Lauf des Gewehrs jetzt auf sie. »Da seid ihr ja. Haben wir euch endlich aus euren Löchern gelockt?« Der Lauf der Waffe wanderte hoch zu ihrem Kopf.

Für den Bruchteil einer Sekunde sah Lena ihr kurzes Leben an sich vorüberziehen. Sie bildete sich ein, Mündungsfeuer zu sehen. Glaubte, einen Knall zu hören und beißenden Rauchgestank zu riechen, doch das war offensichtlich nur Einbildung. Stattdessen bäumte sich der Mann auf. Ein Zittern durchlief seinen Körper, als hätte er einen Krampf. Dann lag er still. Das Gewehr kippte seitlich weg.

Lena stand da wie zur Salzsäule erstarrt. Erst, als sie den bleistiftdicken Bolzen aus seiner Stirn ragen sah, wusste sie, was geschehen war. Im Hintergrund ertönten Schüsse. Der Typ mit der Pistole war sichtlich in Panik. Wild schreiend, fing er an, um sich zu schießen.

Ringsherum schlugen Kugeln ein.

»Runter mit dir!« Ben war neben Lena erschienen und drückte sie zu Boden. »Er erwischt dich sonst noch versehentlich.«

Lena stand viel zu sehr unter Schock, um ihm zu widersprechen. Auf die Knie sinkend, sah sie, wie Ben seine Schleuder herauszog. Das Teil sah ziemlich professionell aus. Mit langem Schlauchgummi und einer Vorrichtung, die als Unterarmstütze funktionierte. Obwohl es ihm nicht leichtfallen konnte – sein Arm steckte immerhin noch in der Schlinge –, zog Ben die Lasche bis ans Kinn und feuerte in Richtung des Angreifers. Ein kurzes Zischen, ein trockener Aufschlag und der Unionsagent kippte um. Einfach so.

Ein lächerlicher Anblick.

Lichter flimmerten vor Lenas innerem Auge. Sie hyperventilierte.

»Volltreffer«, konnte sie noch murmeln, dann sackte sie ebenfalls vornüber.

Ihre Ohnmacht schien nur von kurzer Dauer gewesen zu sein, denn als Lena erwachte, sah sie Oswald, der zu ihnen herübergehumpelt kam.

Inzwischen war das grelle Licht verschwunden. Der Wald war in sanftes Mondlicht getaucht. Sie erkannte Ben, Rambo und Lupo, der mit herausgestreckter Zunge hechelte und sich sichtlich freute, dass sie wieder bei Bewusstsein war.

Und da war Paul. Stand wieder auf dem Boden und befreite sich von den Blättern und Zweigen, die er für seine Tarnung verwendet hatte.

Als er sah, dass sie wieder bei Bewusstsein war, grinste er. »Willkommen zurück, Lena. Alles klar bei dir?« Er streckte ihr seine Hand entgegen und zog sie hoch. »Der Typ hat dich doch nicht erwischt, oder?«

»Nein. Ich meine: alles klar ...« Sie sah ihn verdattert an. »Du ... du hast mir das Leben gerettet. Der Mann, der das Gewehr auf mich gerichtet hielt. Du warst das, der ihn erledigt hat, oder?« Sie erinnerte sich an den Bolzen in seiner Stirn.

Er winkte ab. »Schwamm drüber. Ich hatte ihn schon die ganze Zeit im Visier. Ganz schön mutig übrigens, wie du deinen Hund verteidigt hast. Respekt. Das gilt übrigens auch für dich, Ben. Dein Schuss war nicht von schlechten Eltern. Mit der Schleuder kannst du wirklich umgehen.«

»Danke …«

Paul blickte zu Oswald. »Was ist mit Ihnen? Sie scheinen verletzt zu sein. Wie ernst ist es?«

»Nur ein Streifschuss«, erwiderte Bens Onkel. »Ich werde es nähen und gut ist. Drecksbande. Ich bin froh, dass ich es diesen Kerlen endlich mal heimzahlen konnte.« Sein schmerzverzerrtes Gesicht strafte seine Worte Lügen. Unter der aufgerissenen Hose zeichnete sich eine blutende Wunde ab. »Ich hatte Glück im Unglück, dass ich gerade bei der zweiten Blendgranate stand«, sagte er. »Der Unionsgardist war so erschrocken, dass sein Schuss mich verfehlt hat. Hätte allerdings nicht viel gefehlt …«

»Ist er …?«

»Ja.« Oswald nickte. »Ich habe ihm keine Gelegenheit gegeben für einen zweiten Schuss. Ich war auf die plötzliche Helligkeit vorbereitet, er nicht.«

Lenas Gedanken ratterten wie wild in ihrem Kopf. Stimmte es, hatten sie gerade wirklich zwei Menschen umgebracht? Sie war geschockt. Gewiss, es war Notwehr gewesen, aber trotzdem. Niemals hätte sie sich ausgemalt, dass diese Nacht so enden würde. Aus ihrem kleinen Abenteuer war plötzlich blutiger Ernst geworden.

»Wie konnte das nur passieren?«, stammelte sie. »Was haben wir denn so Schlimmes getan, dass die uns umbringen wollten?« Jede einzelne Sekunde dieses Vorfalls hatte sich messerscharf in ihr Gedächtnis gebrannt. Sie meinte immer noch, in den Gewehrlauf zu blicken.

»Wir haben sie enttarnt«, sagte Paul. »Das war unser Todesurteil. Unionsgardisten lassen niemanden am Leben, der ihr Geheimnis kennt. Der dritte liegt übrigens da drüben. Er ist ohnmächtig, lebt aber noch.« Er deutete in Richtung des Stolperdrahtes. »Bens Schleuder hat ihn voll am Kopf erwischt. Andererseits haben die einen härteren Schädel als unsereins. Damit er nicht fliehen kann, habe ich ihn sicherheitshalber mit Klebeband fixiert.«

Lena versuchte aufzustehen. Ihr war immer noch ein bisschen schwindelig. »Was meinst du mit *unsereins?* Wir sollten besser mal nachsehen, wie es ihm geht ...«

»Warte, Lena. Ehe du da hingehst, solltest du wissen, dass ...«

Doch Pauls Worte perlten an ihr ab. Sie musste herausfinden, was mit dem Mann los war.

Vor ihr zeichnete sich eine Erhebung in der Dunkelheit ab. Der Kerl lag auf der Seite, das Gesicht abgewandt. Hände und Füße waren mit Klebeband fixiert. Rambo stand neben ihm und beschnupperte ihn. Lena umrundete ihn mit größten Befürchtungen, doch dann sah sie, dass sie zu Unrecht Panik geschoben hatte. Der Mann sah ganz normal aus. Gewiss, er war ohnmächtig, aber sonst? Schien nicht mal eine Beule von der Schleuder abbekommen zu haben. Auch atmete er langsam und gleichmäßig.

Lupo kam jetzt ebenfalls angetrottet, beschnupperte den Kerl und stieß ein dumpfes Knurren aus.

Paul tauchte auf. Als er den Unionsagenten sah, entspannten sich seine Züge. »Ah, er hat sich zurückverwandelt. Umso besser. Das erspart euch den Schock.«

»Was für ein Schock, was redest du da?« Lena begriff nicht, was er sagen wollte. »Er ist ein ganz normaler Mann. Wieso glaubst du ...?«

Auch Ben und Oswald trafen jetzt ein. Ben riss die Augen auf, als er den Typen sah. »Himmel noch mal, das gibt's doch nicht.«

»Was denn?«, erkundigte sich Lena.

»Ich kenne den Typen.« Er trat näher, dann nickte er. »Ganz

klar, das ist der, der mich verfolgt hat. Der von der Tankstelle. Das Gesicht werde ich nie vergessen.«

»So, wie ein Frequenzierer nie das Gesicht seines früheren Herrn vergisst«, sagte Paul. »Beeindruckend, dass er sogar über diese Entfernung funktioniert und durch die Mauern des Hauses.«

»Moment, Moment, ganz langsam.« Oswald humpelte um den Unionsagenten herum. »Du behauptest, was wir hier sehen, ist nicht echt? Eine Illusion?«

»Sie haben es erfasst. Als ich ihn vorhin gefesselt habe, sah der Typ noch anders aus. Ja, ich weiß, ihr glaubt mir nicht, deswegen würde ich gerne den Beweis liefern. Darf ich den Frequenzierer holen?«

»Tu das, Junge. Du kennst ja den Code für das Türschloss.«

Lena kam es vor, als würden Stunden vergehen, bis Paul wieder zurückkam. Doch da war er, in seiner Hand den Frequenzierer. Vielleicht Zufall, vielleicht auch nicht, jedenfalls gingen in diesem Moment die Augen des Gefangenen auf. Er war wach geworden.

Instinktiv wich Lena zurück.

»Ah, wie ich sehe, ist auch unser Gast wieder wach«, sagte Paul. »Das trifft sich gut, dann muss ich nicht alles zweimal erzählen.« Er wedelte mit dem Frequenzierer vor der Nase des Unionsagenten herum. »Du kennst das gewiss, oder? Darum bist du doch hier, nicht wahr? Um es dir wiederzuholen. Tja, Pech für dich, es gehört jetzt uns.«

»Nimm deine Finger von meinem Eigentum«, stieß der Mann mit seltsam keuchender Stimme aus. »Du weißt doch gar nicht, was du da hast.«

»Oho, der Fremde kann sprechen«, entgegnete Paul sichtlich amüsiert. »Er will uns etwas mitteilen. Hast du vor, uns zu erklären, wieso du hier mit zwei schwer bewaffneten Gardisten aufkreuzt? Willst du uns erklären, wieso ihr vorhattet, uns alle zu ermorden? Ich kann schon verstehen, dass du das hier wiederhaben willst, aber du hättest doch einfach nett fragen können.«

»Fahr zur Hölle!«, stieß der Mann aus.

Lena verstand immer noch nicht, worauf Paul mit seinen seltsamen Andeutungen anspielte.

»Nicht sehr freundlich, wie?« Paul schien den Moment sichtlich zu genießen. »Nun ja, dann lassen wir die Katze doch mal aus dem Sack. Du behauptest, ich wüsste nicht, was das ist? Wenn du dich da mal nicht täuschst.« Er richtete den Strahl seiner Taschenlampe auf den Fremden, dann strich er über das dritte Symbol am Frequenzierer. Ein hohes Pfeifen ertönte. Die fremdartigen Schriftzeichen erschienen. Der Umriss des Mannes begann, sich aufzulösen.

Lena wurde schwindelig. Alles drehte sich. Sie hatte das Gefühl, auf einen Fernseher mit Bildstörung zu schauen. Ihr Magen krampfte zusammen. Übelkeit stieg in ihr auf und sie fühlte, dass sie sich übergeben musste. Dennoch konnte sie ihren Blick nicht von dem Flimmern und Flackern abwenden.

Zum Glück hielt der Moment nicht lange an. Das Bild wurde wieder stabil, die Umrisse klarer.

Lena zwinkerte. Ihre Augen tränten.

Dort, wo eben noch der Mann gesessen hatte, hockte jetzt jemand anderes. Als Paul das Licht seiner Taschenlampe auf ihn richtete, stieß Lena einen Schrei aus.

T minus 38

Ben stöhnte vor Entsetzen auf.

Was dort zu seinen Füßen saß, war definitiv nicht menschlich. Blassblaue Farbe, schmaler Körper, längliche Gliedmaßen – ein Wesen von kalter Schönheit. Die Haut war glatt wie die eines Amphibiums. Das Gesicht lang gestreckt und feenhaft. Dort, wo beim Menschen die Augenbrauen waren, befanden sich zwei Knochenwülste, die über den Schläfen Kämme bildeten und bis zum Hinterkopf reichten. Nase und Mund erschienen im Vergleich dazu winzig, dafür besaß das Wesen Ohren, die lang und schmal waren wie Rasiermesser. Arme und Beine waren feingliedrig und anscheinend sehr beweglich. Und dann diese Augen.

Es waren die fremdartigsten Augen, die Ben jemals gesehen hatte. Die Iris war regenbogenfarben und schimmerte wie Kristall. Als die Kreatur zwinkerte, schoben sich violette Nickhäute von den Seiten davor.

Alle außer Paul wichen entsetzt zurück.

»Was ist das?«, stammelte Oswald. »Wusstest du davon, Junge …?«

»Selbstverständlich«, entgegnete Paul mit grimmigem Lächeln. »Wobei es nur wenige Menschen gibt, die sie jemals in ihrer natürlichen Form gesehen haben. Es war Marianne, die mir die Augen geöffnet hat. Sie zeigte mir Fotos, die sie in aller Heimlichkeit geschossen hat. Darf ich bekannt machen? Das ist ein Atlantide. So bezeichnen sie selbst sich gerne. Intern laufen sie bei uns unter der Bezeichnung *Dunkelelfen* oder *Darkies.«*

Ein Zischen wie von einer giftigen Viper stieg aus dem Rachen des Wesens.

Ben hatte das Gefühl, einen Albtraum zu durchleben. Es war nicht real und dennoch nicht von der Hand zu weisen.

»Ich habe es ... schon mal gesehen ... in dieser Gestalt«, stammelte er. »Oben bei der Tankstelle. Als der Strom anging. Es gab da einen kurzen Moment der Instabilität im Tarnfeld. In dieser Sekunde habe ich es gesehen. So wie jetzt.«

»Ja, das passiert manchmal, wenn die Belastung zu groß ist«, sagte Paul. »Der Tarnschirm verbraucht viel Energie. Wenn gleichzeitig auch noch stromfressende Geräte betrieben werden müssen, kann es kurzfristig zu Störungen kommen. Wobei der kleine Reaktor im Inneren wirklich stark ist. Er könnte genug Strom produzieren, um eure Siedlung für Jahre wie einen Weihnachtsbaum leuchten zu lassen.«

»Woher weißt du das alles?«, fragte Lena. »Wie bist du an all diese Informationen gekommen?«

»Vergiss nicht, wir kämpfen schon eine ganze Weile gegen diese Biester«, sagte Paul. »Doch nicht die Dauer war entscheidend, sondern der kurze Zeitraum, in dem wir im Besitz des Frequenzierers waren. Da haben wir mehr herausgefunden als in dem gesamten Jahr davor. Es war eine Offenbarung.«

Oswald verzog das Gesicht. »Wie konnte das so lange unentdeckt bleiben? Was ist das überhaupt für ein Wesen? Ich kenne nichts in der Natur, was ihm auch nur im Entferntesten ähnlich sieht.«

»Das haben wir uns auch lange Zeit gefragt«, sagte Paul. »Und um es euch ganz klar zu sagen: Wir wissen es nicht. Fest steht, diese Wesen sind Meister der Tarnung. Es ist ihnen gelungen, uns alle hinters Licht zu führen. Die Erkenntnis, dass wir es nicht mit Menschen zu tun haben, ist noch sehr jung und hat direkt mit der Entdeckung des Frequenzierers zu tun. Wenn es nach ihrem Willen ginge, würde das Geheimnis auch weiter unter Verschluss bleiben. – Es ist ein schwerer Schlag für euch Atlantiden, dass wir euch auf die Schliche gekommen sind, oder? Aber wir sind nicht so dumm, wie ihr glaubt.« Er machte einen drohenden Schritt auf das Wesen zu, worauf dieses zurückzuckte.

Ben betrachtete das Geschöpf aufmerksam. Jetzt, wo der anfängliche Schrecken verflogen war, musste er zugestehen, dass es eigentlich sehr schön war. Die langen Finger erinnerten an die eines Künstlers. Die dünnen Arme, Beine und der schmale Körper ließen die Kreatur irgendwie zerbrechlich wirken. Wie das Meisterwerk eines Glasbläsers. Und doch: Bei aller Schönheit wirkte das Wesen kalt. In seinen Augen lag keinerlei menschliche Wärme.

»Aber was wollt ihr hier?«, murmelte Ben. »Was habt ihr vor? Ihr müsst doch irgendein Ziel verfolgen.«

»O ja, das tun sie«, sagte Paul. »Wir vermuten eine spezielle Form von Geoengineering. Eine langfristige Veränderung der Umweltbedingungen. Sie wollen die Erde umgestalten.«

»Umweltbedingungen?« Lenas Brauen bildeten eine durchgehende Linie. »Was genau meinst du?«

»Zum Beispiel das Klima. Aber auch die Beschaffenheit von Boden und Wasser. Die Eingriffe sind allumfassend. Sie verändern es so, dass es für sie angenehmer ist. Ich weiß, das klingt bescheuert, aber es gehört zu den Informationen, die wir Marianne zu verdanken haben. Ganz offensichtlich mögen es die Atlantiden warm und stickig. Ein Klima, wie es früher mal auf der Erde war.«

»Das ist nicht dein Ernst, oder?« Lenas Blick wirkte irritiert. »Bitte sag mir, dass das ein Scherz ist. *Klimaveränderung?«*

Er wirkte nicht so, als würde er sich einen Spaß erlauben.

»Es gilt inzwischen bei unseren Spezialisten als erwiesen, dass sich die Luftzusammensetzung verändert hat. Mehr CO_2, mehr Stickoxide, mehr UV-Strahlung. Marianne ist diejenige, die euch alles dazu sagen kann. Ich selbst kenne mich mit so was nicht aus. Mein Job war es, ihr Leben zu schützen, und ausgerechnet damit bin ich gescheitert. Jetzt versteht ihr vielleicht, warum ich so verzweifelt darum bemüht bin, meinen Fehler wiedergutzumachen und deine Mutter zu befreien.«

Ben musste schlucken. Tief in sich drinnen wusste er, dass er gar nicht anders konnte, als Paul zu helfen. Aber wie sollte er das anstellen, angesichts solcher Gegner?

»Ich kann dir nicht folgen«, sagte Lena zu Paul. Sie sah kreidebleich aus. Oder lag das an dem Mondlicht? »Es sind doch die Menschen, die das Klima verändern, nicht irgendwelche ... Dunkelelfen. Wir begehen diese Umweltschweinereien. Das Abholzen der Regenwälder, das Artensterben und so weiter ... das geht auf unser Konto.«

»Vielleicht ja, vielleicht nein«, erwiderte Paul. »Tatsache ist, dass die Atlantiden zu wenige sind, als dass sie all das selbst bewerkstelligen könnten. Wir schätzen ihre Zahl auf unter zehntausend weltweit. Sie werden also Hilfe brauchen.« Er warf dem fremden Wesen einen vernichtenden Blick zu. »Daher habt ihr uns das machen lassen, nicht wahr? Für euch sind wir vermutlich so was wie dressierte Äffchen. Hier, Äffchen, hast du eine Banane. Dafür baust du mal eben zehn neue Kohlekraftwerke. So läuft das doch, oder? Man findet immer einen Dummen, wenn man nur genug Geld bietet.«

Der Atlantide vermied den Blickkontakt. Ben war sicher, dass er jedes von Pauls Worten verstand.

»Mir fällt da gerade etwas ein«, murmelte er. »Etwas bei der Tankstelle.«

»Ja?« Paul musterte ihn aufmerksam.

»Er war nicht alleine. Da war noch eine Frau bei ihm. Sie hat zu ihm gesprochen. Sie hat einen Namen gesagt. *M'Enat* hat sie ihn genannt.«

»M'Enat?« Paul zog die Brauen hoch. »Fällt dir sonst noch was ein? Denk nach. Komm schon.«

Ben musste sich anstrengen, um auch die letzte Erinnerung aus seinem Gedächtnis zu kramen. »Da war noch mehr.« Er presste die Finger an seine Schläfen und massierte sie. »Ein weiterer Name.«

»Wie lautete er?«

»E'Tach oder so. Ich habe ihn nur ganz kurz gehört, aber ich glaube, so hieß er.«

Pauls Reaktion war überraschend heftig. Sein Kopf zuckte empor, er packte Ben bei den Schultern und starrte ihn frontal an. *»E'Tach?* Bist du sicher? War das wirklich der Name, den du gehört hast?«

»Ja, doch. Je länger ich darüber nachdenke, desto sicherer bin ich mir. E'Tach. Die Frau sagte, M'Enat sei der Neffe des Generalgouverneurs und als solcher glaube er wohl, sich alles erlauben zu können. Sie klang ziemlich angepisst. Ist das wichtig?«

»Wichtig?« Auf Pauls Gesicht breitete sich eine Mischung aus Hochachtung und freudiger Erregung aus. »Das, mein lieber Freund, ist die wichtigste Nachricht der letzten Monate. Es könnte sein, dass du den Jackpot geknackt hast. Wenn es stimmt, was du sagst und wir hier den Neffen des Generalgouverneurs vor uns haben, verschafft uns das eine echte Chance, deine Mutter zu befreien.«

Bens Herz klopfte heftig.

»Was hast du vor?«, fragte Lena. »Willst du Lösegeld fordern? Oder einen Gefangenenaustausch vorschlagen?«

Paul schüttelte den Kopf. »Kannst du vergessen, das haben wir schon versucht.«

»Und?«

»Sie haben unsere Unterhändler in eine Falle gelockt. Es hat keiner überlebt. Auch der Gefangene nicht, den wir gegen einen unserer Leute austauschen wollten.«

»Was ...?« Lena sah ihn entsetzt an.

»E'Tach ist ein Mann, der nicht mit sich verhandeln lässt, wenn es um Spione oder Saboteure geht. Eher riskiert er das Leben der eigenen Leute, als dass er sich auf einen Austausch einlässt. Ich weiß nicht, ob nur er so stur ist oder die anderen Darkies auch, jedenfalls scheidet diese Möglichkeit aus. So leid es mir tut.« Paul zuckte die Schultern.

»Was bleiben uns denn sonst für Möglichkeiten?«

Paul lächelte geheimnisvoll. »Tatsächlich schwebt mir etwas vor, wobei wir noch viel mehr erreichen können. Allerdings nur, wenn ihr beide mich begleitet.«

Teil IV

DIE GROSSE PYRAMIDE

T minus 37

Ja, es war verrückt, was sie hier taten. Vollkommen verrückt. Aber Lena war inzwischen überzeugt, dass es notwendig war.

Denn wenn sie es nicht machten, wer dann?

Ihr letzter Besuch in Stuttgart lag etliche Jahre zurück. Es war während eines Schulausflugs gewesen, dass sie in der Landeshauptstadt gewesen war. Mit einer Tour durch die Wilhelma, durch das Mercedes-Benz-Museum und über den Schlossplatz. Höhepunkt war der Besuch des Alten Schlosses gewesen. Lena erinnerte sich, wie begeistert sie von dem Prunk, dem Glanz und dem Reichtum gewesen war. Etwas, was ihre Eltern immer verachtet hatten.

Geld soll dazu dienen, Dinge voranzubringen, war deren Lebensmotto. Ihrer Meinung nach sollte Reichtum nur dazu dienen, um Innovationen, Zukunft und menschlichen Fortschritt zu ermöglichen, nicht, um sich seinen Balkon damit vergolden zu lassen. Dennoch waren die Parks, Springbrunnen und prächtigen Häuser ein Fest fürs Auge gewesen.

Was Lena jetzt sah, ähnelte in keiner Weise ihrer Erinnerung. Der Unterschied war so gewaltig, dass sie für einen kurzen Moment glaubte, Paul habe sich verfahren. Von Glanz und Reichtum war nichts mehr zu spüren. Stattdessen wurde sie das Gefühl nicht los, in einem trüben Teich zu versinken. Die Luft wurde mit jedem Meter dicker, während sie mit dem gekaperten Unionsfahrzeug hinab in den Stadtkessel fuhren. Der Wagen wies keinerlei fremdartige Besonderheiten auf, was umso mehr erstaunte, als die Fahrer, die es üblicherweise lenkten, ja nicht menschlich waren. Doch die Tarnung dieser Wesen umfasste jedes Detail, anscheinend auch ihre Fahrzeuge. Es war einfach zu bedienen und dermaßen hochmotorisiert, dass Paul aus dem Schwärmen gar nicht mehr rauskam. Und das, obwohl er seinen tuckernden Holzvergaser über alles liebte. Schwefelgelber Qualm drang aus den Gullydeckeln. Als würden sie dort unten Müll verbrennen. Die Sicht war auf unter fünfzig Meter gesunken. Paul musste die Scheinwerfer anschalten.

Es stimmte schon, was Oswald gesagt hatte: Es war ein Himmelfahrtskommando, das alle das Leben kosten konnte, wenn sie nicht höllisch aufpassten. Aber Paul hatte ihnen ja versichert, dass es keine Alternative gab – dass man mit diesen Wesen nicht verhandeln konnte.

Lena wagte es kaum, sich auszumalen, was ihre Eltern sagen würden, wenn sie davon erfuhren. Jette und Peter würden ihr das Fell über die Ohren ziehen. Ein Monat Hausarrest, Minimum. Vorausgesetzt, es gelang ihnen, unbeschadet wieder heimzukommen. Und dennoch war sie fest entschlossen, Ben nicht alleine mit dem hitzköpfigen Paul auf diese Mission gehen zu lassen. Und warum sollten immer nur die Jungs riskante Aktionen durchführen und nicht auch Frauen? Das Machogehabe in der Siedlung ging ihr schon lange auf den Zeiger. Aber sich nur zu beklagen, brachte auch nichts. Man musste aktiv mit dem Vorurteil vom schwachen Geschlecht aufräumen. Aus all diesen Gründen hatte sie sich der Mission angeschlossen. *Und* weil sie die Bilder der letzten Nacht nicht mehr aus dem Kopf bekam. Paul hatte ihr das Leben gerettet. Wie konnte sie da noch zurückstehen?

Entsetzt starrte sie auf die rußbedeckten Häuserfronten. Sie konnte einfach nicht fassen, dass all das in den letzten zwei Jahren passiert sein sollte.

»Was ist hier nur geschehen?«, flüsterte sie.

»Willkommen im Zentrum des Südwestdistriktes«, sagte Paul mit ernster Miene. »Ich denke, ich habe euch nicht zu viel versprochen. Ist die ehemalige Landeshauptstadt nicht eine Augenweide? Beachtet bitte die üppigen Weinberge, die wunderbare Architektur und die grünen Parks. Hier kann man die Seele baumeln lassen, während man seine Lungen mit frischem Sauerstoff füllt. Und wenn einem nach einem erfüllten Arbeitstag der Sinn nach Entspannung steht, kann man in den Mineralbädern und Heilquellen noch etwas für seine Gesundheit tun. Vorausgesetzt natürlich, man trägt einen Schutzanzug, der einen vor der Schwefelsäure schützt, die dort unten aus dem Boden quillt. Achtung, Videokameras. Bitte recht freundlich.« Er winkte in Richtung einer Batterie von Kameras, die an einem riesigen Tor angebracht waren.

Warnung!, stand dort zu lesen. *Sie überqueren jetzt die innere Stadtgrenze und betreten das Gebiet der Zentralbehörde. Weiterfahrt nur mit gültigen Ausweispapieren. Zuwiderhandlungen werden mit Bußgeldern und Freiheitsstrafen nicht unter drei Jahren geahndet.*

Lenas Hals war trocken. »Und du glaubst wirklich, dass wir damit durchkommen? Sind wir nicht zu jung für Unionsmitglieder?«

»Ganz im Gegenteil.« Paul lachte. »Seit wir den Frequenzierer entschlüsselt haben und wissen, worauf wir achten müssen, sind uns viele Kleinigkeiten aufgefallen. Inzwischen bin ich überzeugt, einen Atlantiden auch mit eingeschaltetem Tarnschirm zu erkennen. Diese blassblauen Mistkerle sind ungeheuer eitel. Jung zu sein, gilt bei ihnen als cool. Glaub mir, unsere Tarnung ist perfekt.«

Lena nickte beeindruckt. Während sie im Wald herumgekrochen war und sich von Kräutern, Wurzeln und Gemüse ernährt hatte, war Paul auf das Leben im Untergrund gedrillt worden. Ständig auf der Flucht, ständig in Gefahr. Seiner Ansicht nach stellten nicht nur die Darkies eine Bedrohung dar. Auch Überläufer waren eine Bedrohung. Menschen, die sich hatten kaufen lassen und zu Verrätern an ihrer eigenen Spezies wurden. Söldner. Gut, vielleicht wussten sie nicht, für wen genau sie da arbeiteten, aber dass sie die Seite gewechselt hatten, stand außer Frage. Lena kam ihr eigenes Leben auf einmal so schrecklich friedlich und behütet vor.

»Also schön«, sagte sie entschlossen. »Jetzt noch mal langsam und zum Mitschreiben: Wie sieht dein Plan aus? Wofür genau riskieren wir hier unser Leben?«

»Das zu erläutern, ist Aufgabe unserer jetzigen Anführerin. Seit der Festnahme von Marianne und meinem Vater hat sie jetzt das Sagen. Ihr Name ist Alma, ihr werdet sie gleich kennenlernen. Als Erstes müssen wir andere Kleidung finden. Oberflächlich betrachtet sind unsere Sachen in Ordnung, aber einer genaueren Prüfung halten sie nicht stand. Die Anzüge sind nicht maßgeschneidert. Oswald ist einfach zu groß.«

»Nicht nur das«, sagte Ben von hinten. »Sie sind einfach megaunmodern. Das Zeug hat man vor zwanzig Jahren getragen. Ich musste meine Hose fünfmal umkrempeln, bis sie mir endlich gepasst hat.«

»Und dann sind da unsere Frisuren«, sagte Paul. »Wir brauchen alle einen frischen Haarschnitt, ehe wir ans Werk gehen. Die Darkies sind immer wie aus dem Ei gepellt. Alma wird das für uns erledigen.«

»Ich verstehe immer noch nicht, wie das funktionieren soll«, sagte Lena. »Was genau passiert, wenn wir auf eine Straßenkontrolle treffen?«

»Nichts«, entgegnete Paul mit einem aufmunternden Lächeln. »Wir müssen einfach nur locker und entspannt bleiben. Wir sind im Besitz von Ausweispapieren. Außerdem haben wir das Aussehen der drei Gardisten geklont. Das Coole bei den Frequenzierern ist, dass man nicht erkennen kann, ob sie eingeschaltet sind oder nicht. Die Darkies haben ihre Tarnschirme ohnehin immer eingeschaltet, sind also nur in menschlicher Form unterwegs. Sollten die Wachtposten wider Erwarten sichergehen wollen … voilà.« Er fuhr mit dem Finger über den Frequenzierer.

Lena zuckte zurück. Hinter dem Lenkrad saß auf einmal ein Atlantide in voller Kampfmontur.

Der Anblick war vollkommen fremdartig. Obwohl sie wusste, dass es Paul war, konnte sie sich einfach nicht an sein Aussehen gewöhnen. Die glatte blaue Haut, die langen Arme und Beine, die unglaublich beweglichen Finger und die kalten, kristallartigen Augen. Selbst das Pfeifen des Atems wurde täuschend echt nachgeahmt.

Mann, hatte M'Enat sich gewehrt, als er gescannt worden war. Gezischt, geflucht und gespuckt hatte er. Es schien geahnt zu haben, was sie vorhatten, und der Gedanke behagte ihm überhaupt nicht. Die beiden toten Gardisten zu scannen, war dagegen einfache Routine gewesen.

Lena war immer noch verblüfft, dass die Frequenzierer nicht nur das Äußere perfekt imitierten, sondern auch die Sprache. Niemals hätte sie dieses seltsame Flüstern und diese Zischlaute erlernen können, die Paul gerade von sich gab.

Zum Glück schaltete er den Schirm gleich wieder ab.

Lena lehnte sich zurück, versuchte, sich zu entspannen. Sie hielt es immer noch für ziemlich gewagt, aber Pauls Zuversicht machte ihr Mut.

Während draußen ein paar brennende Mülltonnen an ihnen vorbeizogen, dachte sie daran, dass sie nicht mal dazu gekommen war, Lupo Lebewohl zu sagen.

T minus 36

Wie durch ein Wunder erreichten sie ihr Ziel, ohne ein einziges Mal in eine Kontrolle zu geraten. Ben vermutete, dass es an ihrem protzigen SUV lag. Die schwarze Karosserie, die chromblitzenden Stoßstangen und das blutrote Symbol der Atlas-Union verbreiteten Furcht. Sie fuhren an Plakaten vorbei mit Aufschriften wie:

Leadership
Kompetenz + Transparenz + Glaubwürdigkeit
Atlas-Union: Für ein gutes Leben!

oder

Wohnt in der Stadt!
Nur hier kann euch die Union Schutz
und Arbeit bieten.
Für eure Familien, eure Freunde,
für euch selbst.
Atlas-Union: Für ein gutes Leben!

Daneben abgebildet waren junge Familien, die im Sonnenschein über grüne Wiesen liefen. Oder Mitglieder der Atlas-Union, die wie aus dem Ei gepellt aussahen und sich mit einfachen Menschen von der Straße unterhielten und sich deren Sorgen und Nöte anhörten.

Die Wirklichkeit sah leider anders aus. Die Menschen, denen sie begegneten, wichen ihnen aus und verzogen sich in die Hauseingänge. Überall lag Müll herum. Der Asphalt auf den Straßen war aufgerissen und zeigte an manchen Stellen tiefe Schlaglöcher.

Laut Paul gab es in der Stadt wohl auch bessere Wohnviertel. Straßen, in denen der alte Glanz noch spürbar war. Was damit zusammenhing, dass es zahllose Menschen gab, die im Dienst der Atlantiden standen, ohne allerdings zu wissen, für wen sie da arbeiteten. Sie ahnten nichts vom wahren Wesen der Unionsleute. Für sie waren die Darkies einfach nur Angehörige der Regierungspartei, mit denen man sich gut stellen musste, um auf der Karriereleiter nach oben zu klettern. Wie würden sie sich wohl verhalten, wenn sie erführen, für wen sie da in Wirklichkeit arbeiteten?

Im Schritttempo gelangten sie in den Stuttgarter Westen. Das Wohngebiet war nicht ganz so verschandelt wie der Rest. Auf einigen öffentlichen Plätzen wurde *Public Gardening* betrieben. Die Bewohner hatten Hochbeete errichtet und bauten dort Kräuter, Gemüse und Obst an. Vermutlich für den Eigenbedarf.

Ben freute sich, dass die Menschen versuchten, ihren Lebensstandard zu verbessern, selbst wenn es nur eine kärgliche Ernte war. Aber es war ein Hoffnungsschimmer.

»Bist du sicher, dass wir hier richtig sind?«, fragte er Paul. »Ich habe das Gefühl, wir entfernen uns wieder vom Stadtzentrum.«

»Tun wir auch«, lautete die Antwort. »Aber ich hatte euch ja gesagt, dass wir uns noch mit jemandem treffen wollen. Hier im Westen ist eines der Hauptquartiere des Widerstands.«

Ben biss sich auf die Lippen. Das Treffen mit den Widerstandskämpfern bereitete ihm Sorge. Was, wenn sie ihnen nicht glaubten? Was, wenn sie ihnen den Frequenzierer wegnahmen?

Paul lenkte das Unionsfahrzeug eine schmale Straße hinauf, bog zweimal rechts ab und landete in einer Sackgasse. Hier sahen die Häuser ein wenig gepflegter aus. Es lag nicht ganz so viel Müll auf den Straßen. Eine Schar Hühner kreuzte gackernd ihren Weg.

Paul hielt vor dem letzten Haus an, schaltete den Motor ab und zog die Handbremse. »Wartet hier. Ich muss mich zu erkennen geben. Keine unvorsichtigen Bewegungen, verstanden? Es sind Waffen auf uns gerichtet.«

Ben bemerkte eine Bewegung hinter dem Fenster. Man hatte sie also bereits im Visier.

Paul verließ den Wagen, hob die Hände und drehte sich langsam im Kreis. »Ich bin's, Leute!«, rief er. »Ihr könnt eure Waffen wegstecken.«

Nichts passierte. Dann entdeckte Ben, dass eine der Türen aufging. Eine ältere Frau mit grauem Haar und geblümtem Kleid kam heraus und ging auf Paul zu. Ihr Blick wirkte argwöhnisch. Ben beobachtete, wie die beiden sich unterhielten. Verstehen konnte er nichts, denn die gepanzerten Scheiben des SUV ließen keinen Schall hindurch.

»Kannst du dir erklären, warum sie so misstrauisch sind?«, fragte Lena. »Ich dachte, die kennen Paul.«

»Ich schätze, es ist das Auto. Vielleicht befürchten sie, Paul wäre ein Gardist. Und dass er seine Form verändert hat.«

Lena klopfte ihm auf die Schulter. »Sieh mal, er gibt uns Zeichen, wir sollen kommen.« Sie stiegen aus.

Inzwischen waren überall Türen aufgegangen. Verhärmte Gesichter starrten sie an.

»Das sind Lena und Paul vom Reutlinger Widerstand«, stellte

Paul sie vor. Das stimmte zwar nicht ganz, klang aber gut. »Sie werden uns bei unserer Mission helfen. Mit etwas Glück können wir noch heute unsere Befreiungsaktion starten. Und dies hier ist Alma, stellvertretende Leiterin des Südwestdistrikts.«

»Hallo«, sagten Lena und Ben wie aus einem Mund.

Die ältere Frau musterte sie mit kritischem Blick. »Reutlinger Widerstand, die zwei? Die sind doch noch grün hinter den Ohren. Wo sind die Kämpfer, die du uns versprochen hast?«

»Erstens habe ich nichts versprochen und zweitens sind diese beiden die Einzigen, die uns unterstützen wollten. Doch sie haben etwas bei sich, was uns sehr nützlich werden könnte. Lasst ihr uns rein?«

Die Frau schien in keiner Weise überzeugt. Doch dann lenkte sie ein.

Sie deutete auf die Tür. »Das ist doch ein Wagen der Union. Wo habt ihr den her? Doch wohl nicht etwa gestohlen. Du weißt, was uns blüht, wenn wir damit erwischt werden, oder? Na ja, dann kommt mal rein. Ich sage den anderen Bescheid.«

Eine halbe Stunde später saßen Ben, Lena und Paul vor den Mitgliedern der Widerstandsgruppe. Die drei Frequenzierer lagen vor ihnen auf dem Tisch und summten leise vor sich hin.

Bens Blick wanderte rüber zu Alma. Ihr Gesichtsausdruck hatte sich verändert. Statt Argwohn war jetzt ein schmales Lächeln zu erkennen. Allerdings schwieg sie. Und solange Alma nichts sagte, schwiegen auch die anderen. Ben blickte durch die Reihen. Dort saßen vor allem Kinder. Ein paar Jugendliche, Alte und Frauen. Männer schien es kaum zu geben. Manche der Kinder drückten sich an ihre Mütter. Das Ticken der Standuhr hallte von den kahlen Wänden wider.

Endlich stand Alma auf und wandte sich an die Versammelten. »Ich weiß nicht, wie ihr die Sache seht, Leute, aber ich habe plötzlich ein sehr hoffnungsvolles und positives Gefühl, was den Ausgang unseres Plans angeht. Das Gefühl, dass wir vielleicht vollkommen ohne Verletzte oder gar Tote aus dieser Sache rauskommen und Erfolg haben werden. Es ist ein kühner Plan, gewiss, aber die Atlas-Union wird diesen Schritt nicht voraussehen. Dass wir ihre eigenen Waffen gegen sie verwenden könnten, dafür reicht ihr Vorstellungsvermögen nicht aus. Und genau darin liegt unsere Chance. Danke, dass du uns diese Möglichkeit eröffnet hast, Paul. Ich bin sicher, deine Mutter wäre stolz auf dich. Und deine auch, Ben. Und auch dir möchte ich danken, Lena, für deinen Mut und deine Opferbereitschaft.« Sie applaudierte und die anderen stimmten mit ein. Dann hob sie ihre Hand und Ruhe kehrte wieder ein.

»Ich stimme mit Paul überein, dass wir schnell handeln müssen. Mit etwas Glück ist das Verschwinden der drei Unionsmitglieder noch niemandem aufgefallen. Aber irgendwann wird der Moment kommen, wo bekannt werden wird, dass sich das Außenteam noch nicht zurückgemeldet hat. Bis dahin müssen wir zugeschlagen haben. Der beste Moment dafür ist heute Abend. Um zwanzig Uhr ist Schichtwechsel in der Pyramide. Dann müsst ihr bereitstehen und unserem Kanalisationsteam den Zugang zur Pyramide ermöglichen.«

»Ist das denn nötig?«, fragte Ben. »Können wir meine Mutter nicht alleine befreien?«

»Niemals!« Almas Reaktion fiel heftiger aus, als er erwartet hatte. »Die Pyramide ist eine Festung. Bestens bewacht und voll mit Darkies. Marianne und Max sind mit größter Wahrscheinlichkeit im Gefängnistrakt auf der sechsten unteren Ebene untergebracht, zu der der Zugang nur mit Sondergenehmigung möglich ist. Ihr kommt da nicht mal rein, wenn ihr wie Darkies ausseht.

Unser Einsatzkommando hat einen speziellen Plan ausgearbeitet, wie wir dennoch dorthin gelangen.« Sie wiegte den Kopf. »Hätten wir mehr von diesen Frequenzierern, könnten wir alle durch die Vordertür hineinspazieren, so aber müssen wir diesen Umweg in Kauf nehmen. So oder so: Der Plan funktioniert nur, wenn wir alle zusammenarbeiten.«

»Verstehe …«

»Habt ihr euch gut überlegt, ob ihr das Risiko eingehen wollt? Es ist eine gefährliche Mission. Vielleicht sollte doch lieber jemand von uns das übernehmen …«

»Nein.« Paul schüttelte den Kopf. »Wir haben das bereits im Vorfeld ausführlich besprochen. Ich werde Lena und Ben anweisen. Sie sind einverstanden, dass ich die Befehle gebe. Außerdem ist Marianne Bens Mutter. Er hat also allen Grund, dabei zu sein.«

»Und du, Kleine?« Almas Blick wanderte zu Lena. »Bist du dir wirklich sicher? Du musst das nicht tun, wenn du nicht willst.«

»Doch, ich will«, sagte Lena entschieden. »Wir haben das zusammen begonnen, wir ziehen das auch gemeinsam durch.«

»Außerdem sind die Frequenzierer auf uns kalibriert«, warf Paul ein. »Es würde viel zu lange dauern, das wieder zu ändern. Dabei bestünde die Gefahr, dass wir die Einstellungen für die drei Atlantiden verlieren.«

»Was ist mit dem Ortungssystem?«

»Das haben wir lahmgelegt. Nachdem Ben von dem Sender erfahren hat, ist er auf die Suche gegangen, hat ihn gefunden und ihn entschärft. Die Dinger sind also safe.«

Alma nickte. »Dann ist es entschieden. Ihr sagt mir, was ihr braucht, ich werde es für euch besorgen.« Sie blickte zu der Standuhr rüber. »Es ist jetzt kurz nach elf. Vor neunzehn Uhr sollten wir nichts unternehmen. Ich habe die Hoffnung, dass uns die einsetzende Dämmerung einen leichten Vorteil verschafft, zumal die Arbeiter dann heimkehren. Das ist der beste Zeitpunkt, die Pyramide zu infiltrieren. Habt ihr ihnen ihre Identkarten abgenommen?«

»Selbstverständlich.« Paul reichte ihr die drei Kunststoffkarten. Sie waren blau und vollkommen neutral. Weder Fotos noch Unterschriften oder irgendetwas anderes. Scheinbar funktionierten sie rein elektronisch.

»Ruht euch jetzt aus«, sagte Alma. »Esst etwas und dann zieht euch um. Ich werde jemanden holen, der eure Anzüge umnäht und euch einen ordentlichen Haarschnitt verpasst. Heute Abend hängt alles von euch ab.«

T minus 35

Ein Wetterwechsel lag in der Luft, Lena konnte es spüren. Nicht mehr lange, dann würde es anfangen zu regnen. Gezackte Wolken ragten über der Stadt auf. Das Abendrot spiegelte sich auf den gläsernen Flanken der Pyramide und tauchte das Symbol der Atlas-Union in Blut.

Wie ein Brandzeichen, dachte sie.

Paul, der die meiste Erfahrung im Bedienen von Fahrzeugen hatte, saß hinter dem Lenkrad und steuerte den SUV. Ben hockte neben ihm auf dem Beifahrersitz. Lena, die M'Enats Frequenzierer bei sich trug, übernahm die Rolle der Vorgesetzten, und als solche steuerte sie das Fahrzeug natürlich nicht selbst. Sie ließ sich fahren. Ihre größte Sorge – als Mädchen eine leitende Position zu bekleiden – entpuppte sich als untergeordnetes Problem. Alma hatte ihnen erzählt, dass bei den Darkies das Geschlecht keine Bedeutung besaß, weil sie es im Laufe ihres Lebens offenbar wechselten. Männer und Frauen waren gleichgestellt, was die Frage, ob es glaubwürdig war, dass Paul und Ben von einer Frau befehligt wurden, hinreichend beantwortete. Ein Problem weniger also.

Dennoch wurde ihr beim Anblick der Pyramide in ihrer vollen Größe mulmig zumute. Das Ding war riesig! Ein Symbol der Macht und der Unterdrückung, wie es kaum ein zweites gab. Und nicht nur ein Symbol. Die Pharaonen hatten sich die Pyramiden ursprünglich als Grabmäler errichten lassen, um ihre Untertanen noch aus dem Jenseits heraus einzuschüchtern. Doch dies hier war schlimmer. Die Pyramiden waren Machtzentren, randvoll mit modernster Waffen- und Überwachungstechnologie.

»Nicht die Nerven verlieren«, sagte Paul. »Wir kommen gleich an die erste Kontrollstation. Ich wünsche, dass ihr beide euch entspannt und ein Lächeln aufsetzt. Ihr könnt das, das weiß ich. Also Kinn hoch und dann los. Lena, du bist unsere Vorgesetzte. Verhalte dich auch so.«

Paul ließ den Wagen auf den Umgrenzungswall zurollen. Dort, wo er die Straße querte, stand ein schweres Metalltor, vor dem sechs Unionsgardisten patrouillierten. Waren das Menschen oder Darkies? Ohne das Tarnfeld abzuschalten, war es unmöglich, das herauszufinden. Alle trugen sie Gürteltaschen. Ob für Waffen, Kommunikationsgeräte oder Frequenzierer, ließ sich nicht erkennen.

Paul hielt auf Höhe des Kontrollpostens an und ließ die Scheibe runter. Eine schwer bewaffnete Gardistin blickte prüfend ins Innere des SUV. »Identkarten!«

Paul reichte sie ihr. Sie ging zu einem Terminal und legte die Karten auf den Scanner. Neben ihr stand ein Kollege. Die beiden schienen es nicht eilig zu haben. Sie unterhielten sich und machten Witze.

Lena spürte Unruhe in sich aufsteigen. Je länger das dauerte, desto größer wurde die Wahrscheinlichkeit, dass sie aufflogen. Einer spontanen Eingebung folgend, lehnte sie sich aus dem Fenster. »Beeilung, wenn ich bitten darf. Wir haben einen Termin bei Generalgouverneur E'Tach. Wenn wir wegen euch zu spät kommen, seid ihr dran.«

Ihre Worte schienen Zauberkräfte zu besitzen. Kaum hatte sie

sie ausgesprochen, verkrampfte sich die Gardistin, nahm rasch die Karten vom Scanner und gab sie ihnen zurück. Eine bange Schrecksekunde lang befürchtete Lena, dass irgendwo ein Alarm losgehen könne, doch es blieb ruhig. Kein Sirenengeheul, kein blinkendes Warnlicht, nichts. Stattdessen ging die Schranke hoch. Wie es schien, war die Sicherheitsüberprüfung geglückt.

»Weiterfahren«, sagte die Frau und winkte sie durch.

Paul ließ die Scheibe wieder hoch und trat aufs Gaspedal. Kaum waren sie außer Reichweite, sagte er: »Gut gemacht.«

Lenas Herz klopfte heftig. »Könnte mich daran gewöhnen.« Sie grinste. Ben schien das Ganze nicht so locker zu nehmen. Lena fand, dass er ziemlich bleich aussah.

»W...war das eine echte Frau oder einer von denen?«

»Ganz klar ein Mensch«, erwiderte Paul. »Hast du nicht ihre abgefressenen Fingernägel gesehen? Kein Atlantide würde sich so eine Blöße geben. Ich gehe ohnehin davon aus, dass hier draußen nur Menschen patrouillieren. Auf richtige Darkies werden wir erst im Inneren treffen.«

»Ich weiß nicht, ob ich das schaffe«, murmelte Ben. »Das ist zu viel für meine Nerven ...«

»Du schaffst das«, sagte Paul und legte ihm seine Hand auf die Schulter. »Solange wir zusammen sind, kann nichts passieren. Denk an deine Mutter. Sie braucht dich. Stell dir ihre Reaktion vor, wenn sie erkennt, dass du es bist, der sie befreit.«

Ben presste die Lippen zusammen.

»Kopf hoch. Die erste Hürde ist die schwerste. Jetzt wissen wir, dass unsere Tarnung funktioniert und die Identkarten gültig sind. Das war meine größte Sorge. Du kannst mir glauben, ich hatte die ganze Zeit den Fuß auf dem Gaspedal – bereit, sofort abzuhauen, sollte etwas schiefgehen. Aber es hat geklappt. Wir sind ein Spitzenteam.« Paul fuhr im Schritttempo über den Schlossplatz. »Ab jetzt wird es einfacher. Wir müssen nur unsere Rollen weiterspielen und dafür sorgen, dass das Kanalisationsteam unbemerkt in die Pyramide gelangt.«

Lena lehnte sich zurück und blickte zur Pyramide hinauf. Irgendwo dort oben saß Generalgouverneur E'Tach und sponn irgendwelche finsteren Pläne, um die Macht der Union noch weiter auszudehnen und die Gestalt der Erde zu verändern. Was genau hatte er vor? Und was konnte man tun, um ihn daran zu hindern? Konnte man ihn überhaupt noch aufhalten?

° ° °

E'Tach stand am Fenster und blickte hinaus. Seine empfindliche Haut sagte ihm, dass es bald Regen geben würde.

Unten kroch ein einzelnes Fahrzeug im Schritttempo über den Platz. Der blutrote Abendhimmel spiegelte sich auf dem Lack. Sah nach einem Wetterwechsel aus.

Eine innere Unruhe hatte ihn befallen. Irgendetwas lag in der Luft. Als würden sich vor seinen Augen Dinge abspielen, die er nicht sehen konnte. Es beunruhigte ihn, dass er noch immer keine Rückmeldung von M'Enat erhalten hatte. Das Verhalten seines Neffen gab ihm Rätsel auf. Er mochte nicht der Gewissenhafteste sein, aber dass er sich so gar nicht zurückmeldete, war schon merkwürdig.

»Was ist los, Liebster? Du bist ja ganz verspannt.« Ch'Ezells Hände glitten über seinen Rücken, massierten seine Schultern. »Was gibt es da draußen denn so Besonderes?«

»Ach nichts. War nur in Gedanken. Ich mache mir Sorgen um …« Ein Summen unterbrach seinen Gedankengang. Der Kommunikator. Er nahm den Anruf entgegen. »Ja?«

Am anderen Ende erklang die Stimme von On'Varr, seiner Sicherheitschefin.

»Ihr Neffe und die beiden Gardisten haben soeben das Tor passiert. Sie sind auf dem Weg in die Tiefgarage.«

»Gut.« E'Tach nickte erleichtert. Vermutlich das Fahrzeug, das er soeben gesehen hatte. Als hätte er es gespürt.

»Geben Sie ihm noch etwas Zeit«, sagte er. »Er soll sich frisch machen und saubere Kleidung anziehen. Zwei Zeiteinheiten sollten genügen. Richten Sie ihm aus, ich wünsche einen vollständigen Rapport.«

»Zu Befehl, Vorderster. Kann ich noch etwas für Sie tun?«

»Nein, das wär's für den Moment.« Er beendete das Gespräch.

»Gute Nachrichten, Liebster?« Ch'Ezell sah ihn mit ihren großen seelenvollen Augen an.

»M'Enat ist zurückgekehrt. Ich werde ihn später treffen. Uns bleibt also noch etwas Zeit.«

»Das ist wunderbar. Hast du Lust, ins Schlafzimmer zu gehen? Ich könnte für Entspannung sorgen.«

E'Tach blickte weiter nach draußen. Soeben hatte Regen eingesetzt. Winzige Tropfen bildeten sich auf der Glasscheibe und formten sich zu Rinnsalen.

Vielleicht wäre ein bisschen Ablenkung gar nicht schlecht. Er machte sich einfach zu viele Sorgen. Noch drei Monate bis zur *Großen Vollendung*. Die Vorbereitungen dafür funktionierten. Liefen wie ein Uhrwerk. Alles im Lot.

Er nickte. »Von mir aus«, sagte er.

Noch während er Ch'Ezell folgte, vernahm er eine kleine Stimme in seinem Inneren, die ihm riet, auf der Hut zu sein.

Irgendetwas stimmte nicht.

T minus 34

Modernste Leitsysteme lenkten sie zur Parkposition. Paul fuhr die letzten Meter, ließ das Fahrzeug selbst einparken und schaltete den Motor ab. Das Lenkrad umklammert haltend, atmete er ein paarmal tief durch.

»Seid ihr bereit?«

»So bereit, wie man nur sein kann«, sagte Ben. Er war alles andere als bereit, aber das musste er den anderen ja nicht auf die Nase binden. Er fragte sich, ob die anderen auch so aufgeregt waren wie er. Anmerken ließen sie sich nichts.

»Alles klar. Dann los. Und haltet die Frequenzierer griffbereit. Möglich, dass wir sie einsetzen müssen.« Paul stieg aus, zog ein gefaltetes Stück Papier aus seiner Uniform und strich es glatt. Die kryptischen Zeichnungen stellten einen Lageplan der verschiedenen Stockwerke dar.

»Deine Mutter hat das hier aufgezeichnet«, sagte Paul. »Als Reinigungskraft hatte sie zu den meisten Etagen Zutritt. Natürlich nicht zu allen. Es gibt Bereiche, die nur den Darkies vorbehalten sind. Unser Ziel ist das Untergeschoss. Dort befindet sich der Zugang zu den Abwasserkanälen.« Er blickte auf die Uhr. »Uns bleibt noch knapp eine halbe Stunde. Folgt mir.«

Durch einen Personalausgang verließen sie die Parketage und betraten den hell erleuchteten Fahrstuhlbereich. Etliche Aufzüge waren zu sehen. Auch gab es eine Tür, die ins Treppenhaus führte. Zum Glück waren sie alleine.

Bens Blick wanderte hinüber zu einem Übersichtsplan. Als er sah, wie viele Stockwerke die Pyramide hatte, sank ihm das Herz in die Hose. »Es geht ja noch fünfzehn Stockwerke nach unten. Ich habe nicht gewusst, dass das Gebäude so groß ist.«

Paul blickte grimmig. »Die Pyramide ist wie ein Eisberg, bei dem nur die Spitze rausguckt. Nach unten werden die Stockwerke immer größer. Laut dieser Karte ist die Versorgungstechnik ganz unten untergebracht. Brandbekämpfung, Wasserpumpen für die Sprinkleranlagen, Serviceaufzüge, Kommunikationsanlagen, Serversysteme, Lüftungs- und Kühlanlagen, Elektrogeneratoren, Zentralsteuerung für Temperatur, Luftfeuchtigkeit und Druck sowie das Abwassersystem. Dort müsste auch der Zugang zur Kanalisation sein.«

Lena blickte auf den Plan. »Kommen wir denn da so einfach rein?«

»Das werden wir sehen. Besser, wir nehmen nicht den Aufzug, sondern gehen durchs Treppenhaus. Ich befürchte, dass dort drinnen Kameras installiert sind.«

Nach einer gefühlten Ewigkeit erreichten sie das unterste Stockwerk. Auf einer Stahltür standen die Worte: *Basement – Wartungsebene.*

Sie verließen das Treppenhaus und betraten einen Vorraum, der genauso aussah wie oben. Auch hier trafen sie auf keinen Angestellten. Schon merkwürdig, dass hier so wenige Leute waren. Von jenseits der großen Stahltür drang ein tiefes Dröhnen zu ihnen herüber. Vorsichtig legte Ben seine Hand auf die Klinke und drückte sie nach unten. Verschlossen. Das Metall fühlte sich warm an. Als wäre dahinter etwas Lebendiges.

»Mist«, fluchte er. »Vielleicht muss man sich hier erst registrieren oder so.«

»Eine Sicherheitsebene.« Paul tippte auf eine Plakette mit folgender Aufschrift:

Achtung, Sicherheitsüberprüfung!
Zutritt nur für autorisiertes Personal.
Kein Zutritt ohne gültige ID.
Zuwiderhandlungen werden streng bestraft.

Neben der Tür befand sich ein elektronisches Terminal, das entfernt Ähnlichkeit mit einem Ticketautomaten hatte.

»Scheint, dass wir uns hier irgendwie anmelden müssen«, sagte Paul. »Sehen wir mal, was passiert, wenn ich das Aktivierungsfeld betätige.«

Er legte seine Hand auf den Scanner. Sofort zuckte ein grünes Licht auf.

Eine weibliche Stimme meldete sich. *»Willkommen, Bürger. Um fortzufahren, unterziehen Sie sich bitte einer Sicherheitsüberprüfung. Legen Sie zunächst alle Ihre Identkarten auf das Sichtfeld.«*

Mit bangem Gefühl legte Ben seine neben die der anderen auf den Scanner. Ein grünes Licht blitzte auf.

»Ausgezeichnet. Nun treten Sie bitte für einen Retinascan vor das Objektiv. Schalten Sie dafür Ihren Frequenzierer ab.«

Das war's, dachte Ben. Jetzt haben sie uns. Hilfe suchend blickte er zu Lena und Paul. Der Scanner würde ihren Betrug durchschauen.

»Bitte treten Sie vor das Objektiv.« Die Stimme bekam etwas Dringliches.

Paul nickte grimmig, als er den Tarnschirm einschaltete. Hatte er denn vor überhaupt nichts Angst? Ben bewunderte Paul für seine Unerschrockenheit – aber manchmal war er ihm auch etwas unheimlich. Es war, als ob Paul nur über ein eingeschränktes Spektrum von menschlichen Regungen verfügte. Ben versuchte, nicht in Panik zu geraten, und strich ebenfalls über die Anzeige. Dann schloss er die Augen.

Es gab ein merkwürdiges Kribbeln, ein Knistern und Stechen, dann war die Verwandlung abgeschlossen. Seine Haut fühlte sich warm und aufgeladen an.

Als er die Augen öffnete, fiel sein Blick auf lange Arme und filigrane Hände. Gruselig – aber auch irgendwie faszinierend. Diese Nachtelfenaugen waren wirklich gewöhnungsbedürftig. Das Bild wirkte vertraut, das Farbspektrum aber war anders. Auch schien das Sichtfeld an den Rändern verzerrt zu sein.

»Bitte treten Sie vor das Objektiv.«

»Auf geht's.« Paul sprach die Worte. Doch die Silben, die seinen schmalen Mund verließen, klangen fremdartig. Flüsternd und zischend.

Einer nach dem anderen traten sie vor die Kamera. Lichtstrahlen zuckten über sie hinweg.

»Danke sehr«, sagte die Stimme. *»Für eine letzte Überprüfung legen Sie jetzt bitte Ihre Hand auf das Scannerfeld.«*

Ben tat, was der Computer von ihnen wollte, und ließ sich abtasten. Ein rotes Licht blitzte auf, dann erklang ein Glockenton.

»Sie haben die Überprüfung bestanden. Sie dürfen nun weitergehen. Lang lebe das Kollektiv.«

Ein grünes Licht blinkte, es summte, dann schwang die schwere Stahltür auf.

Ben wagte kaum zu atmen. Er konnte es nicht fassen. Sie hatten es geschafft! Die Frequenzierer hatten ihre äußere Hülle so lebensecht nachgebildet, dass selbst eine Maschine sich davon täuschen ließ. Ein perfektes trojanisches Pferd.

Vorsichtig öffnete er die Tür und blickte hinein. Hitze schlug ihm entgegen. Es stank nach Elektronik und heißen Maschinen.

Der Gang vor ihnen verlief schnurgerade in die Ferne. Rechts und links schlossen sich weitere Gänge an. Das Licht war gedimmt, sodass die unzähligen schwarzen Türme, die hier standen, nur als Umrisse wahrzunehmen waren. Lichtpunkte huschten über ihre Oberseiten, was eine Orientierung schwierig machte. Es folgten ein weiterer Gang und weitere Türme. Jeder einzelne von ihnen mit Zahlencodes versehen. Ein Irrgarten, so schien es. Tatsächlich jedoch war es etwas anderes. Hinter ihnen fiel die Stahltür ins Schloss. Sie schalteten das Tarnfeld wieder ab. In menschlicher Form lebte es sich doch sehr viel angenehmer.

»Scheint ein Serverraum zu sein«, sagte Ben. »Seht euch diese Riesenkästen an. Das müssen Hunderte sein.«

Die Halle war riesig. Hoch über ihren Köpfen spannte sich eine Decke, unter der Dutzende armdicke Kabelstränge verliefen. Winzige LEDs spendeten mattes Licht.

»Wozu brauchen die Darkies so viel Rechenpower?«, murmelte Ben. »Ich meine, die Welt da draußen funktioniert fast vollständig ohne Digitalisierung. Mein Vater sagt immer, wir stünden technologisch wieder auf dem Stand der ersten Hälfte des zwanzigsten Jahrhunderts. Wozu dann also diese riesigen Server?«

»Überbleibsel von vor dem Stromausfall vielleicht?«, mutmaßte Lena.

Ben überzeugte das nicht. »Die Pyramide wurde doch erst danach errichtet.«

»Auch wieder wahr ...«

»Kommt jetzt, weiter.« Paul war in Eile. »Marianne wird uns sagen können, wozu diese Server dienen.«

Zwischen den riesigen Speichertürmen hindurch hasteten sie zum Ende der Halle. Das Stockwerk war verlassen. Vermutlich arbeitete es vollkommen eigenständig und bedurfte keines Wartungspersonals. Nach wenigen Minuten hatten sie die Halle durchquert und waren auf der anderen Seite angekommen. Vor ihnen lag eine weitere Tür. Paul nickte ihnen zu.

Ben drückte die Klinke und gemeinsam betraten sie die nächste Halle.

T minus 33

E'Tachs Kommunikator summte. Er konnte das Geräusch aus dem Nebenzimmer hören. Das Gerät lag dort neben seiner Kleidung auf dem Tisch.

Summ, summ.

Er blickte auf die Uhr. Seit dem letzten Anruf war gerade mal eine halbe Zeiteinheit vergangen. Ein dumpfes Grollen stieg aus seiner Kehle.

Ch'Ezell sah ihn mit mandelförmigen Augen an. Ihr Körper rekelte sich im Bett. »Willst du denn nicht rangehen?«

Er knirschte mit den Zähnen. »Zwei Zeiteinheiten, habe ich gesagt. Was denken die Leute, wer ich bin, ihr Dienstbote?«

Summ, summ.

»Vielleicht ist es wichtig.«

»Es ist immer wichtig.«

»Worauf wartest du dann noch?« Sanft strich sie über seinen Arm. »Ich werde noch hier sein, wenn du zurückkommst.«

Ch'Ezell war eine kluge Frau. In mancher Hinsicht klüger als er. Und disziplinierter. »Lassen wir das Schicksal entscheiden«, sagte er. »Wenn es noch einmal summt, stehe ich auf.«

Summ, summ. Sie lachte.

Mit einem Fluch auf den Lippen verließ er das Bett und ging ins Nebenzimmer. Das verdammte Ding war durch die ständigen

Vibrationen schon halb über den Tisch gewandert. Genervt starrte er aufs Display. *On'Varr!*

Er betätigte den Kommunikator. »Ich habe doch gesagt: zwei Zeiteinheiten. Was ist denn schon wieder?«

»Es geht um Ihren Neffen.«

»M'Enat? Was ist mit ihm?«

»Ich habe versucht, ihn zu erreichen, aber er meldet sich nicht.«

»Dann richten Sie ihm die Botschaft doch persönlich aus. Vielleicht ist sein Gerät defekt.«

»Wenn ich wüsste, wo er ist, würde ich das ja tun. Aber er hat sich nicht zurückgemeldet.«

»Wo ist er denn?«

»Wissen wir nicht.«

»Wie meinen Sie das, Sie wissen es nicht?«

»Haben Sie ein Display in der Nähe?«

»Einen Moment ...« Er ging rüber zu seiner Recheneinheit und schaltete den Monitor ein.

»Haben Sie die Aufnahme?«

Das Bild wurde von einer erhöhten Perspektive aus aufgezeichnet.

»Ja, ich sehe es. Wo soll das sein?«

»Die Sicherheitskamera in der Tiefgarage.«

»Jetzt erkenne ich es.« Zu sehen waren drei Personen, die gerade das Fahrzeug verließen. Die Kamera zeigte sie von hinten. Waren das M'Enat und seine Gardisten? Er verglich die eingeblendete Zeit.

»Die Aufnahme ist etwas älter, oder?«

»Ganz recht.«

»Ja und?« Er begriff nicht, worauf seine Sicherheitschefin hinauswollte.

Das Bild wechselte. Jetzt stammte es von einer anderen Kamera.

Die drei waren nun von vorne zu sehen. »Verstehen Sie jetzt, was ich meine?«

E'Tach ging näher heran. »Wer ist das?«

»Den Identkarten nach Ihr Neffe und seine zwei Leibwächter.«

»Ich sehe zwei Gardisten und einen Agenten. Aber die in der Agentenuniform ist doch eindeutig ein Mädchen. Oder täusche ich mich?«

»Das ist mir auch aufgefallen.«

»Sind das die Personen, die vorhin mit dem Wagen gekommen sind?«

»Der Wagen hat als einziges Fahrzeug während der letzten drei Zeiteinheiten die Barriere passiert.«

E'Tachs Gedanken wirbelten durcheinander. Die kleine Stimme in seinem Kopf meldete sich wieder. Hatte M'Enat seine Identität gewechselt? Seinen Frequenzierer darauf programmiert, eine andere Form anzunehmen? Aber warum sollte er das tun? Und warum ein Mädchen?

E'Tach blickte wieder auf die Zeitanzeige. »Wenn das eine ältere Aufnahme ist, was ist dann danach passiert?«

»Wenn ich das wüsste, hätte ich Sie nicht kontaktiert.«

»Moment mal ...« Jetzt verschlug es ihm vollends die Sprache. »Sie sind Ihnen entwischt. Wie das?« Er hätte auf den verdammten Wein verzichten sollen. Er vernebelte ihm die Sinne. Irgendetwas Merkwürdiges ging da vor sich, das spürte er. Vielleicht litt er auch unter Verfolgungswahn.

»Wir gehen der Sache nach. Was Sie da sehen, war das letzte Mal, dass die drei vor den Kameras aufgetaucht sind. Wir wissen, dass sie *nicht* den Aufzug genommen haben, denn dort sind Kameras installiert. Vermutlich haben sie das Treppenhaus genommen. Das ist nicht überwacht. Ich hatte Sie auf diese Nachlässigkeit hingewiesen ...«

»Ja, ja …« E'Tach versuchte, seinen Kopf wieder klar zu bekommen. »Wissen Sie wenigstens, ob sie nach oben oder nach unten gegangen sind?«

»Bedaure. Ich werde ein paar Drohnen losschicken, um das zu untersuchen.«

»Tun Sie das, On'Varr, tun Sie das. Und melden Sie sich, sobald Sie etwas wissen.« Er legte auf. An eine Rückkehr ins Bett war nicht mehr zu denken. Seine Hand zitterte.

Er hatte einen Krampf.

° ° °

Lena ließ ihren Blick schweifen. Die neue Halle sah mehr nach dem Zugang zur Kanalisation aus. Hier gab es Dutzende Anschlüsse für Strom und Wasser, riesige Tanks, Pumpen, sowie Generatoren. Ein verwirrendes Netz von Rohrleitungen verlief unter der Decke. Das Summen von Elektromotoren ließ den Boden unter ihren Füßen vibrieren. Die Luft war gesättigt mit Feuchtigkeit. Es war klamm und kühl.

Paul deutete auf ein Schild, auf dem ein fließendes Symbol zu sehen war. »Das muss es sein«, sagte er. »Die Kanalisation. Das Team sollte inzwischen längst versammelt sein. Kommt schon, uns läuft die Zeit davon.«

Der Zugang zum Abwassersystem befand sich nur wenige Meter entfernt. Eine runde Stahlklappe in der Mitte einer Vertiefung im Boden. *Städtische Kanalisation,* stand in klobigen Buchstaben darauf geschrieben. Ein mächtiger Stahlriegel hielt den Deckel in seiner Fassung.

Lena pfiff durch die Zähne. »Das ist aber wirklich ein massiver Deckel. Euer Team hätte Stunden gebraucht, um sich da durchzuschweißen.«

Paul kniete sich hin, presste ein Ohr auf den Deckel und lauschte. Dann schlug er dreimal mit dem Kolben seiner Waffe gegen das Metall.

Es dauerte einen Moment, dann hörte Lena, wie von der anderen Seite geantwortet wurde. Dreimal kurz, zweimal lang.

»Das sind sie«, stieß Paul aus. »Kommt. Helft mir, diesen Deckel anzuheben.«

»Gibt es denn keinen automatischen Öffnungsmechanismus?«, fragte Ben.

»Ich kann keinen erkennen. Also kommt schon, packt mit an.«

Er schob den Riegel zur Seite und gemeinsam hoben sie die Abdeckung an. Das Ding wog sicher anderthalb Zentner.

In der Dunkelheit unter ihren Füßen war Bewegung zu sehen. Lena sah das Aufblitzen von Metall. Mit Schrecken erkannte sie, dass es Gewehrläufe waren. Und man hatte sie auf sie gerichtet. Sie zuckte zurück.

»Bist du das, Paul?« Eine raue Stimme drang von unten herauf.

»Wer sonst?«, entgegnete Paul grinsend. »Ich sagte euch doch, ihr könnt euch auf uns verlassen. Los jetzt, hoch mit euch.« Er streckte eine Hand aus und half dem Mann. Dann wiederholte er den Vorgang bei den anderen. Sechs Personen insgesamt. Männer und Frauen. Eine ziemlich verwegen wirkende Truppe. Der Anführer war ein Mann von vielleicht dreißig Jahren. Er war bärtig, trug ein Kopftuch und hatte stechend blaue Augen. Er schüttelte ihnen die Hand. »Freut mich, euch zu sehen. Mein Name ist Jason.«

Sie erwiderte seinen Handschlag. »Ich bin Lena und das ist Ben.«

»Euch verdanken wir also diese Chance. Ich bewundere euren Mut. War es sehr schwierig?«

»Kinderspiel«, sagte Paul und winkte ab. »Dank unseres Tarnschirms sind sie uns nicht auf die Schliche gekommen. Das Ding trickst sogar die Scanner aus.«

»Ja, wenn die Darkies etwas machen, dann gründlich«, sagte Jason mit schiefem Grinsen. »Aber der Tanz fängt ja auch gerade erst an.« Er zog eine Waffe aus dem Holster. »Ich übernehme ab jetzt das Kommando. Wo ist der nächste Serviceaufzug?«

»Da drüben«, sagte Paul und deutete nach rechts. Sie hatten dort ein Schild mit der Aufschrift *Security Elevator* gesehen.

»Gut, dann machen wir uns auf den Weg. Wollt ihr mitkommen oder lieber hier warten?« Er sah Lena und Ben an.

»Mitkommen selbstverständlich«, sagte Ben. »Wenn wir meine Mom befreien, sollte ich dabei sein.«

»Und wir haben die Frequenzierer«, sagte Lena.

»Schön.« Jason nickte. »Dann mir nach.«

T minus 32

Der Aufstieg erfolgte durch einen leeren Fahrstuhlschacht, in einer Kombination aus Bergsteigen und Drahtseilakt. Ben verstand jetzt, warum Alma so viel Wert darauf gelegt hatte, dass sie das zusätzliche Team über die Kanalisation einschleusten. Alleine hätten sie diesen Stunt niemals fertiggebracht.

Jason leistete den Vorstieg und schoss in regelmäßigen Abständen Haken in den Beton. An den Haken wurden Stahlseile befestigt, mittels derer sich der Rest der Gruppe hochziehen ließ. Obwohl die eigentliche Arbeit von einem Gurtsystem mit elektrischer Winde verrichtet wurde, war es doch eine schweißtreibende Angelegenheit.

Ben standen die Haare zu Berge, als sie in einem Affenzahn den Fahrstuhlschacht hinaufjagten. Ein echter Albtraum für ihn, der seit frühester Kindheit unter Höhenangst litt.

»Warum so kompliziert?«, flüsterte er Paul zu, als sie einen Zwischenstopp einlegten. »Warum nehmen wir nicht einfach den Aufzug?«

»Erstens, weil wir befürchten, dass die Gefängnisebene einen besonderen Sicherheitsstatus hat«, entgegnete Paul, »und zweitens, weil ein Auslösen des Alarms zu einem Abschalten der Aufzüge und einem Verriegeln der Türen führen könnte – womit wir Gefangene wären, sollte etwas schiefgehen.«

Ben nickte. So hatte er die Sache noch nicht betrachtet. Er war froh, sich in der Obhut erfahrener Kämpfer zu wissen.

Zum Glück war es dunkel im Schacht und die Aktion ging schnell vonstatten. Fünf angsterfüllte Minuten später erreichten sie ihr Ziel.

»Sechstes Untergeschoss. Hier ist es«, flüsterte Jason mit Blick auf die Beschriftung. *»Inhaftierungsebene.* Bereit machen zum Einstieg.«

Ben wagte kaum, die Augen zu öffnen. An einem Stahlseil über dem bodenlosen Abgrund baumelnd, fragte er sich nicht zum ersten Mal, was ihn wohl geritten hatte, an diesem Wahnsinn teilzunehmen.

Jason zog ein Gerät mit Display heraus, das in einer Art Antenne endete. Ein biegsamer Glasfaserstab, mit dem man um die Ecke sehen konnte. Er schob die Spitze durch eine winzige Öffnung am Fuße der Aufzugtür und beobachtete, was auf der anderen Seite der Tür vor sich ging.

»So ein Mist«, zischte Jason.

»Was ist denn los?« Paul schwang zu ihm hinüber.

»Da drüben, siehst du?« Jason deutete auf das Display.

Ben beugte sich ebenfalls vor. Auf dem kleinen Monitor war ein leerer Korridor zu sehen. Dutzende von Gängen zweigten davon ab. Vermutlich hin zu den Gefängniszellen. Wie sollten sie herausbekommen, wo seine Mom einsaß? Sie konnten doch unmöglich jede einzelne Zelle abklappern.

Was Jason so in Aufregung versetzte, war aber etwas anderes. Es gab dort einen Empfangsschalter, hinter dem ein Wachposten saß. Locker die Füße hochgelegt, genoss er die Ruhe.

»Ist der allein?«, flüsterte Ben.

»Ich kann niemanden sonst erkennen. Laut Alma ist gerade Schichtwechsel, vielleicht haben wir ja Glück.«

»Für eine Gefängnisebene kein besonders hoher Sicherheitsstandard«, flüsterte Jason. »Andererseits erfolgt der Zugang nur mit Sonderstatus. Die Ebene ist vermutlich nur ganz speziellen Darkies vorbehalten.«

»Trotzdem müssen wir vorsichtig sein«, erwiderte Paul. »Es genügt nur einer von denen, um Alarm auszulösen.«

»Was machen wir denn jetzt als Nächstes?«, fragte Lena.

Jason sah sie an. Lena, Ben und Paul waren die Einzigen, die maßgeschneiderte Anzüge trugen.

»Doch gut, dass ihr mitgekommen seid«, sagte er. »Traut ihr euch zu, die Nummer von vorhin noch einmal durchzuziehen?«

Ben nickte eifrig. »Klar. Was sollen wir tun?«

Jason lächelte. »Passt auf. Folgende Idee ...«

Wieder schlüpften Ben, Lena und Paul in die Rollen von Unionsagenten. So langsam gewöhnte Ben sich daran. Auch wenn die Anzüge unter der Kletterei etwas gelitten hatten, war es doch nichts, was man nicht mit ein bisschen Abstauben und Glattstreichen wieder hinbekommen könnte.

Nachdem sie ihr Aussehen gewissenhaft überprüft hatten, machten sie sich auf den Weg hinüber zum Empfangsschalter.

Die Frequenzierer hingen gut verstaut in ihren Ledertaschen. Das beruhigte Ben etwas. Zur Not konnten sie sie immer noch einsetzen. Allerdings hoffte er, dass es nicht dazu kam.

Als Ranghöchste musste Lena vorangehen. Sie war die Agentin, Paul und Ben nur einfache Gardisten. Der Schalter lag direkt vor ihnen. Der Wachmann saß gelangweilt dahinter und spielte auf einem elektronischen Gerät herum. Er machte einen jungen und unerfahrenen Eindruck. So entspannt, wie er sich gab, war zu vermuten, dass sich kein Vorgesetzter in unmittelbarer Umgebung befand. Als er die Neuankömmlinge bemerkte, sprang er schnell auf und strich seine Uniform glatt. Eine Steilvorlage, die Lena sich nicht entgehen ließ.

»Ist das die Art, einen Vorgesetzten zu empfangen? Mit hochgelegten Füßen? Wo ist der Diensthabende?«

»Äh, das bin ich, Vorderer.«

»Du ganz allein?«

Der Wachmann senkte verlegen den Kopf. »Ich bitte um Vergebung. Die Nachtschicht ist immer dünn besetzt. Außerdem ist gerade Schichtwechsel.« Er stieß einen Laut aus, der wie ein Räuspern klang. »Wenn Sie sich bitte registrieren würden?« Er deutete auf den ID-Scanner.

Schon wieder eine Ausweiskontrolle. Ben und die anderen kannten das Spiel inzwischen. Sie zogen ihre Identkarten durch und warteten auf die Bestätigung, die auch prompt erfolgte.

Lena sah sich missbilligend um. »Mir scheint, ich muss die Gefängnisleitung über die laxen Umgangsformen informieren.«

»Ich versichere Ihnen, es ist alles in bester Ordnung ...« Der Mann blinzelte auf die Anzeige des Kontrollgerätes. »... Agent M'Enat.«

Ben war beeindruckt. Lena spielte ihre Rolle fantastisch. Sie reckte die Brust vor. »Alles in bester Ordnung, sagst du? Nun, das werden wir sehen. Aber ich bin nicht hier, um langweilige Gespräche mit einem Untergebenen zu führen. Ich will, dass du mir zwei Gefangene überstellst. Ein Ehepaar, wie mir gesagt wurde. Marianne und Max Feininger. Verdacht auf umstürzlerische Aktivitäten. Sie sollen einem Verhör unterzogen werden. Wo sind sie untergebracht?«

Die Augen des Postens klappten ein paarmal auf und zu. »Feininger? Ja, die sind hier. Drüben im Hochsicherheitsbereich. Allerdings weiß ich nicht, ob ich ...«

»Natürlich im Hochsicherheitsbereich«, unterbrach ihn Lena

barsch. »Was denkst du, warum ich zwei Gardisten mitgenommen habe? Also, was ist jetzt? Ich habe nicht den ganzen Abend Zeit.« Sie strich ihre Haare glatt.

Der Wachposten zögerte. »Nun, das ist leider nicht so einfach. Für eine derartige Überführung brauche ich ein Berechtigungsformular. Dass Sie auch wirklich autorisiert sind, verstehen Sie …?«

Lena wandte sich empört zu Ben und Paul um. »Habe ich richtig gehört? Er verlangt eine Autorisation. Und das, nachdem er eben noch gemütlich ein Nickerchen gemacht hat.«

»Moment, nein, ich habe nicht geschla…«

»Hör zu, Bursche.« Lena trat vor und machte die Schultern breit. »Entweder du gibst du mir jetzt, was ich von dir verlange, oder wir tragen die Sache mit dem Kass'richak aus. Du hast die Wahl. Generalgouverneur E'Tach wird bestimmt nicht begeistert sein, wenn er hört, dass du dich meinen Anweisungen widersetzt hast.«

»E'Tach? Kass'richak?« Die Augen zuckten wild zwischen ihnen hin und her. Einen Moment lang schien er sich innerlich zu sträuben, dann knickte er ein.

»Schon gut«, sagte er hastig. »Es reicht, wenn Sie das Formular nachliefern. Die von Ihnen gewünschten Personen befinden sich im Inhaftierungsblock 16 D und E. Sie finden sie, wenn Sie …«

»Du führst uns dorthin, Bursche!«, sagte Lena im Befehlston. »Vorwärts, avanti.«

»Avanti?« Er zwinkerte verständnislos.

»Italienisch«, sagte Lena schnell. »Es heißt so viel wie: *Los jetzt.«*

Ben musste sich ein Grinsen verkneifen. Es war unglaublich, wie gut sie ihre Rolle spielte. Ein Naturtalent.

Der Wachposten wirkte ziemlich eingeschüchtert. Zu sehr, um Verdacht zu schöpfen. Er kam hinter seinem Schalter hervor und ging an ihnen vorbei. Ben fragte sich, ob das ein Mensch oder einer von ihnen war. Vermutlich einer von den Darkies. Hatte Paul nicht gesagt, nur sie hätten Zugang zu dieser Ebene?

Ben warf einen unauffälligen Blick hinüber zum Aufzug. Jason lugte um die Ecke. Das Team war bereit, jederzeit loszuschlagen. Aber noch war es dafür zu früh. Ben machte ein Handzeichen, dass sie sich unauffällig verhalten sollten.

»Wie lange arbeitest du schon hier?« Lena verwickelte den Wachhabenden in ein belangloses Gespräch.

»Seit einem halben Zyklus, Vorderer.«

»War es immer schon dein Wunsch, Gefangenenaufseher zu werden?«

»Nein. Wer würde das schon wollen? Mein Ziel ist die Abteilung *Koordination, Meldewesen und Langstreckenkommunikation.*«

»Ja, da möchte jeder gerne hin«, plauderte Lena fröhlich weiter. »Mich haben stattdessen immer die Außeneinsätze gereizt. Diese Affen können durchaus interessant sein, wenn man sich näher mit ihnen beschäftigt. Eine seltsame Spezies.«

»Mir machen sie Angst«, gab der Wächter zu. »Sie sind dumm, gewiss. Aber diese Aggressivität, diese Reizbarkeit ...« Er schüttelte den Kopf. »Ich hoffe, die Große Vollendung kann wie geplant vonstattengehen. – So, wir sind da. Hochsicherheitsblock D/E. Ich werde vorangehen.«

Ben warf Lena einen alarmierten Blick zu. *Vollendung?* Wovon redete der Kerl da?

Aber das musste warten. Der Wächter zog einen elektronischen Schlüssel aus der Tasche und presste ihn auf ein Scannerfeld. Nach Eingabe eines Zahlencodes glitt die Panzertür zur Seite. Gemeinsam betraten sie das Innere des Zellenblocks.

T minus 31

Der Kommunikator summte erneut. Diesmal war E'Tach vorbereitet. »Ja?«

»On'Varr hier. Wir haben Neuigkeiten zum Verbleib Ihres Neffen und der beiden Gardisten.«

»Na endlich. Haben Sie sie gefunden?«

»Ja, Vorderster.«

Er atmete auf. »Nun, dann hat sich das ja erledigt. Sagen Sie ihm ...«

»Bitte entschuldigen Sie, aber es ist von größter Wichtigkeit, dass Sie zu uns in die Zentrale kommen.«

E'Tach stutzte. »Was?« Die unangenehme kleine Stimme in seinem Kopf meldete sich wieder. »Warum?«

»Das erkläre ich Ihnen, sobald Sie hier sind.«

E'Tach stand da wie angewurzelt. Die Aussicht auf einen ruhigen Abend war mit einem Schlag dahin. Er straffte die Schultern. »Na gut, ich komme. Geben Sie mir drei Zeiteinheiten.« Er legte auf. Verdammt noch mal, was ging hier in seiner Pyramide vor sich? »Ch'Ezell, ich muss fort. Ich weiß nicht, wann ich wiederkomme.«

»Verstanden, Liebster«, tönte es aus dem Schlafzimmer. »Lass dir Zeit, ich werde auf dich warten.«

Rasch zog er sich an, ordnete seine Uniform und betrachtete sich im Spiegel. Auch wenn manche seiner Artgenossen sich ein natürliches Erscheinungsbild wünschten, hatte er angeordnet, *immer* menschliche Form anzunehmen. Egal wann, egal wo. Nicht, weil er die menschliche Form für sonderlich erstrebenswert oder schön hielt, sondern weil man nie wusste, wem man begegnete. Man durfte nicht vergessen, dies hier war immer noch *ihre* Welt. Die Affen waren ihnen zahlenmäßig weit überlegen, sie konnten die Pläne der Union immer noch vereiteln, wenn sie Wind von der Großen Vollendung bekämen.

Den Frequenzierer umgeschnallt, verließ E'Tach das Apartment.

Nur wenige Zeiteinheiten später erreichte er die Sicherheitszentrale. Hier herrschte hektische Betriebsamkeit. Boten wuselten herum, während IT-Spezialisten den Zentralrechner mit neuen Daten fütterten.

E'Tach öffnete den obersten Knopf seiner Uniform. Täuschte er sich oder war es hier wärmer als sonst? Tief unter seinen Füßen spürte er das Summen der Generatoren. Zahlen und Buchstaben zuckten über die Monitore.

On'Varr empfing ihn auf der anderen Seite der Barriere.

»Danke, dass Sie sich die Zeit genommen haben, Generalgouverneur«, sagte sie. »Ich gebe zu, wir sind hier alle etwas ratlos.«

»Was ist passiert?«

»Kommen Sie mit.« On'Varr führte ihn zu einem der gigantischen Rechenterminals. Eine unüberschaubare Zahl von Kameras und Monitoren erfasste die wichtigsten Knotenpunkte innerhalb des Towers. Aufzüge, Rolltreppen, Korridore, Gemeinschaftsräume und Schaltzentren. Alles überwacht von stationären Kameras sowie modernsten Drohnen, die auf den Etagen patrouillierten. Ihr Benehmen gab E'Tach Rätsel auf. Was sollte schon groß passieren? Die Atlas-Pyramiden waren die sichersten Gebäude der Welt.

»Also, was ist los?«

»Ihr Neffe ist wieder aufgetaucht. Die beiden Gardisten ebenfalls.«

»Na, das ist doch ein Fortschritt. Ich dachte schon, Sie kämen mit der nächsten Hiobsbotschaft um die Ecke. Lassen Sie ihn ausrufen und dann richten Sie ihm aus, er möge mich umgehend aufsuchen. Ich habe viel mit ihm zu besprechen.«

Die Sicherheitschefin schüttelte den Kopf. »Aber sehen Sie denn nicht, wo sich die drei gerade befinden?« Sie tippte auf einen der Monitore. Die Ansicht wurde vergrößert. E'Tach verstand noch immer nicht, worauf sie hinauswollte. *Dieser verdammte Wein!*

Vier Atlantiden waren dort zu sehen. M'Enat, zwei Gardisten und ein Wachposten von offensichtlich niedrigem Dienstgrad. E'Tach rückte näher.

»Ich kann nichts hören. Können Sie mal den Ton lauter stellen?«

»Kein Ton. Nicht auf dieser Ebene. Dienstvorschrift.«

»Welche Ebene ist das?«

Sie tippte auf die kleine Bildunterschrift. *»Gefängnisebene.«*

»Die *Gefängnisebene?«* Er riss die Augen auf. Langsam fing er an zu begreifen, warum On'Varr ihn hatte rufen lassen.

»Was tut er denn da?«

»Ich hatte gehofft, Sie könnten mir das erklären.«

»Ich habe nicht die geringste Ahnung.« Er bemühte sich, seine Fassung zu bewahren. »Wie ist er dorthin gelangt? Die Ebene darf nur mit Sonderautorisation betreten werden.«

»Ihre IDs wurden gecheckt. Schienen in Ordnung zu sein.«

»Schienen?«

»Nun, hundertprozentig können wir das erst sagen, wenn wir die drei gefasst haben. Die Aufnahme hier ist vor etwa einer Zeiteinheit gemacht worden. Inzwischen sind sie weitergegangen. Sehen Sie selbst.« On'Varr drückte auf Schnellvorlauf.

E'Tach verfolgte, wie die vier einen Gang entlangmarschierten, der zum hinteren Teil des Hochsicherheitsflügels gehörte. Irgendetwas am Verhalten der beiden Gardisten war seltsam. Sie sahen sich verdächtig oft um. Als wollten sie sichergehen, nicht beobachtet zu werden. An einer Ecke las E'Tach die Aufschrift *Inhaftierungsblock 16*. Hier wurden besonders gefährliche Straftäter inhaftiert: Saboteure und Terroristen.

Nach einer Rechtskurve blieb die Gruppe stehen. Der Wachhabende legte seine Karte auf das Ermächtigungsfeld und die Stahltür glitt zur Seite. Die vier betraten den Stahlkubus und verschwanden vom Bildschirm.

»Welche Zelle ist das?«

»D und E. Marianne und Max Feininger.«

»Feininger ...!«

E'Tach hatte das Gefühl, als hätte ihm jemand einen Fußtritt in die Magengrube verpasst. Schlagartig wurde ihm bewusst, dass er schon viel früher auf die warnende Stimme in seinem Kopf hätte hören sollen.

Er musste handeln.

Jetzt.

»Nehmen Sie ein paar Ihrer besten Leute mit und folgen Sie mir. Wir müssen sofort auf die Gefängnisebene.« Er eilte Richtung Tür. »Und die Kampfausrüstung nicht vergessen. Es könnte Ärger geben.«

o o o

Ben musste zweimal hinsehen, um sicherzugehen, dass es wirklich seine Mom war. Marianne wirkte verändert. Schmaler, blasser, kantiger. Die einst so prächtigen rotblonden Locken waren abgeschnitten. Sie trug jetzt eine Kurzhaarfrisur, die sie knabenhaft wirken ließ. Doch die Sommersprossen waren immer noch da. In einem grauen Overall saß sie da und starrte von der anderen Seite der Glasbarriere zu ihnen herüber. In der Zelle nebenan war Pauls Vater. Er war älter, als Ben vermutet hatte. Die Haare wurden an den Schläfen bereits grau. Auch der Bart zeigte etliche graue Strähnen. Im Gegensatz zu Marianne wirkte er weniger wütend, fast schon ein bisschen traurig.

Als die beiden den Besuch bemerkten, hoben sie die Köpfe.

Ben fühlte diesen unwiderstehlichen Drang, zu seiner Mutter zu rennen und sie in die Arme zu schließen, doch er musste jetzt standhaft bleiben. Noch nie war ihm das so schwergefallen.

»Aufmachen!«, sagte er im Befehlston. »Entriegeln Sie die Tür!«

Der Wachmann schien sich immer noch unsicher zu sein, was er von der Situation halten sollte. »Ich weiß nicht ... ich kann die doch nicht einfach rauslassen. Nicht ohne Autorisation. Das kann mich meinen Job kosten. Vielleicht sollte ich lieber noch mal mit meinem Vorgesetzten Rücksprache halten. Warten Sie, ich rufe kurz an.« Er zog einen Kommunikator heraus.

Doch ehe er den Verbindungsknopf aktivieren konnte, hatte Paul ihm seinen Frequenzierer in den Nacken gedrückt.

»Nimm das Ding runter, aber schnell.«

Die Augen klappten ungläubig auf und zu.

Paul nahm ihm den Kommunikator aus der Hand und drückte den Frequenzierer fester an seinen Hals. »Aufmachen, hat mein Kollege gesagt, sonst brenne ich dir ein Loch in deinen hässlichen Schädel.«

Mit einem ängstlichen Quieken betätigte der Wachmann die Zentralverriegelung. Die Panzerglasscheiben verschwanden in der Decke.

»So ist's brav.« Paul drückte den Abzug. Ein knisternder Strahl sprang aus der Waffe. Der Wachmann wurde in ein grünes Netz aus Funken und Blitzen gehüllt. Er zuckte zusammen, dann kippte er um. Ben, der direkt danebenstand, konnte ihn gerade noch auffangen. »Himmel, das Ding hat ja ganz schön Power«, sagte er. »Bist du sicher, dass das nur auf *Betäuben* eingestellt war?«

»Atmet er denn noch?«

Ben prüfte nach und nickte.

Paul grinste. »Dann muss es wohl Betäubung gewesen sein.«

»Wer seid ihr?« Bens Mom blickte sie misstrauisch an. Sie hatte ihre Zelle nicht verlassen. Pauls Vater auch nicht. Mit einer Mischung aus Furcht und Verwunderung blickten die beiden zu ihnen herüber. Offenbar erkannten sie sie nicht mit ihren Anzügen und den sauber gescheitelten Haaren.

»Ich bin's, Mom« sagte Ben mit verlegenem Lächeln. »Wir sind gekommen, um euch zu befreien.«

»Schön, dich zu sehen, Vater.« Paul strahlte übers ganze Gesicht.

Mariannes Gesicht war ein einziges Fragezeichen. »Ben, Paul?«

Die beiden nickten. Bens Knie wurden weich. Tausend Dinge, die er sagen wollte, tausend Fragen, die er stellen wollte. Doch sein Kopf war wie leer gefegt. Plötzlich spürte er Arme um sich. Marianne hatte ihn an sich gedrückt. Den Kopf an seine Brust gepresst, flüsterte sie: »Oh Gott, bist du es wirklich? Mein kleiner Ben? Ist das kein Traum?«

»Kein Traum, Mom.« Ben erwiderte die Umarmung, wenn auch zögerlich. Am meisten verwunderte ihn, dass seine Mutter so klein war. Das hatte er anders in Erinnerung. »Ich bin's«, murmelte er mit belegter Stimme. »Wir sind hier, um euch zu retten.« Hatte er das nicht schon mal gesagt?

Sie entließ ihn aus ihrer Umarmung. »Aber wie? Was ...?«

»Keine Zeit jetzt für Erklärungen«, unterbrach Paul sie und prüfte seine Waffe. »Das Team erwartet uns, wir müssen hier weg.«

»Das Team ...?«

»Jason und die anderen. Sie warten drüben bei den Aufzügen.«

»Komm, Marianne«, sagte Ben. »Wenn wir zu lange zögern, könnte es vielleicht zu spät sein. Nachher ist noch genug Zeit für Erklärungen.«

Sie nickte und ließ ihn los. Als sie zurücktrat und ihn ansah, schüttelte sie den Kopf. »Du bist ja ein richtiger Mann geworden. Wann ist das passiert? Bin ich schon so lange fort?«

T minus 30

On'Varr kauerte neben dem betäubten Wachposten. Ihr Atem ging schwer. Ein Zeichen dafür, wie wütend sie war. »Geflohen!«, stieß sie aus. »Vor unserer Nase.«

»*Entführt,* wäre wohl der passendere Ausdruck. Von meinem eigenen Neffen.«

»Oder jemandem, der sich für ihn ausgibt.«

E'Tach blickte auf den ohnmächtigen Wachmann. »Wird er es überleben?«

»Minimale Brandspuren«, sagte On'Varr. »Hier und hier, sehen Sie? Eine unserer eigenen Waffen, wie ich vermute. Ja, er wird überleben. Und er wird sich vor mir zu verantworten haben.«

»Die Schuld liegt nicht bei ihm. Er war jung und von der Situation überfordert. Lassen Sie einen Sanitäter kommen und dann folgen Sie mir. Die Entführer sind immer noch in diesem Gebäude.« Er verließ die Zelle. »Ich will, dass alle Zugänge verschlossen werden. Stellen Sie sämtliche Aufzüge, Rolltreppen und Personenlifte ab. Etagenzugänge werden verriegelt und sind nur mit meiner ausdrücklichen Genehmigung zu öffnen.«

»Jawohl, Generalgouverneur.«

»Und schicken Sie die Drohnen los. Ich verlange eine vollständige Überwachung. Nichts und niemand bewegt sich hier drinnen, ohne dass ich davon erfahre.«

Er eilte nach vorne zum Terminal. Hinter ihm hörte er On'Varr abgehackt klingende Befehle in ihren Kommunikator brüllen.

Seine Gedanken rasten. War M'Enat ein Verräter? Schwer vorstellbar, der Typ war ein Waschlappen. Oder hatte er das nur vorgegeben? Wie waren die drei hier reingekommen und – wichtiger noch! – wie waren sie wieder rausgekommen? Es war kein Alarm ausgelöst worden. Nirgendwo. Und M'Enat besaß keine Zugangsberechtigung für diese Ebene.

Das Rätsel drohte seinen Verstand zu sprengen. Er brauchte mehr Informationen.

Vor allem musste er erfahren, wie es ihnen gelungen war, ohne Autorisation in dieses Stockwerk zu gelangen. Der Fahrstuhl war der einzige Zugang. Einen Treppenhauszugang gab es hier nicht. Um im sechsten Untergeschoss anhalten zu können, bedurfte es eines speziellen Zugangscodes, einer persönlichen Freigabe sowie eines triftigen Grundes für den Besuch. Es sei denn ...

»He, Sie da, Gardist, geben Sie mir mal Ihren Schlagstock.«

Der Sicherheitsmann reichte ihn ihm. E'Tach befahl seinen Leuten, die Fahrstuhltüren auseinanderzuziehen. Mit vereinten Kräften gelang es ihnen, die schweren Türen auseinanderzudrücken. E'Tach klemmte den Schlagstock quer dazwischen und blickte durch den offenen Spalt nach unten.

Sofort wurde ihm klar, auf welchem Weg die Eindringlinge sich Zugang verschafft hatten.

»On'Varr, kommen Sie her. Sehen Sie das?« Die Sicherheitschefin folgte seinem Blick. »Sie haben Bolzen in die Wände geschossen und Stahlseile daran befestigt. So konnten sie sich unbemerkt rauf- und runterbewegen.«

»Das ist das Werk von Profis«, stieß On'Varr aus. »Woher haben die das Equipment? Wie haben sie es hier reingeschmuggelt? Sie können das unmöglich allein bewerkstelligt haben.«

»Ich denke auch, dass sie Verstärkung hatten«, sagte E'Tach. »Aber wie sind sie ins Gebäude gelangt? Es gab keinen Alarm. Nirgendwo.«

»Das werden wir noch herausfinden«, sagte On'Varr mit grimmiger Entschlossenheit. »Immerhin haben wir jetzt eine Spur. Wir werden den Stahlseilen folgen und sehen, wohin sie uns führen.«

Er leuchtete mit seiner Lampe in die Tiefe. Die Seile schienen bis ganz nach unten zu reichen.

o o o

Ben keuchte. Er fühlte sich wie nach einem Sprung von einem Dreimeterturm. Die Seilwinde hatte seinen Fall kaum gebremst. Zum Glück war keinem bei diesem Stunt etwas passiert. Ben humpelte ein bisschen, aber er war auch der unsportlichste von allen. Seine lädierte Schulter hatte wieder angefangen zu schmerzen. Seine Mom und Pauls Dad hingegen waren überraschend fit. Vor allem Marianne schien über unbändige Kräfte zu verfügen.

»Wo seid ihr eingestiegen?«, erkundigte sie sich bei Jason. »Servicetunnel, Diensteingang, Luftschächte?«

»Weder noch«, erwiderte Jason grinsend. »Kanalisation.«

»Die Kanalisation?« Sie stutzte. »Aber die wird von einer Panzertür geschützt. Um da durchzukommen, braucht man schweres Gerät.«

»Oder clevere Verbündete im Inneren.« Jason deutete grinsend auf Lena, Ben und Paul. »Mit ihren Identkarten und Frequenzierern ist es den dreien gelungen, die Sicherheitsbarriere zu überlisten und den Schacht von innen für uns zu öffnen. Ein genialer Schachzug, den die Darkies nicht vorausgesehen haben.«

Marianne sah Ben mit einem Blick an, der ihm einen wohligen

Schauer über den Rücken jagte. »Großartig«, sagte sie. »Und ich nehme mal an, dass wir dort wieder aussteigen, oder?«

»Korrekt. Vorausgesetzt, es kommt nichts dazwischen.«

»In der Wartungsebene sind auch die Server untergebracht«, sagte Marianne. »Ihr müsstet daran vorbeigekommen sein.«

»Das stimmt«, sagte Ben aufgeregt. Er fühlte sich mit einem Mal wie ein vollwertiges Mitglied dieses Teams. »Eine Riesenhalle. Ich habe noch nie so viele Server gesehen.«

Mariannes Schritt verlangsamte sich, dann blieb sie stehen.

»Was ist los?« Fragend blickte er seine Mom an.

»Mir ist da gerade ein Gedanke gekommen.« Sie wandte sich an Jason. »Habt ihr Sprengstoff dabei?«

»Natürlich nicht, wo denkst du hin? Wir haben Bolzenschussgeräte und Taser. Dies ist eine Rettungsoperation, kein Sprengkommando.«

Pauls Vater sah Marianne durchdringend an. Er schien zu ahnen, worauf sie abzielte. »Marianne, was hast du vor?«

»Dreimal darfst du raten.« Ihr Lächeln wirkte auf Ben recht grimmig. Da war ein Funkeln in ihren Augen, das er früher noch nie bemerkt hatte.

Pauls Dad sah sie erschrocken an. »Ich bitte dich, nein. Wir müssen hier weg. Es wird nicht mehr lange dauern, bis unser Verschwinden bemerkt werden wird …«

»Eine solche Chance kriegen wir nie wieder«, entgegnete Marianne mit trotziger Entschlossenheit. »Überleg doch mal. Wir befinden uns an einem der wichtigsten Netzknotenpunkte Süddeutschlands. Die Server sind über einen zentralen Zugang miteinander verbunden. Das Ding nennt sich *e-Shelter,* ich habe es selbst gesehen. Es hebt sich farblich von den anderen Servern ab.«

»Schon, aber …

»Wenn es uns gelänge, dieses Ding zu pulverisieren, könnten

wir den Darkies einen gewaltigen Tritt in den Hintern verpassen. Sie müssten einen Datentransfer aus anderen Distrikten einleiten, was über das teilweise zerstörte Leitungsnetz eine Weile dauern würde. Eine gute Chance, ihre Pläne zu vereiteln und ihr Hauptaugenmerk von uns abzulenken. Mir würde das ermöglichen, die verloren gegangene Zeit wieder einzuholen. Aber ohne Sprengstoff …« Unschlüssig blickte sie zu Boden. Ben konnte erkennen, dass sie tief in Gedanken versunken war. Dann hob sie plötzlich den Kopf. »Moment mal …« Sie sah Paul, Ben und Lena durchdringend an. »Ihr habt doch die Frequenzierer, oder?«

Ben runzelte die Stirn. »Ja und?«

»Gebt mir einen davon.«

Ohne zu fragen, zog Paul sein Gerät heraus und reichte es ihr. Sie drückte auf die Tasten und blickte prüfend in die Anzeige. »Das ist es«, murmelte sie. »Das könnte funktionieren.«

»Was denn?« Ben verstand nicht, worauf sie hinauswollte. Pauls Dad hingegen war alarmiert. »Schlag dir das aus dem Kopf, Marianne«, erwiderte er streng. »Dein Junge hat sich in Gefahr begeben, um dich hier rauszuholen. Willst du, dass das alles umsonst war?«

»Ihr wisst nicht, was ich weiß. Keiner von euch tut das.« Ihre Augen funkelten. »Ich bin nach einem Jahr Spionagetätigkeit in Bereiche vorgedrungen, in die die Darkies normalerweise keine Menschen lassen. Dass ich es trotzdem geschafft habe, dafür könnt ihr mir später mal einen Orden verleihen. Ich kenne ihre Pläne und versichere euch: Sie dürfen keinen Erfolg haben, sonst war's das für uns alle.«

»Der Wachmann sagte irgendwas von einer Vollendung«, brach es aus Ben heraus. »Weißt du, was er damit gemeint haben könnte? Heißt das, es kommen noch mehr?«

Mariannes Gesicht wirkte wie versteinert. Ben spürte instinktiv, dass er ins Schwarze getroffen hatte.

Sie hob ihr Kinn. »Geht ruhig schon voran, bringt euch in Sicherheit. Aber lasst mir den Frequenzierer. Ich komme nach, sobald das erledigt ist.«

»Ich werde dich begleiten«, warf Paul ein. »Noch mal lasse ich dich nicht aus den Augen.«

»Nein, ich ziehe das alleine durch. Ihr haltet euch an den Fluchtplan.«

»Marianne, bitte ...« Pauls Vater legte seine Hand auf ihre Schulter.

Sie schüttelte sie ab. »Mein Entschluss steht fest.«

»Wenn Paul dich begleitet, werde ich auch mitkommen«, sagte Ben entschlossen. »Ich habe dich gerade erst wiedergefunden, ich werde dich nicht wieder gehen lassen.«

»Dann bin ich auch dabei«, sagte Lena. »Mit unseren Frequenzierern können wir nützlich sein. Falls die Dinge aus dem Ruder laufen ...«

In Mariannes Ausdruck war ein Zögern zu erkennen. Fast so, als würde sie sich sein Angebot tatsächlich durch den Kopf gehen lassen. Doch dazu kam es nicht mehr. Ein schrilles Surren ließ sie alle aufhorchen.

Ben lief es kalt den Rücken runter. Seine Schulter begann wieder zu schmerzen. Er kannte das Geräusch.

»Drohne«, stieß er aus. »Machen wir, dass wir hier wegkommen. Vielleicht hat sie uns noch nicht entdeckt.«

T minus 29

Und so teilten sie sich auf.

Pauls Vater, Jason und der Rest des Teams zurück zur Kanalisation, Lena, in Begleitung von Ben, Paul und Marianne in Richtung Serverhalle. Hinweisschilder mit der Beschriftung *e-Shelter* wiesen ihnen den Weg.

»Dich kenne ich doch«, sagte Marianne an sie gewandt. »Du bist das Ahrendt-Mädchen, nicht wahr? Die Kleine, die mit Ben in einer Klasse war. Waren deine Mom und dein Dad nicht Ingenieurin und Biologe?«

»Ja, das stimmt«, erwiderte Lena lächelnd. Sie freute sich, dass Bens Mutter sie wiedererkannte.

»Wie kommt es, dass du mit auf diesem Spezialeinsatz bist? Seid du und Ben irgendwie zusammen – ein Paar?«

»Nein, nein«, beeilte Lena sich, die Dinge klarzustellen. »Ist eine lange Geschichte. Zu lang, um sie jetzt zu erzählen. Wir sind nur Freunde. Meine Eltern und ich mussten unser Haus verlassen und neue Wege einschlagen. Wir haben uns eurer Siedlung angeschlossen.«

»Bewohner der Hornburg? Unter Ricos Führung?« Marianne hob ihre Brauen. »Na, da wünsche ich euch gute Nerven. Der Mann hat seine Qualitäten, keine Frage, aber ich hab's mit ihm auf Dauer nicht ausgehalten.«

»Ist mir nicht entgangen«, erwiderte Lena grinsend. »Wasser und Öl, wie man so schön sagt.«

Jetzt lachte auch Marianne. »Was sagen denn deine Eltern dazu, dass du zusammen mit Ben und Paul auf eine solche Rettungsmission gehst?«

»Sie wissen es nicht.« Lena schluckte. »Ich fürchte, sie werden ausrasten, wenn sie davon erfahren. Ich darf gar nicht daran denken ...«

Marianne schwieg für einen Moment. Dann sagte sie: »Klingt, als würdest du eher zum Team Öl gehören als zum Team Wasser. Dazu kann ich dir nur gratulieren. Und wir sollten uns darüber beizeiten mal unterhalten. Unsere Bewegung braucht immer gute Leute. Vorausgesetzt natürlich, wir überleben das hier. Apropos – da drüben ist unser Ziel, ich kann es bereits sehen.«

Lena kniff die Augen zusammen.

Der e-Shelter hob sich deutlich von den anderen Servern ab. Doppelt so breit und doppelt so lang wie ein normaler Server, war er von einer gruselig roten Farbe. Unter ihren Füßen liefen die Energieströme als blau leuchtende Kanäle durch den gläsernen Boden.

Eine schier unerträgliche Hitze herrschte hier. Klar, Server produzierten Hitze und die musste abgeführt werden. Was auch der Grund war, weshalb die meisten Rechenzentren in kühlen Gegenden gebaut wurden. Zumindest hatte ihre Mutter ihr das so erklärt.

»Ich frage mich immer noch, wozu die so eine Rechnerleistung brauchen«, murmelte Ben. »Was könnte so viel Rechnerenergie erfordern?«

»Die Antwort wird euch nicht gefallen«, sagte seine Mutter. »Das ist der Grund, warum ich überhaupt darauf gekommen bin. Eine solche Chance bietet sich uns kein zweites Mal ...« Sie sah sich um. »Den Temperaturen nach zu urteilen, ist das Rechenzentrum voll ausgelastet. Die Kühlaggregate kommen kaum hinterher. Zuerst müssen wir den Zentralzugang finden. Es ist ein Terminal, der all das hier steuert. Seht euch mal um.«

»Da drüben scheint etwas zu sein«, sagte Paul und deutete nach links. »Eine Eingabestation oder so was.«

Sie fanden etwas, das ein Zugangsterminal für IT-Techniker zu sein schien. Es gab Touchpads, Tastaturen, Überwachungsmonitore, Skalen, Hologramme und eine gewaltige Flut von optisch aufbereiteten Daten, die als nicht enden wollender Strom über die Bildschirme flimmerten.

»Bingo«, sagte Marianne. »Helft mir mal, die Abdeckung zu entfernen. Lena und Ben, ich bitte euch, die Augen aufzuhalten, während ich mit Paul die nötigen Vorbereitungen treffe.«

»Klar, kein Thema.« Lenas Herz klopfte wie verrückt. Ihre schweißnassen Hände bekamen die Abdeckplatte kaum zu greifen. Dass Metall schnitt in ihre Finger. Sie spürte, dass sie diesen Druck nicht mehr lange aushalten würde. Mit einer letzten verzweifelten Anstrengung lösten die vier die Platte und legten sie auf den Boden. Dann krochen Paul und Marianne in die Öffnung. Aus Lenas Perspektive sah es aus wie zwei Mechaniker, die unter ein Fahrzeug krochen.

»Hier, siehst du?«, hörte sie Mariannes Stimme. »Hier ist die Energiehauptleitung. Über sie werden wir die Überlastung auslösen. Der daraus resultierende Kurzschluss müsste sich auf sämtliche Server der Ebene ausbreiten. Gib mir mal deinen Frequenzierer.«

Ein paar Minuten war nichts zu hören. Dann: »So, fertig. Ich werde ihn so einstellen, dass er die Leistung nicht auf einmal abgibt, sondern langsam und stetig steigernd. Das verschafft uns ein paar Minuten.« Wieder klapperte es. »Jetzt müsste alles stimmen«, sagte Marianne. »Pass auf, dass du nichts berührst, ich schalte jetzt ein.«

Metallische Geräusche waren zu hören, dann ertönte ein kräftiges Summen. Rasch krochen die beiden aus der Öffnung und befestigten die Abdeckung an ihrem Platz. Fast im selben Moment hörte Lena Stimmen. Befehle wurden gebrüllt und Türen schlugen zu.

Sie spähte in die Ferne. Ihr schlug das Herz bis zum Hals. Bens Gesicht glänzte vor Aufregung. »Runter!«, zischte er. »Duckt euch.«

Vorsichtig spähte sie um die Ecke. Was sie sah, ließ ihr das Blut in den Adern gefrieren. Da waren Leute, die aus der Richtung des Serviceaufzugs kamen und es ziemlich eilig zu haben schienen. Auch das schrille Surren war wieder zu hören. »Drohnen«, zischte Ben. »Sie suchen nach uns. Unser Fluchtweg ist abgeschnitten. Wir kommen nicht mehr zur Kanalisation zurück.«

Lena sah ihn angsterfüllt an. »Was machen wir denn jetzt?«

Ben presste die Lippen zusammen. »Ich fürchte, uns bleibt nur noch eine einzige Möglichkeit. Drückt uns die Daumen, dass der Zugang zur Tiefgarage noch nicht abgeriegelt ist.«

T minus 28

Ben spähte durch den Türspalt. Die Tiefgarage lag wie ausgestorben vor ihm. Der gepanzerte Wagen stand noch an der Stelle, an der sie ihn abgestellt hatten. Genau, wie er gehofft hatte. Das Herz schlug ihm bis zum Hals.

Seine Mutter zog die Stirn in Falten. »Damit seid ihr gekommen? Ich wusste gar nicht, dass ihr so etwas fahren könnt.«

»Paul war das«, sagte Lena. »Jetzt müssen wir nur noch ungesehen da rüberkommen.«

Das Oberlicht flackerte. Irgendwo sprang eine Sirene an.

»Die Zeit wird knapp«, sagte Paul. »Ich denke, es ist das Beste, wenn ich den Wagen hole. Wartet hier.« Er verließ das Treppenhaus und hastete auf den SUV zu. Sein Blick zuckte nach links und rechts.

Mit gespanntem Blick verfolgte Ben, wie Paul seine ID-Karte an die Tür presste, wie das Schloss aufsprang und sein Freund hinter dem Lenkrad Platz nahm. Dann startete der Motor. Der schwarze SUV erzitterte.

In diesem Moment passierten mehrere Dinge zeitgleich.

Zuerst sprang in der Tiefgarage ein blinkendes rotes Licht an, dann fing eine Sirene an, ein ohrenbetäubendes Heulen von sich zu geben. Ben sah, wie sich der Wagen aufbäumte und mit quietschenden Reifen zurücksetzte. Paul fuhr den SUV vor bis an den

Treppenhauseingang und brüllte durch die geöffnete Scheibe: »Rein mit euch!«

Zweimal ließen Ben, Lena und Marianne sich das nicht sagen.

Im Nu waren sie drinnen. Ben vorne, die beiden Frauen auf dem Rücksitz.

»Fahr los!«, rief Lena aufgeregt. Paul schaltete die Automatik auf D und trat das Gaspedal bis zum Boden durch. Der Motor heulte auf. Mit quietschenden Reifen schoss das schwarze Ungetüm vorwärts. Die Beschleunigung presste Ben in den Sitz. Die Ausfahrt war gut hundert Meter entfernt. Ben zweifelte keine Sekunde daran, dass es hier irgendwo ein Stahltor gab, das sich schließen ließ. Sollte das der Fall sein, wären sie gefangen wie in einem Hühnerstall. Doch entweder gab es ein solches Tor nicht oder die zuständige Abteilung hatte geschlafen. Ein dumpfes Grollen ertönte. Ben spürte die Vibrationen in seinen Fingerspitzen. Staub rieselte von der Decke der Tiefgarage. Kleine Betonstücke prasselten auf das Kabinendach.

Ungebremst raste Paul auf die Ausfahrt zu – und hindurch. Hinaus auf den Schlossplatz. *Sie waren frei!*

Draußen bot sich ihnen ein merkwürdiger Anblick. Alles war in rotes Licht getaucht. Ein merkwürdiger Schimmer lag auf den Gebäuden. Gardisten kamen ihnen entgegen, rannten über das Feld und auf die Pyramide zu. Ihre Aufmerksamkeit wurde von etwas angezogen, was sich in Bens Rücken abspielte. Niemand interessierte sich für den schwarzen SUV, der durch das geöffnete Tor im Wall fuhr. Die Wachen hatten ihren Posten verlassen und rannten ebenfalls in Richtung Pyramide. Paul nahm den Fuß vom Gas und fuhr in normalem Tempo weiter. Nur keine Aufmerksamkeit erregen.

Sie waren draußen.

Ben drehte sich um, konnte aber nur wenig erkennen. »Was

ist denn los?«, stieß er aus. »Wie konnten wir so leicht entkommen?«

»Da schlagen Flammen aus dem Untergeschoss!«, rief Lena mit dem Gesicht an der Heckscheibe. »Die Pyramide brennt!«

»Ein Feuer ...?«

»Das waren wir.« Mariannes Kopf war als Scherenschnitt im Rückspiegel zu erkennen. Ihre Stimme war voller Begeisterung. »Das ist unser Werk. Unsere Sabotageaktion war ein voller Erfolg.« Ein helles Licht flammte im Rückspiegel auf. Blitze zuckten in den Himmel empor. Dann ertönte ein Knall.

»Himmel, das hat gesessen!« Paul grinste übers ganze Gesicht. »Das soll euch eine Lehre sein, ihr Spitzohren!«, rief er. »Das nächste Mal überlegt ihr euch besser, mit wem ihr euch anlegt.«

Ben konnte die Begeisterung nicht teilen, war aber erleichtert, dass es ihnen gelungen war, seine Mom zu befreien. Und zwar ohne dass einer sein Leben lassen musste oder sich verletzt hatte.

Doch noch waren sie nicht in Sicherheit. Hier in der Stadt konnte ihnen die Union immer noch einen Strich durch die Rechnung machen.

Es dauerte eine Weile, bis sich alle abgeregt hatten und wieder reden konnten.

»Wie geht's jetzt weiter?«, fragte er seine Mom.

»Zuerst mal zurück ins Hauptquartier und den Koffer holen«, erwiderte Marianne. »Danach verschwinden wir von hier. Bei dem Chaos, das wir angerichtet haben, wird die Union eine Weile brauchen, um wieder die alte Ordnung herzustellen. Das ist unsere Chance abzuhauen. Paul und ich hatten vor, nach Süden zu gehen, um unsere Mission abzuschließen. Ihr beide solltet schleunigst nach Hause. Ihr werdet dort sicher schon vermisst.«

»Kommt doch erst mal mit uns«, sagte Ben aufgeregt. »Wenn ihr nach Süden müsst, kommt ihr ohnehin an der Hornburg vorbei. Ich würde mich wahnsinnig freuen. Jennifer, Liam und Noel auch. Ganz zu schweigen von Oswald.«

»Und Rico?« Marianne blickte zweifelnd.

»Dad bestimmt auch. Und wenn nicht, Scheiß drauf.« Er grinste. »Außerdem haben wir noch eine kleine Überraschung für dich.«

»Für mich?«

»Na ja, nicht direkt für dich, aber es gibt da jemanden, mit dem du dich vielleicht gerne unterhalten möchtest.« Er dachte dabei an M'Enat und daran, dass ihr Gefangener sich vielleicht noch als nützlich erweisen mochte. Vielleicht gelang es seiner Mom ja, ein paar Informationen aus ihm herauszulocken.

T minus 27

Es war mit Sicherheit die schwärzeste Stunde, die Generalgouverneur E'Tach bisher erlebt hatte. Um ihn herum herrschte vollständiges Chaos. Sanitäter, Brandspezialisten und Terrorexperten eilten hin und her, versuchten, Feuer unter Kontrolle zu bringen und Tote zu bergen.

Eines der Opfer war On'Varr. Seine Sicherheitschefin hatte die Explosion nicht überlebt.

Begonnen hatte es mit einer Stichflamme drüben beim e-Shelter, die sich wie eine Kettenreaktion über die gesamte Serverebene ausgebreitet hatte. An das, was danach passiert war, konnte E'Tach sich nur noch schemenhaft erinnern. Flammen, Stromstöße und Explosionen – das reinste Inferno. Die Druckwelle hatte ihn zurück in den Aufzug und gegen das Tastenfeld geschleudert, woraufhin sich die Türen geschlossen hatten. Nur deswegen war er noch am Leben.

Er blickte auf seine verkohlte rechte Hand.

Sein Leibarzt hatte ihm mitgeteilt, dass der Arm amputiert und durch eine mechanische Prothese ersetzt werden musste. Er hatte ihm versichert, dass der Eingriff notwendig sei, um sein Leben zu retten. Ein schwacher Trost. E'Tach war gebrandmarkt. Gezeichnet fürs Leben. Und das von einer jämmerlichen Bande von Aufständischen.

Schmerzhafter noch als die Brandverletzung war das Wissen, dass auch er nicht unverwundbar war. Nicht einmal innerhalb dieser Mauern.

»Generalgouverneur?« Sein Leibarzt sah ihn besorgt an. »Wir müssen anfangen. Der Eingriff kann nicht länger warten.«

»Einen Moment noch«, stieß E'Tach zwischen zusammengepressten Zähnen hervor. »Erst will ich hören, was der Chef des Geheimdienstes mir mitzuteilen hat.«

»Aber Vorderster ...«

»Ich habe Ihnen einen Befehl erteilt!«, presste E'Tach unter Schmerzen hervor.

»Sehr wohl.« Der Leibarzt verbeugte sich. »Darf ich wenigstens mit der Betäubung beginnen? Ihr werdet dann noch ein paar Minuten bei Bewusstsein sein.«

»Von mir aus.«

Der Chefarzt setzte ihm eine Infusion und schloss eine Spritze an. Eine grüne Flüssigkeit schoss durch den Schlauch und hinein in das verbrannte Fleisch. Beinahe umgehend setzte eine Linderung ein. Als wäre der Arm nicht länger Teil seines Körpers.

Der Chef des Geheimdienstes betrat den Raum. Ein würdevoll aussehender älterer Mann mit kahlem Schädel und grauem Bart. Einer der wenigen, die kein jugendliches Aussehen in ihren Frequenzierer einprogrammiert hatten. E'Tach hatte nie viel mit dem Geheimdienst zu tun gehabt. Es war eine Abteilung, die autark arbeitete und sich nur selten in die Karten blicken ließ.

»Kommen Sie her.« Er winkte den Mann zu sich. »Sie sagten, Sie hätten eine wichtige Botschaft für mich?«

»Was ich zu sagen habe, dauert nicht lange.« Der Alte faltete die Hände. »Sie erinnern sich bestimmt noch, dass ich Ihnen vor einiger Zeit von unseren Schläferzellen berichtet habe. Ein Projekt, in das unsere Abteilung viel Mühe und Arbeit investiert hat.«

»Schläferzellen?« E'Tach konnte nicht folgen.

Der Alte rieb seine Hände. »Man könnte auch sagen: die Maulwurfsabteilung. Menschen, die ihr Umfeld bespitzeln. Natürlich nicht freiwillig. Sie wurden mittels spezieller Behandlungen umprogrammiert, sodass sie nicht wissen, für wen sie arbeiten. Wie gesagt, es hat uns viel Mühe gekostet ...«

»Das medizinische Programm ...« Jetzt dämmerte es E'Tach. »Ja, ich erinnere mich wieder.« Das Projekt war vor über einem Sonnenzyklus heftig diskutiert worden. Doch dann war es in der Versenkung verschwunden. Er hatte nichts mehr davon gehört.

»Ja, nun ...« Der Alte massierte seine Knöchel. »Entgegen den Wünschen des Strategierates haben wir das Projekt weiterverfolgt und gute Resultate erzielt. Es würde Sie überraschen zu erfahren, wie sehr manche dieser Affen bereit sind, mit uns zu kooperieren. Wenn Sie mich fragen, eine durch und durch hinterhältige Art.«

»Kommen Sie zum Punkt.« E'Tach spürte, wie sich die Wirkung des Betäubungsmittels auf seine Schläfenlappen auszudehnen begann. Sein Verstand fühlte sich an, als wäre er in Watte gepackt.

»Ich wollte Sie nur davon in Kenntnis setzen, dass wir ein Signal empfangen haben. Ein Signal, das wir längst verloren geglaubt hatten. Die letzte Meldung liegt etwa ein Jahr zurück, sodass wir dachten, die Spur wäre kalt.«

»Ja und ...?«

»Man hat uns ein Signal geschickt. Einen Positionsmarker. Etwa zu dem Zeitpunkt, als hier die Bombe explodierte. Sie wissen, was das bedeutet?«

»Klären Sie mich auf.« Konnte der Typ denn nicht schneller zum Punkt kommen? E'Tach merkte, wie seine Augenlider schwer wurden.

»Die Marker dürfen nur in absoluten Ausnahmefällen aktiviert werden. Sie bedeuten, dass etwas Schwerwiegendes vorgefallen ist, das unser sofortiges Eingreifen erfordert. Dass dieses Signal ausgerechnet jetzt, zum Zeitpunkt des Anschlags ausgesendet wurde, kann natürlich ein Zufall sein. Aber ich glaube nicht an Zufälle. Ich habe die Daten mit dem Überfall letzte Woche abgeglichen und bin zu einem erstaunlichen Ergebnis gelangt.«

»Ja …?«

Der Alte reckte die Brust vor. »Der Marker sendet exakt aus dem Gebiet, in dem Ihr Neffe überfallen worden ist. Sie erinnern sich? Der Vorfall an der Tankstelle?«

E'Tach spürte einen Schauer über seinen Rücken laufen. »Sie wissen von dem Überfall?«

»Es ist meine Aufgabe, alles zu wissen. Wir sind der Geheimdienst.«

»Und jetzt sendet der Marker also aus diesem Gebiet …?« E'Tach geriet ins Grübeln. »Wollen Sie damit andeuten, dass uns jemand vor dem heutigen Anschlag warnen wollte?«

»Oder er wollte uns einen Hinweis geben, wo der Ursprung der Störung zu finden ist«, sagte der Geheimdienstchef. »Ich habe herausgefunden, dass das Fahrzeug, mit dem die drei Verdächtigen ins Gebäude eingedrungen sind, nicht mehr dort steht, wo sie es abgestellt haben. Wir dürfen also davon ausgehen, dass sie damit geflohen sind. So oder so empfehle ich dringend eine Überprüfung.«

Der Leibarzt schob sich zwischen E'Tach und den Alten. »Vorderster, wir müssen anfangen. Wir können nicht länger warten.«

»Aktivieren Sie eine mobile Lufteinheit«, stieß E'Tach aus. »Es sollen bemannte Kampfdrohnen in das Gebiet entsendet werden. Versetzen Sie sie in Bereitschaft. Sobald ich verarztet bin, werde ich mir persönlich ein Bild von der Situation machen.«

»Kampfdrohnen?« Der Chef des Geheimdienstes sah ihn verwundert an. »Am helllichten Tag?«

»Selbstverständlich. Wir haben gerade den schlimmsten Anschlag in unserer Regierungszeit erlitten. Ich werde jetzt nicht anfangen, irgendwelche halben Sachen zu machen. Sollte sich dieses Nest wirklich als Widerstandszelle herausstellen, brauchen wir größtmögliche Feuerkraft. Es hat wohl keinen Sinn, ein paar halb verrostete Hubschrauber dorthin zu schicken.«

»Nein, Vorderster ...«

»Die werden ihr blaues Wunder erleben«, knurrte E'Tach. Er ließ sich nach hinten sinken und streckte seinen Arm aus. »Sie können jetzt anfangen.«

Der Chef des Geheimdienstes verbeugte sich und zog sich zurück, um E'Tachs Anweisungen Folge zu leisten.

Teil V

DER ANGRIFF

T minus 26

Der schwarze SUV fuhr die letzten Meter des Waldpfades hoch und hielt dann an. Ben bat Paul, den Motor auszuschalten und auf ihn zu warten.

Die Hornburg erschien im Licht des frühen Morgens wie eine Fata Morgana. Wie ein wundersamer Traum, gefangen in einem Zwischenreich aus Licht und Schatten. Ein einzelner, dünner Rauchfaden stieg über die Dächer empor, verteilte sich über den Baumwipfeln und zog davon.

Irgendwo krähte ein Hahn.

Wer sich hier nicht auskannte, wäre vielleicht auf den Gedanken gekommen, dass der Ort ausgestorben war oder noch schlief, aber Ben wusste es besser. Dutzende Blicke waren in diesem Moment auf sie gerichtet und ebenso viele Waffen. Nur ein Selbstmörder wäre jetzt weitergefahren.

»Kein Mucks, verstanden?«

Lena, Marianne und Paul nickten.

Er verließ den Wagen. Seine Beine fühlten sich an wie Gummi. Jetzt bloß keinen Fehler machen. Die Ereignisse des vergangenen Abends steckten ihm in den Knochen. Mehr noch als der mangelnde Schlaf war es die Erkenntnis darüber, dass sie womöglich etwas ausgelöst hatten, was sich nicht mehr kontrollieren ließ. Sie hatten den schlafenden Riesen geweckt und es konnte als sicher gelten, dass die Atlas-Union den Anschlag nicht tatenlos hinnehmen würde.

Bereits in der Nacht waren die Folgen zu spüren gewesen. Heulende Sirenen, Flutlichter, das Donnern von Hubschraubern – erst in den frühen Morgenstunden war der Lärm ein wenig abgeflaut. Gerade so viel, dass sie einen Fluchtversuch wagen konnten. Pauls Vater hatte ein Ablenkungsmanöver in einem weit entfernten Wohnbezirk gestartet und es ihnen so ermöglicht, unbemerkt die Stadtgrenze zu überqueren. Er selbst war in Stuttgart geblieben, um den Widerstand vor Ort zu koordinieren. Bens Mom war zwar betrübt darüber, wusste aber, dass die Mitglieder ihrer Widerstandszelle glücklich waren, ihren Anführer wiederzuhaben.

Vorsichtig und mit erhobenen Händen verließ Ben die Straße und ging ein Stück in den Wald hinein. Verborgen in einem ausgehöhlten Baumstumpf befand sich der Sicherheitsmarker. Einer von dreien, die ausgeschaltet werden mussten, um unbeschadet hinauf zur Hornburg zu gelangen.

Er tippte den Zahlencode ein, dann ging er zum zweiten Versteck und weiter zum dritten. Als alle Marker auf Grün standen, kehrte er zum Wagen zurück und stieg ein. »Wir können weiter«, sagte er. »Die Sprengfallen und Selbstschussanlagen sind nun ausgeschaltet.«

»Ich bin beeindruckt«, hörte er seine Mutter sagen. »Kaum zu fassen, wie die Siedlung gewachsen ist. Als ich sie verlassen habe, war es nicht mehr als eine kümmerliche Ansammlung von Wohncontainern. Und jetzt seht euch das an. Eine richtige Festung.«

Ben lächelte. Er freute sich über Moms Begeisterung.

»Warte, bis du sie von innen siehst«, sagte er. »Wir haben geackert wie die Blöden, um es so hinzubekommen. Aber die Arbeit hat sich gelohnt. Die Festung ist nicht nur uneinnehmbar, sie ist auch vollkommen autark. Eigenes Wasser, eigener Strom, eigene

Lebensmittel. Du wirst es sehen, unsere Siedlung ist komplett auf Selbstversorgung ausgelegt. Das ist vor allem Dads Verdienst.«

Marianne schwieg. Ob sie Rico jetzt vielleicht in einem anderen Licht sah? Insgeheim hoffte Ben immer noch auf eine Versöhnung. Doch er zwang sich, seine Erwartungen nicht zu hoch zu stecken. Die beiden waren unglaubliche Dickköpfe. Es war ebenso wahrscheinlich, dass sie sich wieder an die Gurgel gingen.

Das Tor senkte sich herab. Paul fuhr vorsichtig mit dem schweren Wagen über die metallene Zugbrücke. Unter ihnen ratterte und schepperte das Blech. Als er die Mitte des Runds erreicht hatte, hielt er an.

Ben spürte, dass etwas nicht stimmte. Die Menschen lugten vorsichtig aus ihren Wohncontainern. Besorgnis lag in ihren Gesichtern. Nein, mehr als das. Es war *Angst.*

Aber wovor fürchteten sie sich? Vor dem Wagen vielleicht, immerhin war es ein Unionsfahrzeug. Andererseits hatten sie sie einfahren lassen.

»Kommt«, sagte er. »Geben wir uns zu erkennen, ehe sie das Feuer auf uns eröffnen.«

Ein kleines Empfangskomitee war vor dem Versammlungshaus erschienen. Rico, Jette und Peter, Clara, Steffen, Sven sowie Bens Geschwister. Alle hielten sie Waffen in den Händen.

»Hände hoch!«, befahl Dad. »Dass mir keiner eine unüberlegte Bewegung macht.«

Ben blickte in den Lauf einer abgesägten Schrotflinte.

Rico kam auf sie zu. Die Waffe in seiner Hand zitterte. Schweißtropfen standen auf seiner Stirn. Mit einem Mal blieb er stehen. Sein Ausdruck wandelte sich von Argwohn zu Verwunderung. »Marianne, bist du das?«

»Allerdings.« Bens Mom stand breitbeinig da, einen trotzigen Ausdruck im Gesicht. »Wenn das eine Begrüßung sein soll, kann ich auch gleich wieder gehen. Ist das die Art, seine Kinder und Verbündeten zu empfangen? Runter mit den Waffen, aber sofort!« Ihre Stimme war so Respekt einflößend, dass alle gehorchten. Sogar Rico.

»Freunde, Kollegen und Mitstreiter.« Sie erhob ihre Stimme. »Es gibt nichts, wovor ihr euch fürchten müsst. Kommt raus, zeigt euch. Viele von euch werden sich noch an mich erinnern. Ich bin Marianne, Ex-Frau von Rico. Mutter von Jennifer, Noel, Liam und Ben. Ich führe die Widerstandszelle in der Landeshauptstadt und komme mit wichtigen Nachrichten.«

Ihre Stimme hallte zwischen den Containern wider. Alle hörten ihr zu, niemand sagte ein Wort. Ben konnte sich das Verhalten der Leute nicht erklären. Warum dieser Argwohn? Er spürte, dass es nicht an dem Fahrzeug lag. Irgendetwas musste während ihrer Abwesenheit vorgefallen sein. Wenn Marianne es ebenfalls spürte, so ließ sie es sich nicht anmerken.

»Gestern Abend ist uns ein entscheidender Schlag gegen die Union geglückt!«, rief sie. »Dass ich heute vor euch stehen kann, haben wir einzig und allein dem Mut und der Tapferkeit dieser drei wunderbaren jungen Menschen zu verdanken.« Sie deutete auf Lena, Ben und Paul. »Sie haben ihr Leben aufs Spiel gesetzt, um mich zu befreien. Wollt ihr sie nicht willkommen heißen?«

Noch immer rührte sich niemand. Ben hielt das nicht mehr aus. »Was soll das?«, rief er. »Wieso redet ihr nicht? Was ist los mit euch?«

»Während ihr weg wart, ist Oswald zu mir gekommen und hat uns darüber aufgeklärt, was gestern vorgefallen ist«, sagte Rico mit Grabesstimme. »Er hat uns von euren heimlichen Treffen erzählt und was nachts bei seiner Hütte passiert ist. Wieso seid ihr zwei einfach auf und davon, ohne uns eine Nachricht zu hinterlassen? Das war unverantwortlich von euch. Ihr habt unsere

Siedlung in helle Aufregung versetzt. Könnt ihr euch vorstellen, welche Sorgen wir uns gemacht haben?« Der Blick, den er Ben zuwarf, war von der Sorte, bei der man am liebsten im Erdboden versinken wollte. Ben verspürte das dringende Bedürfnis, diesem Blick auszuweichen. Lena schien es ebenso zu gehen. Ihre Wangen waren vor Scham gerötet.

Aber hätten sie sich anders verhalten können? Weder sein Dad noch Lenas Eltern hätten jemals ihre Zustimmung zu diesem Himmelfahrtskommando gegeben.

»Oswald hat uns auf den neuesten Stand gebracht«, fuhr Rico fort. »Er hat uns die beiden Leichen gezeigt und uns euren *Gefangenen* präsentiert.«

Das war es also! Plötzlich verstand Ben die Aufregung. Sie hatten M'Enat gesehen. Das erklärte natürlich vieles. Der Anblick des Atlantiden musste eingeschlagen haben wie eine Bombe.

»Einen Gefangenen …?« Marianne sah die drei Jugendlichen prüfend an. »Davon habt ihr mir nichts erzählt. Habt ihr etwa einen von … ihnen?«

»Das war es, was ich mit *Überraschung* meinte.« Ben lächelte entschuldigend.

»Lebend?«

Rico räusperte sich. »Die beiden sind drüben im Versammlungshaus. Wir wollten gerade darüber beraten, als ihr kamt. Wenn ihr wollt, könnt ihr euch uns gerne anschließen.«

Er schien nach den richtigen Worten zu suchen. »Bitte verzeiht, wenn ich euch gegenüber misstrauisch war, aber ihr könnt euch nicht vorstellen, was wir hier seit eurem Verschwinden durchgemacht haben. Unser Weltbild hat einen gehörigen Knacks abbekommen. Diese Tarntechnologie ist etwas, was unser Verständnis übersteigt. Wir würden es sehr begrüßen, wenn ihr uns mehr darüber erzählt. Das könnt ihr doch, oder?«

»Allerdings.« Ben strich mit der Hand über die Ledertasche an seinem Gürtel. Die Tasche mit dem Frequenzierer.

»Schön.« Rico wischte sich den Schweiß von der Stirn. »Dann bitte ich euch, mir zu folgen. Marianne, ich freue mich, dich zu sehen. In einem Punkt gebe ich dir recht: Es gibt viel zu besprechen.«

Der Saal war bis auf den letzten Platz besetzt. Man hatte ein kleines Podium errichtet und sechs Stühle aufgestellt. Bens Dad hatte bereits Platz genommen, daneben Marianne, Lena, Ben und Paul. Ein Stuhl war frei geblieben. Ein Tisch war ebenfalls aufgebaut worden, auf dem die beiden Frequenzierer lagen.

Für die Neuankömmlinge gab es noch rasch etwas zu essen sowie einen starken Kaffee. Dann ging es los.

Bens Mom berichtete von den Ereignissen, die zu ihrer Verhaftung geführt hatten. Da Oswald die Gemeinschaft im Vorfeld bereits umfassend über den Angriff auf sein Heim und M'Enats Gefangennahme informiert hatte, konnte sie sich auf die Ereignisse in Stuttgart beschränken.

Nachdem sie fertig war, ging das Wort an Ben, Lena und Paul, die abwechselnd berichteten, wie sie Marianne und Max aus dem wohl sichersten und am besten bewachten Gefängnis im Umkreis von vielen Hundert Kilometern befreit hatten. Es war eine sachliche und unemotionale Zusammenfassung der Ereignisse. Dennoch lag atemlose Spannung über dem Saal, die auch anhielt, als sie ihren Bericht beendeten. Es war so leise, dass man das Fallen einer Stecknadel hätte hören können.

Bens Dad stand auf und blickte in die Runde.

»Ich weiß nicht, wie es euch geht, Freunde, aber das ist die verrückteste Geschichte, die mir je zu Ohren gekommen ist. Hätten wir nicht Oswalds Bericht gehört und hätten wir nicht den Fremden mit eigenen Augen gesehen, ich hätte euch allesamt für verrückt erklärt. Doch wie durch ein Wunder ist es euch gelungen, nicht nur Marianne zu befreien, sondern auch noch unverletzt zu uns zurückzukehren. Dafür gebührt euch meine Hochachtung!«

Er klatschte in seine mächtigen Hände.

Alle stimmten mit ein. Spontaner Applaus brandete auf. Noel, Liam und Jennifer reckten ihre Fäuste in den Himmel. Hochrufe ertönten. Ben spürte, wie ihm das Blut ins Gesicht schoss. Zum zweiten Mal in so kurzer Zeit wäre er vor Verlegenheit am liebsten im Erdboden versunken. Diesmal jedoch aus Freude.

Ben sah in die vielen vertrauten Gesichter und spürte, wie eine Woge aus Dankbarkeit und Respekt ihn durchfloss. Sie hatten geschafft, was wohl kaum einem in dieser Runde gelungen wäre, und die Menschen wussten das zu würdigen. Ab dem heutigen Tag waren sie keine Kinder mehr, sondern vollwertige Mitglieder dieser Gemeinschaft.

Bens Vater breitete seine Arme aus und langsam kehrte wieder Ruhe ein. »Sosehr wir uns freuen, euch alle wohlbehalten wieder bei uns zu haben, wollen wir doch nicht vergessen, dass es ein ernster Anlass ist, der uns zusammengeführt hat. Oswald, bring unseren Gast herein.«

Eine Tür ging auf. Herein kamen drei Männer, die eine Sackkarre vor sich herschoben. Darauf stand ein Käfig, in dem ein Mann saß. Oswald wies die Träger an, das mobile Gefängnis auf die Bühne zu heben. Dann trat er nach vorne und nahm auf dem letzten verbliebenen Stuhl Platz.

Ben wunderte sich, dass M'Enat in menschlicher Gestalt eingetroffen war, aber offenbar hatte der Frequenzierer auf dem Tisch seinen alten Besitzer wiedererkannt. Doch der Zustand währte nicht lange. Oswald griff nach dem Tarngerät, strich mit der Hand darüber und deaktivierte es. Augenblicklich setzte die Verwandlung ein. Für einen kurzen Moment verschwammen die Umrisse, ein summender Laut ertönte, dann saß M'Enat in seiner natürlichen Form im Käfig.

Ein Raunen ging durch die Menge. Ben spürte die Abneigung und das Entsetzen, das er beim ersten Mal gefühlt hatte. Auch wenn dieses Wesen humanoid erschien, so wirkte es doch so fremdartig, dass einem unwillkürlich klar wurde, dass es nicht von der Erde stammte.

»Ich denke, das sollte reichen, Oswald«, sagte Bens Dad. »Gib ihm seine menschliche Gestalt zurück.«

»Nein! Lass ihn so, wie er ist.«

Bens Mom war aufgestanden. Sie ging auf das Wesen zu. »Lass den Frequenzierer ausgeschaltet, Bruder. Ich will, dass alle den Gefangenen so sehen, wie die Natur ihn erschaffen hat. Damit ihr euch stets daran erinnert, mit welchem Gegner wir es zu tun haben!« Hass loderte in ihren Augen. Es war ein Blick, wie Ben ihn noch nie zuvor an seiner Mom bemerkt hatte.

»Ich weiß, dass dies ein emotionaler Moment für uns alle ist«, fuhr sie fort. »Zu erkennen, dass man an der Nase herumgeführt worden ist, kann äußerst schmerzhaft sein. Die letzten beiden Jahre mögen bitter gewesen sein, doch sind sie nichts im Vergleich zu dem, was uns bevorsteht. Lasst mich euch erzählen, warum die Union mich unbedingt einsperren wollte und warum es so wichtig ist, dass Ben, Lena und Paul mich befreit haben.« Sie wandte sich an die versammelten Menschen.

»Vor etwa einem Jahr wurde ich von einer Gruppe von Fachleuten kontaktiert, denen meine Spionageaktionen zu Ohren gekommen waren. Sie wollten wissen, was ich herausgefunden hatte, und baten mich, ihnen alles zu erzählen. Die Namen dieser Leute tun nichts zur Sache, aber ich kann euch sagen, dass sie Rang und Namen hatten in der Welt der Physik, der Chemie und der Biologie. Bevor die Alpha-Union an die Macht kam, waren sie hochdotierte Wissenschaftler.

Sie fragten mich nach besonderen Details und ich konnte sie ihnen liefern. Ihre Reaktion erstaunte mich. Anstatt mich für verrückt zu erklären, gaben sie mir den Auftrag, mehr Informationen für sie zu beschaffen. Sie gaben mir genaue Anweisungen, wonach ich zu suchen hatte, und ich willigte ein.

Fast ein Jahr lang sammelte ich einzelne Wissensbausteine und hinterlegte sie in einem Programm, das extra für mich entworfen worden war. Es befindet sich auf einem Datenträger, der nun vollständig ist. Meine Mission lautet, diesen Datenträger unbeschadet an einen bestimmten Ort zu bringen, wo ihn die Leute auswerten können, die mich kontaktiert haben. Das ist mein Auftrag. Deswegen bin ich hier.«

Ben war sicher, dass sie sich auf den Koffer bezog, den sie stets mit sich herumtrug und den sie nicht mal für eine Sekunde aus den Augen ließ

»Was sind das für Informationen?«, erkundigte sich Rico. »Was ist so wichtig daran, dass du damit eine so gefährliche Reise antreten musst?«

»Bedaure. Abgesehen davon, dass ihr ohnehin nichts damit anfangen könntet, sind sie streng geheim. Ich selbst habe nur einen Bruchteil dessen verstanden, was ich da gesammelt habe. Die Auswertung müssen Leute vornehmen, die Ahnung davon haben. Doch das wenige, was ich weiß, genügt, um zu verstehen, dass wir einer Bedrohung ungeahnten Ausmaßes gegenüberstehen. Nicht mal deinem Vater habe ich davon erzählt, Paul.« Sie sah Bens Freund an. »Das Problem ist, dass diese Daten nicht gesendet werden können. Wir wissen nicht, ob die Glasfasernetze nicht von der Union überwacht werden. Der Widerstand im Süden hat einen Verbund von Funktürmen für seine Zwecke umgebaut, doch der nächste Turm befindet sich gut hundert Kilometer von hier entfernt. Es bleibt mir nichts anderes übrig, als die Daten dorthin zu bringen, um sie risikofrei an ihren Bestimmungsort senden zu können.«

»Und wo ist das?« Bens Dad ließ nicht locker. »Kannst du uns nicht wenigstens verraten, wohin du reisen willst und was das für ein Ort ist, an dem angeblich so viele Wissenschaftler versammelt sind?«

»Bitte hör auf, mich zu löchern, Rico. Von mir wirst du nichts erfahren. Schon gar nicht in Anwesenheit von dem da.« Marianne deutete auf M'Enat. »Wenn ich Erfolg habe, werdet ihr davon hören. Wenn nicht ...« Sie zuckte die Schultern.

»Leider müssen Paul und ich euch schon bald verlassen. Aber ihr könnt uns trotzdem helfen. Etwas Proviant wäre ganz schön, ein paar Waffen und ...« Sie verstummte.

Von draußen war ein Heulen zu hören.

Ben spitzte die Ohren. Klang, als hätte jemand die Luftschutzsirene betätigt. Sicher nur ein Versehen. Oder war das ein echter Alarm?

Die Leute fingen an, die Köpfe zu drehen. Einige standen auf und gingen nach draußen. Ben wollte ebenfalls nachsehen, als plötzlich die Tür aufflog. Es war Sven, der in die Versammlungshalle geplatzt kam. Sichtlich außer Atem.

»Kommt mit«, keuchte er. »Auf den Wall, schnell!« Mit diesen Worten verschwand er wieder.

Ben sah sich verwundert um. Zusammen mit den anderen wollte er in Richtung Ausgang gehen, als er plötzlich eine heisere Stimme vernahm. Sie kam aus dem Käfig.

M'Enat hockte da, sein Gesicht an die Stäbe gepresst. Seine enorm langen, feingliedrigen Finger umschlossen die Eisenstangen.

»Habt ihr ernsthaft geglaubt, ihr hättet eine Chance gegen uns?«, zischte er. »Die Zeit der Menschen ist vorbei. Was ihr da hört, ist euer Untergang.«

T minus 25

Der Himmel war grau in grau und angefüllt mit schweren Wolken. Der Regen hatte das Metall schlüpfrig werden lassen.

Lena war eine der Ersten, die die Oberkante des Walls erreichten. Mit einiger Verzögerung kamen jetzt auch Ben, Paul und die anderen. Die Sirene sendete weiterhin ein durchdringendes Heulen aus.

»Herrgott, schaltet doch mal einer das Ding ab«, keuchte Noel. »Was soll denn die ganze Aufregung? Gibt's hier Freibier, oder was?«

»Sag mal, bist du blind?« Ben deutete in nördliche Richtung. »Kannst du die Lichter nicht sehen?«

Er hatte recht, da war etwas. Über den Hügeln schwebten drei helle Punkte in der Luft.

Im Norden der Schwäbischen Alb schloss sich eine Hochfläche an, durch die der Neckar ein tiefes Tal geschnitten hatte. Die sogenannten *Fildern* waren ein Gebiet, das früher landwirtschaftlich genutzt worden war. Es hatte dort sogar mal einen Flughafen gegeben, der jedoch schon lange nicht mehr betrieben wurde.

»Könnten vielleicht Hubschrauber sein«, mutmaßte Lena.

»Nein, keine Hubschrauber.« Paul beschirmte seine Augen. »Ich denke, es sind *Wiper.*«

»Wiper? Nie gehört. Was ist das?« Sie fand, dass das Wort keinen guten Klang hatte.

»Stell sie dir wie Drohnen vor, nur größer«, erläuterte Paul. »Manche werden nur von einzelnen Piloten gesteuert, andere bieten Platz für bis zu zehn Passagiere. Zu Beginn der Krise waren einige Straßen unpassierbar, vor allem wegen der vielen kaputten Fahrzeuge. Mithilfe der Wiper transportierte die Union Essenslieferungen in die abgeschnittenen Stadtteile. Nur so konnten sie die Bewohner am Leben erhalten.«

»Dann werden sie also für gute Zwecke eingesetzt?«, fragte Lena hoffnungsvoll.

»Teils, teils«, erwiderte Paul. »Ich habe auch schon gehört, dass damit Aufstände niedergeschlagen wurden. Selbst gesehen habe ich das zwar nicht, aber die Augenzeugenberichte klingen glaubwürdig. Die Wiper kommen nur selten zum Einsatz. Ich vermute, es hängt damit zusammen, dass sie so fremdartig aussehen und den Menschen Angst machen.«

»Verständlich.« Lena starrte die Lichter argwöhnisch an. »Sagt mir, wenn ich mich irre, aber ich habe den Eindruck, sie werden größer.«

»Werden sie«, sagte Jennifer mit dem Fernglas an ihre Augen. »Inzwischen kann ich sie besser erkennen. Sie kommen genau auf uns zu.«

Lena blickte hoch zum Aussichtsturm. Rico, Sven und Marianne standen dort oben und diskutierten heftig miteinander. Wortfetzen drangen zu ihnen herunter. Lenas Blick wanderte wieder rüber zu den Lichtern. Jetzt war sie sicher: Die Dinger kamen wirklich näher. Ein Schauer lief über ihren Rücken. »Denkt ihr, das ist Zufall?«

»Schon möglich«, erwiderte Ben. »Wobei ich mich frage, woher sie wissen sollten, in welche Richtung wir geflohen sind. Wir sind doch so vorsichtig gewesen und haben sichergestellt, dass uns niemand verfolgt. Wie also sollten sie ...?«

Er zögerte. *»Himmel!«* Er machte kehrt und rannte los. Die Treppen runter und in den Hof. Lena sah ihm hinterher.

»Was ist denn los? Wo rennst du hin?«

»Der Wagen!«, rief er.

Lena verstand kein Wort. »Der Wagen? Welcher Wagen?«

»Na unserer. Das Unionsauto!«

Sie verstand immer noch nicht. Wollte er etwa andeuten, ihr Fahrzeug war … *nein.* Das konnte nicht sein. Es durfte nicht sein. Auf einmal hatte sie ein ganz mieses Gefühl.

Mit schnellen Schritten folgte sie Ben.

Der Fuhrpark befand sich links vom Versammlungshaus. Ein paar hölzerne Tragpfeiler, beschattet von einem Dach aus Wellblech. Ein Rasenmäher stand dort, eine Schneeraupe, etliche E-Bikes sowie Pauls exotisch aussehender Buggy.

Der schwarze SUV war das größte Fahrzeug im Schuppen und das einzige, das sauber und neu aussah. Ben hielt die Identkarte ans Schloss und riss hektisch die Tür auf.

Lena stand direkt hinter ihm. »Wonach suchst du?«

»Einem Sender. Einer Wanze. Irgendwas in der Art.«

»Du denkst, der Wagen könnte verwanzt sein?«, fragte Lena. »Aber Alma hat ihn doch von oben bis unten filzen lassen.«

»Das ja«, antwortete Ben keuchend aus dem Fußraum. »Aber wer sagt uns denn, dass dort nicht nachträglich etwas angebracht worden ist? Immerhin hat der Wagen etliche Stunden in der Tiefgarage gestanden.«

»Aber das ergibt doch keinen Sinn, es sei denn …« Ein Schreck fuhr ihr durch die Glieder. *»Sie wollten uns entkommen lassen.«*

Ben hatte recht! Sie nahm sich die Rückbank vor, griff zwischen die Polster, durchforschte Ablagefächer und Getränkehalterungen.

»Wie sieht so ein Sender eigentlich aus? Wonach soll ich suchen?«

»Weiß ich nicht«, hörte sie Bens vernuschelte Stimme. »Wie etwas, das dort nicht hingehört, vermutlich.«

Jetzt war auch Paul bei ihnen eingetroffen. »Glaubt ihr wirklich, die hätten uns fliehen lassen, nachdem wir den halben Laden in die Luft gesprengt haben?«, fragte er. »Ich denke, ihr macht euch unnötig Sorgen. Bestimmt sind sie nur rein zufällig in unsere Richtung unterwegs.«

»Vertrauen ist gut, Kontrolle ist besser, das solltest du von uns allen doch am besten wissen«, keuchte Ben. Schnaufend und kopfüber unter dem Vordersitz hängend, leuchtete er mit einer Taschenlampe die Zwischenräume ab.

Lena hatte inzwischen den Kofferraum geöffnet und suchte dort alles ab. Dann kroch sie unter das Fahrzeug. Der Lichtstrahl von Bens Lampe zuckte über den Unterboden.

»Nichts«, raunzte er. »Hab mich wohl doch getäuscht.«

Lena fühlte ein wenig Erleichterung, auch wenn sie noch weit davon entfernt war, entspannt zu sein. »Ein Glück. Ich habe echt Panik bekommen.«

Sie suchten noch eine Weile weiter, doch es deutete sich immer mehr an, dass Bens Verdacht unbegründet gewesen war.

»Alles gut«, sagte Lena zu Paul, als sie unter dem Wagen hervortauchte und ihn anlächelte. »Nichts gefunden.«

»Sage ich doch.« Grinsend zog Paul sie auf die Füße. »Kein Grund, sich Sorgen zu machen.«

Wie zum Spott wurden seine Worte von einem ohrenbetäubenden Brausen übertönt. Irgendetwas Großes, Dunkles hatte sich über die Hornburg geschoben.

Als sie das Donnern der Rotorblätter hörte, die die Luft verwirbelten, wurde ihr klar, dass nichts mehr so sein würde wie zuvor.

T minus 24

Draußen vor dem Schuppen rannten Menschen panisch herum oder starrten angsterfüllt in den Himmel. Flutlichter flammten auf und tauchten die Umgebung in gespenstisches Licht.

Ben sah einen merkwürdigen Umriss, der sich vors Himmelsrund geschoben hatte. Sechs dornenförmige Auswüchse ragten strahlenartig nach allen Seiten und verliehen dem Gebilde ein bedrohliches, insektenhaftes Aussehen. Gewaltige Propeller entfachten einen Sturm, der heulend um die Container pfiff und dabei Staub, Papier und Blätter aufwirbelte.

»Bürger des Südwestdistrikts«, ertönte eine Stimme. *»In eurer Mitte befinden sich kriminelle Personen, die strafrechtlich gesucht und verfolgt werden. Wer ihnen Obdach und Unterschlupf gewährt, macht sich strafbar und wird mit der ganzen Härte des Gesetzes bestraft. Wir fordern euch auf, diese kriminellen Subjekte umgehend an uns auszuliefern. Es handelt sich um folgende Personen …«*

Die Stimme war so laut, dass Ben sich die Ohren zuhalten musste. Bilder wurden in die Luft projiziert. Ben sah seine Mutter. Eine Aufnahme in Sträflingsuniform. Dann erschien er selbst. Eine Aufnahme von einer Überwachungskamera. Dann kamen Lena und Paul. Die Fotos waren während ihrer Befreiungsaktion in der Pyramide geschossen worden.

»Diese Personen sind ausgesprochen gefährlich und werden mit

Straftaten wie Entführung und Sabotage in Zusammenhang gebracht«, fuhr die Stimme fort. *»Jeder, der ihnen Zuflucht oder Unterschlupf gewährt, wird als Verräter betrachtet und muss mit einer hohen Strafe rechnen. Wir fordern euch auf, diese vier Personen umgehend auszuliefern. Des Weiteren ist diese Siedlung zu räumen. Laut Paragraf 29, Absatz 4 der Notfallverordnung ist das Errichten von Unterkünften ohne entsprechende Genehmigung strengstens untersagt. Alle Bewohner haben sich umgehend beim Bezirksvorsteher zu melden und sich ins Bürgerregister eintragen zu lassen. Der Meldeschein ermöglicht es Ihnen, eine Unterkunft in einer der nächstgelegenen Stadtzentren zu beziehen. Sollten Sie sich weigern, müssen wir leider …«*

Die Worte wurden von einem ohrenbetäubenden Rattern unterbrochen. Ben fuhr herum. Sein Vater war in der Mitte des Platzes aufgetaucht. In seinen Händen hielt er die fette Gatling Gun. Er brachte das Teil nur selten auf den Schießstand, weil es Unmengen an Munition verschlang.

Jetzt aber richtete er die Waffe in den Himmel und schrie: »Ihr wollt meiner Familie etwas antun, meinen Freunden? Dann kommt und holt sie euch!« Brüllend entlud das Maschinengewehr einen Schwall von Vernichtung in Richtung der Eindringlinge. Flammen schlugen aus der Mündung, leere Patronenhülsen prasselten auf den Boden. Bens Dad war noch nie ein besonders guter Schütze gewesen, aber er verfügte über enorme Kraft. Er war der Einzige, der dieses Geschütz nebst Munitionskanister mit bloßen Händen halten konnte.

Leuchtspurgeschosse sausten in Richtung der Motorengondeln der Wiper. Wo die Kugeln einschlugen, spritzten Funken vom blanken Metall. Eines der Triebwerke fiel aus. Die Drohne geriet in eine gefährliche Schräglage.

Angespornt von dem Erfolg, richteten jetzt auch andere Bewohner ihre Waffen gen Himmel und feuerten. Schon bald fiel auch die zweite Gondel aus.

Das Flugobjekt schmierte ab, glitt seitlich aus ihrem Blickfeld und verschwand hinter den Baumwipfeln. Die Luft war mit Rauch gesättigt.

»Alle in die Schutzräume!«, brüllte Rico. »Macht, dass ihr hier wegkommt.«

Die Menschen reagierten sofort. Kinder, Frauen und Alte vorneweg verkrochen sich alle in den Luftschutzkeller. Rico legte einen neuen Patronengurt ein. Sein rußverschmierter Blick streifte Ben: »Was habt ihr getan?!«

»Ich ...« Ben versagte die Stimme. Wie gerne hätte er seinem Vater erklärt, was vorgefallen war. Doch dazu kam es nicht mehr. Der Angriff mochte die Wiperpiloten kurz aus dem Konzept gebracht haben, jetzt setzten sie erneut zum Angriff an. Und diesmal schossen auch sie.

Blitze zuckten auf. Links neben Ben flog ein Wassertank in die Luft. Ein starker Regenguss prasselte auf sie herab, verwandelte den Lehmboden in eine Schlammpiste. Eine weitere Explosion erschütterte die Anlage. Diesmal hatte es die Tierställe erwischt. Käfige flogen durch die Luft, Türen sprangen auf und entließen Dutzende panische Tiere. Kaninchen und Hühner stoben in alle Richtungen davon und versuchten, sich vor den Angreifern in Sicherheit zu bringen. Ben wurde beinahe von einer Gruppe panischer Gänse über den Haufen gerannt, die wild gackernd Richtung Haupttor strebten. Mit vor Furcht weit aufgerissenen Augen sah er, wie eine Handvoll kleiner Kanister aus der Ladeluke der Drohne zu Boden fielen. Kaum berührten sie den Boden, stieg dicker weißer Rauch auf.

»Betäubungsgas!«, brüllte Paul. »Nicht einatmen. Bringt euch in Sicherheit.«

»Alle in die Luftschutzkeller!«, brüllte Rico. »Beeilt euch, Leute!«

Mit eingezogenem Kopf und angehaltenem Atem rannte Ben hinter seinem Vater her. Neben dem Fischteich sah er Lena und ihre Eltern stehen. Die drei wirkten orientierungslos. Er ergriff Lenas Hand und zog sie hinter sich her.

»Folgt mir, wir müssen hier weg!«

Sie gehörten zu den Letzten, die die Anlage betraten. Ben hielt kurz an und warf einen Blick zurück. Niemand mehr da. Gut so, die Zeit drängte. Vor den Toren der Siedlung schien sich Unglaubliches abzuspielen. Markerschütternde Detonationen ließen die Containerburg erzittern. Ob es das Geschützfeuer der Drohnen war oder ob die Bodenangreifer gerade in ein paar von Dads Bodensprengsätzen getreten waren, ließ sich nur schwer einschätzen. So oder so, es waren Explosionen, vor denen man sich besser in Sicherheit brachte.

Ben vergewisserte sich ein letztes Mal, dass sie wirklich niemanden vergessen hatten, dann drückte er die schwere Panzertür ins Schloss.

»Wohin?«, keuchte Lena, Panik in ihren Augen.

»Runter in den Luftschutzbunker!«, rief Ben. »Die Treppe zum Lager und dann beim Verteilungsbüro rechts.«

»Luftschutzbunker?« Paul runzelte die Stirn. »So etwas habt ihr hier?«

»Na klar«, sagte Ben. *»Be prepared* – alte Survivalregel. Besser, auf das Schlimmste vorbereitet zu sein, als hinterher den Kürzeren zu ziehen.«

Paul lächelte grimmig. »Sehr weise. Allerdings habe ich keine Ahnung, wie uns das helfen soll. Die werden nicht lange brauchen, um herauszufinden, wohin wir uns verzogen haben.«

Ben presste die Lippen zusammen. Das stimmte natürlich. Ein richtiger Plan war das nicht, höchstens ein Aufschub.

Im Bunker herrschte heilloses Chaos. Alle waren versammelt, auch Oswald und sein Gefangener. Gasmasken waren verteilt worden. Jeder hatte eine bekommen, sogar die Kleinsten. Die Luft war erfüllt von ängstlichem Gemurmel, dem Schluchzen und Weinen der Kinder. Von Zeit zu Zeit ließen dumpfe Detonationen den Boden erbeben. Bens Vater hob die Hände und versuchte, sich Gehör zu verschaffen, was nicht einfach war, bei all dem Lärm.

»Freunde, Mitbürger, Bewohner der Hornburg!«, rief er. »Ich weiß, dies ist ein schrecklicher Moment für uns alle. Unser geliebtes Heim wird angegriffen. Doch wir sind nicht wehrlos. Diese Anlage verfügt über zwei Fluchttunnel. Einen nach Westen und einen nach Süden, hinauf zur Hochebene. Das ist der Weg, den wir nehmen werden. Ein paar von uns werden hierbleiben, um unsere Anlage zu verteidigen, der Rest sollte sich in Sicherheit bringen. Marianne und Oswald kennen sich aus, sie werden euch führen. Jeder, der nicht kämpfen will oder kann, wird mit ihnen gehen. Es stehen fertig gepackte Rucksäcke mit Proviant am Eingang zum Vorratslager für euch bereit. Steffen wird sie euch aushändigen. Es sind genug für alle da. Alle anderen, die sich mutig genug fühlen – schnappt euch eine Waffe und dann folgt mir! Dieser Kampf ist erst zu Ende, wenn alle in Sicherheit sind.«

Mit einem Mal herrschte hektische Aufbruchsstimmung. Alle drängten zum Ausgang. Ben wartete, bis der größte Teil der Leute den Schutzraum verlassen hatte, dann ging er zu seinem Vater. »Ich möchte helfen«, sagte er. »Ich habe das Gefühl, dass diese Sache irgendwie meine Schuld ist. Ich fühle mich nicht gut, wenn ich nicht wenigstens versuchen würde, etwas davon wiedergutzumachen.«

Rico verteilte weiter schweigend Waffen an seine Mitstreiter. Die meisten davon Männer in seinem Alter. Freunde aus der Zeit, als er noch als Sanitärinstallateur gearbeitet hatte.

»Vielleicht war es wirklich eine Wanze«, sagte Ben und hoffte, sein Vater würde endlich den Mund aufbekommen. »Wir haben zwar alles abgesucht und nichts gefunden, trotzdem glaube ich, dass unsere Rückkehr und die Ankunft der Wiper irgendwie zusammenhängen. Ich …«

»Nein«, sagte sein Vater schroff. »Ich glaube nicht, dass es eure Schuld ist. Und selbst wenn. Was du und deine Freunde getan habt, war das Mutigste, wovon ich je gehört habe. Ihr habt Marianne befreit, das alleine zählt. Es mag ein Fehler gewesen sein, dass ihr den Wagen zur Flucht benutzt habt, aber was hättet ihr sonst tun können? Ihr musstet von dort weg. Davon abgesehen: Die Darkies wären so oder so gekommen. Das ist mir bewusst geworden, als ich den Gefangenen und die beiden Frequenzierer gesehen habe. Spätestens da wurde mir klar, dass unsere Tage hier gezählt sind. Also mach dir keinen Kopf und hilf den anderen. Hilf deiner Mutter.«

Ben runzelte die Stirn. »Was hast du vor?«

»Wir werden euch die Zeit verschaffen, die ihr braucht, um von hier zu verschwinden. Die Darkies werden schon merken, was es heißt, einen Kowalski als Gegner zu haben.« Rico grinste schief. »Am besten nimmst du deine Geschwister, Lena und ihre Eltern und bringst sie fort von hier. Wir kommen nach, sobald das hier erledigt ist.«

»Und Paul? Der bleibt doch auch hier.« Ben blickte rüber zu seinem Freund, der sich gerade von jemandem die Funktionsweise seiner Maschinenpistole erklären ließ.

»Bei ihm ist es etwas anderes«, sagte sein Dad. »Er hat geschworen, das Leben deiner Mutter zu verteidigen, und jetzt meint er, das am besten tun zu können, indem er den Feind aufhält und ihr Zeit für ihre Flucht verschafft. Sobald wir hier fertig sind, folgen wir euch, versprochen.«

»Aber …«

Rico legte Ben seine Pranke auf die Schulter. »Kein *Aber.* Es ist wichtig, dass du mir jetzt gehorchst, mein Sohn. Der Plan kann nur gelingen, wenn alle an einem Strang ziehen und die Zeit sinnvoll nutzen. Bleibt zusammen, seid vorsichtig und passt auf euch auf. Hinterlasst uns eine Nachricht, damit wir wissen, wohin ihr gegangen seid. Wir werden euch dann folgen. Und nehmt die Frequenzierer mit. Könnte sein, dass ihr sie noch brauchen werdet. *Los!*«

Ben schluckte. Sein Hals war wie zugeschnürt. Tränen schossen ihm in die Augen. Er kam sich so klein und hilflos vor. Am schlimmsten war das Gefühl, dass dies alles seine Schuld war. Ein paar Sekunden brandete das Gefühl über ihn hinweg, dann wurde es schwächer.

Dad hatte recht. Er war kein Krieger. Er war von größerem Nutzen, wenn er sich um die Schwachen und Kranken kümmerte. Um Kinder und alte Leute. Er warf Dad und Paul einen letzten Blick zu, dann rannte er los.

T minus 23

Er erkannte Lena vor sich im Tunnel. Er rief ihr etwas zu. Als sie ihn hörte, wurde sie langsamer und blieb dann stehen. Fragend sah sie ihn an. »Wo sind die anderen? Wo ist Paul?«

»Ich bin der Letzte«, keuchte Ben. »Der Rest ist geblieben, um zu kämpfen.«

»Paul auch?« Sie blickte sehnsüchtig über seine Schulter.

Er nickte. Ihr offen zur Schau gestelltes Interesse nervte ihn. Dass er hier bei ihr war, schien sie nicht im Mindesten zu freuen. »Wenn ich das richtig verstanden habe, will er uns folgen, sobald wir in Sicherheit sind.«

»Aber ...«

»Es ist am besten so für uns alle«, sagte Ben. »Mein Dad sagt, es sei seine freiwillige Entscheidung gewesen. Er sagte, unsere Aufgabe sei es, dafür zu sorgen, dass alle entkommen. Mach dir keine Sorgen, Paul wird sich schon zu uns durchschlagen.«

»Ihr mit eurem Machogehabe!« Lena starrte ihn wütend an. »Immer wisst ihr alles besser: was gut für uns ist, dass wir beschützt werden müssen, bla, bla, bla. Mich hat niemand gefragt, ob ich kämpfen will.«

»Weil du ein Mädchen bist ...«

»Siehst du? Genau das meine ich. Inzwischen sollte dir doch klar sein, dass Frauen genauso gut kämpfen können wie Männer.

Ist ja nett, dass ihr euch so viel Sorgen um uns macht, aber behandelt uns verdammt noch mal nicht immer so von oben herab. Lasst uns selbst entscheiden, was wir wollen.«

Ben schob die Unterlippe vor. Er hatte keine Lust auf diese Art von Unterhaltung. Sie führte zu nichts und sie hatten jetzt wirklich andere Sorgen.

»Lass uns weitergehen!«, sagte er schroff und drückte ihr einen der Frequenzierer in die Hand. Den anderen behielt er. »Dad meinte, wir sollen meiner Mom helfen, ihr Ziel zu erreichen. Keine Ahnung, wie er sich das vorstellt, aber das waren seine letzten Worte. Und jetzt los!«

Im Stollen herrschte dichtes Gedränge. Marianne und Oswald bemühten sich, eine alte verrostete Tür zu öffnen. Als weitere helfende Hände mit anpackten, gelang es endlich, das verklemmte Teil aufzubekommen. Kühle und frische Luft wehte in den Stollen. Rufe der Erleichterung ertönten und die Menschen strömten nach draußen.

Ben reckte den Hals. »Von dieser Tür weiß ich gar nichts. Wisst ihr, wo sie hinführt?« Allgemeines Kopfschütteln antwortete ihm. Gemeinsam traten sie ins Freie.

Die Senke war auf drei Seiten von hohen Felswänden umschlossen. Augenblicklich wusste Ben, wo er sich befand. »Das ist doch der alte Steinbruch hinter dem Bergrücken. Da, wo wir früher immer unsere Schießübungen abgehalten haben, ehe Dad den neuen Schießplatz eröffnet hat. Ich habe mir nie Gedanken darüber gemacht, wozu wohl diese gammelige, schwere Eisentür dienen mag. Habt ihr gewusst, dass der Fluchttunnel hierherführt?«

Noel und Liam schüttelten den Kopf. Sogar Jennifer verneinte und sie kannte sich nun wirklich gut aus.

»Na ja, das ist wohl auch der Sinn eines Geheimgangs.« Ben

blickte in den Himmel. Leichter Sprühregen hatte eingesetzt. Hinter der Hügelkuppe zuckten Lichtblitze auf. Ferner Donner erklang.

Allen war klar, dass dies kein normales Gewitter war. Was sie da sahen, waren Zeichen des Kampfes. Jenseits des Berges tobte eine entsetzliche Schlacht.

Ben atmete ein paarmal tief durch. »Und jetzt? Wie lautet der Plan?«

Alle Blicke richteten sich auf Marianne. Sie hatte ihre kurzen Haare zusammengebunden. Mit ihrer Jagdweste, den Springerstiefeln und den Munitionsgurten sah sie aus wie eine Söldnerin. Ohne von jemandem dazu ernannt worden zu sein, hatte sie die Führung der Gruppe übernommen.

»Zuerst mal müssen wir hier weg«, sagte sie entschlossen. »Wir werden den Weg in die Wälder einschlagen und uns dann nach Süden vorarbeiten. Sobald wir etwas Abstand zwischen uns und die Kampfzone gebracht haben, werden wir unser weiteres Vorgehen besprechen. Ich habe mich mit Oswald abgestimmt. Es gibt einen Ort, nicht weit von hier, der euch allen bekannt sein dürfte. Die Nebelhöhle. Dort werden wir Rast machen, den Proviant aufteilen und Pläne schmieden.«

»Dad hat gesagt, wir sollen ihnen eine Nachricht hinterlassen«, warf Ben ein. »Damit sie unsere Spur finden.«

»Gute Idee«, erwiderte Marianne. »Am besten befestigt ihr die Nachricht direkt an der Tür. Ein kleiner Hinweis genügt. Er sollte keine direkte Wegbeschreibung enthalten. Schließlich wollen wir unseren Feinden nicht verraten, wo sie uns finden.«

»Müssen wir *ihn da* mitnehmen?« Steffen deutete auf M'Enat. »Ich bin dafür, wir machen kurzen Prozess mit ihm und schicken seiner Sippe die Überreste.«

»Gute Idee!«, rief ein anderer. »Lasst ihn uns aufhängen.«

»Nieder mit den Atlantiden!«

»Wir werden nichts dergleichen tun«, donnerte Marianne und blickte entschlossen in die Runde. »Wer unserem Gefangenen auch nur ein Haar krümmt, bekommt es mit mir zu tun. Vielleicht kann er uns noch von Nutzen sein. Abgesehen davon wollen wir nicht so werden wie sie, oder? Also haltet die Füße still, schluckt euren Zorn runter und kümmert euch um eure Angehörigen. Damit seid ihr gut ausgelastet. Alles Weitere besprechen wir, sobald wir die Höhle erreicht haben. Und jetzt los.«

° ° °

Es war ein anstrengender Marsch bis zum Ziel.

Die Nebelhöhle galt als Wahrzeichen der Schwäbischen Alb. Der Kalkstein hatte im weiten Umkreis Spalten und Höhlen gebildet, die zu Entdeckungstouren einluden. Lena erinnerte sich noch gut, wie sie die Nebelhöhle zum ersten Mal betreten hatte. Die vielen bunten Lichter hatten sie an ein versunkenes Zwergenreich erinnert. Damals war hier richtig was los gewesen.

Jetzt war der Eingang zugesperrt. Auch das Holzhaus, in dem früher mal ein Restaurant gewesen war, hatte man verriegelt.

Trotzdem beschlossen sie, hier Rast zu machen. Ben musste ran, um die Tür zu öffnen.

Das Schloss stellte keine allzu große Herausforderung für ihn dar. Zumindest konnten sie so sicher sein, dass keine Streuner im Inneren waren. Sie schöpften Wasser aus einem nahe gelegenen Bach, dann gab es für alle erst mal etwas zu essen.

In der Ruhepause, die danach folgte, hatten sie Zeit zu reden.

Ben saß bei seiner Mutter. »Was hast du denn jetzt vor?«, hörte Lena ihn fragen. Neugierig setzte sie sich dazu. Das Thema interessierte sie auch.

»Wie soll es für uns weitergehen?«

»Für euch? Das kann ich nicht sagen«, entgegnete Marianne. »Was mich betrifft, ich muss weiterziehen. Ich werde nicht bei euch bleiben können.«

Die Enttäuschung stand Ben ins Gesicht geschrieben.

»Ja, ich weiß«, erwiderte Marianne. »Ich wünschte auch, es wäre anders, aber du wusstest immer, dass ich nicht bleiben kann. Jede Verzögerung bringt meine Mission mehr in Gefahr. Ich bin jetzt schon spät dran.«

»Wie weit ist es denn?«, mischte Lena sich in das Gespräch ein. »Vielleicht können wir dich begleiten.«

»Das bezweifele ich«, antwortete Bens Mutter. »Aber seht selbst.« Sie zog eine Karte heraus und breitete sie auf einem Tisch aus. Lena kam näher, um besser sehen zu können.

»Mein Ziel ist Rietheim, auf der Schweizer Seite, kurz hinter der Grenze. Dort befindet sich der Sendeturm. Bis dorthin sind es etwa hundertvierzig Kilometer.«

»Nicht gerade ein Steinwurf, allerdings auch nicht unmöglich«, sagte eine Frau, die sich dazugesellt hatte. »Ich finde Lenas Frage berechtigt. Warum können wir nicht mitkommen? Du könntest uns führen. Du hast eine Widerstandsgruppe befehligt.«

»Das waren erfahrene Männer und Frauen«, entgegnete Marianne. »Bei euch ist das etwas anderes, ihr seid Strapazen und Entbehrungen nicht gewöhnt.«

»Sagt wer?«, meldete sich Jennifer zu Wort. »Hier zu hocken, ist doch keine Alternative. Über kurz oder lang wird uns die Union finden. Und dann?«

Zustimmendes Gemurmel erfüllte den Raum. Alle waren inzwischen auf die Unterhaltung aufmerksam geworden.

Marianne zog die Brauen zusammen. »Seht euch doch an. Neununddreißig Leute, die gerade ihr Heim verloren haben. Vierzig, wenn wir den Darky dazurechnen. Viele von euch sind schon etwas älter oder haben kleine Kinder. Eine so große Gruppe durch die Wildnis zu führen, ist praktisch unmöglich.«

»Wir könnten doch abstimmen«, schlug Lena vor. Sie freute sich, dass ihr Vorschlag so viele Befürworter fand.

»Gute Idee, Kleine«, sagte ein Mann mit grauem Bart. »Ich bin ebenfalls dafür abzustimmen. Wer möchte hierbleiben?«

Ein paar der Anwesenden hoben zögernd die Hand. Hauptsächlich Alte, wie Lena feststellte.

»Gegenprobe. Wer ist dafür, mit Marianne nach Süden zu gehen?«

Weit über die Hälfte aller Hände schossen in die Höhe. Es gab auch ein paar Enthaltungen, aber das waren nur wenige.

»Das ist eindeutig, würde ich sagen«, sagte der Mann. »Damit ist es entschieden. Wir gehen gemeinsam.«

Lena warf Marianne einen unauffälligen Blick zu. Bens Mutter war nicht glücklich über das Ergebnis, doch angesichts der überwältigenden Mehrheit konnte sie sich nicht sperren.

»Also schön«, sagte sie und rollte seufzend ihre Karte zusammen. »Versuchen wir es gemeinsam. Wenn ich aber merke, dass ihr zu langsam seid oder euch unvorsichtig verhaltet, muss ich euch verlassen. Meine Mission hat absoluten Vorrang. Wenn ihr mir folgen wollt, tut ihr das auf eigenes Risiko. Und noch eines: Ich werde die Befehle erteilen, niemand sonst. Ist das klar? Wir können uns kein Machtgerangel leisten.« Sie sah dabei Oswald an, der stumm in einer Ecke stand. Als er nickte, stand Marianne auf.

»Na schön. Dann ruht euch noch ein bisschen aus, esst etwas und versucht zu schlafen. In einer Stunde brechen wir auf.«

T minus 22

Generalgouverneur E'Tach saß im Cockpit seines Wiper und starrte hinaus. Seine Schulter brannte wie Feuer. Trotz der Medikamente und obwohl die Ärzte seinen Arm mit Technopolymer stabilisiert hatten, waren die Schmerzen kaum auszuhalten. Die endgültige Operation hing von der Fertigstellung seiner mechanischen Prothese ab. Im Moment arbeitete das Labor noch an den letzten Kalibrierungen. Der Eingriff würde keine Kleinigkeit werden. Der verbrannte Teil musste amputiert werden und wurde durch die Prothese ersetzt. Er würde wieder greifen, fühlen und tasten können. Doch es würde nie so sein wie früher.

Ein Poltern ertönte.

Die Tür des Wiper ging auf und das gepanzerte Gesicht seines Kommandanten erschien. »Die Siedlung ist eingenommen, Vorderster. Es ist alles unter Kontrolle. Ihr könnt jetzt rauskommen.«

E'Tach griff nach seinem Stock und stand auf.

Rauch hüllte das Schlachtfeld ein. Die Luft stank nach Feuer. Der Regen hatte den Boden in Matsch verwandelt.

Mit einem schnellen Blick taxierte E'Tach den zerstörten Verteidigungswall und die verwüsteten Behausungen. Seine Männer durchforsteten die Container nach Überlebenden. Es war bemerkenswert, wie diese primitiven Affen es geschafft hatten, eine dermaßen stark befestigte Siedlung zu errichten. Selbstschussanlagen,

Sprengfallen und leichte Artillerie – es war, als habe man sich auf einen solchen Angriff vorbereitet. Fetzen eines Tarnnetzes gaben einen Hinweis darauf, warum sie die Siedlung erst so spät entdeckt hatten. Wäre da nicht der Positionsmarker gewesen, sie hätten stundenlang suchen müssen. Aber das Signal war stark und stabil gewesen und hatte sie punktgenau hierhergeführt.

Rückwirkend musste er einräumen, dass er dem Bericht seines Neffen zu wenig Bedeutung beigemessen hatte. Er war voreilig und ungerecht gegenüber M'Enat gewesen. Der Widerstand wurde immer stärker und schien jetzt sogar die freien Lande erreicht zu haben. Doch damit war nun Schluss.

»Haben Sie ihn gefunden?«

Der Kommandant schüttelte den Kopf. »Keine Spur von Ihrem Neffen, Vorderster. Es gibt Hinweise darauf, dass er gefangen wurde und noch am Leben ist. Der Chef des Geheimdienstes hat eine primitive Gefängniszelle gefunden, darin ein paar Hautzellen. Ein Genabgleich hat bestätigt, dass sie von M'Enat stammen und nur wenige Zeiteinheiten alt sind.«

»Schickt den Geheimdienstchef zu mir. Ich will mit ihm sprechen.«

Der Kommandant tippte etwas in seinen Kommunikator. E'Tach humpelte weiter. In einer Senke, ein paar Meter voraus, lagen vier menschliche Leichen. Man hatte sie auf den Rücken gelegt, die Arme gekreuzt vor der Brust. Ihre toten Augen starrten steil in den Himmel. Alles Männer, wie E'Tach feststellte.

»Sind das alle? Wo ist der Rest? An die vierzig Menschen müssen in dieser Siedlung gelebt haben. Wo sind sie hin?«

»Vermutlich geflohen, Vorderster«, erwiderte der Kommandant. »Unsere Späher berichten von einem Netzwerk von Gängen und Stollen. Sie sind mit Sprengfallen gesichert und unpassierbar. Wir arbeiten daran, sie zu entschärfen.«

E'Tach biss die Kiefer aufeinander. *Diese verfluchten Sprengfallen!* Die Bodeneinheiten hatten ziemlich viel Ärger mit ihnen gehabt.

»Wo bleibt denn nun der Chef des Geheimdienstes?«

»Ich bin hier, Vorderster.« Der alte Mann näherte sich aus den Trümmern. Als er bei E'Tach eintraf, verbeugte er sich. »Ihr habt mich rufen lassen?«

»Der Kommandant sagte mir, Ihr hättet eine Spur meines verschollenen Neffen gefunden?«

»Das ist wahr.«

»Dann ist er also noch am Leben?«

»Davon gehen wir aus. Die Fährte mündet in einen der unterirdischen Stollen, die wir gerade untersuchen. Es gibt dort diverse Fluchttunnels, die aber allesamt vermint sind. Wir müssen vorsichtig sein. Der Explosionsdruck in einem geschlossenen Raum ist ungleich höher als im Freien.«

»Was ist mit dem Schläfer?«

»Ebenfalls entkommen, Vorderster. Da wir keine uns bekannte Leiche finden konnten, gehen wir davon aus, dass die Person noch am Leben ist.«

E'Tach nickte. Das waren gute Nachrichten. »M'Enat hatte zwei Gardisten bei sich. Wissen Sie etwas über ihren Verbleib?«

»Tot. Wir fanden ihre Leichen einen guten Kilometer entfernt im Wald. Ihre Frequenzierer hatten sie nicht mehr bei sich.«

»In Ordnung. Setzen Sie Ihre Untersuchungen fort.«

»Sehr wohl, Vorderster.« Der Geheimdienstchef verbeugte sich und verschwand.

E'Tach war tief in Gedanken versunken. Das Bild vervollständigte sich. Die Geräte waren beim Angriff auf die Pyramide zum Einsatz gekommen. Es war wichtig, dass sie sie wiederfanden. In den falschen Händen konnten sie viel Unheil anrichten. Auch

M'Enats Gefangennahme barg ein gewisses Risiko. Sein Neffe war schwach. Einer Folter würde er nicht standhalten. Wobei fraglich war, was er wusste. Allzu viel konnte es nicht sein, da er nie zum inneren Zirkel gehört hatte. Trotzdem konnte E'Tach es nicht zulassen, dass er Gefangener einer Widerstandsgruppe war. Nicht nur, weil er zur Familie gehörte, es war eine Frage der Ehre.

Seine Hoffnungen ruhten jetzt auf dem Schläfer. E'Tach spürte, dass er immer noch Teil der Flüchtlingsgruppe war.

Er nickte grimmig. Die Zeit spielte ihm in die Karten. Irgendwann, wenn diese Leute nicht mehr mit ihm rechneten, würde er zuschlagen und sie vernichten. Seinen Arm mochten sie ihm genommen haben, nicht jedoch seinen Wunsch, sie zu töten.

T minus 21

Es war ein merkwürdiger Zug, der sich an jenem Freitagnachmittag von der Nebelhöhle aus in Richtung Schweiz in Bewegung setzte. Neununddreißig Menschen, von denen drei unter zwei Jahren alt waren und einer über achtzig.

Und dann war da noch der Atlantide, der aus Sicherheitsgründen von mehreren Leuten gleichzeitig bewacht wurde. Ben und Lena hatten sich freiwillig für diese Aufgabe gemeldet. Sie unterstützten Oswald, der es als seine persönliche Mission ansah, M'Enat keine Sekunde aus den Augen zu lassen.

Bens Onkel behandelte M'Enat streng, aber nicht herzlos. Obwohl er einen Stock benutzte, um ihn dazu zu bewegen, nicht zu trödeln und den Marsch unnötig zu verlangsamen, versorgte er ihn doch gut mit Nahrungsmitteln. Er gab ihm zu trinken und schützte ihn vor den wütenden Beschimpfungen einiger Gruppenmitglieder. Allerdings ging die Zuneigung zu ihm dann doch nicht so weit, dass er ihm sein menschliches Aussehen zurückgab. Seit ihrer Flucht aus der Hornburg war M'Enat gezwungen, seine natürliche Form zu behalten. Die Frequenzierer steckten gut verstaut in Lenas und Bens Taschen.

Ben fand dieses Vorgehen akzeptabel. Man konnte nicht erwarten, dass M'Enat von jedem mit offenen Armen willkommen geheißen wurde. Andererseits war es nur fair, ihm als denkendem und fühlendem Wesen einen gewissen Respekt entgegenzubringen. Dazu gehörte auch, auf seine Essenswünsche Rücksicht zu nehmen. Nachdem sie festgestellt hatten, dass der Atlantide auf Pilze abfuhr, hielten Ben und Lena die Augen danach auf. Es war nicht schwierig, welche zu finden, denn der Regen und die warmen Temperaturen ließen sie wie Unkraut aus dem Boden schießen.

Der Weg, den sie einschlugen, führte vorbei an Sonnenbühl, Tailfingen und Jungingen, immer tiefer hinein ins Niemandsland. Die Gruppe vermied offene Landstraßen und bevorzugte Waldwege und schmale Täler. Hier waren sie vor den Blicken aus der Luft geschützt. Denn keiner von ihnen hatte Zweifel, dass die Union nach ihnen suchte.

An Lenas Seite unternahm Ben kleinere Streifzüge in den Wald. Es kam ihm vor, als würde er die Natur ganz neu entdecken. Lena kannte sich wirklich gut aus. Hier, inmitten der fremden Umgebung, schien sie auf einmal aufzublühen. Sie wusste, wo man Wasser finden konnte, wie man sich anhand vom Moosbewuchs an Baumrinden orientierte und welche Pflanzenteile genießbar waren oder giftig. Sie war sogar imstande, anhand des Vogelgezwitschers zu erkennen, ob Gefahr drohte.

Gerne wollte er mehr darüber wissen.

»Hast du nicht mal erzählt, du hättest Überlebensseminare an der Seite deines Vaters gemacht?«, fragte er. »Was waren das für Seminare?«

»Oh, die kosten normalerweise ein Schweinegeld«, sagte Lena lachend. »Sie sind speziell auf Führungskräfte aus Politik und Wirtschaft zugeschnitten.«

»Überlebenstraining für Manager?« Er runzelte die Stirn.

»O ja. Manager, Unternehmer, aber auch für reiche und schwer erziehbare Jugendliche – was mitunter gar nicht so weit auseinanderliegt.« Lena lachte. »Mein Vater sagt immer, in den Führungsetagen mancher Unternehmen findet man mehr Psychopathen als in einer geschlossenen Einrichtung.«

»Und was wird da so unterrichtet?«

»Überlebenstechniken. Der Gedanke ist, dass es in der Arbeitswelt dieselben Grundbedürfnisse gibt wie in der Wildnis: Ruhe, Wärme, Wasser und Nahrung. Es geht darum, die Energiezellen aufzuladen, verstehst du? Wie wir besser mit Ressourcen umgehen, die eigenen Grenzen ausloten und Stress bewältigen. Solche Dinge. Survival ist die Kunst zu überleben – egal in welcher Umgebung.«

»Auch praktische Dinge?«

»Jede Menge«, sagte Lena. »Zum Beispiel üben wir den Bau von Notunterkünften oder die Orientierung im Wald und im Gelände. Wie man Feuer macht, Erste Hilfe, Seil- und Knotenkunde, die Beschaffung von Nahrung, Wassergewinnung und -aufbereitung. Brückenbau, Bogenschießen und die Überquerung von Gewässern mit einem selbst gebauten Floß gehören auch dazu.«

»Echt, du kannst ein Floß bauen?«

»Wenn ich das nötige Werkzeug habe, kein Problem.«

»Wow.« Bens Hochachtung wuchs von Minute zu Minute. Er musste sein Bild von Lenas Dad neu überdenken. Bisher hatte er ihn für eine nervige Spaßbremse gehalten, aber wie es schien, hatte der Typ ganz schön was auf dem Kasten. Mit ihm an ihrer Seite hatten sie auf jeden Fall eine Chance, besser in der Wildnis zu überleben.

»Apropos überleben: wir sollten uns langsam mal Gedanken darüber machen, wo wir unser Nachtlager aufschlagen sollen«, sagte Lena gähnend. »Es war ein harter Tag für uns alle. Ich spür's in allen Knochen.«

»Stimmt«, erwiderte Ben. »Außerdem bekomme ich langsam Hunger.«

»Willst du vorne mal nachfragen?«

»Mache ich.« Er schenkte ihr ein Lächeln und sie erwiderte es. Es war allerdings nicht von der Art, wie Ben es sich erhofft hatte. Lenas Gedanken schienen unentwegt um Paul zu kreisen.

Jette und Peter gingen vorne bei Marianne. Die drei schienen sich gut zu verstehen. Als Ben bei ihnen eintraf, unterbrachen sie ihr Gespräch. »Hallo, Ben«, sagte Jette. »Alles okay bei euch dahinten? Wie geht's unserem Gefangenen?«

»Ist friedlich«, erwiderte Ben. »Wir haben uns gefragt, ob es nicht wohl mal Zeit für eine Pause wäre. Die meisten von uns sind müde und müssen sich ausruhen.«

»Wie es der Zufall will, sprachen wir gerade darüber«, sagte Marianne. »Wir kommen zwar nicht so schnell voran, wie ich gehofft hatte, aber es ist auch ein sehr spezieller Tag. Peter hat vorgeschlagen, bis Onstmettingen zu gehen. Dort befindet sich die Linkenboldshöhle. Ein guter Unterschlupf.«

»Das sind nur noch ein paar Kilometer«, sagte Lenas Dad. »Die Höhle ist bestens geeignet für ein Nachtlager. Sie ist recht tief, sodass man im hinteren Teil sogar ein Feuer entzünden kann.«

»Warum nicht nach Albstadt?«, erkundigte sich Ben. »Dort dürfte es eine Menge leer stehender Häuser geben. Wäre das nicht bequemer und trockener?«

»Bequemer vielleicht, aber auch gefährlicher«, erwiderte Peter. »Die Atlantiden könnten mit so etwas rechnen. Nicht zu vergessen die Streuner. Erfahrungsgemäß halten sie sich eher in alten Siedlungen auf als in der Wildnis. So oder so: Ich würde dringend davon abraten.«

Das klang logisch. Ben sah sich um. »Dann gehe ich mal zurück zu den anderen und verkünde ihnen die frohe Botschaft. Die Aussicht auf ein wärmendes Feuer dürfte gut ankommen. Die Nächte fangen an, kühl zu werden.«

Er musste an seinen Dad denken. An Paul und die anderen. Ob sie schon auf dem Weg waren? Ob sie die Hinweise gefunden hatten, die die Gruppe ihnen hinterließ? Oder waren sie bereits tot?

Diese Vorstellung lastete unendlich schwer auf Bens Gemüt.

T minus 20

Die Hoffnung, Bens Vater, Paul und einen der anderen an diesem Abend lebend wiederzusehen, erfüllte sich nicht für Lena. Dabei hatte sie es sich so gewünscht. Stattdessen sahen sie und Ben in dieser Nacht viele Wiper in der Ferne. Am Höhleneingang zusammengekauert, beobachteten sie die Scheinwerferkegel, die über Hügel und Täler glitten und dabei jeden Quadratmeter abtasteten. Wie todbringende Glühwürmchen schwebten sie über das Land und konzentrierten sich dabei auf Dörfer und Gehöfte.

Ihr Vater hatte recht gehabt. Zum Glück waren sie seinem Rat gefolgt und nicht in die Stadt gegangen. Einmal entdeckt, hätten sie in den leeren Straßen keine Chance gehabt, wieder aus der Stadt zu fliehen. In der Linkenboldshöhle waren sie weitab vom Schuss, konnten aber trotzdem beobachten, was da draußen vor sich ging.

Inzwischen waren etliche Stunden vergangen.

Ben schlief bereits tief und fest. Seinen Kopf an einen Stein gelegt und mit offenem Mund atmend, sah er irgendwie süß aus. Wie der kleine, verschrobene Junge, der er damals gewesen war. Doch das war er nicht mehr. Inzwischen fühlte es sich mehr an, als wäre er der Bruder, den sie nie gehabt hatte. Rambo und Lupo lagen neben ihm, schliefen ebenfalls.

Sie streckte sich. Mitternacht war vorbei, doch an Schlaf war nicht zu denken. Warum war sie noch so verdammt wach? Sie fühlte sich, als hätte sie zwei Tassen Kaffee getrunken.

Sie stand auf und machte ein paar Lockerungsübungen. Kalt war es geworden. Die Nachttemperaturen fielen jetzt wieder in den einstelligen Bereich. Im hinteren Teil der Höhle glommen die Reste des Lagerfeuers. Es war fast vollständig runtergebrannt, spendete aber noch immer wohltuende Wärme. Außerdem roch es angenehm nach geröstetem Brot und gebratenem Speck.

Atemgeräusche hallten von den Wänden wider. Hin und wieder war verhaltenes Schnarchen zu hören. Die Menschen lagen auf dem Boden, teils weit auseinander, teils eng zusammengekuschelt. Nicht einer, der noch wach war.

Vorsichtig stieg Lena über sie hinweg. Sie wollte niemanden wecken. In der morgigen Nacht sollten sie sich mal Gedanken über ein paar Wachen machen. Dass alle gleichzeitig schliefen, war auf Dauer zu riskant. Aber sie konnte ja mit gutem Beispiel vorangehen und heute für ein paar Stunden übernehmen.

Sie war noch nicht ganz im hinteren Teil der Höhle angekommen, als sie feststellte, dass doch nicht alle schliefen. Einer von ihnen war wach.

Der Atlantide saß neben der Glut und beobachtete sie aus halb geöffneten Augen. Von den Pilzen, die man für ihn gepflückt hatte, waren nur noch wenige übrig. Er trug ein Halsband, das über eine Leine mit Oswalds Handgelenk verbunden war. Oswald selbst schlief tief und fest.

Lena fand M'Enats wahre Gestalt immer noch irritierend. Wie die Skulptur eines verrückt gewordenen Künstlers. Wie konnte ein Wesen, das gleichzeitig so schlank und zerbrechlich wirkte, solche Kräfte entfalten? Sie erinnerte sich noch gut, wie er sich gewehrt hatte, als sie den Scanabdruck von ihm nehmen wollten.

Nur zu dritt war es ihnen gelungen, ihn auf den Boden zu pressen. Auch irritierte sie, wie sich seine Lider seitlich schlossen. Manche Echsen taten das, aber das hier war keine Echse.

Kurz legte er seinen Kopf in den Nacken, nahm Witterung zu ihr auf, dann ignorierte er sie wieder.

So faszinierend er auch aussehen mochte, ihr war seine Gegenwart unangenehm. Sie überlegte kurz, ob sie umdrehen und zurückgehen sollte, entschied sich dann aber dagegen. Ihr Argwohn gegen das Wesen wurde von einer noch stärkeren Kraft überdeckt: Neugier. Keiner von ihnen war bisher auf die Idee gekommen, sich mit ihm zu unterhalten. War das überhaupt möglich?

Sie nahm in einiger Entfernung Platz und sah ihn über die Glut hinweg an. Es war zu warm, um die Jacke anzulassen, also zog sie sie aus.

Wie hatten diese Wesen es geschafft, so lange unentdeckt zu bleiben? Wo kamen sie her, welche Geschichte hatten sie zu erzählen? Gewiss, ihre Technologie war weit fortgeschritten, andererseits verhielten sie sich nach Menschenmaßstäben ziemlich dumm. Anstatt ihre tollen Erfindungen zum Wohle aller zu nutzen, ging es ihnen nur um Macht und Unterdrückung. Im Geschichtsunterricht hatte Lena gelernt, wohin so etwas führte und warum alle Gewaltherrscher auf Dauer gescheitert waren.

Einer Eingebung folgend, schaltete sie den Frequenzierer ein. Es gab ein kurzes Aufflackern, dann verwandelte sich der Atlantide in seine menschliche Form.

»Hallo.« Sie sah ihn aufmerksam an.

Keine Antwort. Der Mann trug sein pechschwarzes Haar ordentlich gescheitelt. Er wirkte durchtrainiert und gesund. Schwarzer Anzug, feine Schuhe. Das Gesicht eines Erfolgsmenschen.

»Alles in Ordnung bei dir?«

»Was willst du?«

»Mich mit dir unterhalten.«

Er antwortete mit einem zischenden Laut. »Worüber sollte ich mit dir reden?«

»Ja, vermutlich ist das unter deiner Würde. Immerhin gehörst du ja zu den *Eroberern.«* Sie malte zwei Gänsefüßchen in die Luft. »In deinen Augen bin ich nur ein dummes Tier, stimmt's?«

»So ist es.«

Sie presste ihre Lippen aufeinander. Machte es überhaupt Sinn, mit ihm zu reden, wenn er so arrogant war? Anderseits wollte sie noch nicht aufgeben.

»Vielleicht kann ich ja etwas von dir lernen«, sagte sie. »Zumal deine Aussichten hier momentan nicht besonders gut sind. Möglicherweise wäre es ja zum Nutzen aller, wenn wir miteinander reden. Ich könnte dir helfen, deine Lage zu verbessern.«

M'Enat zögerte. »Wie?«

»Nun, zum Beispiel könnte ich dafür sorgen, dass der Frequenzierer dauerhaft eingeschaltet bleibt. Mit menschlichem Aussehen würdest du nicht ganz so furchterregend wirken. Die Menschen würden dich nicht mehr beschimpfen und dir mit dem Tod drohen. Wenn du es dennoch vorziehst, deine natürliche Form zu behalten – sie ist nur einen Knopfdruck entfernt.« Ihr Finger wanderte zum Frequenzierer.

»Warte ...«

»Ja?«

Der Mann rutschte unruhig hin und her. Lena spürte, dass er angebissen hatte. Sie musste jetzt am Ball bleiben. »In dieser Gruppe trachten dir alle nach dem Leben«, fuhr sie fort. »Sogar die Kleinsten wünschen dir den Tod. Deine Chancen, hier lebend rauszukommen, sind denkbar gering. Du könntest eine Freundin brauchen. Ich könnte diese Freundin sein.«

»Du, meine *Freundin?«* Wieder dieses abfällige Schnauben.

»Meine Leute werden mich finden und befreien. Und dann werden sie euch töten.«

Lena schüttelte den Kopf. »Dass die Deinen dich rechtzeitig finden, halte ich für unwahrscheinlich. Und selbst wenn, du würdest es nicht überleben. Oswald hat immer eine geladene Waffe an seiner Seite. Er hat im Kampf mit euch erlebt, dass dein Volk keine Rücksichten nimmt. Ich bin sicher, er würde dich, ohne zu zögern, erschießen.« Sie wusste nicht, ob das wirklich stimmte, aber es klang recht überzeugend. »Ich glaube jedenfalls nicht, dass wir gefunden werden. Dafür kennen sich unsere Leute hier zu gut aus. Vermutlich werden deine Kollegen die Suche nach ein paar Tagen aufgeben und dich deinem Schicksal überlassen – wenn sie das nicht schon längst getan haben. Doch sollten sie tatsächlich kommen und uns gefangen nehmen, wärst du bis dahin längst tot. So oder so, es wird kein gutes Ende für dich nehmen.« Sie machte eine Pause. »Es sei denn …«

Er starrte sie an. »Was?«

»Es sei denn, du erklärst dich bereit, mit uns zu kooperieren.«

»Wie?«

»Erzähl mir ein bisschen was über dich. Wo wurdest du geboren, wie alt bist du, leben deine Eltern noch und hast du Geschwister? Eine Lebensgefährtin vielleicht?«

»Das willst du mich fragen, im Ernst?«

»Ja.«

»Keine militärischen Geheimnisse? Pläne, Termine, Strategien?«

»Würdest du mir das denn verraten?«

Ein zischendes Lachen erklang.

»Na siehst du«, sagte Lena. »Deswegen dachte ich, wir fangen mit etwas Einfachem an. Wo bist du geboren?«

»Was ist das denn für eine Frage? Ich bin hier geboren.«

»In Deutschland?«

»Selbstverständlich.«

Das war überraschend. Lena hätte vermutet, dass Leute wie M'Enat irgendwo tief in einem Dschungel aus dem Ei geschlüpft waren. »Und du bist ein Mann, oder?«

M'Enat warf ihr einen schwer zu deutenden Blick zu. »Was tut das denn zur Sache? Das sind doch nur Äußerlichkeiten.« Er schüttelte den Kopf. »Ich weiß, dass es bei euch zwei Geschlechter gibt, die festgelegt sind. Nicht wie bei uns, die wir von Zeit zu Zeit unser Geschlecht wechseln. Für uns ist es egal, ob Männlein oder Weiblein, weil wir ohnehin beides sind. Bei euch wundere ich mich manchmal, wie ihr es überhaupt miteinander aushaltet. Und ich rede nicht nur von den körperlichen Unterschieden, sondern vor allem von den geistigen.«

»Da ist was dran ...«, räumte Lena ein. Sie übersah dabei beinahe, dass sie mittendrin war, ein richtiges Gespräch mit dem Wesen zu führen.

Was für ein Fortschritt! Das durfte sie nicht kaputtmachen. Sie musste jetzt sehr behutsam vorgehen und das neu gewonnene Vertrauen nicht zerstören.

Sie kam jedoch nicht mehr dazu, weitere Fragen zu stellen, denn plötzlich ertönte hinter ihr ein Rascheln. Sie bemerkte eine Bewegung. Als sie sich umdrehte, stand Ben hinter ihr.

»Was ist denn hier los?«, fragte er verwundert. »Ich habe Geräusche gehört und dann gesehen, dass du weg warst.«

»Pst, leise«, flüsterte sie. »Du willst doch nicht, dass die anderen aufwachen. Ich konnte nicht schlafen, darum dachte ich, dass ich mich ein bisschen nützlich machen könnte«, sagte sie. »Erst wollte ich nur Wache halten, dann habe ich bemerkt, dass M'Enat auch wach ist. Komm, setz dich.«

»Nützlich machen?« Mit misstrauischem Blick nahm Ben Platz. »Indem du dich mit diesem Typen da unterhältst?«

»Warum nicht? Es könnte durchaus von Vorteil sein, ein bisschen etwas über ihn zu erfahren, findest du nicht?«

Ben sah den Atlantiden voller Verachtung an. »Ich weiß genug über ihn. Diese Typen sind Killer. Sie haben unser Heim zerstört. Wie kannst du nur so ruhig mit ihm reden?«

Es stimmte, was er sagte. Lena hatte allen Grund, diese Wesen zu hassen. Sie hatten ihr alles genommen, was ihr lieb und wichtig war. Ihr Heim, die Schule, ihren Musikunterricht, das Chillen mit ihren Freundinnen – einfach ihr normales Leben. Dennoch spürte sie tief in sich drin, dass Hass keine Lösung war. Hass machte alles nur schlimmer.

»Ich weiß nicht, was ich sonst tun soll«, sagte sie leise. »Das ist meine Art, damit umzugehen ...«

»Hm ...« Ben wirkte nicht überzeugt. »Wieso hast du ihm überhaupt seine menschliche Form zurückgegeben? Mir gefiel er vorher besser.«

M'Enat hatte wieder auf abwesend geschaltet. Das Gespräch war beendet. Lena war enttäuscht. Aber sie konnte Ben keinen Vorwurf machen. Bestimmt hatte er ebenfalls gelitten. Und die Sorge um seinen Vater musste ihn um den Verstand bringen. Aber er war nicht der Typ, der über so etwas redete.

»Komm«, sagte sie und klopfte ihm auf die Schulter. »Lass uns zum Ausgang zurückgehen und Wache halten. Wenn du magst, können wir uns ja ablösen.«

»Einverstanden. Nur weg von ihm.«

Sie standen auf. Zum Abschied warf Lena M'Enat noch einen kurzen Blick zu. Den Frequenzierer ließ sie eingeschaltet. Als Zeichen ihres guten Willens. Sie wusste, dass noch ein weiter Weg vor ihnen lag. Aber der Anfang war gemacht.

Teil VI

EIN GEFAHRVOLLER WEG

T minus 19

Am nächsten Tag brachen sie in aller Frühe auf. Ein Schwarm Krähen zog laut krächzend über ihre Köpfe hinweg. Der Regen hatte aufgehört. Ein klarer Morgen war aufgezogen. Während über den Hügeln bereits das erste Morgenrot schimmerte, lag in den Bodensenken noch kalter Nebel. In ihre Jacken gepackt, verließen sie die Höhle.

Ben stand abseits und sah die Gruppe an sich vorbeiziehen. Es tat ihm leid, dass er vergangene Nacht so harsch reagiert hatte. Je länger er darüber nachdachte, desto mehr kam er zu der Erkenntnis, dass Lena genau richtig gehandelt hatte. Möglicherweise verfügte der Atlantide ja wirklich über Informationen, die für sie von Nutzen waren – vorausgesetzt natürlich, man schaffte es, seine persönlichen Gefühle zurückzustellen und normal mit ihm zu reden. Wozu Ben momentan leider nicht imstande war.

Umso bewundernswerter fand er, dass Lena es konnte. Ihm war schon früher aufgefallen, dass sie das Talent besaß, auf Menschen zuzugehen, mit ihnen zu sprechen und ihr Vertrauen zu gewinnen. Das war schon in der Schule so gewesen. Ben konnte sich nicht erinnern, dass jemals eine andere außer ihr Klassensprecherin gewesen wäre. Dass es Lena aber sogar gelang, mit einer anderen Spezies zu kommunizieren, war wirklich bemerkenswert.

Den Kopf voller Gedanken, folgte er der Gruppe.

Der Pfad verlief entlang des Ufers eines schmalen Bächleins, während es leicht bergab ging. Die Stunden zogen sich dahin. Sie wanderten, pausierten und marschierten weiter. Marianne legte ein ordentliches Tempo vor. Sie preschte voraus, hielt an, wartete und eilte dann wieder davon. Als würde ihr das alles viel zu langsam gehen. Tatsächlich fiel Ben auf, dass sie sich immer öfter mit Lenas Eltern beriet. Er spürte, dass da etwas in der Luft lag. Er musste sich Gewissheit verschaffen. Er legte einen Zahn zu und gelangte so an die Spitze des Zuges.

»Was ist los?«, fragte er. »Haben wir uns verlaufen?«

Marianne schüttelte den Kopf. »Ich habe eben ein paar Berechnungen angestellt und bin zu dem Ergebnis gekommen, dass wir unser Ziel erst in sieben Tagen erreichen werden. Das ist vollkommen inakzeptabel.«

»Wieso?«

»Weil es viel zu langsam ist«, sagte Marianne. »Wir schaffen kaum zwanzig Kilometer am Tag.«

»Vierzig Personen zusammenzuhalten, ist nun mal keine leichte Aufgabe«, warf Jette ein. »Manche sind es nicht gewohnt, so lange Strecken zu laufen. Und denk an die Kinder. Viele von ihnen müssen getragen werden.«

»Das ist es, was ich dir gesagt habe, Marianne.« Lenas Dad deutete auf die Karte. »Fünfundzwanzig, maximal dreißig Kilometer pro Tag, mehr ist nicht drin. Und das auch nur während der ersten Tage. Später wird's noch langsamer.«

»Wieso haben wir es überhaupt so eilig?«, hakte Ben nach und wünschte sich zum wiederholten Male, seine Mom würde ihn mehr ins Vertrauen ziehen. »Auf ein paar Tage mehr oder weniger kommt es doch nicht an, oder?«

»Doch, tut es«, entgegnete Marianne. »Die Wissenschaftler in der Schweiz warten dringend auf die Daten aus meinem Koffer und die Zeit wird langsam knapp. Es gibt aber noch ein anderes Problem.«

»Was denn?«

Mürrisch sah seine Mom zur Hauptgruppe rüber. »Unsere Vorräte sind nur für eine Woche ausgelegt. Mal abgesehen davon, dass nicht jeder von uns einen Rucksack tragen kann, sind die Portionen streng rationiert. In spätestens einer Woche sind sie alle.«

»Lena und ich könnten doch aushelfen«, sagte Peter. »Ich verstehe mich aufs Jagen und Angeln, Lena ist eine Meisterin im Finden von Nüssen, Pilzen und Beeren. Zusammen können wir unseren Proviant deutlich ausdehnen.«

»Aber das kostet Zeit«, sagte Marianne. »Ich habe vorhin mal ausgerechnet, dass wir täglich mindestens drei Stunden dafür aufwenden müssen. Und ich rede gar nicht davon, ein Nachtlager zu errichten und Feuerholz zu sammeln – alleine die Essensbeschaffung. Nicht zu vergessen, die Versorgung kleinerer Verletzungen. Bei solchen Märschen fällt immer etwas an. Kratzer, Schrammen, Insektenstiche, verstauchte Füße. Die Leute werden sich Blasen laufen, sie werden unter Muskelkater und Verspannungen leiden, und es wird immer schwieriger, sie zum Weitergehen zu motivieren.«

»O Mann …« Ben wurde klar, dass sie ein Problem hatten, und zwar kein kleines.

»Und leider gibt es da noch etwas«, sagte Lenas Vater mit trauriger Miene. »Ich will euch die Laune ja nicht verderben, aber momentan bewegen wir uns stetig bergab, Richtung Alpenvorland. Sobald wir auf Höhe des Bodensees sind, geht's wieder rauf. Wir werden also noch langsamer werden.«

»Wie ich bereits sagte …« Marianne presste die Lippen aufeinander. »Wir müssen eine Entscheidung treffen.«

»Es muss doch eine Lösung geben«, sagte Ben. »Irgendetwas, wie wir die Sache beschleunigen können.«

»Gibt es.« Marianne sah ihn ernst an. »Ich hatte es angekündigt. Ich werde mich von euch trennen. Ihr seid ein Bremsklotz für mich. Ich kann nicht länger auf euch warten.«

Ben wurde es kalt ums Herz. Ja, es stimmte, sie hatte es gesagt. Aber er hatte nicht damit gerechnet, dass sie es auch wirklich so *meinte.*

Ihre Reaktion erschien ihm unangemessen hart. Klar ging es ihr um ihre Mission, aber wären er, Lena und Paul nicht gewesen, so säße sie doch noch immer in Gefangenschaft, oder? Ihr Plan wäre dann ohnehin zum Scheitern verurteilt gewesen. Hatte er da nicht ein bisschen Dankbarkeit verdient? Konnte sie ihm zuliebe nicht ein bisschen warten?

»So schnell gebe ich nicht auf«, sagte er entschlossen. »Vielleicht fällt uns ja noch etwas ein, wie wir schneller vorankommen. Wir müssen nur noch etwas gründlicher darüber nachdenken. Haben wir wirklich schon alle Möglichkeiten durchgespielt?«

»Wie sähe denn dein Vorschlag aus?« Lenas Dad sah ihn lächelnd an. »Lena sagte mir, du seiest ein ziemlich guter Problemlöser. Stimmt das?«

»Na ja, ich versuch's halt.« Ben war verlegen. Er stellte immer wieder fest, dass er mit Lob nicht gut umgehen konnte. Er war einfach zu schüchtern. Das ärgerte ihn.

»Wie wäre es denn mit einem fahrbaren Untersatz?«, sagte er. »Mit dem man die Kleinen und die Alten transportieren könnte. So wie auf unseren Ausflügen damals. Am Vatertag.«

»Ein Leiterwagen?«, murmelte Peter. »Keine schlechte Idee.«

»Ja, finde ich auch«, sagte Jette. »Wer nicht fit ist, setzt sich rein und lässt sich ein Stück ziehen. Die Starken helfen den Schwachen. Wäre das eine Lösung?«

»Ich weiß nicht …« Marianne wiegte den Kopf. »Wir würden das Problem damit nur hinauszögern.« Sie gab der Sache gar keine Chance. Ben fand das ziemlich ärgerlich.

»Komm schon, versuchen wir es«, sagte Peter. »Dein Sohn hat recht, besorgen wir uns einen fahrbaren Untersatz. Er müsste natürlich groß genug sein, damit wir vier oder fünf Personen unterbringen. Die eigentliche Arbeit verrichten dann unsere kräftigsten Teilnehmer. Sie könnten in Zweierteams ziehen und sich nach einer halben Stunde abwechseln.«

»Wo liegt denn die nächste Ortschaft?« Jette reckte den Hals. »Peter, hol mal die Karte raus.«

Er tat es und sie blickten gemeinsam darauf. »Albstadt-Balingen«, sagte Peter. »Vor uns liegt das Eyachtal. Balingen rechts, Ebingen auf der linken Seite. Früher gab es dort viele kleine Betriebe. Das sind nur noch ein paar Kilometer.«

»Das ist unsere Chance«, sagte Ben. »Liam, Noel und Jennifer brennen darauf, etwas zu unternehmen. Lena bestimmt auch, wie ich sie kenne.«

»Ganz bestimmt.« Jette lächelte schief. »Aber ist das nicht sehr riskant?«

»Ist es«, erwiderte Marianne. »Dass wir bisher noch keinen Streunern begegnet sind, bedeutet nicht, dass dort keine sind. Wie Peter schon richtig sagte, halten sie sich am liebsten in verlassenen Ortschaften auf. Und Albstadt-Balingen ist schon lange verlassen.«

»Überlass das uns, Mom«, sagte Ben entschlossen. »Notfalls wissen wir uns zu wehren. Vergiss nicht, wer dich aus der Pyramide befreit hat.« Er konnte sich diese Bemerkung nicht verkneifen. Es störte ihn, dass sie immer noch so tat, als wäre er ein kleines Kind.

Und noch immer schien seine Mom nicht überzeugt. Er konnte

ihr ansehen, dass sie einen inneren Kampf ausfocht. Doch dann lenkte sie ein. Mit strengem Blick sagte sie: »Du bist verantwortlich, Ben. Du stellst ein kleines Team zusammen und gehst auf die Suche. Der Rest von uns zieht weiter. Zuerst nach Meßstetten, später ins obere Donautal. Hier, nimm die Karte, dann weißt du, wo du uns findest. Wir werden euch Hinweise zurücklassen, wo ihr uns findet. Oh, und noch etwas. Es wäre mir wohler, wenn die beiden Frequenzierer weiterhin bei uns in der Gruppe bleiben. Das ist eine Frage der Sicherheit. Im Gegensatz zu euch ist unsere Gruppe groß und auffällig. Falls wir angegriffen werden, können wir uns wenigstens verteidigen. Ihr werdet konventionelle Waffen mitnehmen. Schleudern, Armbrüste, Pfeil und Bogen. Und zur Sicherheit eine Schusswaffe, die ihr aber nur im äußersten Notfall einsetzen werdet. Euer Ziel ist es, euch leise und unauffällig zu bewegen. Ein Schuss ist über Kilometer zu hören und könnte Feinde anlocken. Macht davon also bitte keinen Gebrauch.«

»Alles klar, Mom. Sonst noch etwas?«

Sie presste die Lippen zusammen. »Nein.« Dann trat sie doch noch vor und nahm ihn in den Arm. »Seid bloß vorsichtig, hast du verstanden?«

»Werden wir, Mom. Du kannst dich auf uns verlassen.«

Sie wischte sich eine Träne aus dem Auge. »Gut, dann lauf los und erzähle Lena und deinen Geschwistern davon. Ich bin sicher, sie werden sich freuen.«

»Das werden sie«, sagte Ben grinsend. Rasch machte er kehrt. Er konnte es kaum erwarten, den anderen davon zu erzählen. *Endlich gab es wieder etwas zu tun!*

T minus 18

Der Nebel wurde dichter. Geisterhafte Schwaden krochen zwischen den Häusern hervor, waberten über den Asphalt und sammelten sich in den Senken. Die Luft war eiskalt und ließ ihren Atem kondensieren.

Lena fröstelte. Sie schlug den Kragen ihrer Jacke hoch und stopfte die Hände in die Taschen. »Ich mag den Nebel nicht«, murmelte sie. »Da sieht man ja gar nicht, was vor einem liegt.«

»Was Besseres hätte uns gar nicht passieren können«, entgegnete Jennifer leise. »Der Nebel schützt uns vor feindlichen Blicken. Allerdings sollten wir uns beeilen. Sobald die Sonne höher steigt, wird er wegschmelzen wie Butter.«

»Sind eure Waffen schussbereit?« Liam inspizierte das Gewehr. »Ihr habt hoffentlich alle genug Munition eingesteckt.«

Ben war kein Freund von Gewehren, das hatte er Lena erzählt. Nicht nur, weil die Dinger zu laut waren, sondern weil immer die Gefahr bestand, dass einem irgendwann die Munition ausging. Bei seiner Schleuder konnte das nicht passieren.

Lena war die Einzige, die vollkommen unbewaffnet war. Sie hatte Lupo an ihrer Seite, das sollte genügen. Drohte Gefahr, würde er für sie da sein.

»Lasst uns zusammenbleiben«, sagte Ben und übernahm die Führung. »Kein unnötiges Gequassel, verstanden? Der Nebel mag uns vor feindlichen Blicken schützen, Geräusche trägt er verdammt weit.«

Lena musste an die Streuner denken. Seit Beginn der Krise waren die Geschichten über sie nicht abgerissen. Verwahrlost und verwildert seien sie, hieß es. Hätten alles Menschliche hinter sich gelassen. Manche von ihnen seien wie wilde Tieren. Es gab Dutzende Erzählungen von Siedlern, die von Streunerüberfällen berichteten. Mal hieß es, sie träten in Gruppen auf, dann wieder war von gemeingefährlichen Einzelgängern die Rede. Angeblich plünderten und fraßen sie alles, was sie in die Finger bekamen. Und sie scheuten nicht davor zurück, jemanden wegen eines Schokoriegels umzubringen.

Wenn man dann aber nachbohrte, erfuhr man, dass eigentlich noch niemand einen Streuner persönlich gesehen hatte. Immer gab es einen, der einen kannte, der einen kannte, der mal von einem überfallen worden war. Was an diesen Geschichten also wirklich dran war, ließ sich nicht feststellen. Allerdings gewannen sie in dieser fremden Umgebung an Kraft.

»Wo wollen wir anfangen?«, fragte Lena zaghaft.

»Laut unserer Karte gibt es links etliche Firmengebäude«, sagte Ben. »Lagerhallen, Baumärkte, Autowerkstätten und so weiter. Da drüben zum Beispiel. *1a Autoservice.* Versuchen wir dort mal unser Glück.«

Der Laden erwies sich als Pleite. Das Gebäude war nur noch eine leere Hülle. Alles, was einen Wert besessen haben könnte, war gestohlen worden.

Sie setzten ihren Weg in südlicher Richtung fort. Verblichene Werbetafeln, auf denen gut aussehende junge Frauen Unterwäsche präsentierten, wechselten sich mit Protestbannern ab, auf denen *Ja zur Südumfahrung!* verkündet wurde.

Nach einer Weile kamen sie an einer Sparkasse vorbei, in deren

Schaufenster ein Schild stand mit der Aufschrift: *Gemeinsam da durch.* Eine Tankstelle folgte, dann kam eine weitere Autowerkstatt.

Nirgendwo fanden sie etwas, das auch nur entfernt ihren Erwartungen entsprach.

Lena fragte sich, ob das Ganze nicht eine Schnapsidee gewesen war. Vermutlich waren sie nicht die Ersten, die auf den Gedanken kamen, dass so ein Transportmittel recht praktisch sein konnte.

Hinter einem Matratzenladen entdeckten sie etwas, das alle mit Hoffnung erfüllte. *Dehner Gartencenter,* stand dort zu lesen. Angeblich sollte es dort sogar eine Zoohandlung geben.

»Das ist die letzte Adresse in dieser Richtung«, sagte Ben und verzog das Gesicht. »Dahinter endet der Ort. Dann müssen wir umkehren und auf der anderen Seite weitersuchen.«

»Oder aufgeben«, sagte Noel.

»So schnell geben wir nicht auf«, entgegnete Liam.

»Hört auf und reißt euch zusammen«, zischte Jennifer. »Ich finde, dass ein Gartencenter recht vielversprechend klingt. Mit irgendwas müssen die großen Pflanzenkübel ja bewegt werden.«

In geduckter Haltung liefen sie über den Parkplatz, Ben vorneweg.

Lena trat auf zerbrochenes Glas. Viele der Fensterscheiben waren eingeschlagen. Die Fassaden waren mit Graffiti und obszönen Zeichnungen beschmiert.

Im Inneren war es dunkel. Es roch nach moderiger Erde und Schimmel. Lena erkannte Dutzende von Pflanzenkübeln, von denen etliche umgestürzt waren. Erde lag auf dem Boden verstreut.

Der erste Eindruck war besser als vermutet. Der Laden war nicht ganz so heftig geplündert wie die Autowerkstätten. Viele der Regale standen noch und auch die Kassen waren da, wo sie hingehörten. Geld war natürlich keines mehr drin, aber die Tatsache, dass man die Pflanzenkübel stehen gelassen hatte, war ermutigend.

Und wenn ich wüsste, dass morgen die Welt unterginge, so würde ich doch heute mein Apfelbäumchen pflanzen. Wer hatte das noch mal gesagt? Ach ja, Martin Luther.

Ihr Blick huschte immer wieder zu Lupo. Er wirkte entspannt. Ein gutes Zeichen. Ihr Begleiter war das zuverlässigste Frühwarnsystem, das sie kannte. Gerade eben hob er witternd die Nase, lief ein bisschen herum und prüfte die Umgebung. Sein Schwanzwedeln signalisierte: *keine Gefahr.*

»Ich bin dafür, dass wir uns in zwei Gruppen aufteilen«, flüsterte Ben. »Eine links, eine rechts. So können wir den Laden effektiver absuchen. Jennifer, Liam und Noel, ihr knöpft euch die Pflanzenabteilung vor. Ich gehe mit Lena und Lupo rüber zum Zubehör. Wir treffen uns dann wieder hier.«

Im hinteren Teil des Gartencenters reichte das Licht kaum noch, um etwas zu erkennen. Lena kramte in ihrem Rucksack und holte die Taschenlampe heraus.

»Alles okay bei dir?« Ben wirkte besorgt. »Nicht ganz das, was du erwartet hast, oder?«

»Stimmt. Irgendwie habe ich es mir einfacher vorgestellt«, räumte sie ein. »Mehr so wie im Supermarkt shoppen gehen. Vielleicht schlägt mir auch einfach nur dieser Nebel aufs Gemüt.«

Er lachte und breitete die Arme aus. »Na, dann tu dir keinen Zwang an. Heute alles im Sonderangebot.«

Sie lachte mit. Ben verstand es, sie aufzuheitern.

»Wie geht es eigentlich M'Enat?«, erkundigte er sich. »Ihr habt euch ja heute Morgen wieder recht angeregt unterhalten.«

»Angeregt?« Lena lächelte schief. »Ich wünschte, das wäre so.

Der Kerl ist störrisch wie ein Maultier. Gestern habe ich ihm die Freundschaft angeboten, heute zeigt er mir die kalte Schulter. Ich laufe bei ihm gegen eine Mauer. Er glaubt felsenfest, dass seine Leute kommen und ihn befreien werden.«

Ben nickte nachdenklich. »Ich wollte mich noch mal wegen gestern Abend entschuldigen. Es war nicht okay, dass ich dich so angepflaumt habe. Ich bin zu dem Schluss gekommen, dass du recht hast. M'Enat ist unsere einzige Verbindung zu dieser Spezies. Selbst wenn du nur Kleinigkeiten rausbekommst, so ist das immer noch besser als gar nichts. Wollte ich dir nur sagen.«

»Danke.« Dass ein Kowalski einen Fehler eingestand, war wirklich bemerkenswert.

»Ein bisschen was habe ich dennoch erfahren«, sagte sie. »Diese Atlantiden werden wirklich alt. M'Enat ist zweihundertfünfzig.«

»Was?« Ben riss die Augen auf. »Nicht dein Ernst.«

»Doch. Und damit gehört er noch zu den jüngeren seiner Spezies. Angeblich gibt es viele, die vier- oder fünfhundert Jahre alt werden.«

»Die wären ja dann in einer Zeit geboren, in der Christoph Kolumbus Amerika entdeckt hat.« Ben schüttelte den Kopf. »Das kann ich nicht glauben. Bestimmt hat er dich angeschwindelt.«

»Warum sollte er? Ich habe keinen Grund, an seinen Worten zu zweifeln.«

Ben wirkte nachdenklich. »Ob die wohl die ganze Zeit unter uns gelebt haben? Es gibt so vieles, was ich mich bei ihnen frage. Unterhalte dich ruhig weiter mit ihm, du hast Talent dafür.«

»Findest du?« Sie fühlte sich geschmeichelt.

»Absolut. Du könntest Diplomatin werden. Dir vertrauen sogar die Nicht-Menschen. Was dagegen, wenn ich dich für den nächsten Friedensnobelpreis vorschlage?«

»Blödmann.« Sie boxte ihn freundschaftlich auf die Schulter. Sie freute sich, in Ben einen so verständnisvollen Freund gefunden zu haben.

° ° °

Zehn Minuten später mussten sie unverrichteter Dinge zum Sammelpunkt zurückkehren. Sie hatten die gesamte Abteilung durchsucht und nichts entdeckt.

Ben konnte nur hoffen, dass die anderen fündig geworden waren, ansonsten mussten sie …

Er blieb stehen.

Ein rhythmisches metallisches Klopfen war zu hören. Es klang, als würden zwei Eisenstangen gegeneinanderschlagen. *Kling, kling, kling …*

»Was zum Geier …?« Er sah Lena fragend an, doch die hatte nur Augen für Lupo. Ihr Wolfshund stand kerzengerade da. Die Ohren steil aufgerichtet, die Nase in die Höhe gereckt. Ganz offensichtlich witterte er Gefahr.

Bens Geschwister warteten schon am Sammelpunkt. Zwischen ihnen stand ein benutzt aussehender, dennoch voll funktionsfähiger Pritschenwagen mit Handzug. Eins fünfzig breit und schätzungsweise zwei Meter lang, mit klappbaren Seitenwänden und Vollgummireifen. Genau das, wonach sie gesucht hatten!

Ben blieb keine Zeit, sich über den Erfolg zu freuen. Das Geräusch war immer noch da. Und es war nah. Es klang, als käme es von der anderen Straßenseite.

»Was ist das?«, murmelte Lena. Sie hielt Lupo eng an der Leine.

»Zumindest eines dürfte klar sein«, murmelte Ben. »Das ist kein natürlich entstandenes Geräusch. Klingt wie ein Signal oder so.«

»Vielleicht ist das die Art, wie sie einander hier zum Frühstück rufen.« Liam nahm das Gewehr von der Schulter. »Jetzt macht euch bloß nicht ins Hemd. Vielleicht hat es gar nichts mit uns zu tun.«

»Ich schlage einen geordneten Rückzug vor«, sagte Ben. »Zwei vorne an den Handlauf, zwei an die Seiten. Einer, um uns nach hinten Deckung zu geben. Und haltet eure Waffen griffbereit.«

»Guter Vorschlag«, bestätigte auch Jennifer. »Wir machen einen stillen Abgang. Lena, kannst du dafür garantieren, dass Lupo seinen Schnabel hält?«

»Er wird still sein.« Lena zog ihn noch dichter zu sich ran.

Liam und Noel packten den Handlauf und zogen den Pritschenwagen ins Freie. Lena und Jennifer übernahmen die Flanken, während Ben das Schlusslicht bildete. Er zog seine Schleuder heraus und prüft den Gummizug. Seine Schulter meldete sich mit einem Stechen. Verdammte Verletzung!

Das metallische Klopfen hielt an.

Kling, kling, kling ...

Während sie im Schatten der Gebäude den Rückzug antraten, kam es ihm so vor, als würden die Laute leiser werden. Hoffnung keimte in ihm auf. Der Nebel schützte sie immer noch vor feindlichen Blicken.

Alles wird gut, dachte Ben. Wir werden es schaffen. Wir werden hier weg sein, ehe die Bewohner mitbekommen, was hier ...

Seine Hoffnung wurde von einem neuen Geräusch jäh abgeschnitten. Diesmal von vorne.

Dong, dong, dong ...

Es klang, als würde jemand auf eine Metalltonne schlagen.

Sie hielten an, Furcht in ihren Gesichtern.

Ben fing an zu zittern. Und nicht nur wegen der Kälte.

Zwei weitere Geräuschquellen waren hinzugekommen. Eine links, die andere rechts. Der Lärm war jetzt rund um sie herum.

Das hörte sich nicht nach ein paar versprengten Einzelgängern an. Die Geräusche klangen organisiert.

»Was sollen wir jetzt tun?«, flüsterte Jennifer.

Fieberhaft blickte Ben sich um. Es bestand die Möglichkeit, zu den Seiten auszuweichen. Vielleicht fanden sie zwischen den Häusern Schutz. Allerdings führte sie das von ihrer Route weg. Die Hänge waren steil und das Terrain war unbekannt. Gut möglich, dass man dort bereits auf sie wartete. Also doch lieber einen offenen Kampf riskieren? Verdammt! Mariannes Skepsis war angebracht gewesen, er hatte sie nur nicht hören wollen.

Eines stand fest, das war keine simple Wegelagerei, das war ein gut koordinierter Überfall.

Er musste eine Entscheidung treffen, und zwar sofort.

»Rennt!«, stieß er aus. »Schnappt euch den Wagen und rennt geradeaus. Wenn wir schon kämpfen müssen, dann lieber in dieser Richtung.«

Liam und Noel stemmten sich in den Handlauf und katapultierten den Wagen nach vorne. Ben half mit, indem er den Bollerwagen anschob. Lena und Jennifer sicherten ihre Flanken. Im Laufschritt erreichten sie die Ortsmitte. Links die Sparkasse, rechts das Schild mit der Ortsumfahrung.

Sie waren fast an der Abzweigung angelangt, an der die Hauptgruppe sie verlassen hatte, als ihre Flucht unvermittelt ins Stocken geriet. Im Dunst zeichneten sich undeutlich Umrisse ab. Waren das Menschen? Jedenfalls versperrten sie die Straße. Der Nebel spielte Bens Augen einen Streich. Die Formen schwangen hin und her, veränderten alle paar Sekunden ihr Aussehen.

Noch immer war das monotone Klopfen zu hören. Die unterschiedlichen Quellen begannen, sich zu synchronisieren. Sie passten sich dem Rhythmus an, bis sie so klangen, als stammten sie aus einer einzigen Quelle.

Dann setzte der Lärm aus.

Eine unheimliche Stille legte sich über das Tal.

»Ich habe Angst.« Lenas Stimme war kaum mehr als ein Flüstern. Ein dumpfes Grollen stieg aus Lupos Kehle.

»He, ihr da drüben!«, rief Ben in den Nebel. »Gebt euch zu erkennen. Wir sind harmlose Wanderer aus dem Norden.«

Statt einer Antwort schoss ein gefiederter Pfeil auf sie zu. Er bohrte sich nur wenige Zentimeter neben Bens Oberschenkel in den Wagen. Zwei weitere folgten. Zitternd blieben sie in den Seitenwänden des Wagens stecken.

Lupo fing an zu bellen. Lena konnte ihn nur mit Mühe davon abhalten, sich auf die Angreifer zu stürzen.

»In Deckung!«, schrie Ben.

Ein weiterer Pfeil sauste durch die Luft. Ben sah, wie er heranschwirrte und Liam knapp unterhalb des Schlüsselbeins in die Brust traf.

Mit weit aufgerissenen Augen stand sein Bruder da. Der Pfeil ragte wie ein Ast aus seiner Brust. Er war schmutzig und krumm. Die Federn verklebt, als wären sie mit Baumharz überzogen. Liams Mund klappte auf und zu. Er griff nach dem Pfeil, versuchte, ihn rauszuziehen, dann kippte er um. Das Gewehr entglitt seinen Händen.

Ben hatte das Gefühl, unter seinen Füßen würde sich der Boden auftun. Die Tragödie spielte sich direkt vor seinen Augen ab. Erst als Liam ein gequältes Stöhnen ausstieß, kam er wieder zur Besinnung.

»Nein, nein, nein, nein …«

Er kauerte sich neben seinen Bruder und hielt seinen Kopf. Liam war bleich wie ein Handtuch. Seine Augen rollten nach hinten, bis nur noch das Weiße zu sehen war. Er war ohnmächtig.

Gelähmt vor Entsetzen sah Ben, wie weitere Pfeile um sie herum einschlugen. Es war ein gottverdammter Albtraum. Zum Glück behielt Jennifer die Nerven. Sie schnappte sich ihre Armbrust und feuerte in den Nebel. Noel griff nach dem Gewehr seines Bruders, legte an und schoss. Der Knall war ohrenbetäubend. Schüsse hallten von den Hauswänden wider. Ben griff in seine Tasche, holte ein paar Steine raus und schoss mit seiner Schleuder. Doch sie schienen nichts zu treffen.

»Wir müssen hier weg«, keuchte er. »Wir müssen Liam auf den Wagen legen und versuchen durchzubrechen. Los jetzt, packt alle mit an.«

Die andern folgten seinem Befehl. Lena hatte alle Mühe, Lupo an der Leine zu behalten. Das Tier war rasend vor Wut. Trotzdem gelang es ihnen, Liam auf den Wagen zu wuchten und ihn zum Schutz vor weiteren Pfeilen nahe an die vordere Seitenwand zu schieben.

»Lasst uns noch ein paar Schüsse abgeben und dann legen wir uns ins Zeug!«, rief Ben. »Unsere einzige Chance ist, ihre Reihen zu durchbrechen. Am besten drehen wir den Wagen dafür um, die Deichsel nach hinten. Dann können wir schieben und trotzdem lenken.«

Er nahm noch einen Stein, legte ihn in die Lederschlaufe und spannte das Gummi bis zum Anschlag. Die Stütze ließ die Waffe mit ihm verschmelzen, ließ sie zu einer Verlängerung seines Arms werden. Da war ein großer Umriss in der Mitte der Straße. Das war der Kerl, den er im Verdacht hatte, den Pfeil auf seinen Bruder geschossen zu haben. *Dem würde er es zeigen.*

Wenn er jetzt doch nur einen Frequenzierer gehabt hätte. Damit wäre ihnen die Flucht bestimmt gelungen.

Er feuerte.

Surrend zog der Stein seine Bahn. Ein lautes Scheppern ertönte. Nicht das Geräusch, das Ben sich erhofft hatte. Stattdessen erklang Gelächter. Ein hässliches und schadenfrohes Lachen, gefolgt von einem mehrstimmigen Johlen.

Immerhin hörte für einen Moment der Pfeilhagel auf.

Noel und Jennifer nutzten die Gelegenheit, ein paar weitere, gezielte Schüsse abzugeben. Diesmal erklangen Schmerzensschreie. Unverwundbar waren ihre Gegner also nicht.

»Los!«

Gemeinsam stemmten sie sich gegen Wagen und Deichsel. Prasselnd schlugen weitere Pfeile ein. Es war ein Glück, dass sie den Wagen umgedreht hatten, denn er schützte sie vor den heranfliegenden Projektilen.

Ben versuchte, sich einen Überblick zu verschaffen, was bei dem Nebel nicht einfach war. Es waren weitaus mehr Angreifer als zunächst vermutet. Zu allem Überfluss wurde jetzt auch noch von den Seiten auf sie geschossen. Ein Pfeil bohrte sich in die Sohle seines Stiefels. Er trat darauf und der Pfeil brach ab.

»Sinnlos!«, schrie er. »Es sind zu viele. Gegen die kommen wir nicht an. Gibt es denn hier keine Deckung?«

»Was schlägst du vor?«, entgegnete Jennifer panisch. »Sollen wir aufgeben? Du hast wohl vergessen, dass das Streuner sind. Die werden uns umbringen.«

»Das wissen wir nicht«, entgegnete Ben. »Vielleicht sind sie nur sauer, weil wir ihr Territorium betreten haben. Ich denke ...«

Weiter kam er nicht.

Urplötzlich fegte ein Wind über sie hinweg, schwoll an zu einem ausgewachsenen Sturm. Er verwirbelte den Nebel und ging über in ein unheilvolles Heulen. Bens Haare peitschten um seinen Kopf. Staub wurde ihm ins Gesicht geblasen. Um ein Haar hätte es ihm die Brille von der Nase gefegt. Er versuchte, etwas zu rufen, doch seine Stimme war wie abgeschnitten.

Was war das?

Gleißende Lichtfinger schnitten durch den Nebel, blendeten ihn. Scheinwerfer! Ein riesiges schwarzes Monstrum schwebte über ihren Köpfen.

Binnen eines Wimpernschlages wurde Ben klar, was das war.

»Wiperangriff!«, schrie er. »Die Atlas-Union ist hier!«

Blitze zuckten aus dem Himmel, verwandelten die Straße in ein Meer aus Flammen und Rauch. Unter den Angreifern brach heilloses Chaos aus. Durch den verwirbelten Nebel und den Qualm konnte Ben erkennen, wie die Streuner davonrannten. Zerlumpte, ausgemergelte Gestalten in ledernem Flickwerk und mit primitiven Rüstungen. Menschen, keine Ungeheuer. Halb verhungert und voller Angst. Eben noch Jäger, jetzt die Gejagten. Und für den Moment vergaßen sie die fünf Jugendlichen.

»Los!«, brüllte Ben. »Sie achten gerade nicht auf uns. Nutzen wir das Chaos, um zu verschwinden. Dreht den Wagen wieder um und dann nichts wie weg von hier!«

Seine Worte waren überflüssig, die anderen wussten auch so, was zu tun war. Jennifer und Noel zogen an der Deichsel, Ben und Lena schoben von hinten an. Der Wiper schwebte als schwarzer Schatten über dem Nebel. Binnen weniger Sekunden verwandelte sich ihre Umgebung in ein Inferno aus Lärm und Zerstörung. Links von ihnen erwischte es ein Haus. Mit ohrenbetäubendem Bersten brach es zusammen und hinterließ eine beißende Wolke aus Staub und Ruß. Ben hustete sich die Lunge aus dem Leib.

»Links!«, schrie Jennifer und riss den Handlauf herum. »Da drüben ist unser Weg. Ich kann ihn sehen!«

»Wo kam denn der Wiper auf einmal her?«, schrie Ben. »Hat ihn einer von euch kommen hören?«

»Nein!«, rief Lena. »Kam wie aus dem Nichts. Nicht mal Lupo hat ihn bemerkt.«

»Ein glücklicher Zufall«, keuchte Noel. »Möglich, dass sie nach uns suchen. Aber ohne es zu wollen, haben sie uns den Arsch gerettet.«

»Habt ihr gesehen, wie sie den Streunern eingeheizt haben?«, rief Jennifer. »Mannomann …«

Ben empfand nur noch Panik. Sein Bruder lag blutüberströmt auf dem Wagen. Wie ein ekelhafter brauner Finger steckte der Pfeil in seiner Brust. Ob Sven sein Leben retten konnte? Wenn ja, dann nur, wenn sie sich beeilten.

Es war ein Wettlauf gegen die Zeit.

T minus 17

Generalgouverneur E'Tach lag ausgestreckt auf dem Operationstisch, sein Blick starr unter die Deckenlampe gerichtet.

Nebenan, auf einem Rollwagen, lag die neue, mechanische Prothese. Ein Wunderwerk der Ingenieurskunst. Multifunktional, drucksensibel und praktisch unzerstörbar. Ein Gerät, das imstande war, eine Feder aus der Luft zu fangen und im nächsten Moment ein Stück Eisen in eine neue Form zu pressen. Mit dieser neuen Hand würde er den Rebellen persönlich den Hals umdrehen.

Etwa von der Schulter abwärts nahm ihm eine Art Vorhang die Sicht. Er sollte verhindern, dass er sah, was seine Ärzte da taten. Er fand das bedauerlich, denn er hätte sich gerne noch von seinem natürlichen Arm verabschiedet. Allerdings wollte er den Chefarzt nicht schon wieder brüskieren. Der Ärmste hatte schon genug einstecken müssen.

Das lokale Anästhetikum begann zu wirken. Eine wohltuende Wärme breitete sich von seinem Ellenbogen in Richtung Schulter aus. Der Chefarzt beugte sich zu ihm herunter.

»Wir sind bereit, Vorderster. Wir können mit der Vollnarkose beginnen.«

»Fangen Sie an.«

Ein Assistent brachte Maske und Infusion herbei.

In diesem Moment leuchtete drüben am Eingang ein rotes

Warnlicht auf. Die Tür ging auf und ein Gardist in voller Montur trat in den Operationssaal.

»Halt!« Der Chefarzt hob seine Hand und eilte dem Mann entgegen. »Sagen Sie mal, sind Sie noch bei Trost? Haben Sie das Licht nicht gesehen? Wir stecken gerade mitten in einem komplizierten medizinischen Eingriff.«

Der Mann versteifte sich. »Der Generalgouverneur hat mir persönlich Anweisung gegeben, ihn zu informieren, sollten wir Nachricht von unserem Geheimdienstchef erhalten.«

»Das ist doch ...« Der Chefarzt wirkte, als würde er zu einem Schwachsinnigen sprechen. Doch E'Tach winkte den Mann zu sich. »Du da, Bursche, komm näher.«

»Aber doch nicht mitten in einer Operation ...«, sagte der Arzt verzweifelt.

»Noch haben wir ja nicht begonnen, oder? Auf eine oder zwei Zeiteinheiten kommt es jetzt auch nicht mehr an. Also, Junge, was hast du für mich?«

»Eine Holobotschaft, Vorderster. Sie stammt vom Chef des Geheimdienstes. Ist gerade über den verschlüsselten Wiperkanal gekommen.«

Der Chefarzt plusterte sich auf. »Ich muss in aller Form protestieren. Das hier ist *mein* Eingriff. *Ich* habe hier die Verantwortung.«

»Protest zur Kenntnis genommen«, sagte E'Tach. »Fahren Sie fort, Gardist.«

Der Chefarzt wollte sich nicht beruhigen. Er fing jetzt an zu schreien. »Das ist vollkommen unakzeptabel! Wenn etwas schiefgeht, bleibt das an mir hängen. Meine Karriere steht auf dem Spiel. Ich ...«

Jetzt platzte E'Tach der Kragen. Er setzte sich auf, packte den Hals des obersten Mediziners mit seiner gesunden Hand und drückte zu. Dem Chefarzt drohten die Augen aus dem Kopf zu treten.

»*Ich* habe hier die Kontrolle«, knurrte E'Tach und ließ den entgeisterten Mann wieder los. »Es wird das getan, was ich sage, verstanden?«

Das Gesicht des Chefarztes nahm einen grünlichen Schimmer an. »J…ja, Vorderster.«

E'Tach legte sich wieder hin. »Von mir aus treffen Sie erste Vorbereitungen, doch die Operation findet erst statt, wenn ich es sage. Und jetzt die Botschaft.«

»Der Geheimdienstchef hat die Spur der Flüchtigen wiedergefunden.« Der Gardist drückte auf einen Holotransmitter. Unter der Decke erschien ein einzelner Lichtpunkt, der sich zu einem ovalen Bild auffächerte. »Hier sehen Sie die Übersicht.«

Zu sehen war eine Vogelperspektive. Ein Tal. Eine Straße mit angrenzenden Häusern. Darauf eine Vielzahl von Personen, die allerdings nur schwer zu erkennen waren.

Die Assistenzärzte fingen an, die Wunde zu reinigen. E'Tach ignorierte sie und konzentrierte sich auf die Filmaufnahme. Sie war in Falschfarben, was ihn überraschte. »Warum sehe ich nur Wärmebildaufnahmen?«

»Wegen des Nebels«, erwiderte der Gardist. »Mit normalen Kameras wäre da nichts zu machen gewesen. Die Wärmekameras durchdringen den Nebel und zeigen, wo sich die Gesuchten befinden. Auf diese Weise konnte sich unser Wiper ungesehen nähern.«

»Verstehe …«

»Wie Sie erkennen können, befinden sich die fünf Gesuchten in der Mitte der Straße. Sie haben einen Handwagen. Von den Seiten her nähern sich Dutzende vermummter Gestalten. Sie tragen Rüstungen, Schilde und einfache Handwaffen. Leider gibt es keinen Ton zu den Bildern, aber die Situation erklärt sich von selbst.«

E'Tach nickte, er konnte sich zusammenreimen, was dort unten geschah. Einer der Umzingelten wurde angeschossen, was die anderen dazu zwang, sich zur Wehr zu setzen. *Mit Armbrüsten und Steinschleudern!* Es war unglaublich.

Der Wiperpilot setzte dem Angriff ein Ende. Mit Plasmageschossen ging er auf die Streuner los und trieb sie auseinander. Panisch davonrennend, verschwanden sie in ihren Behausungen. Explosionen zuckten auf, verwandelten das friedliche Tal in Minutenschnelle in ein Schlachtfeld. Die Wilden hatten keine Chance. Wie die Hasen hoppelten sie davon. Zurück blieben Rauch, Trümmer und ein paar Leichen.

E'Tach kniff die Augen zusammen. »Wo sind die Rebellen?«

»Konnten entkommen. Einer von ihnen wurde verletzt, die anderen scheinen den Angriff unbeschadet überstanden zu haben.«

»Gut.« E'Tach nickte. »Ich wünsche, dass ihnen nichts passiert. Sie sollen den Anschluss an die Hauptgruppe finden. Setzen Sie die Verfolgung fort, aber diskret und mit gebührendem Abstand. Sie dürfen auf keinen Fall Verdacht schöpfen. Ich will wissen, was ihr Ziel ist. Gibt es schon Nachrichten vom Schläfer?«

Der Gardist nickte. »Die Person hat ein Signal gesendet. Eine Positionsmeldung hat ergeben, dass die Gruppe unbeirrt Kurs Richtung Südwesten nimmt. Auf die Berge zu.«

E'Tach runzelte die Stirn. »Zeigen Sie mir das mal genau.«

Eine Karte wurde eingeblendet. Eine Region, im südlichsten Abschnitt seines Hoheitsgebietes. Im Osten lag der lange See, im Westen der Rheingraben und der Schwarzwald.

»Sieht aus, als hätten sie vor, das Land zu verlassen. Zeigen Sie mir mal den betreffenden Ausschnitt der Südregion.«

Der Kartenausschnitt wurde verändert. E'Tach überflog die Ortsnamen. Er spürte, wie das Narkotikum seine Schulter emporkroch und ihn schläfrig werden ließ. »Ihr Ziel könnte alles Mögliche sein«, murmelte er. »Könnte Zürich sein oder Bern. Vermutlich eine der größeren Metropolen.«

»Die Schweiz ist autonomes Gebiet«, gab der Gardist zu bedenken.

»Ja, ich weiß ...« E'Tach ließ sich zurücksinken. Er kämpfte mit seiner Konzentration. »Allerdings ist dieser Zustand nur noch von kurzer Dauer. Die autonomen Gebiete werden bald Geschichte sein. Der Widerstand hat keine Zukunft, weder national noch international. Dass ich die Flüchtlinge ziehen lasse, birgt zwar ein gewisses Risiko, aber auch die Chance, das Zentrum der südlichen Widerstandsbewegung ausfindig zu machen. Wichtig ist nur, dass unsere Verfolgung unbemerkt bleibt. Ich vertraue dem Chef des Geheimdienstes diese verantwortungsvolle Aufgabe an. Er soll nach eigenem Ermessen vorgehen.«

»Zu Befehl, Vorderster.« Der Gardist beendete das Hologramm. »Haben Sie sonst noch Befehle für mich?«

»Das war's. Und jetzt überlasse ich mich wieder den erfahrenen Händen meiner Mediziner.«

Der Gardist salutierte, machte kehrt und verließ den Operationssaal.

Während er unter der Maske langsam wegdämmerte, verfolgten E'Tach drei Fragen. Warum die Schweiz? Was gab es dort, was diesen Aufwand lohnte? Und warum war diese Widerständlerin so wichtig, dass eine Handvoll Rebellen sie aus seiner Pyramide befreit hatten?

Etwas in E'Tachs Unterbewusstsein sagte ihm, dass er eine Antwort auf diese Fragen finden musste. Irgendeine Gefahr schlummerte dort in der Schweiz. Eine Gefahr, über die er sich noch nicht im Klaren war.

T minus 16

Ein paar Meter die Straße runter versuchte Sven, Liams Leben zu retten. Doch wenn es stimmte, was Lena gehört hatte, stand es schlecht um Bens Bruder. Vermutlich würde er sterben. Der Pfeil hatte nicht nur wichtige Organe getroffen, er schien überdies auch vergiftet gewesen zu sein.

Ihr war schlecht vor Sorge. Das war schon immer so gewesen. Wenn es um das Wohlergehen von Freunden oder Familie ging, hatte sie einen empfindlichen Magen. Sie fühlte sich so überflüssig. So nutzlos. Ihr Heim war zerstört, die Welt brach aus den Fugen und jetzt starben auch noch die Menschen, die sie liebte. Und wozu?

Während der Arzt sein ganzes Können aufwandte, um Liam vor dem Tod zu bewahren, war sie gezwungen, dazusitzen und Löcher in die Luft zu starren. *Scheiße!*

Lupo kam zu ihr, legte seinen Kopf auf ihren Schoß und stieß ein Winseln aus. Sie spürte, dass er sie aufmuntern wollte.

»Ist gut, mein Kleiner«, sagte sie und kraulte ihn. »Liam ist hart im Nehmen. Bestimmt wird er es schaffen. Wirst schon sehen, Sven bekommt ihn wieder hin.«

»Kannst du beten?« Die Stimme erklang schräg hinter ihr. Als sie sich umdrehte, sah sie Oswald, der eine Zigarette rauchte. Er musste gerade gekommen sein.

»Hm, was haben Sie gesagt?«

»Ich fragte, ob du beten kannst. Wenn ja, wäre jetzt der richtige Zeitpunkt. Ich kann es leider nicht.«

»Ich auch nicht ...«, murmelte Lena.

Er nahm es mit einem Nicken zur Kenntnis. »Ich hoffe, ich habe dich nicht erschreckt. Stört dich die Zigarette?«

»Nein.« Sie sah M'Enat, der sich hinter Oswald versteckte. Er war immer noch an der Leine. Angebunden wie ein Hund. Was umso merkwürdiger wirkte, weil Lena sich dafür eingesetzt hatte, dass er seine menschliche Form behalten durfte. Ein Manager mit Hundehalsband – früher vielleicht ein Grund zum Lachen, heute jedoch ein trauriger Anblick.

»Ich war eben drüben bei Sven«, sagte Oswald. »Was er zu sagen hatte, klang ziemlich endgültig. Liam ist zäh, gewiss, aber das wird ihn nicht retten.«

Lenas Eingeweide füllten sich mit Eiswasser. »Dann glauben Sie wirklich, dass er sterben könnte?«

»Er könnte nicht nur, er wird, Mädchen. Streuner sind bekannt dafür, dass sie ihre Pfeile in Gift tauchen. Damals, als es noch Krankenhäuser gab, hätte man etwas tun können, aber in dieser Umgebung? Uns fehlen die Medikamente.« Er nahm einen letzten Zug, dann warf er die Zigarette auf den Boden und trat sie aus. »Hör zu«, sagte er, »ich müsste mal in den Wald. Wärst du so lieb, so lange auf unseren Gast aufzupassen? Dauert auch nicht lange.«

»Na klar. Er wird mir schon nichts tun.«

»Lass dich nicht von dem Typen vollquatschen. Wenn M'Enat einmal anfängt, ist er nicht mehr zu stoppen, nicht wahr, du Quasselstrippe?« Er lachte grimmig, dann drückte er ihr die Leine in die Hand und ging. Für seinen Humor war Lena leider gerade überhaupt nicht empfänglich.

Trübe Gedanken wogten über sie hinweg. Oswalds Worte klangen so schrecklich endgültig. Gab es denn gar keine Hoffnung? Sie wagte nicht, daran zu denken, wie es Ben gehen musste – oder seinen Geschwistern. Oder Marianne.

Als sie die Stimme hörte, dachte sie zuerst, es wäre nur Einbildung, doch dann wurde ihr klar, dass M'Enat zu ihr sprach. Sie sah ihn an. »Hast du etwas gesagt?«

»Ich habe mich nur erkundigt, was während eurer Mission vorgefallen ist. Klingt, als wurdet ihr angegriffen ...«

»Hat dir Oswald nichts erzählt?«

»Natürlich nicht«, erwiderte der Atlantide niedergeschlagen. »Mit mir redet doch keiner. Immerhin haben sie aufgehört, Dinge nach mir zu werfen und mich zu bespucken.« Er sah sie an. »Habe ich dir zu verdanken.«

Lena zuckte die Schultern. »Wir sind in eine Falle von Streunern geraten. Sie schienen uns regelrecht aufgelauert zu haben. Eine Zeit lang sah es recht düster für uns aus. Dann kamen deine Leute und haben uns aus der Klemme geholfen. Ziemlich merkwürdiger Zufall, wenn ich so darüber nachdenke.« Sie warf ihm einen argwöhnischen Blick zu. »Du weißt nicht zufällig etwas darüber, oder?«

»Was sollte ich denn wissen? Ich bin doch hier festgebunden.«

»Na ja, vielleicht hast du ja Kontakt zu ihnen ...«

»Mit einem geheimen Sender?« Ein belustigter Zug spielte um seinen Mund. »Glaubst du, ich hätte ein Telefon eingepflanzt oder so was?«

»Hast du?«

»Nein.«

Lena schwieg. Die Chance, genau im richtigen Moment von einem zufällig herumfliegenden Wiper gefunden zu werden, war denkbar gering. Zumal sie in den letzten Jahren nie welche gesehen hatte. Klar, manchmal gab es Zufälle, aber momentan schienen sie sich zu häufen.

Sie verfiel wieder in Schweigen.

»Du machst dir Sorgen, nicht wahr?«

»Klar mache ich mir Sorgen. Liam wird vermutlich sterben.«

»Ich könnte helfen.«

»Helfen, wie denn? Bist du ein Arzt?«

Er blickte in die Ferne. »Wir Atlantiden verfügen über gewisse *Kräfte.* Wenn du mich zu ihm führst, könnte ich versuchen, das Gift zu neutralisieren.«

Sie sah ihn ungläubig an. »Blödsinn ...«

»Wenn du meinst.« Er vermied Blickkontakt und sah weiter in die Ferne.

Lena fing an zu grübeln. Wieder einmal wurde ihr bewusst, wie wenig sie eigentlich über diese Fremden wussten. Konnte es sein, dass er wirklich über Heilkräfte verfügte? Immerhin wurden die Atlantiden ja recht alt.

»Hast du das ernst gemeint, das mit dem Heilen?«

»Ja.«

»Und du behauptest, du könntest Liam helfen.«

»Ja.«

Sie gab sich einen Ruck und stand auf. »Komm mit.«

Die Menschen bildeten eine Gasse, als sie und M'Enat bei Sven eintrafen. Feindselige Blicke trafen den Atlantiden. Es wurde getuschelt und geflüstert. Doch niemand wagte es, ihnen den Weg zu verstellen.

Liam lag auf dem Boden, sein Oberkörper war frei. Lena erschrak über deine Hautfarbe. Er wirkte schon beinahe durchscheinend. Die Atmung ging schnell und flach. Schweiß bedeckte seine Haut. Dort, wo der Pfeil gesteckt hatte, war die Haut dunkel verfärbt.

»Wie geht es ihm?«

Die dunklen Ränder unter Svens Augen sprachen Bände. Er schüttelte den Kopf. »Es geht zu Ende. Das Gift hat sein Herz erreicht. Nur ein Wunder kann ihn jetzt noch retten.«

Lena nahm ihren ganzen Mut zusammen. »Vielleicht kann M'Enat dieses Wunder bewirken.«

»Der Atlantide? Wie denn das?«

Lena sah ihren Gefangenen an. »Sag es ihnen.«

M'Enat senkte den Kopf. »Ich bin nicht wie ihr.«

»Ist ja ganz was Neues ...«

»Unsere Physiologie unterscheidet sich von eurer. Ihr seid Säugetiere – also Warmblüter. Ich bin mesotherm. Das heißt, ich kann meine Temperatur zwar durch Stoffwechselaktivität erhöhen, passe sie aber auch der Umgebungstemperatur an. Wenn es kalt wird, kann ich in ein Koma fallen, das unter Umständen bis zum Frühjahr anhält – was auf Dauer ziemlich viel Energie spart. Deswegen werden wir Atlantiden auch viel älter als ihr Menschen.«

»Komm zum Punkt ...«

»Meine Selbstheilungskräfte funktionieren anders als eure. Wir besitzen einen inneren Schutzmechanismus gegen Gifte. Das liegt daran, dass wir in unserer Urzeit selber Gift zum Erlegen und Verdauen unserer Beute benutzt haben. Ich könnte versuchen, das Gift im Körper dieses Jungen zu neutralisieren.«

»Und wie?«

»Indem ich ihm mein Blut injiziere.«

Ein Raunen ging durch die Menge.

»Dein Blut? Du bist doch verrückt. Hast du schon mal etwas von Blutgruppen gehört?«

»Natürlich habe ich das. Doch meines ist so anders, dass es zu keiner Abstoßungsreaktion kommt. Wir haben das bereits getestet. Es ist, als würdest du ihm Wasser injizieren. Ein halber Liter dürfte reichen, denke ich.«

»Ausgeschlossen.« Marianne drängte nach vorne. Ihr Gesicht war wie aus Stein gemeißelt. »Dein verseuchtes Alienblut in meinem Jungen? Du bist wohl nicht bei Trost.«

»Das Risiko ist gering. Unsere Blutgruppen sind zu unterschiedlich, als dass es Immunreaktionen geben könnte.«

»Es wird ihn umbringen.«

»Wird es nicht ...«

»Es ist zumindest eine Chance«, schaltete sich Lena ein. »Eines wissen wir mit Sicherheit: Wenn wir nichts tun, wird er sterben. Ist es nicht so, Sven?« Sie sah den Arzt durchdringend an.

Svens Blick wanderte hektisch zwischen den dreien hin und her. Dann ließ er die Schultern hängen und seufzte. »Ja, das wird er. Noch binnen dieser Stunde.«

»Da siehst du's. Was haben wir also zu verlieren?« Lena versuchte, Mariannes Hand zu berühren, doch die zog sie weg.

Marianne war anzusehen, dass sie einen schweren Kampf mit sich ausfocht. Ihre Hände waren verkrampft. Die Knöchel traten weiß hervor. Sie fixierte M'Enat, als wolle sie ihn mit ihrem Blick zu Stein verwandeln. »Ich schwöre dir: Wenn mein Junge stirbt, stirbst du auch.«

Der Atlantide hielt ihrem Blick stand. »Und wenn er überlebt?«

Statt zu antworten, drehte sie sich um und ging fort.

M'Enat sah Lena an. »Was bedeutet das jetzt? Soll ich?«

Sven biss sich auf die Unterlippe. »Na schön, versuchen wir es. Was brauchst du?«

»Ist das dort drüben ein Transfusionsbesteck?«

Sven nickte.

»Das werde ich brauchen. Und ich will, dass die Leute verschwinden. Der Eingriff erfordert Ruhe und Konzentration. Lasst uns alleine. Und drückt uns die Daumen.«

Lena verzog sich mit den anderen. Etwas abseits, am Wegesrand, nahmen sie Platz. Geredet wurde nicht viel. Alle waren in Gedanken bei Liam.

Lena trank einen Schluck und blinzelte in die Sonne. Der Nebel hatte sich aufgelöst, der Himmel war blau. Ein wunderschöner Herbsttag.

Sie schraubte die Feldflasche zu und spähte in die Ferne. Seit ihrem Erlebnis unten im Tal waren ihre Augen viel öfter auf den Himmel gerichtet. Noch mal würde sie sich nicht von einem Wiper überraschen lassen.

Lupo saß neben ihr und blickte in dieselbe Richtung. Auf einmal stieß er einen fiependen Laut aus. Sein Schwanz fing an zu wedeln. Auch Rambo wurde jetzt unruhig.

Lena kniff die Augen zusammen. Auf dem Weg, den sie gekommen waren, konnte sie eine Bewegung erspähen.

»Da kommt jemand«, murmelte sie und deutete zurück. »Seht mal.«

Ben zog sein Fernglas raus und presste es an die Augen.

»Mich trifft der Schlag!«, stieß er aus. »Das ist Dad! Und Paul ist auch dabei.«

T minus 15

Es war einer dieser Momente in Bens Leben, von denen es leider viel zu wenige gab. Eben noch hatte tiefste Dunkelheit geherrscht, plötzlich erschien ein Silberstreif am Horizont. Fünf Männer kamen die Straße herunter. Fünf von ehemals neun. Immerhin war sein Dad unter ihnen und auch Paul.

Die Wiedersehensfreude war groß.

Während den Neuankömmlingen Getränke und etwas zu essen gereicht wurden, erzählten sie ihnen Geschichten über die Verteidigung der Burg und ihre anschließende Flucht.

Ben hing an Ricos Lippen und nahm jedes Wort mit Verwunderung und tiefer Dankbarkeit auf. Es grenzte an ein Wunder, dass die fünf es geschafft hatten, aus dem Inferno zu fliehen. Ben, der sich nie als gläubigen Menschen bezeichnet hätte, war dennoch überzeugt, dass irgendeine höhere Macht ihre schützende Hand über seinen Dad und die anderen gehalten haben musste. Anders war die Sache nicht zu erklären.

Als dann auch noch Sven zu ihnen herüberkam und müde, aber glücklich berichtete, dass die Behandlung erfolgreich verlaufen war und Liam überleben würde, war das für Ben wie Weihnachten und Ostern zusammen. Es war fast zu viel für ihn.

Als er aufstand und zu seinem Bruder rüberging, kämpfte er mit den Tränen. Lena und der Rest seiner Familie waren auch schon dort. Bens Bruder war noch schwach, aber er war wieder bei Bewusstsein und auf dem Wege der Besserung. Die Transfusion hatte funktioniert. M'Enats Blut hatte das Gift in Liams Adern neutralisiert.

Der Atlantide stand auf und Oswald legte ihm die Leine an. Das mochte im ersten Moment hart wirken, doch Ben verstand es. Sie durften nicht vergessen, dass M'Enat ihr Feind war und dass bei ihm immer noch Fluchtgefahr bestand.

Erneut bildeten die Menschen eine Gasse, diesmal jedoch mit einem anderen Gesichtsausdruck. Sie wirkten freundlicher, weniger hasserfüllt. Manche bedankten sich sogar mit einem kleinen Lächeln oder Kopfnicken.

Marianne kam auf M'Enat zu und verstellte ihm den Weg. Ben bemerkte, dass sie mit ihren Gefühlen rang. Es sah aus, als wüsste sie nicht, ob sie den Atlantiden schlagen oder umarmen sollte. Dann sagte sie: »Danke. Danke, dass du meinen Jungen gerettet hast. Dafür stehe ich in deiner Schuld.«

Das zu sagen, musste ihr unvorstellbar schwerfallen. Doch sie tat es und bewies damit innere Größe. Von allen Anwesenden hatte sie den meisten Grund, ihre Eroberer zu hassen, schließlich wusste sie viel länger von ihrer Existenz.

Doch der Gefühlsausbruch währte nur kurz. Mit erhobener Stimme wandte sie sich an die Anwesenden. »Darf ich mal für einen Augenblick um eure Aufmerksamkeit bitten? Ich weiß, dies ist für uns alle ein sehr emotionaler Moment. Schon lange haben wir keine positiven Nachrichten mehr zu hören bekommen und jetzt sind es gleich zwei. Doch sosehr ich mich freue und am liebsten mit euch feiern würde, so kann ich doch nicht die Augen davor verschließen, dass wir uns immer noch in größter Gefahr befinden. Morgen werden wir Immendingen passieren, danach gelangen wir auf die Höhe von Schaffhausen und Waldshut-Tiengen, wo wir den Rhein überqueren werden. Es ist ein ordentlicher Marsch, aber dank unseres neuen Transportmittels bin ich zuversichtlich, dass wir es schaffen können. Wenn es euch interessiert, zeige ich euch die Route. Allerdings ohne ihn.« Sie deutete auf M'Enat. »Er sollte das nicht mit anhören.«

Die Gruppe teilte sich auf. Oswald und M'Enat entfernten sich, während der Rest von ihnen Marianne folgte. Ben fieberte nach Informationen. Seine Mutter war bisher sehr verschwiegen gewesen, was die Einzelheiten ihrer Route betraf. Klar hätte er sich gewünscht, dass sie ihn früher ins Vertrauen gezogen hätte, aber Marianne war nicht der Typ, der sich zu irgendetwas drängen ließ.

Auf einem Felsblock war eine Karte ausgebreitet, auf der die gesamte Bodenseeregion und Teile Österreichs und der Schweiz abgebildet waren.

»Könnt ihr alle gut sehen?«, rief seine Mom. »Also schön. Mein Ziel ist Rietheim, kurz hinter der Grenze.« Sie deutete auf den Plan. »Dort befindet sich unser Sendeturm. Ich erwähnte ja bereits, dass die Union in vielen Staaten die Kontrolle übernommen hat, aber nicht in allen. Vor allem kleinere Länder wie Luxemburg, Belgien und auch die Schweiz konnten sich ihrem Zugriff bislang entziehen. Der Widerstand in diesen Regionen hat sich zu einem Netzwerk koordiniert, das mittels veralteter Funkwellentechnologie den Kontakt aufrechterhält. Dieser Turm ist ein Teil davon. Ich werde versuchen, meine Daten von dort aus ins Hauptquartier zu funken. Sollte das gelingen, ist unsere Reise zu Ende. Theoretisch könnten wir danach umkehren. Allerdings besteht auch die Möglichkeit, weiterzuziehen und im Hauptquartier in der Schweiz Unterschlupf zu suchen. Beide Optionen sind möglich, aber das zu entscheiden, überlasse ich euch.«

»Was ist denn so besonders an der Schweiz?«, erkundigte sich Ben. »Wieso haben sie es geschafft, ihre Unabhängigkeit zu bewahren, und wir nicht?«

»Eine gute Frage«, sagte Marianne. »Ich denke, es liegt vor allem an den Bergen. Was viele von euch vielleicht nicht wissen, ist, dass sie von einer Vielzahl von Stollen und Bunkern durchzogen sind. Die frühere Regierung hat dafür Sorge getragen, dass jedem Bürger der Schweiz ein Bunkerplatz zur Verfügung steht. Für den Fall, dass das Land angegriffen wird oder die Gefahr eines Nuklearschlags besteht. Es gibt mehr als dreihunderttausend solcher Anlagen. Nicht nur kleine Höhlen, sondern große unterirdische Komplexe für viele Hundert Menschen.«

»Das wusste ich nicht«, sagte Ben. »Dann ist das also der Grund, warum sich der Widerstand in der Schweiz so gut formieren konnte?«

»Das und die Tatsache, dass man die leer stehenden Bunkeranlagen lange Jahre dazu nutzte, um dort Rechenzentren unterzubringen«, fuhr Marianne fort. »Einen Krieg gab es nicht und man wollte die Räume nicht ungenutzt lassen. Also brachte man dort Computer unter. Pures Glück, denn auf diese Weise wurden die Rechner bei dem großen EMP nicht zerstört. Das meterdicke Felsgestein hat sie geschützt. Auch die Energieversorgung ist gesichert, denn durch die vielen Flüsse und die großen Gefälle ist dort immer reichlich Strom durch Wasserkraft vorhanden. Nach meinem Kenntnisstand ist die Schweiz das Land mit den meisten funktionsfähigen Computern in Europa.«

»Jetzt verstehe ich, warum du nicht wolltest, dass M'Enat dieses Gespräch belauscht«, sagte Ben. »Du vermutest, die Union weiß gar nichts davon, oder? Von den Computern, meine ich.«

»Du hast es erfasst. Die Leute, mit denen ich vernetzt bin, haben die Hoffnung, dass wir von dort aus einen gut koordinierten

Gegenschlag gegen die Union führen können. Deswegen ist es so wichtig, dass meine Daten rechtzeitig ihr Ziel erreichen. Denn offensichtlich gibt es ein Zeitfenster und das beginnt, sich zu schließen.«

Ihre letzten Worte kamen nicht mehr richtig bei Ben an. Etwas anderes erregte seine Aufmerksamkeit. Ein einzelnes Wort, das eine große Faszination auf ihn ausübte.

»Ein Gegenschlag? Wie soll der aussehen?« Vielleicht bestand ja doch noch Hoffnung, dass alles wieder so werden würde wie früher.

»Weiß ich nicht.« Seine Mom lächelte milde. »Da müssen wir den Planern und Strategen dieser Aktion einfach vertrauen. Wie gesagt, mein Job war es, die Informationen zu sammeln. Etwas damit anfangen, das müssen andere. Ich wollte nur, dass ihr versteht, warum diese Mission so wichtig ist, und nicht die Hoffnung aufgebt. Ich bitte euch, noch ein kleines bisschen Geduld aufzubringen. Nicht mehr lange, dann werdet ihr euch von den Strapazen erholen können.«

° ° °

Sie marschierten weiter. Angetrieben von den guten Nachrichten und der Hoffnung, dass die Strapazen bald enden mochten, ging es nun sehr viel schneller voran.

Lena war glücklich. Der Himmel war blau und das Spätsommerwetter herrlich. Paul hatte sein Hemd ausgezogen und es sich um den Gürtel gewickelt. Er war ziemlich durchtrainiert. Lena musste aufpassen, dass sie ihn nicht zu sehr anstarrte.

»Was läuft da eigentlich zwischen dir und dem Atlantiden?«, fragte er wie aus heiterem Himmel. Sie waren bereits etliche Kilometer gewandert und hatten über belanglose Kleinigkeiten geredet. Sie sah ihn überrascht an. »Zwischen mir und M'Enat? Was soll da laufen?«

»Ich hatte kurz das Gefühl, als würdet ihr miteinander kommunizieren.«

»Dir entgeht aber auch nichts, oder?«, erwiderte Lena wie ertappt. »Ja, du hast recht. M'Enat und ich sind ein heimliches Liebespaar. Aber erzähl's nicht meinen Eltern. Ich will nicht, dass sie sich Sorgen machen.«

Er riss die Augen auf. »Du verarschst mich ...«

»Tue ich das?« Ihr Lächeln wurde breiter.

Er sah sie an, dann grinste auch er. »Klar tust du das. Hätte ich dir gar nicht zugetraut.«

»Du scheinst Mädchen generell weniger zuzutrauen als Jungs ...«

»Wie kommst du denn darauf?«

»Du bist nicht der einzige gute Beobachter. Mir ist aufgefallen, dass du bei allen Dingen, bei denen es um etwas Wichtiges geht, lieber mit Jungs redest. Als wären Mädchen für dich nur hübsches Beiwerk.«

»Blödsinn ...«

»Beobachte dich mal selbst, es stimmt. Und zu deiner Ehrenrettung: Du stehst mit deiner Meinung nicht alleine. Die meisten Männer, die ich kenne, verhalten sich so. Auch Ben. Na gut, ihm kann ich keinen Vorwurf machen, bei diesem Vater. Der ist nun wirklich ein echter Macho.« Sie kicherte. »Dabei gibt es viele Frauen, die was auf der Pfanne haben. Nimm zum Beispiel meine Mutter. Oder die von Ben. Oder Jennifer oder Clara. Die Frauen in dieser Gruppe sind genauso klug, so geschickt und durchsetzungsfähig wie die Männer.«

»Das bezweifele ich doch gar nicht. Es ist etwas anderes ...« Er zögerte.

»Was?«

Er schien nach den richtigen Worten zu suchen. »Frauen müssen immer so viel reden. Bei euch ist alles so kompliziert. Unsereins genügt ein Blick und wir wissen, woran wir sind. Das erleichtert vieles.« Ein roter Schimmer huschte über seine Wangen, was Lena ausgesprochen niedlich fand. Sie fasste den Mut, ihn zu fragen, was ihr schon lange auf der Seele brannte.

»Hast du eigentlich eine Freundin?«

»Ob ich ...?« Er bekam einen Hustenanfall.

Als er sich wieder eingekriegt hatte, sagte er: »Nein.«

»Schon mal eine gehabt?«

Er blieb stehen und sah sie an. »Warum fragst du mich das?«

»Nur so.« Sie zuckte die Schultern. »Ich bin halt neugierig. Ich sehe viel und mache mir so meine Gedanken.«

Kopfschüttelnd ging er weiter. »Das ist genau der Grund, warum ich lieber mit Jungs rede. Die denken nicht so viel und hören auch nicht überall das Gras wachsen. Bei Jungs weiß ich, woran ich bin.«

»Bei mir nicht?«

Er sah sie von der Seite her an. »Bei dir habe ich immer das Gefühl, dass ich getestet werde. Irgendeine Prüfung, die ich nicht kapiere und bei der ich nicht weiß, wie ich abschneide.«

Sie lachte. »Ja, kann schon sein. Mein Vater hat mir das auch schon vorgeworfen. Meine Mutter spielt dieses Spiel übrigens auch perfekt. Vermutlich habe ich das von ihr.«

»Ich glaube, alle Frauen beherrschen das ...« Er ging ein paar Schritte, dann fragte er mit leicht seitlich geneigtem Kopf: »Was ist eigentlich mit Ben?«

»Mit Ben? Ich verstehe nicht ...«

»Nun, dafür, dass du so klug bist und dir viele Gedanken machst, scheinst du auf diesem Auge ziemlich schlecht zu sehen.«

Jetzt war es an ihr, verblüfft zu sein. »Was willst du damit sagen?«

»Man muss schon mit Blindheit geschlagen sein, um nicht zu erkennen, dass er verliebt in dich ist. Die Art, wie er dich ansieht, sich um dich kümmert, dich nie aus den Augen lässt. Ist mir sofort aufgefallen.«

»Das ist doch …« Lenas Blick wanderte hinüber zu den Kowalskis.

Ben war drüben bei Liam und kümmerte sich um ihn. Er versorgte ihn und redete mit ihm. Gerade in diesem Moment sah er zu ihr herüber. Ihre Blicke kreuzten sich.

Ihr Kopf zuckte weg und sie tat so, als wäre nichts geschehen. Sie spürte, wie sie rot wurde. Paul hatte recht. *Verdammt!*

»Weißt du jetzt, was ich meine?«

Lena presste die Lippen zusammen. Das hatte sie jetzt von ihrer vorwitzigen Art. *Wer anderen eine Grube gräbt …*, hieß es nicht so? Sie mochte Paul kurzzeitig aus der Reserve gelockt haben, doch nun hatte er den Spieß umgedreht.

»Ich find's nicht weiter schlimm«, sagte er. »Ich wollte nur, dass du das weißt. Ben ist ein guter Freund, ich fände es schade, wenn ihr wegen mir Streit hättet.«

Lena wusste nicht, was sie dazu sagen sollte. Bis zu diesem Augenblick hatte sie das Gefühl gehabt, die Oberhand in diesem Spiel zu haben. Jetzt nicht mehr. Doch Paul war Gentleman genug, nicht darauf herumzureiten.

»Was hältst du davon, wenn wir zu den anderen rübergehen und mal nach Liam schauen?«, fragte er. »Es scheint ihm ja wieder besser zu gehen. Außerdem wollen wir doch verhindern, dass es unseretwegen noch Gerede gibt, oder?« Er stieß sie in die Seite und ließ sie stehen.

Wie ein Schulmädchen.

Sie schob ihren Unterkiefer vor und rammte die Hände in die Taschen. O warte, dachte sie und verspürte ein amüsiertes Kribbeln im Bauch. Das werde ich dir heimzahlen. In dieser Sache ist das letzte Wort noch nicht gesprochen.

Teil VII

DER VERRÄTER

T minus 14

Der Sendeturm war rot-weiß gestreift und ragte wie ein ausgestreckter Zeigefinger über die Wipfel der Bäume.

Ben wurde ganz kribbelig bei diesem Anblick. Sie waren in der Schweiz! Sie hatten die Grenze überquert und waren jetzt in einem anderen Land. Einem Land, in dem die Union keinen Zugriff mehr hatte. Verwunderlich nur, dass es keine Grenzkontrolle oder Ähnliches gegeben hatte. Aber egal: Sie hatten es geschafft, das war alles, was zählte. Jetzt musste seine Mom nur noch ihre Botschaft absetzen und alles war gut.

Er ließ sein Fernglas sinken und reichte es an Lena weiter.

»Könnt ihr sehen, ob da irgendein Weg hochführt?«

Lena justierte die Schärfe. »Ich glaube, da ist ein schmaler Pfad. Rechts von den drei hohen Tannen, siehst du? Allerdings ist der Anstieg ziemlich steil. Ich fürchte, mit dem Bollerwagen schaffen wir das nicht.«

»Das ist auch gar nicht nötig«, sagte Marianne. »Die Hauptgruppe wird am Fuß des Hügels warten. Ich gehe alleine. Es sei denn, jemand hat Lust, mich zu begleiten …?«

»Ich werde mitkommen«, sagte Paul. »Noch einmal lasse ich dich ganz gewiss nicht allein.«

»Dann komme ich auch mit«, sagte Lena.

Ben überlegte kurz, dann sagte er: »Na gut, ich auch. Mich interessiert, was du dort genau machst. Und vielleicht benötigst du ja meine Dienste als Schlossknacker.«

Marianne nickte und sah in die Runde. »Sonst noch jemand?«

Die anderen schüttelten die Köpfe. Ihnen allen steckte die lange Wanderung in den Knochen.

»Dann ist es entschieden. Wir vier also. Und Lupo.«

Eine ziemlich merkwürdige Truppe quälte sich da an diesem Nachmittag den Berg hinauf, fand Ben. Die Sonne strahlte von einem wolkenlosen Himmel und der Sommer ließ ein letztes Mal die Muskeln spielen. Von nun an würden die Tage deutlich kürzer werden. Ob das Wetter in den Bergen anhielt, blieb abzuwarten. Zumindest eines war klar: Die Nächte würden ab jetzt sehr viel kühler werden.

Der Pfad war steil und unwegsam. Den Frequenzierer in der Ledertasche, stapfte Ben hinter Lena, Paul und Lupo den Berg hinauf. Schon bald brach ihm der Schweiß aus. Mehr noch als die Hitze machte ihm Lenas unverhohlenes Interesse an Paul zu schaffen. Dass sie ihn nicht offen anflirtete, war gerade alles. Sie schien nur Augen für Paul zu haben und tat so, als wäre Ben Luft. Paul konnte er in dieser Hinsicht keinen Vorwurf machen. Er verhielt sich fair, war freundlich und höflich und ermunterte Lena nicht. Es war zu erkennen, dass er bemüht war, ihr Verhältnis auf einer rein freundschaftlichen Ebene zu halten. Doch sie wollte einfach nicht lockerlassen. Ben seufzte.

»Na, schwere Gedanken?«, hörte er eine Stimme hinter sich. Mom trabte hinter ihm, ihren Koffer wie ein Neugeborenes vor die Brust gepresst. »Der Tag ist doch viel zu schön, um Trübsal zu blasen.«

»Ich bin einfach nur müde«, log Ben und hoffte, sie würde ihn nicht durchschauen. »Ich merke gerade, wie sehr mich diese Reise schlaucht.«

»Das geht uns allen so«, sagte Marianne. »Ich bin gespannt, wie sich die Gruppe entscheiden wird. Ob sie hierbleiben wollen oder lieber zurückkehren. Wie sieht es denn bei dir aus?«

Ben überlegte. »Ich glaube, ich würde lieber zurückkehren und unser Heim wieder aufbauen. Wobei mich natürlich sehr interessiert, was das für eine Einrichtung ist, die den Gegenschlag ausführt. Weißt du da Näheres?«

»Du meinst, ob ich selbst schon mal dort war? Nein, war ich nicht. Ich kenne den Ort nur vom Hörensagen. Und ehe du mich danach fragst: Nein, ich darf es dir nicht sagen. Das war eine der Auflagen, die ich von ganz oben bekommen habe. Keine Details, was den Standort des Gegenschlags betrifft.«

»Verstehe.« Ben schwieg. Sosehr er es auch bedauerte, dass seine eigene Mutter ihm nicht vertraute, so konnte er es doch ein Stück weit nachvollziehen. M'Enat war immer noch Teil ihrer Gruppe. Wenn er etwas erfuhr und ihm die Flucht gelang, steckten sie alle mächtig in Schwierigkeiten. Und dann war da noch diese undichte Stelle in ihrer Gruppe. Ben und Lena hatten darüber gesprochen. Beide vermuteten, dass es jemanden geben könnte, der Informationen an die Union sendete. Das Gefühl, verfolgt zu werden, war nie gänzlich verschwunden. So oder so war es vernünftig, nur das Notwendigste zu sagen.

»Was wirst du tun, wenn du das Datenpaket gesendet hast?«, fragte er. »Eigentlich ist deine Mission dann doch beendet, oder?«

»Beendet?« Marianne stieß ein Lachen aus. »Mein Job ist erst dann erledigt, wenn keiner dieser blauen Spitzohren mehr auf unserer Erde wandelt. Wenn unsere Stadt, unser Land, die Erde wieder uns gehört, dann werde ich meine Aufgabe als erledigt betrachten. Nicht einen Tag früher.«

»Wie kommt es eigentlich, dass du die Darkies so erbittert bekämpfst? Ich weiß, dass sie Betrüger sind und sich als Herrenrasse aufspielen, aber ist das wirklich der einzige Grund? Ich habe das Gefühl, dass du mir etwas verschweigst.«

Ben biss sich auf die Lippen. Eigentlich hatte er vorgehabt, seine Mom nicht zu bedrängen, nun war es ihm doch rausgerutscht. Es war aber auch schwierig, den Mund zu halten, wenn ihn seine Neugier gleichzeitig innerlich auffraß.

Sie lächelte. »Du warst schon immer ein neugieriger, kluger Junge. Seit du laufen konntest, wolltest du alles wissen. Du wolltest verstehen, warum die Dinge so sind, wie sie sind, und hast mir deswegen Löcher in den Bauch gefagt. Das unterscheidet dich von deinen Geschwistern.«

»Bitte erzähl es mir«, drängte Ben. »Ich kann schweigen, das weißt du.«

»Ja, das weiß ich.« Sie blieb stehen. Der Blick, mit dem sie ihn ansah, jagte ihm einen Schauer über den Rücken.

»Also schön, immerhin sind wir gerade allein. Du musst mir aber fest versprechen, dass du mit niemandem darüber redest. Das kann schwieriger sein, als mit der Unwissenheit zu leben. Willst du das trotzdem?»

Er nickte heftig.

»Der Grund, warum ich es nicht längst schon jemandem erzählt habe, ist, dass die Konsequenzen zu grausam sind. Sollten wir scheitern, wird das alles hier untergehen. Die wundervolle Landschaft, die grünen Hügel, das goldene Licht. Nichts wird davon bleiben. Ich rede von *Invasion.«*

Trotz der Wärme spürte Ben eine innere Kälte in sich aufsteigen. »Was meinst du?«

Marianne sah ihn durchringend an. »Hast du dir nie die Frage gestellt, woher diese Spezies kommt? Wenn ihr geglaubt habt, ihre Existenz ließe sich mit der Evolution oder einer natürlichen

Entwicklungsgeschichte erklären, dann muss ich euch leider enttäuschen. Die Darkies sind keine mutierten Saurier oder etwas Ähnliches.«

»Was denn dann?«

»Ich könnte dir die biochemischen Analysen ihres Blutes zeigen, aber das würde dir nichts bringen, weil du kein Biologe oder Chemiker bist. Die Experten sind sich inzwischen einig, dass wir es hier mit etwas ganz und gar Fremdartigem zu tun haben. Mit einer Lebensform, die NICHT auf der Erde entstanden ist! Das sind die Fakten. Wir wurden von einer außerirdischen Macht überrumpelt und diese Macht ist drauf und dran, uns unseren Planeten wegzunehmen. Und jetzt frage ich dich, ob es falsch von mir war, euch so zur Eile zu drängen. Denn so leid es mir tut, das dicke Ende kommt noch.«

»Das dicke …?« Ben wusste nicht, was er dazu sagen sollte. Die Erkenntnis traf ihn wie ein Schlag. Er hätte ja noch verstanden, wenn sich die Natur einen schlechten Scherz erlaubt und irgendeine Superspezies hervorgebracht hätte, die ohne Wissen des Menschen herangewachsen war – *aber Aliens?* Das würde ja bedeuten, M'Enat kam von einem anderen Stern!

»Was denn für ein dickes Ende?«, flüsterte er. Er bereute jetzt doch, dass er gefragt hatte. Aber seine Mom hatte ihn vorgewarnt. »Wovon sprichst du? Du hast das Wort *Invasion* benutzt.«

»Kundschafter.« Marianne lächelte grimmig. *»Geoengineering-Experten,* um genau zu sein. E'Tach, M'Enat und all die anderen sind nur die Vorhut. Ihr Auftrag ist es, unsere Erde nach ihren Bedürfnissen umzugestalten. Sie gehören zu einer kleinen Gruppe von Pionieren, die hergeschickt wurden, um nach Planeten zu suchen, die sich für eine Besiedelung eignen. Aber nicht für sich selbst, sondern für die, die noch kommen werden.«

»Die noch kommen werden?« Jetzt war es endgültig um Bens

Selbstbeherrschung geschehen. »Wie viele werden das denn sein? Und wann soll das geschehen?«

»In Zahlen? Keine Ahnung. Vielleicht ein paar Tausende oder Hunderttausend. Vielleicht ein paar Millionen. Diese Wesen haben die Macht an sich gerissen und sich die Kräfte und Fähigkeiten der auf diesem Planeten herrschenden Spezies zunutze gemacht. *Uns Menschen.* Wir, die wir uns so gerne als Spitze der Nahrungskette ansehen, als Krone der Schöpfung. Während die Darkies die Umformung unseres Planeten gemütlich von der Seitenlinie aus verfolgen, haben sie uns dazu verleitet, die Drecksarbeit für sie zu erledigen. Gib zu, das ist ziemlich clever. Cleverer jedenfalls als wir, die wir von der ganzen Sache nicht mal etwas merken.«

»Aber warum?«, fragte Ben. »Warum unsere Erde? Warum überhaupt die Besiedelung anderer Planeten – haben die denn keinen eigenen?«

»M'Enat könnte dir das sicher genauer erklären, aber wir wissen auch so schon einiges. Wir glauben, ihre eigene Welt war dem Untergang geweiht. Ihre Sonne lag im Sterben. Sie mussten ihre Heimatwelt verlassen, wenn sie nicht untergehen wollten. Und da sie die Zeichen erkannt hatten, haben sie sich rechtzeitig nach anderen Welten umgesehen.«

»Ihr eigene Sonne?«, hakte Ben nach. »Welche soll das sein?«

»Hast du es nicht längst erraten?« Ihr Lächeln war schmal. »Ich rede natürlich von Beteigeuze, im Sternbild des *Orion.* Die Sternexplosion vor zwei Jahren. Das war ihre Heimatsonne.«

»Oh ...«

Marianne nickte. »Für die Pioniere hier auf der Erde war dies das vereinbarte Signal. Die Siedlerschiffe waren unterwegs, der Plan konnte nun in die entscheidende Phase treten. Um mit der Umformung zu beginnen, wurde von ihnen ein weltweiter Stromausfall ausgelöst. Und zwar über eine Kette von Satelliten, die zeitgleich mehrere EMPs in der oberen Atmosphäre verursachten und so das komplette Stromnetz lahmlegten. Dann erfolgte die Machtergreifung der Atlas-Union. Dass sie uns Menschen nicht ausgelöscht haben, liegt vermutlich daran, dass sie uns noch brauchen. Als Arbeiter, als Diener oder Sklaven. Vergiss nicht, im Moment sind nur wenige von ihnen hier. Einen ganzen Planeten umzugestalten, dafür braucht es Milliarden fleißiger Helfer.«

Ben schwirrte der Kopf. Er versuchte immer noch, das auf die Reihe zu bekommen. »Du willst also damit sagen, diese Fremden wussten, dass ihre eigene Welt zerstört wird, und haben sich deswegen nach neuen Kolonien umgesehen?«

»Das jedenfalls sagen die Wissenschaftler hier in der Schweiz, denen ich diese Informationen schicken werde.«

Ben schüttelte den Kopf. »Aber das kann nicht sein.«

»So?« Sie warf ihm einen amüsierten Blick zu. »Und wieso nicht?«

»Weil es unlogisch ist. Du erinnerst dich sicher noch, dass ich mich immer sehr für Astronomie interessiert habe. Ich kenne mich also ein bisschen aus. Damals wurde ja recht viel über Beteigeuze berichtet. Soweit ich weiß, liegt er über sechshundert Lichtjahre von der Erde entfernt.«

»642,5 – um genau zu sein«, sagte Marianne.

»Dann weißt du ja, dass die Sternexplosion, die wir vor zwei Jahren gesehen haben, sich in Wirklichkeit vor sechshundertvierzig Jahren ereignet hat.«

»So ist es.«

»Wenn an deiner Theorie also irgendetwas dran sein sollte und diese Wesen mit Lichtgeschwindigkeit reisen können – was ich für ziemlich unwahrscheinlich halte –, dann müssten sie vor mindestens sechshundertvierzig Jahren aufgebrochen sein. Denn ansonsten hätte die Supernova sie ja alle vernichtet.«

»Cleverer Bursche.« Marianne zwinkerte ihm zu. »Die Experten in der Schweiz sind der Meinung, dass sie bereits früher aufgebrochen sein müssen. So vor etwa tausend Jahren. Immerhin mussten sie genügend Abstand zwischen sich und die tödliche Strahlung bringen. Es gibt da allerdings etwas, das ihre Reise beschleunigt haben könnte. Es nennt sich *Der Riss.* Schon mal davon gehört?«

Ben schüttelte den Kopf.

»Ja, wie solltest du auch? Die Darkies hüten dieses Geheimnis wie ihren Augapfel. *Der Riss* ist eine Anomalie in der Raumzeit. Eine Störung, die dazu genutzt wird, schneller durchs Weltall zu reisen. Weißt du, was ein Wurmloch ist?«

Ben nickte. »In *Star Trek* war davon dauernd die Rede.«

»Genau. Nur dass dieses Wurmloch künstlich ist. Es muss ständig offen gehalten werden oder es geht wieder zu. Diesen Riss zu schließen, ist unsere Hauptaufgabe. Wenn *Der Riss* nichts mehr durchlässt, beseitigen wir damit das Risiko einer Invasion. Verstanden?«

Ben nickte. Er war wie betäubt.

»Ich weiß, das hört sich wie eine verdammte Science-Fiction-Story an«, fuhr Marianne fort, »aber es ist die Wahrheit. Ich habe die Informationen von den Zentralrechnern der Pyramide gezogen. Die Beweise sind unumstößlich. Diese Wesen sind auf dem Weg zu uns und wenn wir sie nicht aufhalten, wird es das Ende von uns allen sein.«

»Du hast von einem Zeitfenster gesprochen«, sagte Ben. Er hatte das Gefühl, keine Luft zu bekommen. »Wie lange noch? Wie viel Zeit, bis sie hier eintreffen?«

»Wochen. Bestenfalls Monate. Lange wird es aber nicht mehr dauern. Und dann Gnade uns Gott.«

T minus 13

Wenige Minuten später trafen Ben und Marianne auf der Hügelspitze ein. Lena und Paul erwarteten sie bereits ungeduldig. »Wo habt ihr denn gesteckt?«, rief Paul. »Ich habe schon angefangen, mir Sorgen zu machen. Habt ihr euch verlaufen?«

»Nur ein wenig außer Puste. Ich habe während der letzten Wochen mein Ausdauertraining etwas vernachlässigt.« Sie zwinkerte Paul zu.

Ben war nicht nach Späßen zumute. Was ihm seine Mom soeben offenbart hatte, war einfach zu viel für ihn. Es hatte sein gesamtes Weltbild erschüttert.

»Alles okay mit dir?«, fragte Lena. »Du siehst aus, als ginge es dir nicht gut.«

»Bin die Hitze nicht gewöhnt«, log er.

Sie sah ihn an, als wüsste sie genau, dass das nicht stimmte, aber sie war so freundlich, nicht weiter nachzubohren. Er hätte ihr ohnehin nichts sagen dürfen.

Der Sendeturm stand inmitten einer Lichtung. Er war größer, als Ben vermutet hatte. Mindestens fünfzig Meter hoch, bestand er aus Beton. Eine Steigleiter führte an der Außenseite bis hoch zur Sendeantenne. Am unteren Ende stand ein Betriebsgebäude. Ein klotzartiger Bau, der Stromversorgung und Steuerungselemente beherbergte. Ein drei Meter hoher Stacheldrahtzaun verwehrte Unbefugten den Zugang. Die Einrichtung wirkte etwas verwildert, allerdings nicht so sehr, wie man es nach zwei Jahren erwarten durfte. Was wiederum bedeutete, dass sich hin und wieder jemand darum kümmerte. Der Zugang wurde durch ein Tor mit Tastenfeld gesichert. Schnuppernd umkreiste Lupo den Zaun.

»Bist du sicher, dass die Anlage noch funktioniert?« Ben blickte hinauf zum Sendeturm. »Eigentlich müsste sie doch auch vom EMP zerstört worden sein.«

Marianne schüttelte den Kopf. »Kann ich nicht sagen. Ich denke, wir werden es einfach versuchen müssen. Zuerst schauen wir mal, ob mein Code funktioniert.« Sie kramte in ihrer Jackentasche und holte einen zerknitterten Zettel heraus.

Ben verfolgte gespannt, wie seine Mom den Zahlencode eintippte. Das Tastenfeld gab piepende Laute von sich. Strom war also offenbar vorhanden. Ein gutes Zeichen. Nach Eingabe der letzten Ziffer ertönte ein Summen und das Tor schnappte auf.

Marianne lächelte. »So weit, so gut. Jetzt wird's kniffliger. Ich muss da hinauf. Und das, wo ich Höhen doch so sehr hasse.«

Ben deutete rüber zum Betriebsgebäude. »Kannst du das Signal nicht von dort absetzen? Dafür ist es doch da.«

»Meine Anweisungen lauten anders. Hier ist die Anleitung, wie ich vorzugehen habe.« Sie zeigte ihm die Notiz. »Die Leiter hoch, den Transponder mit der Antenne verbinden und auf *Start* drücken. Alles Weitere erledigt das Gerät dann von alleine.«

»Wie sieht der Transponder denn aus? Lass mal sehen.«

Sie öffnete ihren Koffer und holte einen Apparat heraus, der entfernt an ein Batteriemessgerät erinnerte. Es besaß zwei Pole und eine bewegliche Messnadel.

»Wenn du ein Problem mit Höhen hast, kann ich das übernehmen«, schlug Paul vor. »Ich bin schwindelfrei. Höhen machen mir nichts aus. Und das Anschließen scheint nicht so schwierig zu sein.«

Marianne schüttelte den Kopf. »Ist lieb gemeint, aber das muss ich selbst erledigen. Diese Verantwortung kann ich nicht auf dich abwälzen.« Sie hängte das Modul mit einem Haken in ihren Gürtel, massierte ihre Hände und sagte: »Dann wollen wir mal. Wünscht mir Glück.«

Sie setzte ihren Fuß auf die unterste Sprosse und zog sich hoch. Dafür, dass sie unter Höhenangst litt, kletterte sie ziemlich entschlossen hinauf. Vermutlich die einzige Art, wie man das überhaupt schaffen konnte.

»Deine Mom ist großartig.« Paul lächelte. »Dieser Mut, diese Entschlossenheit. Nicht umsonst ist sie die Anführerin der Widerstandszellen im Südwestdistrikt. Ich wünschte, meine Mutter wäre nicht so früh gestorben. Die beiden hätten sich bestimmt ...«

Gemocht, war vermutlich das Wort, das er sagen wollte, doch dazu kam es nicht mehr. Wie aus dem Nichts glitt ein verdammt großer Schatten über sie hinweg. Eine Wolke?

Bens Blick zuckte empor ... und sein Magen verkrampfte sich.

Was da über ihnen schwebte, war ein Wiper! Und zwar ein verdammt großer. Flach und stachelig wirkte er wie ein Mantarochen. Wo war der so plötzlich hergekommen? Zugegeben, keiner von ihnen hatte den Himmel abgesucht, aber trotzdem. Er musste sie mit unglaublicher Zielgenauigkeit angesteuert haben und war überdies fast lautlos.

»Mom!« Das Wort, das Bens Kehle verließ, klang mehr wie ein Krächzen. »Du musst da weg. Klettere wieder runter. Bring dich in Sicherheit!«

Doch die Warnung kam zu spät. Ein elektrisches Knistern ertönte. Zwei Blitze zuckten aus den stacheligen Auswüchsen an den Flügelenden. Der Wiper feuerte.

Ohne Ankündigung und ohne Gnade.

T minus 12

Ein Schrei ertönte.

Mit Entsetzen sah Lena, wie Mariannes Füße von den Sprossen glitten und wegrutschten. Zum Glück hatten die Hände festen Halt, sonst wäre sie abgestürzt. Die elektrische Entladung war mit nur wenigen Metern Abstand an Bens Mutter vorbeigefegt. Ihre Haare wurden von der Hitze und der Ladung verwirbelt.

Ihr Schrei wirkte umso intensiver, weil dieses fliegende Ungetüm beinahe lautlos war.

Die Wiper, mit denen sie es bisher zu tun hatten, glichen eher großen Drohnen – mit Propellern, die die Luft aufpeitschten und dabei ein typisches schwirrendes Geräusch erzeugten. Doch dieses hier war anders. Unheilvoll schwebte es über ihren Köpfen. Fast wie ein Raumschiff.

Ein weiterer Blitz zuckte auf, verfehlte Marianne aber erneut. Das Knistern war bis nach unten zu hören. Was hatten die Angreifer vor? Eines war klar: Wäre es ihr Ziel gewesen, Bens Mutter zu töten, so wäre das problemlos möglich gewesen. Ein Warnschuss also. Aber wie lange noch? Wann würden sie anfangen, scharf zu schießen?

»Komm runter, Marianne!«, schrie Lena. »Du sitzt da wie auf dem Präsentierteller.«

Doch entweder wollte Bens Mutter nicht oder sie konnte nicht.

Mit angstgeweiteten Augen hing sie dort oben und klammerte sich fest.

Lenas Blick zuckte rüber zu Ben. »Der Frequenzierer. Benutze ihn! Schnell.«

Als er nicht reagierte, riss sie seine Gürteltasche auf, zog die Waffe und schaltete sie ein. Ein tiefes Summen ertönte.

Ben erwachte wie aus einer Starre. »Was hast du vor?«

»Wonach sieht es denn aus? Deiner Mutter helfen, das habe ich vor.« Sie hämmerte auf das Gerät ein. »Komm schon, blödes Ding. Wirst du wohl endlich funktionieren?«

Plötzlich glommen die Zeichen auf. Lena richtete den Apparat auf den Wiper und drückte ab. Die Luft lud sich mit knisternder Energie auf. Lena spürte, wie sich ihre Haare aufrichteten. Ein flammendes Plasmageschoss erschien an der Spitze des Frequenzierers und zischte dann auf den Wiper zu. Es gab einen Lichtblitz, dann ertönte ein Knall. Die Detonation war ohrenbetäubend. Heiße Luft schlug ihr ins Gesicht.

Der Wiper taumelte und ging auf Abstand. Rauch quoll aus einem der Aggregate. *Das hatte gesessen!*

Hatte er einen kritischen Schaden abbekommen? Lena blickte hoffnungsvoll nach oben.

Doch das Ding war härter gepanzert als vermutet. Es wies nur leichte Beschädigungen auf. Die Maschine fing sich wieder, vollführte ein paar Ausweichbewegungen und ging dann auf Abstand.

»Los jetzt, Marianne!«, rief Lena. »Du hast ein paar Sekunden. Komm endlich runter!«

Bens Mutter rührte sich nicht vom Fleck. »Es geht nicht!«, rief sie. »Erst muss ich den Transponder befestigen.«

Lena glaubte, ihren Ohren nicht zu trauen. »Aber das ist viel zu gefährlich!«, rief sie. »Ein andermal.«

»Es gibt kein andermal.« Lena sah, wie Marianne die Lippen

zusammenpresste. »Es *muss* sein. Ohne die Dateien wird der Widerstand scheitern. Wir werden keine zweite Chance bekommen.«

Lena biss die Zähne zusammen. Die Kowalskis waren wirklich eine Familie von Sturköpfen!

»Sie schafft es nicht alleine«, stieß Paul aus. »Ich glaube, sie hat einen Schock. Ich muss ihr helfen.«

»Wie bitte?« Lena traute ihren Ohren nicht. »Du willst auch da hoch?«

»Bens Mutter braucht mich. Vielleicht kann ich ihr helfen. Ich habe keine Höhenangst. Keine Sorge, es wird schon klappen.« Er lächelte ihr zu. »Halte du uns so lange den Wiper vom Hals, Lena.« Mit schnellen Schritten ging er rüber zum Sendeturm, legte seine Hand auf die unterste Sprosse und zog sich hoch.

Lena blickte in Richtung ihrer Feinde. Der Wiper umkreiste sie in sicherer Entfernung, lauernd wie eine Katze. Ob seine Waffensysteme so weit reichten? Lena wusste es nicht. Sie konnte nur hoffen, dass die Zeit ausreichte, um das Signal abzusetzen.

Paul hatte inzwischen den Großteil der Strecke bewältigt. Marianne befand sich direkt über ihm. Mit angehaltenem Atem beobachtete Lena, wie die beiden miteinander sprachen. Wie es aussah, waren sie sich nicht einig über das weitere Vorgehen.

»Beeilt euch doch bitte«, murmelte sie. »Hast du eine Ahnung, Ben, was die da so lange miteinander zu bequatschen haben?«

»Für mich sieht es so aus, als würde Paul den Job übernehmen«, erwiderte Ben. »Sieh mal, jetzt gibt sie ihm den Transponder.«

Ben hatte recht. Marianne kam runter zu ihnen, während Paul weiter hochstieg.

»Er schafft das schon«, fuhr Ben fort. »Das Ding hat zwei Kontaktklemmen. Eine rot, eine grün. Paul braucht nur die beiden Pole damit verbinden – Grün an Grün und Rot an Rot – und dann den Knopf drücken. Das ist alles. Er bekommt das hin, da bin ich mir sicher.«

»Ich hoffe es.« Lenas Herz klopfte wie verrückt. Die Bewunderung, die sie in diesem Moment für Paul empfand, hätte kaum größer sein können.

Bens Mutter befand sich derweil auf dem Weg nach unten. Stufe für Stufe kletterte sie herab, so lange, bis sie festen Boden erreichte. Ben eilte auf sie zu und fiel ihr um den Hals. Dann nahm er sie bei der Hand und zog sie fort vom Turm. Lupo rannte auf die beiden zu und kläffte voller Freude.

Paul war inzwischen an der obersten Stufe angelangt. Fieberhaft arbeitete er daran, den Transponder mit der Sendeeinheit zu verbinden. Als ob er spürte, dass sie zu ihm hinaufsah, hob er die Hand und winkte ihr zu.

Ein warmes Gefühl durchströmte ihren Bauch. Sie war so von Glück und Hoffnung erfüllt, dass sie glaubte, sie würde sich das einbilden, als die Turmspitze explodierte. Eben noch war Paul da gewesen, im nächsten Moment sah sie nur noch einen Flammenball. Dann erreichte die Druckwelle sie.

Heißer Staub schlug ihr ins Gesicht, fegte sie von den Beinen. Als wäre sie von einem Güterzug erfasst worden, wurde sie zu Boden geschleudert. Betonstückchen und Metallteile prasselten auf sie herab. Eines davon traf sie am Fußknöchel.

Sie schrie auf vor Schmerz. Halb blind und panisch vor Angst, robbte sie aus der Gefahrenzone. Sie konnte kaum atmen. Tränen strömten aus ihren Augen. Ihr Hals kratzte fürchterlich, zwang sie zu husten. Sie spuckte aus, während der Staub immer dichter wurde.

Ihr Trommelfell klingelte. Der Ton war schrill wie das Pfeifen eines Wasserkessels. Etwas schlug dumpf neben ihr im Boden ein. Kastenförmig. Nicht größer als eine Hamburgerschachtel und unzweifelhaft aus Metall. Mit einem roten Knopf in der Mitte und abgerissenen Drähten an der Seite. Der Transponder.

Mein Gott!

Mit zitternden Fingern berührte sie ihn. Das Ding war glühend heiß. Über das Teekesselpfeifen legte sich ein zweiter Laut. Ebenfalls hoch, aber irgendwie anders. Lena sah eine vierfüßige Gestalt durch den Dunst wanken. Sie war so voller Staub und Dreck, dass sie sie kaum erkannte. *Lupo!* Ein Jaulen drang aus seiner Kehle. Blut lief aus einer Verletzung am linken Hinterlauf. Schien aber bloß eine oberflächliche Wunde zu sein. Langsam legte sich der Staub.

Marianne lag nicht weit entfernt, ihre Haare weiß wie Schnee. Sie lebte. Etwas weiter entfernt war Ben zu sehen. Auch er schien unverletzt zu sein. Mühsam richtete er sich auf. Sein Blick war der eines Irren. Er klopfte sich den Staub aus den Klamotten, dann stand er auf.

Wo war Paul?

Lenas Blick zuckte hinüber zum Sendeturm – oder dem, was davon übrig war. Der Zaun existierte noch. Ebenso das kleine Betriebsgebäude. Doch dort, wo der Turm gestanden hatte, ragte nur noch ein Stumpf in die Höhe. Ein Berg aus Trümmern war an seiner Stelle. Beton, verbogenes Metall und abgerissene Kabel, aus denen noch Funken knisterten.

Das stachelige Ungeheuer war fort. Keine Spur mehr von ihm. Hinter den Staubschleiern kam der blaue Himmel durch.

Lupo, der sich um seine Verletzung kümmerte, hielt plötzlich inne und schnupperte. Dann rannte er auf den Trümmerhaufen zu. Lena sah, wie er anfing zu scharren. Aus den Betonbrocken ragte ein Arm.

Lena wurde von einem Gefühl überrollt, das sie so noch nie zuvor gespürt hatte. Als würde sie sich innerlich in Stein verwandeln. Mit mechanischen Bewegungen ging sie rüber und fing an, Steine und Geröll abzutragen. Mit jeder Sekunde wurde ihr das ganze Ausmaß der Tragödie bewusster.

Paul lag ausgestreckt auf dem Boden. Seine Augen waren starr in den Himmel gerichtet. Lena kauerte neben ihm, hielt lauschend ihr Ohr an seine Brust und fühlte seinen Puls. Nach einer Weile hob sie den Kopf und blickte in die fragenden und betroffenen Gesichter.

Ihre Kehle war wie zugeschnürt. Der Boden unter Paul war dunkel verfärbt. Blut sickerte aus einer Vielzahl von Verletzungen. Am schlimmsten die an seinem Hinterkopf. Seine ledergepanzerte Schutzkleidung hatte ihn nicht retten können. Nicht vor einem Sturz aus fünfzig Metern Höhe.

Lena musste sich abwenden. Sie stand auf und ging. Es war einfach zu viel.

Als sie ein paar Meter gegangen war, knickten ihre Beine weg. Sie sank auf die Knie. Die Erkenntnis, dass Paul nicht mehr bei ihnen war, drückte sie wie eine Faust zu Boden.

T minus 11

Pauls Trauerfeier war ebenso kurz wie schmucklos. Keine langen Reden, kein prächtiges Grab. Ein Steinhaufen, ein hölzernes Kreuz und ein paar Blumen, das war alles. Doch in ihrer Schlichtheit war die Zeremonie das Ergreifendste, was Ben bisher erlebt hatte. Marianne würdigte Paul mit ein paar Worten, dann sangen alle noch ein gemeinsames Lied und verabschiedeten sich von ihrem Freund.

Ben stand vor dem kleinen Hügel und rang mit den Tränen. Er gab sich eine Mitschuld an Pauls Tod. Wieso hatte er ihn nicht davon abgehalten, auf diesen Turm zu steigen? Wieso war er jemals eifersüchtig auf ihn gewesen? Das fühlte sich so schlecht an, so falsch.

Lena schien von alldem nichts mitzubekommen. Sie hatte sich in ein Schneckenhaus zurückgezogen, aus dem niemand sie hervorzuholen vermochte. Ben hatte versucht, sie zu trösten, doch sie wollte sich nicht trösten lassen. Ihre Eltern schützten sie, schirmten sie ab und sorgten dafür, dass niemand ihr zu nahe kam.

Bens Gedanken waren zu einem unentwirrbaren Knäuel verschlungen. Erst Mariannes schockierende Enthüllung, dann der Anschlag. Dies war binnen kürzester Zeit das dritte Mal, dass die Union sie ins Fadenkreuz genommen hatte. Bei den ersten beiden

Malen hätte man noch von Zufall sprechen können, jetzt jedoch nicht mehr. Zwei Jahre lang hatten sie Ruhe vor der Union gehabt, doch inzwischen überschlugen sich die Ereignisse. Nüchtern betrachtet, ließ sich alles auf den einen Moment zurückführen, als er, Lena und Paul seine Mom aus der Pyramide befreit hatten. Ab da hatte sich alles verändert.

Ben erkannte ein Muster. Jemand half der Union.

Jemand aus ihren Reihen.

Und wer anderes kam dafür infrage als ihr Gefangener?

M'Enat blickte teilnahmslos in die Landschaft. Gewiss, er hatte menschliche Form angenommen, doch Kummer und Schmerz schienen ihm fremd zu sein. Was mochte er gerade denken?

Ben fiel es immer noch schwer, sich vorzustellen, dass dies ein Alien war. Ein Besucher von einem anderen Stern, wirklich? Vielleicht hatte seine Mom sich geirrt. Vielleicht hatten sich alle geirrt.

Während Ben noch darüber nachgrübelte, passierte etwas Unerwartetes. Lena trat aus dem Schatten ihrer Eltern und ging zielstrebig auf M'Enat zu. Einen Stock in der Hand.

»Lena ...« Ihre Mom eilte hinter ihr her, versuchte, sie aufzuhalten. Doch Lena war schneller. Ehe irgendjemand dazwischen gehen konnte, hob sie ihren Stock und ließ ihn krachend auf M'Enats Kopf niedersausen.

Der Atlantide stieß einen schmerzerfüllten Schrei aus. Abwehrend hob er die Hände über den Kopf.

Noch einmal schlug Lena zu. Sie war kreidebleich vor Wut.

Oswald wollte ihr den Stock abnehmen, doch Lena stieß ihn von sich. Jetzt waren auch ihre Eltern da.

»Lena, um Himmels willen ...«

Doch sie war nicht zu bremsen. »Du Abschaum!«, schrie sie M'Enat an. »Ich habe dir vertraut. Ich habe versucht, dir das Leben zu erleichtern. Und so dankst du es mir? Du dreckiger Verräter!«

M'Enat gab winselnde Laute von sich. Gewiss hatte er Verletzungen davongetragen, doch der Frequenzierer zeigte sie nicht an. Wie es aussah, war Lena zu demselben Ergebnis gekommen wie Ben. Wenn es in ihren Reihen jemanden gab, der sie verriet, so musste es M'Enat sein.

»Geben Sie mir meinen Frequenzierer zurück, Oswald.«

»Wieso ...?«

»Sie sollen ihn mir wiedergeben, habe ich gesagt!« Lena streckte ihre Hand aus.

»Ist ja schon gut. Hier ist er ...« Bens Onkel fummelte an seinem Gürtel herum und fädelte die Ledertasche heraus.

Lena riss ihm den Apparat aus der Hand. Für einen kurzen Moment fürchtete Ben, sie würde die Waffe auf M'Enat richten und abdrücken, doch stattdessen schaltete sie sie ab. Mit einem letzten Summen verstummte der Frequenzierer. Sofort kam M'Enats wahres Äußeres zum Vorschein. Seine Haut war an der Stelle, an der sie ihn geschlagen hatte, rötlich verfärbt. Eine klare Flüssigkeit sickerte sein Kinn entlang.

»Warum tust du das?« Die Stimme des Atlantiden war kaum zu verstehen. Sein Sprachorgan war nur unzureichend für die menschliche Sprache geeignet. Voller Furcht sah er sie an. »Ich dachte, du wärst meine Freundin.«

»Ich, deine Freundin? Ich bin dein schlimmster Albtraum. Und jetzt sag mir, wo du ihn hast.«

»Wen?«

»Den Sender. Das Ding, mit dem du deinen Leuten Signale gibst. Wo ist er?«

»Sender ...?«

»Verarsch mich nicht«, zischte Lena. »Du weißt genau, wovon

ich spreche.« Drohend schwebte der Knüppel über M'Enats Kopf. Ihr Vater trat von hinten an sie heran und entwand den Stock ihren verkrampften Fingern.

»Jetzt ist es aber endgültig genug«, donnerte er. »M'Enat mag unser Feind sein, aber er ist wehrlos. Und einen Wehrlosen schlägt man nicht.«

»Wehrlos? Diese Ausgeburt der Hölle?« Lena konnte kaum atmen vor Zorn. Ben hatte sie noch nie so wütend erlebt.

»Woher kennen seine Leute unsere Position? Er ist der Einzige hier, der ein Interesse daran hat, dass wir gefunden werden. Ich weiß nicht, wie er es geschafft hat, aber er muss ihnen einen Hinweis gegeben haben. Wie konnten sie einfach so aus dem Nichts auftauchen? Woher wussten sie, was wir vorhaben?«

Die Frage war berechtigt und Ben stellte sich demonstrativ an Lenas Seite. »Das würde mich allerdings auch interessieren«, sagte er. »Dieser Wiper machte nicht den Eindruck, als würde er ziellos in der Gegend herumfliegen. Er wusste genau, wo er hinmusste. Wie kann das sein?«

»Das sind schwere Anschuldigungen«, sagte Lenas Mutter ernst. »Ich gebe zu, dass hier etwas nicht stimmt, aber solange wir keine Beweise haben, dürfen wir M'Enat nicht bestrafen. *Im Zweifel für den Angeklagten,* erinnert ihr euch? Keine Selbstjustiz!«

Lena stieß ein verzweifeltes Schluchzen aus, dann drehte sie sich um und vergrub ihren Kopf an Jettes Brust. Ihre Mom legte ihre Arme um sie und drückte sie an sich. »Mein armer Schatz.«

In diesem Augenblick kam Sven zu ihnen herüber. »Was ist hier los? Gibt's Probleme?«

»Nichts«, erwiderte Ben hastig. »Familienangelegenheit. Was gibt's?«

»Marianne will euch sehen. Nur der engste Kreis. Ich glaube, sie hat euch etwas mitzuteilen.«

Sie trafen sie unter einer alten Buche. So, wie die Wogen zwischen ihr und Rico gerade hochschlugen, schien es um etwas Wichtiges zu gehen.

»Da seid ihr ja«, sagte Rico, als sie eintrafen. »Hat Sven euch gesagt, worum es geht?«

»Nein«, sagte Ben. »Er hat nur gesagt, dass Mom uns sprechen will.«

»Dann leg mal los, Marianne«, sagte Rico.

Sie hielt die Arme vor der Brust verschränkt. »Ich werde euch verlassen«, sagte sie kurz angebunden. »Es ist Zeit, dass ich meine Zelte hier abbreche.«

»Moment mal. *Was?*« Ben konnte nicht glauben, was er da hörte. »Nach allem, was wir zusammen durchgemacht haben?«

»Ja, leider«, sagte Marianne. »Ich weiß, es klingt hart, aber es geht nicht anders. Der Vorfall oben beim Sendeturm hat alle Pläne über den Haufen geworfen. Pauls Tod ist schrecklich, ich weiß. Viel schlimmer aber wiegt, dass er den Transponder nicht rechtzeitig anschließen konnte. Die Daten, die ich in der Pyramide kopiert habe, wurden nicht gesendet. Versteht ihr, was das bedeutet? Meine Mission ist gescheitert.«

»Ist das wirklich sicher?« Ben presste die Lippen aufeinander. Wenn das stimmte, bedeutete es, dass Pauls Tod vollkommen sinnlos war. Das durfte er Lena gar nicht erzählen. Es war für sie auch so schon schlimm genug.

»Hundertprozentig«, sagte Marianne. »Ich habe den Datenspeicher ausgelesen. Es hat keine Übertragung stattgefunden.«

»Mein Gott«, murmelte Ben. »Dann ist wirklich alle Hoffnung vergebens?«

»Nicht ganz. Eine allerletzte Chance haben wir noch.«

»Und welche?« Er hing an Moms Lippen.

Marianne hob den zerstörten Transponder in die Höhe. »Der

Speicher ist noch intakt, ich habe ihn eben geprüft. Das bedeutet, ich muss versuchen, die Daten persönlich ans Ziel zu bringen. Eine weite Strecke. Ungefähr die gleiche Distanz, wie wir sie bereits zurückgelegt haben, aber es gibt keine andere Möglichkeit. Zwischen uns und dem Zielort existiert kein weiterer Sendeturm.«

Das waren in der Tat niederschmetternde Neuigkeiten. Angesichts dieser Information verstand Ben, warum seine Mom die Gruppe verlassen wollte. Vermutlich hätte er dasselbe getan.

»Wie lange?«, fragte er. »Wie viel Zeit bleibt uns noch?«

»Weiß es nicht. Weniger, als wir haben, vermute ich. Aber ich muss es trotzdem versuchen.«

»Aber das ist Selbstmord«, polterte Bens Vater. »Du weißt nicht, was dich erwartet. Wir kennen die Schweiz nicht. Wir haben keine Ahnung, ob es hier ebenfalls Streuner gibt. Und dann ist da immer noch dieser Wiper ...«

»Ich werde Ortschaften meiden und abgelegene Bergpfade nehmen«, sagte Marianne. »Alleine bin ich schnell und kann mich notfalls verstecken. Was bleibt mir anderes übrig?«

»Mom hat recht.« Ben stellte sich demonstrativ neben sie. »Die Gruppe ist zu langsam und zu auffällig. Denkt an die Alten, die Kranken und die Kinder. Sie würden das Tempo nicht durchhalten. Nicht mal mit dem Wagen.«

Marianne drückte seine Hand. »Danke«, flüsterte sie.

Ein warmes Gefühl durchströmte Ben. Er wusste auf einmal, was er zu tun hatte. Solange Paul gelebt hatte, war er ihr Beschützer gewesen, jetzt brauchte sie einen neuen.

»Ich werde dich begleiten«, sagte er. »Wir haben das zusammen begonnen und wir werden es zusammen beenden.«

»Dann bin ich auch dabei«, hörte er Lena sagen. Er hatte sie gar nicht kommen hören. Aber da war sie. Zusammen mit ihren Eltern. »Paul hätte das so gewollt.«

In Mariannes Augen erschienen Tränen. Sie war sichtlich gerührt.

»Also, wenn unsere Tochter dich begleitet, werden wir natürlich auch mitkommen«, sagte Peter. »Wir lassen sie auf keinen Fall alleine gehen. Außerdem wäre es sinnvoll, ein paar Leute an Bord zu haben, die sich mit dem Überleben in der Wildnis auskennen. Wenn du wirklich durch die Berge willst, sind wir das beste Team, das du bekommen kannst.«

»Danke.« Seine Mom war nicht gerade dicht am Wasser gebaut, aber jetzt rang sie ebenfalls mit den Tränen. Genau wie Ben.

»Das ist mehr, als ich zu hoffen wagte«, sagte sie. »Aber es wird hart, das sage ich euch.«

»Und was soll mit dem Rest von uns passieren?« Rico sah unglücklich aus. »Sollen wir euch folgen oder wieder zurück?«

»Das müsst ihr entscheiden«, sagte Bens Mom. »Schlaft eine Nacht drüber und entscheidet euch morgen. Für den Fall, dass ihr uns folgen wollt, hinterlassen wir euch Wegmarker. Ihr wisst, wonach ihr zu suchen habt. Bisher hat das auch ganz gut geklappt. Unsere Gruppe wird in einer Stunde aufbrechen. Dreißig Kilometer Minimum am Tag. Nur die Ausdauerndsten können das bewältigen. Wer zurückfällt, muss auf die Hauptgruppe warten.«

Ben nickte entschlossen. »Wir sollten mit leichtem Gepäck reisen. Ein paar Kraftriegel, Dörrfleisch, Nüsse und Rosinen. Unsere Hauptnahrungsquelle ist die Natur. Beeren, Nüsse, Pilze und Fleisch. Bekommen wir das hin?«

Lenas Dad nickte. »Sollte kein Problem sein. Um diese Jahreszeit gibt es alles in ausreichender Menge.«

»Dann wir fünf also.« Marianne lächelte.

»Sieben«, ertönte eine Stimme.

Oswald näherte sich. Er hatte M'Enat im Schlepptau. Der Atlantide litt sichtbar unter Schmerzen.

»Wir werden auch mitkommen«, sagte er. »Ich denke, dass M'Enat uns noch von Nutzen sein könnte. Abgesehen davon, würde ich es nicht riskieren, ihn zurückzulassen. Die Stimmung unter den Menschen ist so aufgeheizt, dass ich nicht für sein Leben garantieren kann. Einige der Leute würden ihn am liebsten am nächsten Baum aufknüpfen.«

Bens Blick wanderte rüber zu Lena. Sie hielt ihren Blick gesenkt, so als schämte sie sich ein bisschen für das, was eben passiert war.

»Wird er denn mit uns mithalten können? Er sieht ziemlich zerbrechlich aus.« Marianne bedachte M'Enat mit einem strengen Gesichtsausdruck. »Und wie sieht es mit dir aus, Oswald? Du leidest doch noch immer unter den Verletzungen, die man dir damals im Kampf mit der Union zugefügt hat.«

»Wir werden es schaffen.« Seinem Gesichtsausdruck nach würde er keinen Widerspruch dulden. »Entweder das, oder wir kehren um. So oder so, ihr werdet keine Probleme mit uns haben.«

»Dann also wir sieben. Mehr sollten es aber wirklich nicht werden.« Marianne nickte. »Jetzt, da wir so ein fabelhaftes Team zusammenhaben, steigen unsere Chancen, die Mission zu Ende zu bringen. Rico, ich bin überzeugt, dass du die Hauptgruppe erfolgreich leiten wirst. Du bist ein guter Anführer, die Leute vertrauen dir.«

Bens Vater wischte sich mit trotziger Handbewegung eine Träne aus dem Augenwinkel. »Gebt auf euch Acht, dann sehen wir uns vielleicht am Ende der Reise. Wenn nicht, dann eines Tages in der Hornburg. Lebt wohl, ich hoffe, dass wir uns bald alle wohlbehalten wiedersehen.«

Ben hatte einen Kloß im Hals. Die Worte hatten ihn berührt. Würde er seinen Dad jemals wiedersehen? Am liebsten wäre er zu ihm hinübergelaufen und hätte ihn an sich gedrückt. Aber das traute er sich nicht. Er war schließlich kein Kind mehr.

Schlucken musste er trotzdem.

Er spürte, dass ihnen große Gefahren drohten. Und zwar aus einer Richtung, von der sie bis jetzt noch gar nichts ahnten.

T minus 10

»Lang lebe das Kollektiv!«

Der Ruf dröhnte aus einhundert Kehlen.

Einhundert Gesichter waren in den Himmel gereckt.

Der oberste Priester stand zu Füßen einer gewaltigen Atlas-Statue, die Arme ausgebreitet, den Zeremonienstock in seinen Händen. Seine rostrote Robe verhüllte nicht nur Arme und Füße, sondern auch den Großteil seines Kopfes, was es für E'Tach unmöglich machte, sein Alter zu bestimmen. Doch nach allem, was man so hörte, war er alt. *Uralt.* Es wurde gemunkelt, er wäre der Letzte der Sternengeborenen. Was bedeutete, dass er über eintausend Jahre alt sein musste.

E'Tach war skeptisch. Seiner Überzeugung nach konnte niemand so alt werden. Nicht mal ein Atlantide.

Der Empfang in der großen Pyramide von Paris war ein Großereignis, das seinesgleichen suchte. Die Abschlussrede des Hohepriesters anlässlich der *Vollendung* markierte das Ende des dritten Zyklus sowie Abschied und Rückkehr in die heimatlichen Nester. Da die Veranstaltung unter besonderen Sicherheitsvorkehrungen stattfand, durften alle Atlantiden hier ihre natürliche Form zeigen. Es war eine Wohltat, sich nicht verstecken zu müssen.

Das Licht ging an, man sprach noch miteinander, dann zerstreuten sich die Versammelten in alle Richtungen.

Drei Monate noch bis zum Eintreffen der Flotte. Jetzt durfte nichts mehr schiefgehen. Jeder einzelne Schritt war minutiös geplant, die zeitliche Abfolge genau durchgetaktet. Wem jetzt noch ein Fehler unterlief, der würde von den Archonten persönlich einen Kopf kürzer gemacht werden.

Der Gedanke an die Veränderungen bereitete E'Tach Unbehagen. Was würde nach Ankunft der Schiffe geschehen? Wie würde sich ihrer aller Leben verändern?

Der oberste Priester hatte vom *Abstreifen der alten Haut* gesprochen und dem Heranwachsen einer neuen. E'Tach und die Seinen waren auf der Erde geboren worden. Sie lebten, atmeten und fühlten als Erdgeborene. Er und seine Mitstreiter hatten den Planeten umgestaltet, hatten Aufbauarbeit geleistet, waren fleißig gewesen und treu. Die Sternenreisenden kamen und setzten sich ins gemachte Nest. War das fair? Wie würde es sein, wenn sie hier eintrafen? Wäre es wie ein Familientreffen oder würden sie einander fremd sein?

Manche fürchteten, es könne zu einer Zweiklassengesellschaft kommen. Sie fürchteten, die Sternenreisenden könnten sich an die Spitze setzen und die Erdgeborenen unterdrücken. Noch genossen E'Tach und die Seinen ihren Reichtum, ihre Macht und ihr Ansehen. Doch was blieb davon nach der Ankunft des Sternenvolkes?

Solcher Art waren seine Gedanken, als er sich in Richtung seiner Transportdrohne bewegte. Eine Stimme zwang ihn zu warten.

»Gouverneur E'Tach? Auf ein Wort.«

Er drehte sich um. Hinter ihm war die ehrenwerte Vorsitzende M'Assal aufgetaucht. Gekleidet war sie in eine Robe aus saphirblauem Kristall. Das Material war so raffiniert gewoben, dass es einen rätseln ließ, wo ihre Haut endete und der Stoff begann. Die perfekt geformten Ohren waren durchstochen und mit feinen

Goldringen verziert, die bei jeder Bewegung leise klingelnde Töne von sich gaben. Sie sah einfach umwerfend aus.

Er und M'Assal kannten sich schon lange. Sie befehligte den Nordostdistrikt rund um die ehemalige Bezirkshauptstadt Berlin, ein Bereich, der sowohl zahlen- als auch flächenmäßig dem seinen weit überlegen war. Sie stand im Rang über ihm, doch sie ließ es nicht heraushängen wie andere Gouverneure. Im Gegenteil. Anmutig neigte sie den Kopf.

»Eine bewegende Rede, nicht wahr?«

»Sehr inspirierend, ja.«

»Die Ankunft der Kolonisten dürfte das größte Ereignis in unserem Lebenszyklus sein. Wir werden noch unseren Enkeln davon erzählen.«

»Vorausgesetzt, dass uns die Altvorderen das Geschenk der Fruchtbarkeit machen werden.«

»Wohl wahr.«

Er spielte damit auf die Tatsache an, dass Atlantiden alle paar Jahre das Geschlecht wechselten. Was eine Herausforderung für jede Partnerschaft darstellte, besonders in ihrer Position. Die meisten Anführer waren daher kinderlos.

»Wie ich hörte, bist du immer noch ungebunden ...?«

E'Tach runzelte die Stirn. Es war ungewöhnlich für eine Frau, den Mann so offen nach seinem Familienstand zu fragen.

»Das bin ich, ja«, räumte er ein. »Zu viel zu tun. Zu wenig Zeit ...«

»Ich weiß, wovon du sprichst. Ein Fluch ...« Sie strich sich über den Kopf.

Ganz klar, sie studierte ihn. Testete seine Reaktionen. Hoffte sie auf ein Werbungsritual? Gewiss, sobald die Flotte hier eintraf, wurden sämtliche Positionen neu besetzt. Je nachdem, wie man ihn dann einsetzte, würde er mehr Zeit für die Familienplanung haben. Er traute M'Assal zu, dass sie bereits darüber nachdachte und die Weichen in die entsprechende Richtung stellte.

»So lange schon arbeiten wir an dem Plan, dass es uns beinahe unmöglich erschien, dass es eines Tages so weit sein könnte. Doch nun ist der Zeitpunkt gekommen.« Sie atmete tief ein. »Drei Monate. Und immer wieder versuche ich, mir vorzustellen, wie das Oberkommando meine Arbeit einstuft. Habe ich alles richtig gemacht? Gibt es Dinge, die ich übersehen habe? Der Gedanke lässt mir keine Ruhe.«

»Geht mir genauso.«

Ihr Blick streifte seinen mechanischen Arm. »Wie ich hörte, gab es ein paar Probleme? Von Sabotage war die Rede.«

Er zuckte zusammen. M'Assals Gedanken schlugen Haken wie ein Hase.

»Nicht der Rede wert«, wiegelte er ab. »Ein unbedeutender Racheakt eines unbedeutenden Teils des Widerstands. Ich werde die Anführer dafür zur Rechenschaft ziehen.« Er beobachtete sie unauffällig. Wie viele Informationen besaß M'Assal? War sie über das tatsächliche Ausmaß seines Problems informiert?

»Das ist gut«, sagte sie. »Ich muss wohl nicht erwähnen, dass wir uns in einer ausgesprochen heiklen Phase befinden. Wenn der Riss in sich zusammenfällt, wäre das eine Katastrophe. Es könnte dazu führen, dass die Schiffe den Zielort aus den Augen verlieren und an uns vorbeifliegen.«

»Ist mir bekannt ...«

Warum erzählte sie ihm das? Jedes Kind wusste, dass die Generatoren aktiv sein mussten. Der Weltraum war so ungeheuer groß und leer, dass die geringste Abweichung genügte, um ein Schiff Lichtjahre am Ziel vorbeizuführen – selbst in dieser kurzen Zeitspanne.

Aufmerksam studierte sie ihn. Sie schien ein besonderes Interesse an seinem bionischen Arm gefunden zu haben. »Dann besteht also keine Gefahr, dass jemand Wind von unserem Plan bekommen hat und versuchen könnte, den Riss zu schließen? Zum Beispiel die entflohenen Häftlinge ...«

»Du darfst ganz beruhigt sein«, sagte er. »Wir haben es hier mit einer Handvoll provinzieller Möchtegernhelden zu tun, die den Aufstand proben. Ein Sturm im Wasserglas.«

»Wenn du das sagst ...«

»Vertrau mir einfach, einverstanden?«

Sie nickte. »Und deine Verletzung ...?«

»Ein Kratzer, mehr nicht. Der neue Arm ist in jeder Hinsicht besser als der alte. Wie ich bereits sagte: Der hiesige Widerstand hat keine Chance. Wir haben die betreffende Siedlung bis auf die Grundmauern niedergerissen. Dort steht kein Stein mehr auf dem anderen.«

»Ich hörte, es seien ein paar entkommen ...«

»Ja, aber nur, weil ich sie absichtlich habe entkommen lassen.« Seine Antwort fiel eine Spur zu laut aus. Einige Köpfe wandten sich zu ihnen um.

Mit gesenkter Stimme fuhr er fort: »Das ist alles Teil meines Plans. Es geht mir darum, das internationale Zentrum des Widerstands ausfindig zu machen und zu eliminieren. In den Reihen der Flüchtlinge befindet sich ein Maulwurf, der uns über jede ihrer Bewegungen informiert. So weiß ich stets, was sie vorhaben. Ich hatte von Anfang an den Verdacht, dass wir es mit einer Splittergruppe zu tun haben und die wahren Drahtzieher woanders sitzen. Inzwischen bin ich überzeugt, dass wir sie weiter im Süden finden. Irgendwo in den Alpen.« Er zeichnete eine Bergsilhouette in die Luft. »Diese Rebellen sind wie Unkraut. Reißt man eine Pflanze raus, wachsen fünf neue nach. Wir müssen sie an der Wurzel vernichten oder wir werden niemals Ruhe haben. Sobald feststeht, wo die Zentrale liegt, schicke ich meine Wiper dorthin und mache dem Spuk ein Ende. Der Chef des Geheimdienstes hat sich der Sache angenommen.«

»Klingt gut.« M'Assal nickte. »Riskant, aber gut. Ich muss dir ja nicht sagen, dass eine Wiperstaffel Aufmerksamkeit erregen wird. Die Menschen sind es nicht gewohnt, so viele unserer Flugmaschinen auf einen Schlag zu sehen. Sie könnten auf den Gedanken kommen, dass etwas nicht stimmt.«

»So kurz vor der Vollendung spielt das keine Rolle mehr«, sagte E'Tach. »Selbst wenn sie etwas ahnen, so fehlt ihnen doch die Zeit für einen konzentrierten Gegenschlag. Vertrau mir, schon bald können wir auf die lächerliche Tarnung verzichten.«

»Wenn ich dir irgendwie behilflich sein kann, sag es mir. Du weißt, dass du jederzeit auf mich zählen kannst.« Sie berührte ihn sanft am Arm.

Jetzt war es sicher, dass sie etwas für ihn empfand.

Er deutete eine Verbeugung an. »Ich danke dir für dein großzügiges Angebot, M'Assal. Es ist immer gut zu wissen, auf wen man sich verlassen kann und auf wen nicht. Ich werde jetzt heimkehren. Wenn du erlaubst, werde ich mich bald bei dir melden.«

»Tu das, lieber E'Tach, tu das. Und lass dir dafür nicht allzu viel Zeit.« Ihr Lächeln war bezaubernd.

T minus 9

Die Tage vergingen in ermüdender Eintönigkeit. Aufstehen im Morgengrauen, anziehen, packen, losmarschieren. Dreißig Kilometer täglich, aufgeteilt in drei Abschnitte zu je fünf Stunden. Zwei Pausen zu je einer Stunde, danach eine siebenstündige Nachtruhe.

Ben fühlte sich wie ein ausgeleiertes Uhrwerk. Wie eine Maschine, deren Kräfte zu schwinden begannen. Jeder Schritt tat weh, jede Bewegung war zu viel. Er ertappte sich dabei, wie er immerzu ans Schlafen dachte. Wie herrlich es sein musste, wenn er endlich mal wieder durchschlafen konnte. *In einem Bett!*

Marschiert wurde durch unbesiedeltes Land. Ob hier mehr Menschen lebten als bei ihnen daheim, ließ sich nicht sagen. Begegnet waren sie bisher niemandem.

Gegessen wurde, was sie in den Wäldern, auf den Weiden oder in den verwilderten Gärten fanden, an denen sie vorbeikamen: Nüsse, Beeren, Trauben, Karotten, Äpfel, Esskastanien, Kürbisse. Hin und wieder fingen sie ein Kaninchen, ein Murmeltier oder eine Wachtel. Das meiste Fleisch aber lieferten ihnen Forellen, die es in den Bächen reichlich gab. Unterwegs tranken sie, füllten ihre Feldflaschen auf und marschierten weiter.

Ben bewunderte Lena für ihre Kenntnisse rund um die Bestimmung und Zubereitung essbarer Pflanzen. Ihr Vater hingegen war ein guter Schütze und Angler. Er wusste, wo die Tiere zu finden waren, wie man sie erlegte und welche Uhrzeit die geeignetste war. Die beiden sorgten dafür, dass ihr Proviant nicht versiegte. Die Reise schweißte sie zusammen. Ben freute das. Er spürte, dass der enge Kontakt zwischen Lena und ihrem Vater ihr dabei half, Pauls Tod zu verarbeiten.

Die Landschaft hatte sich verändert. Rund um sie herum ragten inzwischen mächtige Berge auf, deren Schatten weit in die Täler hineinreichten. Auch wurden die Etappen zunehmend anspruchsvoller. Was damit zusammenhing, dass sie alte Bergpfade nutzten, um feindlichen Blicken zu entgehen. Gewiss, sie waren inzwischen auf Schweizer Hoheitsgebiet, aber es gab keine Garantie, dass sie nicht aus der Luft weiterhin von der Union beäugt wurden. Besser vorsichtig sein als erneut in einen Hinterhalt geraten.

Da sie nur wenig miteinander sprachen, hatte Ben Zeit, seine Mitstreiter zu beobachten. Es wollte ihm einfach nicht aus dem Kopf gehen, dass sich möglicherweise ein Verräter unter ihnen befand. Der Gedanke zerrte an seinen Nerven. Wer mochte es sein? Verhielt sich jemand aus ihrer Gruppe auffällig?

Ganz besonderes Augenmerk richtete er dabei auf ihren Gefangenen. Wenn einer infrage kam, dann der Atlantide.

Doch M'Enat bot nicht den geringsten Anlass zum Misstrauen. Er ging, er aß, er schlief, dann trabte er wieder. Still, klaglos, in sich gekehrt. Selbst nachts, wenn Ben wach wurde – was auf dem steinigen Boden häufiger passierte, als ihm lieb war –, ließ sich der Verdacht nicht erhärten. M'Enat war sauber. Alle in ihrer Gruppe waren das.

Vielleicht musste Ben sich doch mit dem Gedanken vertraut machen, dass sein Argwohn unbegründet gewesen war. Bei der Gruppe, die sein Vater anführte, mochte das anders sein, doch hier gab es keinen Grund, misstrauisch zu sein. Wann hätte jemand auch die Zeit gehabt, verborgene Botschaften zu senden? Sie bildeten eine so enge Gemeinschaft, dass jeder von ihnen höchstens ein paar Minuten von den anderen getrennt war. Zeit, die man für die kleine Morgentoilette oder fürs Geschäft benötigte. Den Rest des Tages waren sie zusammen.

Die kleine Stimme in seinem Kopf riet Ben zwar weiterhin zur Vorsicht, aber fürs Erste gab sie Entwarnung. Und mit der Entspannung kehrte die Müdigkeit zurück. Wann hatten sie eigentlich die letzte Pause eingelegt?

Ben gähnte.

Sie kletterten gerade einen mit lockerem Geröll bedeckten Hang hinauf, als er den Halt verlor und ausglitt. Höchst unsanft setzte er sich auf den Hosenboden und rutschte ein paar Meter abwärts.

Oswald, der hinter ihm ging, sprang ihm in den Weg und half ihm auf die Füße.

»Alles in Ordnung, Junge? Du hast dir doch nicht wehgetan, oder?«

»Geht schon.« Ben klopfte sich den Staub von der Hose. »Hab nur für einen Moment nicht aufgepasst.«

»Immer die Augen offen halten«, sagte Oswald. »Diese An- und Abstiege sind eine enorme Belastung für Knie und Fußgelenke. Wer Bergwandern nicht gewohnt ist, der sollte am Abend ein paar Minuten für Muskel- und Fußmassagen aufwenden. Das hilft gegen Muskelkater. Ich zeig's dir, wenn du möchtest.«

»Ja, gerne.«

Oswald zögerte einen Moment, dann sagte er: »Mir ist aufgefallen, dass du viel Zeit allein verbringst. Manchmal bist du stundenlang nicht ansprechbar. Gibt es etwas Bestimmtes, worüber du nachgrübelst?«

Ben schüttelte den Kopf. »Ach, nur dies und das. Gerade musste ich daran denken, wie es wohl Dad und dem Rest der Truppe geht.

Was denkst du, wie werden sie sich wohl entschieden haben? Werden sie mitkommen oder umdrehen?«

»Das werden wir frühestens in ein paar Tagen erfahren«, sagte Oswald. »Es ärgert mich, dass wir keinerlei Kontakt zur Hauptgruppe haben. Ich wüsste zum Beispiel gerne, ob Liam sich inzwischen erholt hat. Den armen Jungen hat es wirklich schwer erwischt.«

»Liam ist hart im Nehmen«, erwiderte Ben. »Der wird schon wieder. Ich hoffe, dass die Bluttransfusion ihm nicht geschadet hat.«

»Das hoffe ich auch.« Oswald blickte rüber zu M'Enat. »Wenn doch, dann möchte ich nicht in seiner Haut stecken, wenn Marianne davon erfährt. Oh, sieh mal, wenn man vom Teufel spricht. Sie gibt Zeichen für die nächste Pause. Es gibt etwas zu essen.«

»Endlich!«, seufzte Ben.

Ein paar Meter weiter voraus plätscherte ein kleiner Bach den Hang herab. Die Sonne schien und es war ein wunderschöner Platz zum Rasten. Alle ließen sich ins Gras fallen. Proviant wurde verteilt und sie füllten ihre Wasserflaschen auf.

Links von Ben saßen Lena und ihr Vater. Sie sprachen miteinander, waren aber zu weit entfernt, um etwas zu verstehen. Lupo sprang um sie herum und versuchte, einen Schmetterling zu erwischen. Rambo lag auf dem Rücken und ließ sich die Sonne auf den Bauch scheinen.

Marianne und Jette hockten beisammen und prüften die Karte, während Oswald seine Stiefel auszog, umdrehte und nach Steinchen absuchte. »He, Ben.«

Er zuckte zusammen. »Hm, was?«

Oswald hatte das Steinchen inzwischen gefunden und seinen Stiefel wieder angezogen. »Kannst du für eine Minute ein Auge auf unseren blauen Freund haben? Ich müsste mal kurz für kleine Königstiger.«

»Klar«, erwiderte Ben. »Lass dir ruhig Zeit. Ich passe so lange auf M'Enat auf.«

»Guter Junge.« Oswald strich ihm über den Kopf, dann schlenderte er den Pfad zurück, den sie gekommen waren. Eine Minute später verschwand er hinter der Kehre.

Ben musste bei dem Gedanken lächeln, wie er, Lena und seine Geschwister ihn damals in seiner Hütte besucht hatten und wie Oswald auf einmal unbemerkt hinter ihnen aufgetaucht war. Keiner hatte ihn bemerkt, bis er direkt hinter ihnen stand. Eine ebenso lustige wie unheimliche Begegnung. Obwohl nur wenige Wochen vergangen waren, kam es Ben wie eine halbe Ewigkeit vor. Fast wie aus einem anderen Leben.

»Naiv«, ertönte plötzlich eine flüsternde Stimme. »So verdammt naiv.«

Ben brauchte einen Moment, um zu erkennen, dass es M'Enat war, der da gesprochen hatte. Er hatte gedacht, der Atlantide würde schlafen, stattdessen war er hellwach.

»Was hast du gesagt?«

»Ihr lauft sehenden Auges in euer Unglück«, krächzte M'Enat. Sein Nachtelfengesicht war zu einem spöttischen Grinsen verzogen. »Wie Schafe, die den Wolf in den Stall einladen. *Määh!*«

Ben schüttelte den Kopf. »Was soll der Scheiß? Hast du irgendwas zu sagen?«

»Ich? Nein. Was sollte ich schon zu sagen haben?« M'Enat wandte sich wieder ab.

So ein Idiot!

Seine Worte aber ließen Ben nicht los. *Ihr lauft sehenden Auges in euer Unglück.* Was meinte er damit?

In diesem Augenblick kam Oswald zurück. »Das hat gutgetan. Hat sich unser blauer Freund anständig verhalten?«

»Ja, er war ganz ruhig.« Ben blickte M'Enat finster an. Sollte er

Oswald von dem seltsamen Gespräch berichten? Er entschied, die Bemerkung vorerst für sich zu behalten.

Einige Stunden später fanden sie eine überwucherte Waldarbeiterhütte, deren vermooste Schindeln durch die Blätter schimmerten. Die Fensterläden waren verschlossen, die Tür mit einem schweren Vorhängeschloss gesichert. Die Hütte erschien ihnen gut geeignet als Nachtquartier.

Für Bens Fähigkeiten stellte das Schloss kein Hindernis dar. Der Vorteil einer verschlossenen Hütte offenbarte sich, als sie eintraten. Mochte die Hütte von außen ziemlich heruntergekommen wirken, innen war sie sauber und aufgeräumt. Gewiss, es war staubig und roch muffig, aber das ließ sich mit etwas Fegen und Lüften schnell beheben.

Ben legte sein Werkzeug zur Seite und half den anderen dabei, alles für die Übernachtung vorzubereiten. Der Proviant wurde sortiert, Matten und Schlafsäcke ausgerollt und eine Positionsbestimmung vorgenommen.

Danach erfolgte die Aufgabenverteilung. Denn noch durften sie sich nicht ausruhen. Sie mussten Wasser besorgen, die Nahrungsvorräte mussten aufgestockt werden und Feuerholz brauchten sie auch.

Die Dämmerung war erfahrungsgemäß die beste Zeit zur Jagd. Lenas Dad zog mit Armbrust und Schlinge los, die beiden Frauen übernahmen die Wasserversorgung. Ben und Lena waren für die Beschaffung von Feuerholz zuständig. Eine vergleichsweise einfache Aufgabe, denn der Waldboden war übersät mit herabgefallenen Zweigen und Ästen. Allerdings war das Holz feucht vom letzten Regen. Wenn sie es anzündeten, würde es viel Qualm verursachen und Qualm war problematisch. Nichts verriet einen so schnell wie eine Rauchsäule.

Ben hatte am Westhang eine Felswand gesehen und schlug Lena vor, dort nach trockenem Holz zu suchen. Das bedeutete zwar eine zusätzliche Kraftanstrengung, aber dieser kleine Mehraufwand würde sie nicht umbringen.

Er streckte sich und gähnte herzhaft. »Wir sollten uns bald auf den Weg machen. Ich fühle mich zwar völlig gerädert, aber ohne Feuer gibt's nichts zu essen. Und warm hätte ich es auch ganz gerne.«

»Recht hast du«, sagte Lena und kraulte die beiden Hunde. »Besser, wir strengen uns noch einmal richtig an, als dass wir uns später den Arsch abfrieren.«

Oswald räusperte sich. »Hört mal, ihr zwei ... was haltet ihr davon, wenn wir tauschen? Ihr passt auf M'Enat auf, ich übernehme die Feuerholzsuche. Erstens bin ich noch ziemlich fit, zweitens brauche ich mal ein paar Minuten für mich. Ich bin es nicht gewohnt, den ganzen Tag Leute um mich zu haben.« Er grinste. »Bin halt ein eingefleischter Einsiedler, wenn ihr versteht, was ich meine.«

Ben wiegte den Kopf. »Ich weiß nicht. Marianne war bei der Aufgabenverteilung recht klar.«

»Meine Schwester ist ein Sturkopf. Ich bin sicher, sie hätte nichts dagegen, wenn wir sie fragten. Doch leider ist sie bereits unterwegs mit Jette. Also ...?«

Lena sah Ben an. »Also von mir aus ist das okay. Für dich auch?«

Ben nickte. Er hatte auf einmal wieder dieses merkwürdige Gefühl, dass etwas nicht stimmte. Wie ein Monster, das einen aus der Dunkelheit heraus anstarrte. »O...okay«, sagte er. »Abgemacht. Du holst Feuerholz, wir passen so lange auf M'Enat auf.«

»Das wollte ich hören.« Oswald klopfte ihnen auf die Schulter. »Ich beeile mich. Sollte ich Hilfe brauchen, komme ich zurück und hole euch. Ist das ein Deal?«

Ben nickte. »Deal.«

Vergnügt verließ Oswald die Hütte.

Ben sah ihm hinterher, wie er den Berg hinaufstapfte. Nach ein paar Minuten war er aus ihrem Blickfeld entschwunden.

Warum wollte sein Onkel ausgerechnet jetzt unbedingt allein sein? In einer fremden Gegend, in der vielleicht Gefahren lauerten? Ein furchtbarer Verdacht keimte in ihm auf, schlug seine Krallen in Bens Gehirn und ließ es nicht mehr los.

Was, wenn …?

Ben holte tief Atem. Er musste etwas unternehmen. Er musste sichergehen. *Jetzt sofort!*

Mit einer scharfen Wende ging er zu seinem Rucksack zurück und holte die Rolle Klebeband heraus, die er immer bei sich trug. »Auf geht's, M'Enat. Mit dem Rücken an den Pfosten und die Arme nach hinten.«

Die Dunkelelfenaugen blickten ratlos. »Was?«

»Tu, was ich dir sage! Arme nach hinten.«

»Ich verstehe nicht …«

»Beeil dich gefälligst, oder willst du, dass ich Lupo befehle, dich zu beißen?«

Er wusste gar nicht, ob Lupo sich so etwas überhaupt von ihm befehlen ließ, aber er fand, dass es ziemlich einschüchternd klang. Lena sah ihn an, als habe er nicht alle Tassen im Schrank.

»Was hast du vor?«

»Erkläre ich dir unterwegs.«

»*Unterwegs?* Dein Onkel hat gesagt, wir sollen hierbleiben und auf den Atlantiden aufpassen.«

Ben überlegte kurz, ob es besser wäre, die Sache alleine durchzuziehen, verwarf den Gedanken aber wieder. Sollte sich sein Verdacht erhärten, würde er ihre Hilfe benötigen.

»Vertrau mir«, sagte er. »Ich habe meine Gründe.«

Sie überlegte kurz, dann sagte sie: »Okay.«

Ben nickte. »Los, M'Enat. Wir haben schon genug Zeit vertrödelt.«

Widerwillig tat der Atlantide, was man von ihm verlangte. Ben wickelte mehrere Lagen Klebeband um die schlanken Handgelenke. Als er sicher war, dass M'Enat sich nicht aus eigener Kraft befreien konnte, richtete er seinen Blick auf die beiden Hunde. »Ihr zwei bleibt hier und passt auf, dass er keine Dummheiten anstellt, in Ordnung? Beißt ihm ordentlich in den Hintern, wenn er sich befreien will.«

Lupo und Rambo sahen ihn mit großen Augen an. Lena sagte: »Platz.« Das schien besser zu funktionieren.

Ben schloss zur Sicherheit noch die Tür ab. Dann prüfte er die Richtung, in die Oswald verschwunden war, und marschierte los.

Er betete, dass er falschlag. Denn wenn er recht hatte, steckten sie alle in mächtigen Schwierigkeiten.

T minus 8

Oswald stand am Rande einer Klippe, hoch über dem Tal. Seine Haltung wirkte unnatürlich starr und angespannt. Der Blick war nach Nordosten gerichtet, die Richtung, aus der sie gekommen waren. Als würde er nach etwas Ausschau halten.

Eines war klar: Er war nicht auf der Suche nach Feuerholz. Doch auch Lenas Befürchtung, er wolle sich vielleicht etwas antun, schien sich nicht zu bestätigen. Aber was dann?

Der Felsen fiel an dieser Stelle fünfzig Meter senkrecht ab. Die Stelle war nicht gesichert und das Gestein weich und bröckelig. Es bestand ein erhebliches Risiko abzustürzen.

»Was tut er denn da?«, flüsterte Lena so leise wie möglich. Sie wusste, dass Oswald ziemlich gute Ohren hatte. Sie und Ben lagen nun schon gefühlt zehn Minuten auf der Lauer und beobachteten Oswald. »Warum steht er dort?«

»Ich habe nicht den geringsten Schimmer.« Ben schüttelte den Kopf. Er wirkte ernst. Irgendetwas schien ihn zu belasten. Lena wünschte sich, er würde mit ihr reden, aber das war in ihrer jetzigen Lage unangebracht.

»Er hat sich ganz schön verändert, seit ich ihn vor einigen Wochen das erste Mal kennengelernt habe«, sagte Lena leise. »Ist mürrischer geworden und verschlossener. Wenn du mich fragst, würde ich sagen, es sind zwei verschiedene Personen.«

Ben schwieg beharrlich weiter.

»Und was jetzt?«, flüsterte sie. »Geben wir uns zu erkennen, oder was?«

»Noch nicht. Ich will erst sehen, was er tut.«

Lena fühlte sich nicht ganz wohl dabei. Jemandem aus ihrem eigenen Team hinterherzuspionieren, war kein feiner Zug. Gewiss, Oswald war ein verschrobener Mann, aber er hatte es nicht verdient, bespitzelt zu werden. Keiner hatte das. Vielleicht wollte er nur alleine sein und die Aussicht genießen.

Lena war drauf und dran, sich zurückzuziehen, als sie bemerkte, wie Oswald sein Amulett herauszog. Sie hatte das Ding das letzte Mal in seiner Hütte bemerkt. Er schien es immer um seinen Hals zu tragen. Jetzt hielt er den Kristall in die Höhe und murmelte einige Worte. Aufgrund der Entfernung konnte sie nicht verstehen, was er sagte.

»Was macht er denn da?«, flüsterte sie.

Ehe Ben antworten konnte, bemerkte sie ein Glimmen an der Spitze des Kristalls. Sie hielt es zuerst für eine Reflexion der untergehenden Sonne, doch dann wurde ihr klar, dass es der Kristall selbst war, der so leuchtete.

»Lang lebe das Kollektiv!« Die Stimme klang fremdartig und hart. Oswald senkte die Arme und stellte den Kristall vor sich auf die Erde. Dann trat er ein paar Schritte zurück. Aus der gläsernen Spitze des Objektes wuchs eine leuchtende Gestalt. Sah aus wie ein Hologramm oder so.

»O mein Gott«, flüsterte Ben. »Es stimmt also.«

»Was stimmt?«

Bens Stimme bebte vor Erregung. »Die Erscheinung, siehst du sie nicht? Das ist ein Atlantide. Das Ding ist ein Transmitter, ein Sender oder so. Durch ihn kann Oswald mit unseren Feinden kommunizieren. Er ist der Verräter.«

»Oswald?« Lena konnte es nicht glauben. Sie war in diesem Moment völlig überfordert. »Aber wieso? Warum sollte er das tun? Er hasst doch die Atlantiden.«

»Das werden wir sofort herausfinden.«

Ben richtete sich auf und trat aus ihrem Versteck. Mutig trat er seinem Onkel entgegen. »He, Oswald!«, rief er. »Ich hoffe, wir stören dich nicht bei deiner Feuerholzsuche.«

Mariannes Bruder fuhr herum. Seine Augen waren weit aufgerissen. Die leuchtende Gestalt, die über dem Kristall schwebte, starrte Ben hasserfüllt an. In den Augen der beiden lag eine Mischung aus Überraschung und Wut.

»Häftling 33472, wer ist dieser Fremde, was tut er hier? Ich verlange eine Erklärung.«

Als keine Antwort kam, hob das Geschöpf seine Hand. Ein merkwürdig aussehender Mechanismus befand sich darin. Ein Knopf wurde gedrückt und ein durchdringendes Pfeifen ertönte.

Oswald zuckte zusammen. »W...was?« Er wirkte, als stünde er unter Drogen.

»Ich habe dich gefragt, wer das ist und was er hier tut. Ich sagte dir doch, dass unsere Treffen strengster Geheimhaltung unterliegen.«

»J...ja, Meister.«

Der Nachtelf fletschte die Zähne. *»Beseitige ihn, Häftling 33472.«*

»Ich soll ... was?«

»Ihn loswerden. Wirf ihn die Klippe runter oder lass dir etwas anderes einfallen. Aber sieh zu, dass er uns nicht länger stört.«

Oswald erbebte. Seine Hände verkrampften sich, als hätte er in eine Steckdose gefasst. »D...das kann ich nicht tun, Meister. Ben ist mein Neffe.«

»Bei den Gräbern der Altvorderen, was bist du nur für ein Dilettant. Alles muss man selbst machen. Gib mir die Koordinaten, dann kommen wir und erledigen das selbst. Los jetzt, Häftling 33472.«

»Ja, Meister.« Oswald wollte sich vorbeugen, um das leuchtende Objekt aufzuheben, doch Ben ging dazwischen.

Lena sah all das mit Schrecken.

Sie war wie gelähmt.

»Keine Bewegung, Oswald. Weg von dem Ding!«, rief Ben.

Oswald reagierte nicht. Er nahm den Kristall und machte Anstalten, irgendwelche Zahlen darauf einzutippen. Von ihrer Position aus konnte Lena erkennen, dass ein Raster mit Koordinaten in dem leuchtenden Feld erschienen war. Wenn Oswald dem Feind ihren Standort mitteilte, würde sie dasselbe Schicksal ereilen wie Paul. Das würde sie nicht zulassen.

Sie riss den Frequenzierer aus ihrer Tasche, schaltete auf niedrigste Stufe und drückte den Abzug. Ein leuchtender Strahl zuckte aus der Spitze und fuhr in den Kristall. Oswald stieß einen Schrei aus. Seine Hände zuckten zurück und ließen den Transmitter fallen. Der Atlantide krümmte sich im Strahl. Vermutlich betraf das nur das holografische Abbild, nicht das Wesen selbst.

Ben reagierte sofort. Er griff nach einem Steinbrocken, hob ihn hoch empor und ließ ihn mit aller Kraft auf den Transmitter niedersausen. Ein hässliches Knirschen ertönte. Eine Wolke aus blauer Energie schoss hervor und stieß Ben nach hinten. Er taumelte.

Lena sah, wie er dicht am Abgrund hin und her schwankte. Jeden Moment würde er abstürzen. Geistesgegenwärtig stürmte sie vor, packte seine Hand und riss ihn fort von der Kante.

Mit Oswald ging eine seltsame Verwandlung vor sich. Er zuckte, als litte er unter Krämpfen. Sein Gesicht war so angespannt, dass die Sehnen an seinem Hals hervortraten. Die Hände zu Fäusten geballt, wurde er von heftigen Stößen durchgeschüttelt. Er öffnete seinen Mund und heraus kam ein Geräusch, wie Lena es noch nie zuvor gehört hatte. Ein durchdringendes Heulen wie von einem

Wolf. Dann sackte er auf die Knie, beugte den Rücken und versenkte den Kopf zwischen den Armen.

Ben wollte auf ihn zugehen, doch Lena hielt ihn zurück. »Warte lieber noch ein bisschen.«

»Aber es geht ihm nicht gut. Ich muss mich um ihn kümmern.«

»Einverstanden. Aber ich werde aufpassen. Wenn er etwas Dummes versucht, brenne ich ihm mit dem Frequenzierer eins über.«

O ja, das würde sie. Sie hatte kein Mitleid mit dem Verräter. Sie richtete das Gerät auf Oswald, der immer noch bebte.

Ben kauerte sich neben ihn und legte seinen Arm um ihn. »Oswald, was ist mit dir? Was ist da eben geschehen?«

Der Mann richtete sich auf. Sein Gesicht wirkte verwirrt. Tränen strömten über seine Wangen. Er sah sich um, schien aber nicht zu wissen, was gerade passierte.

»Wo ... wo bin ich? Was macht ihr hier?«

»Wir sind dir gefolgt«, sagte Ben. »Wir wollten sehen, wohin du gehst.«

»Wohin ich ...?« Er schüttelte den Kopf. »Aber das war doch besprochen. Ich wollte Feuerholz holen.«

»Hier oben?« Ben deutete auf die Umgebung.

Oswalds Blick zuckte hin und her. Dass er nur mit einem Auge sehen konnte, erschwerte die Orientierung zusätzlich. »W...was soll das? Wo sind wir hier? Ich weiß gar nicht ... oh, wartet. Doch, ich erinnere mich. Mir wurde befohlen, hier raufzugehen. Eine Stimme sagte, ich solle eine Positionsmeldung machen. Aber wer hat da zu mir gesprochen? Ich war doch alleine ...«

»Vielleicht nicht.« Ben hob den Stein. Das Amulett war zerstört, doch Fassung und Halsband immer noch intakt. Ben hob es auf und reichte es Oswald. »Erinnerst du dich daran?«

»Das Amulett meiner Frau. Was hast du getan?«

»Deiner Frau? Soweit ich weiß, warst du niemals verheiratet. Komm schon, erinnere dich. Was ist das für ein Ding? Woher hast du es?«

»Ich …« Oswald schüttelte verwirrt den Kopf. Eine Weile schien er sich innerlich zu sträuben, dann sackte er in sich zusammen. *»Sie* haben es mir gegeben.«

»Wer sind *sie?«*

»Die Männer im Gefängnis. Sie haben mir gesagt, dass ich es niemals ablegen dürfe. Wenn ich das täte, käme ich wieder hinter Schloss und Riegel.« Oswald stieß ein Schluchzen aus.

»Du warst im Gefängnis? Bei der Atlas-Union? Wann soll das gewesen sein?«

»Im ersten Jahr der Übernahme durch die Union. Ich kam in eine Polizeikontrolle. Man erwischte mich beim Transport verbotener Bücher. Ich setzte mich zur Wehr, wurde verletzt und kam in Haft. Im Gefängnis haben sie mich einer Befragung unterzogen. Ich wurde verdächtigt, mit dem Widerstand zu kooperieren, nachweisen konnten sie mir jedoch nichts. Dann boten sie mir an, mich einem Testprogramm zu unterziehen. Sie gaben mir das Amulett und schärften mir ein, dass ich es immer bei mir haben müsse. Das sei der Preis für meine Freilassung, sagten sie. Ich willigte ein. Bis heute habe ich nicht verstanden, was es damit auf sich hat.« Er schluckte.

»Ich schon.« Ben richtete sich auf. »Sie wollten, dass du ihnen Informationen lieferst. Dass du zu unserer Siedlung zurückkehrst und ihnen unseren Standort verrätst. Und das hast du getan. Die ganze Zeit. Und erst recht, seit wir auf der Flucht sind.«

»Was?« Oswald blickte ihn entgeistert an. »Aber ich erinnere mich nicht daran.«

»Gehirnwäsche«, mutmaßte Lena. »Ich habe mal etwas darüber gelesen. Eine Art gedankliche Umprogrammierung. In den

1970er-Jahren hat es Versuche dazu gegeben. Sie wurden aber eingestellt, weil sie zu unmenschlich waren.«

»Aber das sind keine Menschen«, sagte Ben. »Sie haben dich abgerichtet wie eine Laborrate.«

»Denk nach!«, drängte Lena. »Haben sie dir Medikamente gegeben? Dich auf einen Stuhl geschnallt und Elektroden an deinem Kopf befestigt? Haben sie dich gezwungen, bestimmte Sätze vorzulesen und sie auswendig zu lernen?«

Oswald blickte sie völlig entgeistert an. »Das war Teil des Testprogramms. Woher weißt du davon?«

»Wie gesagt, ich habe darüber gelesen. Auch Terrorgruppen haben so gearbeitet. Du bist das, was man einen Schläfer nennt.«

»Ein Schläfer?« Oswalds Stirn lag in tiefen Falten.

Lena nickte. »Du kannst jahrelang ein glückliches Leben führen, Freunde haben, eine Familie gründen und eines Tages – zack – wachst du auf und bist ein anderer. Weil *sie* tief in dir einen Programmiercode versteckt haben, den nur sie selbst kennen.«

»Was denn für ein Code?«, fragte Oswald. »Ich bin doch keine Maschine.«

»Natürlich bist du das«, erwiderte Lena. »Wir alle sind Maschinen. Biologische Maschinen. Meine Mutter hat mich immer so genannt, wenn ich wieder mal mein Zimmer nicht aufgeräumt hatte. Sie erzählte mir, sie sei in meinem Alter genauso ein Schlamper gewesen und habe das an mich vererbt. Wir alle folgen einem bestimmten Code und ich fürchte, an deinem wurde erheblich rumgepfuscht, Oswald.«

Bens Onkel hockte da wie ein Häuflein Elend. Wie es schien, erinnerte er sich jetzt doch an das eine oder andere.

»Du hast recht«, sagte er. »Ihr habt beide recht. Ich erinnere mich, dass ich für eine Spezialbehandlung ausgewählt worden bin. Es hieß, wenn ich mich freiwillig meldete, würde ich schneller rauskommen. Und ich wollte nichts anderes als dieser Hölle entfliehen. Also habe ich an dem Programm teilgenommen.« Er verstummte. Tränen rannen über seine Wange. »Wenn das stimmt, dann habe ich euch alle in Gefahr gebracht. Ich habe die Atlantiden auf unsere Spur geführt. Ich habe zu verantworten, dass die Hornburg zerstört wurde, dass Liam fast getötet worden wäre und um ein Haar auch ihr beide. Und, und – o Gott.« Seine Augen waren vor Entsetzen weit aufgerissen. »Ich habe Paul auf dem Gewissen. Wegen mir musste der arme Junge sterben.« Er stieß einen Laut aus, der Lena schier das Herz zerriss. Aber sie konnte ihm nicht widersprechen. Es stimmte, was er sagte, auch wenn sie in ihm mehr ein Opfer als einen Täter sah.

»Ich mochte ihn«, fuhr Oswald mit tränenerstickter Stimme fort. »Paul hat mich an mich selbst erinnert, als ich in eurem Alter war. Ein Rebell, ein Wildling, eine freie Seele. Und ich habe ihn umgebracht.«

Er stand auf.

Schwankend.

Lena konnte sehen, wie seine Kiefermuskulatur unter der Haut arbeitete. Er war vollkommen aufgelöst. Sie war sicher, dass er das nicht nur spielte. Oswald war ein Mann, dessen ganzes Leben von einer auf die andere Sekunde zusammengebrochen war. Und in so einem Zustand war er unberechenbar.

»Achtung, Ben, pass auf!«

Oswald taumelte auf den Abgrund zu. Zum Glück war Lenas Warnruf rechtzeitig gekommen. Ehe er sich in die Tiefe stürzen konnte, umschlang Ben den Körper seines Onkels mit beiden Armen und warf ihn auf den Rücken. Schwer atmend landeten die beiden auf dem harten Felsgestein.

»Lasst mich gehen!«, schrie Oswald. »Lasst mich meinem Leben ein Ende setzen. Ich will so nicht weiterleben.«

Lena hatte die ganze Zeit den Frequenzierer auf die beiden gerichtet. Noch war der Kampf nicht entschieden. Solange sie nicht wusste, wer die Oberhand hatte, würde sie die Kontrolle behalten.

»Du wirst weiterleben«, stieß Ben keuchend aus. »So wie wir alle. Du wirst dich nicht einfach zur Hintertür hinausstehlen, sondern für deine Taten geradestehen. Gib zu, was du getan hast, und versuche, es wiedergutzumachen.«

»Warum? Warum verlangst du das von mir?«

»Weil wir dich brauchen. Wir brauchen jeden Einzelnen. Alleine sind wir schwach, zusammen können wir etwas bewirken. Willst du es nicht denen heimzahlen, die dir das angetan haben?«

»Doch ...«

»Dann reiß dich zusammen. Marianne hat mir gesagt, dass wir unser Ziel fast erreicht haben. Morgen kommen wir an und dann werden wir diesen blauen Spitzohren gehörig in den Hintern treten.«

»Aber wie? Ich weiß doch nicht mal, wo wir hingehen, geschweige denn, wie der Plan lautet.«

»Aber ich weiß es.«

»Du?« Lena sah Ben entgeistert an. *»Woher?«*

»Mom hat es mir erzählt. Als wir beide alleine waren, oben auf dem Hügel. Ja, ich weiß, sie wirkte die ganze Zeit über sehr hart und rücksichtslos, aber sie hat allen Grund dazu. Das verstehe ich von Stunde zu Stunde mehr ...«

»Was hat sie denn gesagt?« Oswald hing an Bens Lippen.

Ben warf ihm einen schwer zu deutenden Blick zu. »Bei allem Wohlwollen, aber das wäre jetzt etwas zu viel verlangt, oder? Dass ich dich noch in irgendein Geheimnis einweihe, nach allem, was du hier eben abgezogen hast, kannst du knicken.«

»Was machen wir jetzt mit ihm?« Lenas Gedanken schwirrten

herum wie ein aufgebrachter Bienenschwarm. »Ihn hier zurücklassen können wir schlecht, oder?«

»Ich weiß nicht«, sagte Ben. »Den anderen davon erzählen, schätze ich. Sie müssen es erfahren.«

»Ich weiß nicht, ob das so klug wäre«, gab Lena zu bedenken. Sie hatte sich das auch schon überlegt, doch dieser Schritt barg viele Risiken.

»Wieso?«

»Weil wir damit alles gefährden. Überleg doch mal, wie deine Mutter reagieren würde, wenn sie davon erfährt.«

»Sie würde vermutlich alles abblasen ...«

»Eben. Damit hätten wir alles zerstört, all unsere Mühen und Hoffnungen. Andererseits haben die Atlantiden durch die Zerstörung des Moduls vermutlich keinen Einfluss mehr auf Oswald. Er kann nicht mehr mit ihnen kommunizieren, selbst wenn er wollte. Aber ich glaube gar nicht, dass er das will, weil dieses Ding ihn ja *gesteuert* hat. Natürlich sollten wir vorsichtig sein und ihn rund um die Uhr bewachen, aber ich denke, er hat eine zweite Chance verdient. Was meinst du?«

Ihre Worte schienen Eindruck auf Ben zu machen. Er ließ sich die Sache durch den Kopf gehen. »Du erstaunst mich«, sagte er. »Wenn jemand das Recht hätte, auf Oswald wütend zu sein, dann du. *Und du vergibst ihm?«*

Sie dachte ernsthaft darüber nach, dann sagte sie: »Vergeben? Nein. Jedenfalls nicht so schnell. Aber ich stehe auf dem Standpunkt, dass jeder eine zweite Chance verdient hat. Du nicht?«

»Doch.« Ben hob den Kopf und sah seinen Onkel eindringlich an. »Es ist ein Risiko, aber ich gebe dir recht, Lena. Ich denke, dass du unverschuldet in diese Sache reingerutscht, bist, Oswald. Wir werden dir also noch eine Chance geben. Sollten wir aber den geringsten Verdacht haben, dass du etwas Krummes vorhast, werden wir den anderen davon erzählen. Und die hängen dich dann am nächsten Baum auf.«

Oswald stand da wie ein Häuflein Elend. Alle Kraft, alle Spannung war von ihm abgefallen. »Danke«, murmelte er. »Ihr habt mein Wort, dass ich nichts tun werde, was euch schaden könnte. Ich werde versuchen gutzumachen, was ich angerichtet habe. Aber ich kann keine Garantie dafür übernehmen. Die Verantwortung liegt bei euch.«

Ben nickte. »Das ist doch mal eine klare Ansage. Ich würde das Risiko eingehen. Wie ist es mit dir?«

Lena musterte Bens Onkel gewissenhaft. Sie wusste, dass es eine ziemlich schwerwiegende Entscheidung war, die sie hier trafen, aber es erschien ihr als das einzig Richtige.

»Einverstanden«, sagte sie. »Geben wir ihm noch eine Chance.«

Teil VIII

DIE WELT-MASCHINE

T minus 7

Am südlichen Zipfel des Sees lag eine Stadt.

Das musste Genf sein, die Perle des gleichnamigen Schweizer Kantons. Eine Stadt, nur halb so groß wie Stuttgart und dennoch von internationaler Bedeutung, denn hier hatte einst der Hauptsitz der Vereinten Nationen in Europa gelegen. Zumindest, wenn Bens Erdkundekenntnisse ihn nicht trogen.

Die Stadt war umrahmt von Hügeln und Bergen. Rechts das Juragebirge, links die Alpen, zusammen mit dem Mont Blanc, dem *Weißen Berg*. Was für ein Anblick!

Ein Seufzer der Erleichterung stieg aus seiner Kehle. Sie hatten es geschafft!

Zehn Tage Marsch lagen hinter ihnen. Zehn Tage Anstrengung, Qual und Hoffnung. Seine Füße waren geschwollen, seine Haut an vielen Stellen aufgeschürft. Einen Muskelkater konnte man das nicht mehr nennen, denn das hätte vorausgesetzt, dass da noch Muskeln waren. Doch er spürte nur noch Schmerz. Dumpfen Schmerz. Seine Schuhe hatte er schon lange nicht mehr ausgezogen, aus Angst, sie danach nie wieder anzubekommen.

Während der vergangenen Tage hatte er noch einmal Gelegenheit gehabt, gründlich über die jüngsten Ereignisse nachzudenken. Über die Sache mit seinem Onkel. Darüber, dass Lena und er entschieden hatten, den anderen nichts von dem Vorfall zu erzählen und Oswald unter strenger Bewachung zu halten. Es war schon eine enorme Verantwortung, die sie da trugen, aber tatsächlich erlebten sie einen völlig veränderten Oswald. Sein Onkel war kommunikativ, hilfsbereit und kameradschaftlich und zeigte keinerlei Anzeichen einer wiedererwachenden Fremdkontrolle. Dass Lena und Ben ihn pausenlos beobachteten, nahm er ihnen nicht übel. Im Gegenteil. Er informierte sie über jede seiner Handlungen und wartete sogar auf sie, wenn einer von ihnen mal den Anschluss verloren hatte. Dass seither keine Wiper mehr zu sehen gewesen waren, wertete Ben als gutes Zeichen. Wie es aussah, hatte die Union nun doch endlich ihre Spur verloren.

Bisher waren sie durch menschenleere Gegenden gewandert, doch seit sie die Bergpfade verlassen hatten, ließ sich ihre Anwesenheit nicht länger verbergen. Immer öfter kamen sie jetzt an bewohnten Höfen vorbei. Sicherheitshalber wuschen sich alle noch einmal an einem Bach, ordneten ihre Kleidung und gaben M'Enat seine menschliche Gestalt zurück.

Je weiter sie sich der Stadtgrenze näherten, desto deutlicher wurde es, dass die Schäden in der Schweiz sehr viel geringer ausgefallen waren als in Deutschland. Selbst in den Randbezirken sah alles ordentlich und gepflegt aus. Menschen bauten Obst und Gemüse in ihren Gärten an, Autos und Fahrräder fuhren auf den Straßen und es gab sogar eine Buslinie. Die Gebäude waren in einem bemerkenswert guten Zustand und auch die Straßen wiesen kaum Schäden auf. Es gab kleine Geschäfte und Supermärkte, in denen die Menschen einkauften, sich unterhielten, den neuesten Klatsch und Tratsch austauschten.

Ben kam sich vor, als wäre er in der Zeit zurückgefallen. Als würde er die Welt erleben, wie sie vor dem Zusammenbruch gewesen war. Es kam ihm alles so fremd und so unwirklich vor, dass er das Hindernis erst bemerkte, als sie schon beinahe davorstanden.

Eine Straßensperre hinderte sie am Weitergehen. Mehrere uniformierte Männer prüften Ausweise, unterhielten sich mit Passanten und sorgten dafür, dass die Schranke nach dem Passieren eines Fahrzeugs stets wieder geschlossen wurde.

Als Ben und seine Leute bei ihnen eintrafen, richtete sich ihre ganze Aufmerksamkeit auf sie. Ben bemerkte, dass die meisten der Beamten automatische Waffen bei sich führten.

»Halt, stehen bleiben!« Der Mann, der da mit schweizerischem Dialekt sprach, wirkte, als hätte er hier das Sagen.

»Wo wollen Sie hin? Darf ich mal Ihre Ausweispapiere sehen?«

»Lasst mich das machen, ich regele das.« Marianne ging mit erhobenen Händen nach vorne. Sie und der Mann unterhielten sich kurz, dann verschwanden sie in einem kleinen Gebäude, das wie ein Zöllnerhäuschen wirkte. Ein Schild mit der Aufschrift *Kantonspolizei Genf* prangte an der Tür.

Hoffentlich bekamen sie keine Schwierigkeiten. Immerhin war ihre Einreise mit Sicherheit illegal gewesen. Passanten blieben stehen, tuschelten miteinander und beäugten sie mit argwöhnischem Blick. Ben fühlte sich auf einmal sehr unwohl. Wie jemand, der zur falschen Zeit am falschen Ort war. So also fühlte es sich an, ein Fremder zu sein. Ein Alien.

Es dauerte eine gefühlte Unendlichkeit, bis Marianne in der Tür erschien. Der Beamte winkte ihnen zu. »Reinkommen. Einer nach dem anderen. Taschen, Rucksäcke und Waffen hier draußen ablegen. Ich möchte Sie bitten, sich ruhig zu verhalten und meine Männer nicht zu provozieren. Glauben Sie mir, sie sind bestens im Umgang an der Waffe geschult. Sie werden nicht lange fackeln, sollten sie Anlass zur Sorge haben.«

Inzwischen mussten sich so um die fünfzig Passanten versammelt haben, die sie beobachteten. Ben beeilte sich, ins Innere des Hauses zu kommen.

Es gab ein kurzes Gedrängel, dann fanden sie sich in einem kargen Zimmer wieder. Mehrere Stühle, ein Tisch und ein Aktenschrank standen dort. Sie wurden angewiesen, Platz zu nehmen und ihre Personalien aufnehmen zu lassen. Man brachte ihnen Teller mit Keksen sowie etwas zu trinken.

Ben spähte hinaus. Die Menschentraube löste sich auf und die Leute gingen wieder ihrer geregelten Tätigkeit nach.

Der Beamte öffnete das Fenster und ließ frische Luft herein.

Ben atmete tief durch. Erst jetzt fiel ihm auf, dass es hier drinnen ziemlich streng roch. Kein Wunder, sie hatten seit vielen Tagen nicht mehr ihre Kleidung gewechselt. Nur M'Enat sah aus wie aus dem Ei gepellt. Ein Fremdkörper, der sofort ins Auge stach. Der Wachhabende musterte ihn kritisch. »Wer ist er?«

»Unser Rechtsanwalt«, sagte Marianne kurz angebunden. »Er berät uns in allen rechtlichen Fragen und er ist es auch, mit dem Sie es zu tun bekommen werden, wenn Sie uns nicht unseren Anruf tätigen lassen.«

Die Augen des Mannes wurden schmal. »Mein Name ist Feldwebel Landauer von der eidgenössischen Grenzwachtregion West. Sie sagen also, Sie seien in geheimer Mission unterwegs? Wie kommt es, dass Sie mir noch nicht gemeldet wurden? Sind Sie denn bislang keiner anderen Patrouille über den Weg gelaufen?«

»Wie ich Ihnen bereits erklärte, sind wir auf alten Bergpfaden gewandert, um der Luftüberwachung der Union zu entgehen«, entgegnete Marianne. »Wir *wollten* nicht gefunden werden.«

»Ja, das sagten Sie.« Der Mann trommelte mit den Fingern auf der Tischplatte. Bens und Lenas Frequenzierer lagen vor ihm auf dem Tisch. »Sie sagten auch, dass Sie Informationen bei sich trügen, die für unser aller Wohl und Überleben von Bedeutung seien? Ich muss Ihnen ganz ehrlich sagen, es fällt mir schwer, das zu glauben.«

»Was Sie glauben oder nicht, ist völlig unerheblich«, sagte Bens Mom und deutete auf den Zettel. »Bitte wählen Sie diese Nummer. Professor Becker von der *European Organisation for Nuclear Research.* Er wird Ihnen bestätigen, was ich gesagt habe.«

Ein Nuklearforschungszentrum? Das war das erste Mal, dass Ben davon hörte. Was, bitte schön, wollten sie denn dort? Das Einzige, was ihm zu dem Thema einfiel, waren Atombomben. Er hoffte, dass er sich irrte.

»Na schön«, sagte der Feldwebel. »Diesen Anruf will ich gerne für Sie tätigen. Aber nur diesen einen, verstanden? Sollte sich Ihre Geschichte als unwahr herausstellen, werden Sie umgehend in Sicherheitsverwahrung gebracht.«

»Das ist nur fair«, entgegnete Marianne.

Der Mann griff nach dem Fernsprecher. Ein altertümliches Telefon mit abnehmbarem Hörer und Wählscheibe. Technologie aus dem vorigen Jahrtausend. Vermutlich hatte es deswegen den EMP überstanden.

In dem kleinen Raum war es ruhig geworden. Alle lauschten.

Ben vernahm ein Tuten – das Signal, dass die Leitung frei war. Dann ertönte ein Knacken und eine leise Stimme war zu hören.

»Ja, Grüezi, hier spricht Feldwebel Landauer von der eidgenössischen Wachstation Nummero zwölf«, sagte der Beamte. »Es geht um ein paar illegale Einwanderer, die wir festgenommen haben. Sie verlangen, einen gewissen Professor Becker zu sprechen. Was? Ja, genau, Konstantin Becker, physikalische Fakultät. Gut, ich warte.«

Sein Fingertrommeln machte Ben nervös. Immerhin schien es einen solchen Professor zu geben. Das bedeutete, dass dieser Teil der Geschichte schon mal stimmte. Dann ertönte wieder die Stimme in der Leitung.

»Was? ... Will nicht gestört werden? Aber es ist wichtig! Ich habe Grund zu der Annahme, dass es sich bei den Personen um fremdländische Spione handelt. ... Ja, richtig. Der Name? Kowalski. Marianne Kowalski. Ja, ich werde warten.« Der Feldwebel schickte einen vorwurfsvollen Blick in die Runde.

Diesmal dauerte es nicht so lange, bis sich die Stimme wieder meldete.

»Wer? Ah, Sie sind's selbst, Herr Professor. Man sagte mir, Sie hätten keine Zeit. Na, umso besser. Ich habe ... was sagen Sie? Sie wollen Frau Kowalski sprechen? Moment, ich reiche Sie weiter.«

Bens Mom riss ihm den Hörer aus der Hand. »Konstantin, bist du das? ... Ja, wir sind kurz vor Genf ... Nein, hör du mir zu. Ich habe den Koffer. Verstehst du? Die Informationen *sind hier.* Wir bringen sie persönlich ... Was?« Sie presste den Hörer an ihr Ohr. Dann stand sie auf und fing an herumzugehen. Zum Glück war das Kabel lang genug.

»Nein, es ging nicht anders«, stieß sie aus. »Wir wurden angegriffen. Die Union, richtig. Nein, wir wurden nicht verfolgt, alles ist ruhig. Der Sendeturm wurde zerstört, ehe ich das Datenpaket rausschicken konnte. Wie bitte? Ihr habt bereits begonnen? Aber ihr wolltet doch warten. Ich ... nein. Ja, ich verstehe, aber das ...« Sie fuhr sich durch die Haare. Sie wirkte aufgebracht. »Ich weiß, dass das anders ausgemacht war, aber was sollten wir denn tun? Ihr hättet sicherheitshalber noch ein paar Tage warten müssen. Ich bin überzeugt, dass es ohne die genauen Koordinaten nicht funktio... Was hast du gesagt?«

Sie schwitzte. Auf ihrer Stirn hatten sich glitzernde Tröpfchen gebildet.

»Wir sind gelaufen. Ja, zu Fuß. Die ganze Strecke.« Sie presste den Hörer ans Ohr. »Du kannst dir vorstellen, dass wir nicht gerade in der besten Verfassung sind. Und jetzt sitzen wir hier in einem popeligen kleinen Wachhäuschen und müssen einem Dorfpolizisten Rede und Antwort stehen. Willst du riskieren, dass die ganze Operation scheitert, nur weil ihr ...?«

Ben sah rüber zu dem Feldwebel. Landauer sah aus wie ein Teekessel, der gleich überkochte. Irgendetwas lief aus dem Ruder, und zwar ganz gehörig.

»Nein, du hörst mir jetzt mal zu, Konstantin«, entgegnete Marianne erregt. »Ich will, dass du uns sofort eine Eskorte schickst. Wenn wir nicht rechtzeitig handeln, wird das Experiment schiefgehen. Ach, das wäre eine Katastrophe? ... Ja, Himmel, dann musst du jetzt halt mal eine schnelle Entscheidung treffen! ... Ja, jetzt sofort. Moment, ich gebe ihn dir.«

Sie drückte dem Feldwebel den Hörer wieder in die Hand. »Für Sie.«

»Landauer hier. Ja. Ja. Nein, ich kann diese Leute so nicht weiterziehen lassen. Nicht ohne gültige Papiere. Was ...?« Der Feldwebel presste den Hörer an sein rot angelaufenes Ohr. »Ich soll was? Wie sprechen Sie denn mit mir? Wissen Sie, mit wem Sie es zu tun ...? Ob ich Bezirkskommandant Albrecht kenne? Selbstverständlich, er ist mein direkter Vorgesetzter. Sie sind Freunde? Das ist schön für Sie. Ich ... nein. Sie ... oh!« Es trat Stille ein. Nur am anderen Ende wurde noch gesprochen. Sehr laut.

Dann wurde es ruhig.

Der Feldwebel stand auf, den Hörer noch am Ohr. Er war sichtlich außer Atem. Seine Haut war gerötet und fleckig.

»Ich habe verstanden. Ja, ich werde das sofort veranlassen. Jawohl.« Er legte auf.

Er straffte seine Uniform, dann verließ er das Häuschen. Durch das geöffnete Fenster hörte Ben, wie gebrüllt wurde. Der Feldwebel schrie mit so starkem Dialekt, dass kein Wort zu verstehen war. Doch seine Worte zeigten Wirkung. Auf der Straße entstand hektische Aktivität. Männer rannten herum, kurz darauf ertönte das Brummen eines Motors. Der Feldwebel betrat erneut das Häuschen. »Wenn ich bitten dürfte. Der Transport ist jetzt da.«

Marianne nickte erleichtert. »Ich danke Ihnen, Feldwebel.« An den Rest der Gruppe gewandt, sagte sie: »Kommt schon, wir wollen den Professor nicht warten lassen.«

T minus 6

Der Chef des Geheimdienstes stand mit gesenktem Kopf vor E'Tach – aller Auszeichnungen und Würdentitel beraubt. Sein Name sollte aus den Büchern entfernt werden, seine Pensionszahlungen eingestellt. E'Tach persönlich hatte dafür gesorgt, dass das Versagen an der Schandwand öffentlich gemacht wurde, zur Ermahnung und Abschreckung an alle, die meinten, sie dürften so kurz vor der Vollendung die Dinge schleifen lassen.

»Geh mir aus den Augen!«, sagte er und scheuchte den Angeklagten mit einer abwertenden Handbewegung fort. »Lass uns allein, du bist nicht länger Teil des Beraterstabes.«

M'Assals Worte hatten ihm zu denken gegeben. Wenn die Flotte eintraf, würden die Würfel neu gerollt werden. Dann musste jeder nach sich selbst sehen. E'Tach hatte nicht vor, für den Rest seines Lebens in irgendeinem staubigen Hinterzimmer niedere Tätigkeiten auszuführen. Sein Ziel war es, an der Seite von M'Assal zu regieren und mitzuhelfen, den Planeten zu ihrer neuen Heimat zu machen.

Versagen wurde nicht geduldet. Es war ein Zeichen von Schwäche und Schwäche konnte sich ein Generalgouverneur nicht leisten.

E'Tach streckte seinen mechanischen Arm und bewegte die Finger. Die neue Prothese verfügte über ungeheure Kraft. Wenn er wollte, konnte er jeden einzelnen seiner Berater töten. Doch was hätte er davon? Nur gemeinsam ließ sich die Vollendung bewerkstelligen. Aufgereiht standen sie vor ihm, ihre Blicke beschämt zu Boden gerichtet.

»Also?« Er erhob sich von seinem Thron und ging auf sie zu. »Ist einer unter euch Versagern fähig, mir eine fundierte Analyse der Situation vorzutragen? Oder verlangt ihr von mir, dass ich das selbst mache? In diesem Fall wärt ihr überflüssig.« Seine Worte verfehlten nicht ihre Wirkung. Besorgt wichen sie vor ihm zurück. Nur ein Einziger blieb stehen. Ein junger Atlantide. Assistent des Kriegsrats, zweiter Stratege. Ein Handlanger. Scheu, unauffällig und ohne Befugnisse.

»Hast du etwas zu sagen, Junge?«

»Ja, Vorderster«, sagte er. »Ich habe das Verhalten der Rebellen analysiert und ich bin zu dem Schluss gekommen, dass Gefahr droht.«

»Geht das etwas genauer?«

»Selbstverständlich. Erlauben Sie…?« Der junge Mann ging zu der Zentralsteuerung und aktivierte den Holoschirm. Eine Karte erschien in der Luft. Sie bestand nur aus Licht, sodass man die dahinterliegende Wandverkleidung durchschimmern sah.

»Hier sehen Sie den Weg, den die Flüchtigen bislang genommen haben. Wir haben sie von ihrer Heimatbasis bis zum Sendeturm verfolgt und jeden ihrer Schritte dokumentiert. An dieser Stelle hat der Chef des Geheimdienstes ihre Spur verloren.« Er erzeugte mit seinem Leuchtstift einen roten Punkt auf der Karte. Der Ort befand sich ein gutes Stück jenseits der Grenze, auf autonomem Gebiet.

»Wie Sie sehen können, Vorderster, verfolgen die Rebellen eine bestimmte Route. Lässt man kleine Abweichungen, die der Topografie geschuldet sind, außer Acht, so ergibt sich ein Muster, das in eine bestimmte Richtung weist. Ich habe die möglichen Ziele entlang dieser Route analysiert und bin auf einen Ort gestoßen, der das Risiko und den Aufwand einer solchen langen und gefährlichen Reise rechtfertigen würde. Hier.« Sein Stift erzeugte einen weiteren Punkt. Er lag am südwestlichen Ufer eines lang gestreckten Sees.

»Mit dieser Information im Gedächtnis bin ich noch einmal die Protokolle des Gefangenenverhörs 23-RZ68 durchgegangen. Die beiden Widerstandskämpfer, die aus ihren Zellen befreit wurden. Sie erinnern sich?«

»Selbstverständlich erinnere mich«, sagte E'Tach. »Ein Mann und eine Frau. Sie wurde verdächtigt, nachrichtendienstliches Material kopiert und entwendet zu haben. Strategische Informationen, die Flotte und den Riss betreffend.«

Der Junge nickte. »Standort, Position, Ausrichtung, Quantenimpulse, Stabilitätsfrequenz. Alles hochsensibles Material.«

»Worauf willst du hinaus?«

»Diese Art von Informationen ist für normale Menschen eigentlich wertlos. Mir hat nie ganz eingeleuchtet, warum die Frau ausgerechnet diese Daten gezogen hat und was sie damit anfangen will.«

»Was der Grund war, warum ich einen Aufschub der Hinrichtung angeordnet hatte«, blaffte E'Tach. »Ich wollte mehr über ihre Motive und Hintermänner in Erfahrung bringen. Für mich stand immer fest, dass sie für ein übergeordnetes Netzwerk aktiv war.«

»Ich denke, das dürfte inzwischen als gesichert gelten«, sagte der Junge. »Es ist unwahrscheinlich, dass sie auf eigene Rechnung gearbeitet hat. Derlei komplexe Daten müssen von jemandem entschlüsselt werden, der über die nötige Rechenkapazität verfügt. Einem Institut, einer Forschungseinrichtung, einem Geheimkomplex. Leider liefen unsere Nachforschungen bislang ins Leere. Aber nur, weil wir nicht wussten, wonach wir suchen sollten. Das hat sich jetzt geändert. Als ich diese Karte sah und die Spur der Flüchtlinge weiterverfolgte, setzten sich plötzlich die Bausteine zusammen. Denn sehen Sie, es gibt sehr wohl so eine Einrichtung, die infrage käme, und ich fürchte, dass die Rebellen dorthin unterwegs sind.«

»Halt besser deinen Mund, K'Rimall, du redest dich um Kopf und Kragen«, zischte einer der Berater. »Wir haben das doch längst hinter uns. Eine Analyse der technischen Voraussetzungen innerhalb der autonomen Gebiete hat eindeutig erwiesen, dass ein solcher Ort nicht existiert. Nicht existieren *kann.*«

»Vielleicht oberflächlich betrachtet. Und das meine ich wortwörtlich.« Der Junge sah seinen Widersacher selbstbewusst an. Das gefiel E'Tach. »Wenn wir in Betracht ziehen, dass es eine solche Einrichtung im Untergrund geben könnte, sieht die Sache anders aus. Und ich meine mit ›im Untergrund‹: tief unter einem Berg gelegen. Fernab von der Wirkungskraft eines EMP ...«

»Aber ...«

»Lass ihn ausreden.« E'Tach unterbrach den Mann mit einer barschen Handbewegung. »Du glaubst also, etwas gefunden zu haben, was unseren besten Leuten bisher entgangen ist?«

Der Junge hob den Kopf. »Das tue ich, Vorderster. Und meine Analyse hat ergeben, dass wir es mit einer ernsthaften Bedrohung zu tun haben.«

E'Tach verschränkte die Arme hinter dem Körper.

»Es gehört Mut dazu, eine solche Behauptung aufzustellen. Entweder bist du lebensmüde oder dir deiner Sache sehr sicher. Zumindest hast du Mumm. Was man vom Rest dieser Truppe nicht behaupten kann.«

Die Berater blickten schamerfüllt zu Boden.

»Ich werde dir gleich Gelegenheit geben, deine Theorie genauer zu beschreiben. Wenn mich überzeugt, was du zu sagen hast, werde ich noch heute eine Staffel von Wipern aussenden, um die Gefahr zu eliminieren. Wenn nicht, blüht dir das gleiche Schicksal wie dem Chef des Geheimdienstes.«

»Das ist nur fair«, sagte der Junge.

E'Tach nickte. »Na schön, dann los. Und wehe, du hältst mich zum Narren.«

T minus 5

Vier Buchstaben: CERN.

Lena runzelte die Stirn. Hatte sie das Wort nicht schon mal irgendwo gehört? Die Lettern waren auf einem Schild neben dem Stahltor zu sehen, umrahmt von ein paar unvollständigen Kreisen, aus denen Strahlen in alle Richtungen hervortraten.

Der Kleinbus, mit dem sie und der Rest ihrer Gruppe vor die Tore der Anlage gebracht wurden, bremste, hielt an, dann gingen die Türen auf.

»Aussteigen, Herrschaften, wir sind da.« Wie es schien, hatte sich Feldwebel Landauer noch immer nicht von der Demütigung erholt. Er war kurz angebunden, seine Lippen waren schmal und er wich ihrem Blick aus.

Lena nahm Lupo an die Leine und zog ihn zu sich heran. Ben machte dasselbe mit Rambo.

»Was bedeutet das?«, fragte er. »Wo sind wir hier?«

»Keine Ahnung«, sagte Lena. »Sieht ein bisschen aus wie ein Messegelände.«

»Weit davon entfernt.« Marianne hatte es mit angehört und lächelte nervös. »Dies ist der Ort, an dem sich alles entscheiden wird.«

Vor dem massiven Metalltor standen zwei schwer bewaffnete Soldaten, die die Ankunft des Busses mit Argwohn beobachteten.

Marianne wechselte ein paar Worte mit Landauer, dann gingen die beiden rüber zu den Soldaten.

»Nicht gerade ein freundlicher Empfang«, raunte Lena in Bens Richtung. »Dabei hat deine Mutter doch gesagt, sie hätte gute Connections.«

»Abwarten«, sagte Ben. »Ich denke, wir bekommen Besuch.«

Eine Tür ging neben der großen Stahlpforte auf. Zwei Männer kamen heraus. Der eine uniformiert, der andere gekleidet wie ein Wissenschaftler. Mit weißem Kittel, bequemen Stoffschuhen und einer dicken Brille.

Der Uniformierte wirkte wie ein hochrangiger Offizier. »Runter mit den Waffen«, sagte er zu den zwei Wachposten. »Diese Leute sind unsere Gäste. Der Professor verbürgt sich für sie.«

Die beiden Männer nickten. Sie hängten ihre Waffen wieder über die Schultern und gingen zurück auf ihre Posten. Landauer und seine Männer wurden verabschiedet, dann stiegen sie in den Bus und fuhren davon.

Bens Mutter und der Professor standen sich einen kurzen Moment unschlüssig gegenüber, dann lächelten sie und schüttelten herzlich die Hände.

»Was ist mit euch passiert?«, fragte der Wissenschaftler. »Als die Nachricht nicht wie besprochen bei uns eintraf, hatte ich kaum noch Hoffnung, jemals wieder etwas von dir zu hören. Und jetzt stehst du hier vor mir. Gesund und munter.«

»Das täuscht«, sagte Marianne. »Es war ziemlich knapp. Um ein Haar wäre die Mission gescheitert. Aber das Wichtigste zuerst: Ich habe die Daten mitgebracht. Sie sind hier. Hier drin.« Sie hob den Koffer. »Ich hoffe, es ist noch nicht zu spät.«

»Ja, äh, darüber müssen wir reden.« Lena sah, wie der Professor rumdruckste. »Ich erwähnte es ja bereits am Telefon. Es könnte sein, dass ihr trotzdem zu spät kommt. Aber das werde ich dir zu gegebener Zeit erklären. Jetzt kommt erst mal rein. Landauer erwähnte, dass sich zwei Frequenzierer in eurem Besitz befinden. Ich muss euch bitten, sie mir auszuhändigen. Der Besitz von Waffen in dieser Einrichtung ist streng untersagt. Ich werde sie an mich nehmen und an einem sicheren Ort verwahren. Danke sehr.« Er steckte die beiden Geräte ein. »Ihr seht ziemlich mitgenommen aus. Wollt ihr euch ausruhen? Kann ich euch etwas anbieten? Getränke, etwas zu essen?«

»Ja, gerne«, sagte Lena strahlend.

»Schön. Mein Name ist Becker. Konstantin Becker. Ich bin der leitende Wissenschaftler der astrophysikalischen Abteilung hier bei CERN. Darf ich eure Namen erfahren?«

Lena stellte ihm das Team der Reihe nach vor und er schüttelte allen die Hände. Sie mochte Becker, er schien ein angenehmer Mensch zu sein.

»Na, dann folgt mir mal nach unten«, sagte er. »Leider muss ich euch mitteilen, dass ihr die beiden Hunde nicht mitnehmen dürft. Sie müssen hier oben bleiben. Hochsicherheitsbereich, ihr versteht?«

»Und was sollen wir mit ihnen machen? Wir können sie doch nicht alleine lassen.« Lena war betroffen. Damit hatte sie nicht gerechnet.

»Wir werden schon eine Möglichkeit finden, sie unterzubringen. Da drüben ist der Empfangsbereich. Dort gibt es spezielle Hundeboxen. Ich werde jemanden beauftragen, sich um sie zu kümmern.«

Lena gefiel es nicht, von Lupo getrennt zu sein, aber was sollte sie tun? Vorschriften waren nun mal Vorschriften. Immerhin war Rambo bei ihm, das tröstete sie.

Nachdem sie die beiden Tiere untergebracht hatten, folgten sie Professor Becker zurück in die Haupthalle. Ein großes Schild hing dort. *»European Organisation for Nuclear Research«,* las Lena.

»Wir nennen es liebevoll *Die Weltmaschine«,* sagte Becker lächelnd. »Was wir hier erforschen, ist nicht mehr und nicht weniger als der Ursprung der Welt. Nicht nur der Erde, sondern des gesamten Universums.«

»Und wie machen Sie das?«, erkundigte sich Ben.

»Wir versetzen uns in eine Zeit kurz nach dem Urknall«, sagte der Professor. »Ich weiß, das klingt abgefahren, aber wir konnten bereits Teilchen nachweisen, die bis jetzt nur in der Theorie existierten. Das Gottesteilchen zum Beispiel. Vielleicht habt ihr ja schon davon gehört?«

Lena schüttelte den Kopf.

»Macht nichts«, sagte Becker. »Wir werden euch das alles noch ausführlich erklären. Hier herein, bitte.« Er öffnete eine Tür, hinter der sich eine weite Halle anschloss. Licht fiel durch ein kuppelartiges Gewölbe.

Gottesteilchen, Weltmaschine – in Lenas Ohren klang das wie Science-Fiction. Aber irgendwie machte es ihr Mut. Vielleicht waren diese Leute ja wirklich in der Lage, die Union aufzuhalten.

»Die Experimente, die hier stattfinden, sind nicht ungefährlich, weswegen alles in den Untergrund verlegt wurde. Oben gibt es eigentlich nur das Besucherzentrum und administrative Einrichtungen. Personalbüros, Verwaltungsbehörde und so weiter. Die eigentliche Forschungseinrichtung befindet sich tief unter unseren Füßen. Diese Anlage ist wie ein schwarzes Loch, und das in mehrfacher Hinsicht.« Er zwinkerte ihnen zu.

Lena blickte sich fasziniert um. Im Inneren der Anlage herrschte Hochbetrieb. Dem Sprachgewirr nach zu urteilen, arbeiteten hier Wissenschaftler unterschiedlicher Nationalitäten. Logistikpersonal in orangefarbenen Overalls sorgte mithilfe elektrisch betriebener Kleinfahrzeuge dafür, dass die Abläufe zwischen den einzelnen Abteilungen reibungslos funktionierten. Wären da nicht die steinernen Bögen und Gewölbe, die massiven Wände und Deckenkonstruktionen gewesen, die der Forschungseinrichtung das Aussehen einer futuristischen Kathedrale verliehen, man hätte glauben können, sich auf einem Flughafen zu befinden.

»Seit einem knappen Jahr versorgt Marianne uns mit Informationen, aus denen wir einen Plan stricken, wie wir die Union zurückschlagen können«, fuhr Becker fort, während er sie zu den Aufzügen führte. »Ich bin mir nicht sicher, wie viel ihr schon wisst, deswegen halte ich lieber meinen Mund und überlasse das meiner Chefin. Elène ist diejenige, die hier alles am Laufen hält. Ihr werdet sie gleich kennenlernen. Leider kann ich euch die Prozedur nicht ersparen, deswegen muss ich euch bitten, euch etwas zu beeilen.«

»Was denn für eine Prozedur?« Der Begriff löste bei Lena ein klammes Gefühl des Unbehagens aus.

»Oh, ihr wurdet noch nicht informiert? Macht nichts. Ich spreche von der Desinfektion. Es dürfen keine Keime nach unten gelangen. Alle müssen sich ausziehen und eine gründliche Reinigung vornehmen. Danach gibt es dann für jeden einen Overall. Das ist so Vorschrift. War jemand von euch schon mal hier?«

Sie schüttelten den Kopf.

»Selbst wenn, so würdet ihr die Anlage kaum wiedererkennen. Von dem, was CERN einst war, ist nicht mehr viel übrig«, erläuterte der Professor. »Damals hatte unser Hadronenbeschleuniger nur einen Umfang von siebenundzwanzig Kilometern. Inzwischen sind es einhundert Kilometer. Ihr befindet euch somit über der längsten Protonenrennbahn auf unserem Planeten.«

Vor einem Aufzug hielten sie an. Becker drückte einen Knopf, dann nahm er seine Brille ab und putzte sie ausgiebig. Seltsamerweise kam Lena erst jetzt dazu, ihn genauer in Augenschein zu nehmen. Der Spitzbart war ergraut und die Augen hinter der übergroßen Brille wirkten müde. So blass, wie er aussah, war er in letzter Zeit nicht viel an der frischen Luft gewesen.

Der Lift traf ein. Die Türen öffneten sich und sie stiegen ein. Der Professor drückte den Knopf, die Türen gingen zu und sie schossen abwärts.

»Herr Professor?«

»Ja?«

Es war Oswald, der da sprach. Er war in den letzten Minuten merklich unruhiger geworden. Lena sah ihm an, dass er irgendetwas ausbrütete.

»Was die Hygieneprozedur angeht ... Es könnte da vielleicht ein kleines Problem geben.«

»Inwiefern?« Becker sah ihn an. »Leiden Sie unter Allergien? Sind Sie empfindlich gegen UV-Strahlung? Ich kann Sie beruhigen. Unsere Anlage wird von sämtlichen Mitarbeitern genutzt und hat noch nie Probleme verursacht. Die Reinigung ist ebenso gründlich wie schonend.«

»Das ist es nicht ...«

»Sondern?« Der Professor sah ihn aufmerksam an.

»Vielleicht zeige ich es Ihnen besser, ehe wir unten sind. Dürfte ich Sie um einen der Frequenzierer bitten? Den mit der blauen Markierung.«

»Sie wollen den Frequenzierer? Ich hoffe doch sehr, Sie haben nicht vor, ihn abzufeuern?«

»Nein.« Oswald lächelte entwaffnend. »Ich verspreche Ihnen, ich werde nichts tun, was uns in Gefahr bringt. Ich möchte Ihnen nur etwas zeigen. M'Enat, würdest du bitte mal vortreten?«

Lena bemerkte ein unsicheres Lächeln in Beckers Gesicht, als er Mariannes Bruder die Waffe überreichte. Sie ging etwas auf Abstand, denn sie ahnte, was Bens Onkel vorhatte.

»Möchten Sie, dass ich kurz den Fahrstuhl anhalte? Wenn Sie länger brauchen, kann ich … *Herrgottsakrament!*«

Becker machte einen Satz zurück. Er prallte dabei gegen das Schaltfeld des Aufzugs und der Lift hielt an. Oswald hatte die Tarnfunktion des Frequenzierers abgeschaltet und M'Enat seiner menschlichen Form beraubt. Dürr und durchscheinend hockte der Atlantide auf dem Metallboden und wich den Blicken der Menschen aus. Die Stelle, an der Lena ihm eins übergezogen hatte, war immer noch rötlich verfärbt.

Es dauerte eine Weile, bis Becker sich wieder unter Kontrolle hatte. »Ihr habt einen Atlantiden bei euch? Seid ihr denn von allen guten Geistern verlassen?«

»Ich wollte es dir noch sagen, aber es hat sich keine Gelegenheit ergeben«, sagte Marianne reumütig. »M'Enat ist unser Gefangener. Er wird uns keine Schwierigkeiten bereiten.«

»Er ist hier im Allerheiligsten! Wenn Elène erfährt, dass ich davon weiß, reißt sie uns allen die Köpfe ab. Und mir zuerst.«

»Mit Elène werde ich selbst sprechen«, sagte Bens Mutter. »Wir haben gute Gründe, ihn mitzunehmen. M'Enat könnte sich als wichtige Informationsquelle erweisen. Er weiß mehr über die Pläne der Atlas-Union als wir alle zusammen. Hätten wir diese Chance ungenutzt lassen sollen?«

»Das kann ich nicht beurteilen. Aber ihr hättet uns auf jeden Fall informieren müssen.«

»Wie denn? Der Funkturm wurde zerstört, Brieftauben gab es keine. Glaub mir, wenn es eine Chance gegeben hätte, wärt ihr schon lange auf dem Laufenden.«

Becker bekam sich langsam wieder in den Griff. Er machte eine Bewegung, als würde er Staub von seinem Kittel streichen. »Himmel, habt ihr mir einen Schreck eingejagt. Eigentlich hätte ich gleich misstrauisch werden müssen. Ein Blick genügt, um zu erkennen, dass mit dem Mann etwas nicht stimmt. Aber sei's drum. Jetzt ist es ohnehin zu spät, um umzukehren. Erzählen wir Elène davon und hoffen wir, dass sie uns nicht achtkantig vor die Tür setzt.«

T minus 4

Ben war der Letzte, der die Dusche aus ultraviolettem Licht verließ und im Umkleideraum seinen grauen Arbeitskittel verpasst bekam. Es war an alles gedacht worden, sogar an kleine hellgrüne Kunststoffschildchen, auf denen ihre Namen vermerkt waren. Jetzt sah er aus wie all die anderen Termiten in diesem Bau.

Auch M'Enat trug einen solchen Anzug. Natürlich nicht in der Realität, sondern holografisch. Sein Frequenzierer war entsprechend eingestellt worden. Oswald musste dafür einen der Anzüge scannen und das Gerät kalibrieren.

Becker empfing sie an Bord eines Fahrzeugs, wie Ben sie vorher schon zu Dutzenden auf den Gängen gesehen hatte.

»Electric Mobile, kurz Elmo«, erläuterte der Professor, während sie einstiegen. »Die bequemste Fortbewegungsart hier unten. Die Gänge sind mitunter mehrere Kilometer lang.« Er warf M'Enat einen argwöhnischen Blick zu. »Ich garantiere für eine schnelle, sichere und vor allem entspannte Fahrt. Aber haltet euch bitte fest. Die Kurven sind teilweise sehr eng.«

Ben setzte sich zusammen mit Oswald auf die hintere Sitzbank. M'Enat kam zwischen sie, damit keine Fluchtgefahr bestand.

»Alle an Bord? Dann kann's ja losgehen.«

Becker trat aufs Gas und das Elmo nahm Fahrt auf.

Ben konnte sich gar nicht sattsehen. Hier gab es so viel zu entdecken. Je tiefer sie in den unterirdischen Komplex eindrangen, desto mehr Leute begegneten ihnen. Die Anlage war riesig. Das Hauptgebäude bildete das Zentrum eines kilometerlangen Netzwerks aus Tunneln und Stollen, das labyrinthartig eine Fläche von mehreren Quadratkilometern durchzog. Die gesamte Versorgung erfolgte unterirdisch, ebenso die Unterbringung der vierhundertköpfigen Basiscrew, die hier rund um die Uhr arbeitete. Aus der ehemals rein zivilen Einrichtung war inzwischen ein teilweise militärischer Komplex geworden, dessen Ziel es war, die Machenschaften der Atlas-Union ein für allemal zu beenden. Deswegen waren hier zum zivilen Personal zusätzlich einige Einheiten der schweizerischen Armee untergebracht. Wie es aussah, hielt man es also für möglich, dass das CERN angegriffen werden könnte!

Ben beunruhigte der Gedanke, allerdings fragte er sich, wie es jemandem an der Erdoberfläche möglich sein sollte, diese unterirdische Einrichtung zu stürmen. Vor allem, nachdem er gesehen hatte, wie gut die Eingänge gesichert waren.

Nach einer Fahrt von etwa zehn Minuten erreichten sie ihr Ziel.

Becker trat auf die Bremse und parkte das Elmo in einer der Haltebuchten.

»Wir sind da. Ab hier geht es nur noch zu Fuß weiter.« Er wies auf ein großes stählernes Schiebetor. Alle stiegen aus. Leuchtstoffröhren verbreiteten kaltes Licht.

Ben schüttelte seine verkrampften Hände. Der Professor hatte recht gehabt, die Kurven waren tatsächlich sehr eng gewesen.

Becker entnahm seiner Tasche einen Sender, tippte auf das Display und trat vor die Kamera. »Elène, ich bin's. Unsere Gäste sind jetzt da. Machst du uns bitte auf?«

Eine resolute Frauenstimme erklang über die Außenlautsprecher. *»Konstantin! Warum hat das denn so lange gedauert? Na, dann immer rein in die gute Stube.«*

Mit einem tiefen Summen glitten die Flügel der Stahltür auseinander. Sie waren in einem 45-Grad-Winkel miteinander verzahnt und so dick, dass man nicht mal mit einem Panzer durchgekommen wäre. Ben fragte sich, was wohl nötig sein würde, um diese Türen zu sprengen.

»Wo sind wir hier?«, fragte er. »Sieht aus wie der Hochsicherheitstresor einer Zentralbank.«

Becker lachte. »Ja, so etwas Ähnliches ist es auch. Wir gelangen jetzt in die Zentrale des neuen Hadronenkollidierers. Der wertvollste Bereich im gesamten Komplex. Über uns türmt sich mit tausenddreihundert Metern Höhe das Bergmassiv des *Grand Salève.* Dreißig Jahre hat der Bau gedauert. Er wurde zum Schutz vor der kosmischen Strahlung unter die Erde verlegt, was sich im Nachhinein als Segen erwiesen hat. Dadurch entging die Anlage den verheerenden Auswirkungen des EMP. Es ist hier unten also alles noch genauso wie vor dem Zusammenbruch. Manches ist sogar inzwischen noch besser. Und jetzt begrüßt mit mir zusammen die Direktorin. Darf ich vorstellen? Professorin Elène Lessot.«

Beckers Chefin war ein paar Zentimeter kleiner als Marianne, bot aber trotzdem eine beeindruckende Erscheinung. Was zum einen an ihrem beeindruckenden Sprachorgan lag – ihre Stimme war tief und gleichzeitig weiblich –, aber auch daran, dass sie irgendwie alterslos zu sein schien. Ihre grauen Haare verrieten, dass sie mindestens fünfzig sein musste, doch ihre Haut und ihr Lachen waren die einer Dreißigjährigen. Aus Äußerlichkeiten schien sie sich nichts zu machen. Die Frisur zu einem Knoten gebunden, die Fingernägel unlackiert und die Lippen eine Spur zu trocken, konnte Ben nur erahnen, wie umwerfend sie aussehen würde, wenn sie es darauf anlegte.

Sie streckte Bens Mom die Hand entgegen. »Marianne, endlich lernen wir uns kennen. Und das sind deine tapferen Begleiter, *n'est-ce pas?* Du musst Ben sein, ich erkenne es an deinen Augen. Du hast die Augen deiner Mutter.« Ihr Akzent klang französisch. Mit einem Seitenblick zu Lena sagte sie: »Ist das deine Freundin?«

Ben stieg das Blut ins Gesicht. »Lena ist meine Freundin. Aber nicht *so* eine Freundin.« Er setzte zwei Häkchen in die Luft.

Elène nickte, als hätte sie verstanden. Doch da war ein Zwinkern in ihren Augen. »Und Sie beide sind …?«

»Jette und Peter, Lenas Eltern.«

»Très heureuse«, sagte Elène und schüttelte ihnen die Hände. »Es ist schön, wenn Familien in diesen Zeiten zusammenhalten. Es gibt nichts Wichtigeres als die Familie.« Als sie weiterging, wurde ihr Ausdruck ernst. Oswald hielt M'Enat im Hintergrund, doch der Atlantide war Elènes scharfem Blick nicht entgangen.

»Ich gehe mal davon aus, Sie sind Mariannes Bruder, *n'est-ce pas?«*

»Nennen Sie mich Oswald.« Er deutete eine Verbeugung an. »Ich bin für die Beaufsichtigung unseres Gastes verantwortlich. M'Enat ist ein …«

»Er ist ein Atlantide, ja.«

Ben sah sie verblüfft an. »Woher wissen Sie …?«

»Ich beobachte euch, seit euch der Bus draußen abgesetzt hat. Ich habe gleich gesehen, was er ist. Ich will nicht prahlen, aber es dürfte nur wenige geben, die ein solches Wissen über diese Wesen besitzen wie ich. Ich studiere sie schon so lange, dass ich wohl behaupten darf, jedes von ihnen zu erkennen. Keine noch so gute Tarntechnologie kann sie vor meinem Blick verbergen.«

Ben schluckte. »Und es stört Sie nicht, dass er uns begleitet?«

»Mich stören?« Elène lachte. »Mein lieber Junge, wenn es nach mir ginge, hätte er keinen Fuß in unsere Anlage setzen dürfen. Ich hätte ihn direkt vor unserer Haustür erschießen lassen. Aber ihr werdet ihn nicht einfach gedankenlos mitgebracht haben und das respektiere ich. Das ist der Grund, warum er weiterleben darf, *der einzige Grund.«* Die Direktorin blickte streng. »Können Sie mir garantieren, dass er kein Risiko darstellt?«

Oswald verbeugte sich. »Das schwöre ich bei meinem Leben.«

»Très bon, dann soll es so sein. Wir werden uns später ausführlich über diesen Fall unterhalten.« Sie klatschte in die Hände. »Sie haben einen langen und beschwerlichen Weg hinter sich und eigentlich hätten Sie Anspruch darauf, in allen Ehren und mit allem Komfort willkommen geheißen zu werden. Doch leider seid ihr zu einem denkbar unpassenden Moment hier eingetroffen. Konstantin hat euch bestimmt berichtet, dass das Experiment bereits angelaufen ist, *n'est-ce pas?«*

Marianne nickte. »Hat er. Und deswegen gleich die wichtigste Frage zuerst: Kann der Vorgang noch gestoppt werden?«

Elènes Ausdruck machte Bens Hoffnungen zunichte.

»Leider nein«, sagte sie. »Ich bedauere. Der Teilchenbeschleuniger läuft bereits. Wir müssen die Energie jetzt immer weiter steigern oder wir riskieren es, den Hadronenbeschleuniger zu beschädigen. Wir stehen kurz davor, das nötige Level zu erreichen. Hinzu kommt, dass wir nicht genug Energie für einen zweiten Start haben. Wir müssen alles auf eine Karte setzen. Am besten, ihr seht es euch selbst an. Begleitet mich ins CDC. Von dort aus überwachen wir den Vorgang.«

Ben warf seiner Mom einen kurzen Blick zu. Sie wirkte sehr enttäuscht. Niedergeschmettert geradezu. In wenigen Sekunden schien sie um Jahre gealtert zu sein. Er versuchte, die Situation zu überspielen. »CDC? Was ist das?«

»Das *Combat Direction Center«,* erläuterte Elène. »Das Kontrollzentrum, von dem aus wir die Erzeugung des schwarzen Lochs kontrollieren. Wollt ihr es sehen? Dann kommt mit, ich zeige es euch.«

Die letzten Meter legten sie zu Fuß zurück.

Ein schwarzes Loch? Er musste sich verhört haben. Selbst er wusste, dass diese Dinger zu den gefährlichsten Objekten des Universums gehörten.

In der Kommandozentrale herrschte angespannte Stille. Ben öffnete den Reißverschluss. Es war brütend heiß hier drinnen. Das Licht war gedämpft. Der hintere Teil des Saals war leicht erhöht, sodass sie einen guten Blick über den gesamten Raum hatten. Der ganze vordere Bereich wurde von einem riesigen Bildschirm dominiert, auf dem unterschiedlichste Tabellen und Zahlen runterratterten. Ben erkannte Dutzende von Wissenschaftlern und Technikern, die hinter Monitoren saßen und komplizierte Tätigkeiten ausführten. Über dem Piepen von Sensoren und dem Klicken von Relais lag das Surren der Belüfter. Doch selbst die Klimaanlage vermochte die hohen Temperaturen nicht vollständig zu drosseln.

Tief unter seinen Füßen spürte Ben das Dröhnen riesiger Generatoren. Die Forschungsanlage kam ihm vor wie ein gigantisches Lebewesen, wie ein Organismus aus purer Energie.

Weitere Zahlen und Buchstaben huschten über den Großbildschirm. Irgendwo ratterte ein Drucker. Ben entdeckte Professor Becker, der unten bei den Wissenschaftlern stand und sich mit ihnen unterhielt. Er wartete, bis die Übertragung beendet war, dann riss er das Blatt aus dem Drucker und kam zu ihnen herüber.

Elène nahm ihm das Blatt aus der Hand und überflog es.

»Es verläuft alles nach Plan.« Seine Wangen waren vor Erregung gerötet. »Die Energiemenge steigt exakt im vorgegebenen Rahmen. Noch knapp eine halbe Stunde, dann dürften wir so weit sein.«

»*Très bon.* Macht genauso weiter.« Sie wandte sich an ihre Gäste. »Wir haben noch eine knappe Stunde. Das gibt mir Gelegenheit, euch ein bisschen etwas über das Projekt zu erzählen. Hand aufs Herz: Wer von euch weiß, wo wir hier sind und was wir hier machen?«

Alle außer Marianne ließen ihre Hände unten.

Sie lächelte. »Ihr seid immerhin ehrlich.« Sie führte sie rüber zu einem großen Bildschirm, auf dem eine schematische Darstellung des gesamten Komplexes zu sehen war.

»CERN dürfte heute das größte funktionierende Zentrum für physikalische Grundlagenforschung der Welt sein. Die Einrichtung wurde 1954 gegründet und liegt an der Grenze zwischen Frankreich und der Schweiz. Damals war es eines der ersten gemeinsamen europäischen Projekte. Später kamen weitere Nationen hinzu. Am Schluss waren es dreiundzwanzig Mitgliedsstaaten. Forscherinnen und Forscher aus aller Welt suchten hier nach den fundamentalen Gesetzen des Universums. Hier bei CERN drehte sich alles um die Elementarteilchen – die kleinsten Bestandteile der Materie. Als der Teilchenbeschleuniger im Jahre 2008 in Betrieb genommen wurde, wollten wir etwas über die Entstehung unseres Universums erfahren, über den Urknall.« Elène wies auf die Darstellung auf dem Monitor.

»Dies ist die sogenannte Ringröhre, in der wir einzelne Teilchen mittels Elektromagneten auf annähernd Lichtgeschwindigkeit beschleunigen konnten. In hundert Metern Tiefe und mit einem Umfang von siebenundzwanzig Kilometern rasten die Protonen wie unendlich schnelle Hamster durch das Rad. So lange, bis wir sie mit anderen Hamstern – den Ionen – zusammenstoßen lassen konnten. Das Ergebnis?«

»Hamsterbrei«, konterte Lena trocken.

Elène lachte. »Könnte man annehmen, nicht wahr? Tatsächlich können Elementarteilchen aber nicht sterben, sie zerbrechen beim Aufprall in noch kleinere Teilchen. In Minihamster, wenn ihr so wollt. Und alle haben sie unterschiedliche Eigenschaften. Manche drehen sich rechtsherum, manche links, die einen sind schnell, die anderen langsam und so weiter. Was wiederum beweist, dass wir noch längst nicht die kleinsten Teilchen des Universums gefunden haben.«

Ben bekam das Bild von den vielen rotierenden Minihamstern nicht mehr aus dem Kopf. Wie sie alle durcheinanderwuselten, das war einfach zu komisch.

»Der Hadronenbeschleuniger, kurz LHC, erlaubte es erstmals, in neue und sehr hohe Energiebereiche vorzustoßen, die man vorher nicht beobachten konnte. Wir fanden dort Bedingungen, wie sie beim Urknall geherrscht haben könnten. Doch die Experimente waren nicht ungefährlich.«

»Sie sagten etwas von einem schwarzen Loch«, murmelte Ben verlegen. War er der Einzige, der sich deswegen Sorgen machte?

»Ganz richtig, mein junger Freund. Um das zu erläutern, möchte ich euch ein anderes Bild zeigen.« Sie schaltete um. Jetzt war ein Ausschnitt aus dem Weltraum zu sehen. Die Erde, darum herum andere Planeten: Merkur, Venus, Mars.

»Als der LHC zum ersten Mal in Betrieb genommen wurde, befürchteten viele, dass die Experimente in die Erschaffung eines schwarzen Lochs münden könnten. Eine Gefahr, die – zugegebenermaßen – sehr klein, aber doch nicht gänzlich ausgeschlossen war. Gemäß der Allgemeinen Relativitätstheorie sollte sich immer dann ein schwarzes Loch bilden, wenn eine gegebene Menge an Masse in eine hinreichend kleine Raumregion gepresst wird. Genau das können wir hier tun. Viel Energie in einen winzigen Raum pressen. Damals war die eingesetzte Energiemenge noch zu gering, doch heute haben wir einen wesentlich größeren Beschleuniger zur Verfügung. Und so verrückt sich das anhören mag: Das, wovor wir uns früher alle gefürchtet haben, ist heute unser erklärtes Ziel. Wir wollen ein schwarzes Loch erschaffen.«

»Aber warum?« Ben konnte es immer noch nicht glauben. »Haben Sie vor, die Erde zu vernichten?«

»Natürlich nicht«, sagte die Direktorin. »Wir wollen das schwarze Loch ganz kurz erzeugen, nur, um es gleich darauf wieder kollabieren zu lassen. Die Energie, die dabei freigesetzt wird, sollte ausreichen, einen zielgerichteten EMP zu erzeugen, der die Hauptwaffe unserer Feinde zerstört. Oswald, bringen Sie den Atlantiden ruhig etwas näher heran, damit er sich das anschauen kann. Manches von dem, was ich euch jetzt zeige, dürfte ihm bekannt vorkommen.«

Elène zoomte das Bild auf einen Ausschnitt zwischen Erde und Mars heran. Ein heller Fleck erschien. Ben fragte sich, was das war. Ein Stern konnte es nicht sein, doch für einen Asteroiden oder einen Kleinplaneten leuchtete es zu hell.

»Das, meine lieben Freunde, ist *Der Riss«,* sagte Elène. »Wir nennen ihn so, weil er genau das ist. Ein Riss im Raum-Zeit-Kontinuum. Vielleicht habt ihr schon mal die Begriffe *Wurmloch* oder *Einstein-Rosen-Brücke* gehört? Nein? Es ist eine Art Tunnel im Weltraum, der zwei Orte verbindet, die weit voneinander entfernt liegen. Die Theorie ist zu kompliziert, um sie hier zu erklären, aber vielleicht hilft es, wenn ich sie euch veranschauliche.« Sie nahm ein Blatt Papier und zeichnete zwei Punkte, die sie mit einer gestrichelten Linie verband.

Ben verfolgte gebannt, was sie da tat.

»Bon«, sagte sie und hob das Papier hoch. »Nehmen wir an, ihr seid Raumfahrer und dieser Punkt wäre Beteigeuze und dieser hier unsere Sonne. Über sechshundert Lichtjahre liegen zwischen ihnen. Um von A nach B zu reisen, könnte man diese gestrichelte

Linie entlangfliegen. Das würde allerdings recht lange dauern. Oder man nimmt eine Abkürzung.« Sie faltete das Papier, sodass die beiden Punkte aufeinanderlagen. Dann stach sie mit der Mine ihres Kugelschreibers hindurch.

Ben verstand, was sie da tat, und es war genial. »Aber ist das denn so einfach machbar?«, fragte er. »Das Universum kann doch nicht gefaltet werden.«

»Das Universum, lieber Ben, ist ein merkwürdiges Gebilde«, sagte Elène. »Es kann gekrümmt und gefaltet werden, es dehnt sich aus wie ein Ballon und es kann wieder in sich zusammenfallen. Manche glauben sogar, dass es nicht nur dieses eine, sondern viele Universen gibt. Sogenannte Multiversen. Für uns ist im Moment nur wichtig, dass dieses Wurmloch direkt vor unserer Haustür ist.« Sie deutete nach oben. »Kein besonders großes, aber doch ausreichend, um Schiffe aus einem anderen Sternensystem zu uns hindurchzulassen. Der Riss ist nicht natürlich entstanden. Er wurde künstlich geöffnet, und zwar genau an dem Tag, an dem bei uns die Lichter ausgingen. Du weißt, wovon ich rede, oder?« Elènes Blick war auf M'Enat gerichtet. Ben hoffte, niemals auf diese Weise von Elène angeschaut zu werden.

M'Enat wich ihrem Blick aus und schwieg.

Unruhe entstand. Es war Lenas Vater, der den Mut hatte, die alles entscheidende Frage zu stellen. »Bitte verzeihen Sie, Frau Direktorin, aber ich habe das Gefühl, dass wir irgendwie aneinander vorbeireden. *Wurmloch, Universum, Beteigeuze, Riss?* Wovon zum Geier reden Sie da?«

Elène Lessot sah ihn überrascht an. »Moment mal ...« Ein kurzer Blick zu Marianne, dann wieder zurück zu Peter. »Sie wissen es gar nicht?«

»Wissen? Was denn?«

»Ich habe ihnen nichts gesagt«, sagte Marianne. »Nur Ben ist eingeweiht. Und auch er weiß nur die Hälfte.«

»Oh. *Merde.*« Die Direktorin biss sich auf die Lippen. »Das macht die Sache natürlich komplizierter. Also gut, dann bleibt mir wohl nichts anderes übrig, als euch reinen Wein einzuschenken. Es könnte sein, dass ihr euren Gefangenen nachher mit anderen Augen betrachten werdet. Setzt euch lieber. Schocks werden viel besser aufgefangen, wenn die Knie gebeugt sind.« Sie lächelte gequält. Als alle Platz genommen hatten, fuhr sie fort. »Wo fange ich an? Vielleicht mit der Sternenexplosion vor zwei Jahren und der Frage, warum bei uns die Lichter ausgingen …«

T minus 3

Lena fand, dass sie die Ankündigung einer bevorstehenden Alieninvasion einigermaßen gefasst aufnahm. Weder bekam sie einen Schreikrampf, noch löste M'Enats Anwesenheit bei ihr Ekel oder Panik aus. Im Grunde hatte sich für sie nicht viel verändert.

Ihr Vater hingegen schien einen echten Schock zu erleiden. Erst wurde er blass, dann lief er grün an, anschließend stürmte er in den nahe gelegenen Waschraum. Jette folgte ihm eilig. Würgende Geräusche waren zu hören.

Elène blickte ihnen mitfühlend hinterher.

»Der Riss ist eine Tatsache«, sagte sie. »Genau wie die Unmenge an Energie, die benötigt wird, um ihn geöffnet zu halten. Deswegen bleibt kaum noch etwas für uns Menschen, *n'est-ce pas*, M'Enat?«

»Also deswegen wird in den Städten ständig der Strom runtergefahren.« Lena ging ein Licht auf. »Paul hatte so was angedeutet.«

»Paul?«

»Ein Freund. Er war mit uns oben am Funkturm, bis er ...« Sie schluckte. Tränen stiegen ihr in die Augen. Es gab Verletzungen, die brauchte man nur anzutippen, dann brachen sie wieder auf.

»Ja, ich habe davon gehört.« Elène legte ihre Hand auf Lenas Schulter. »Das tut mir sehr leid. So viele Unschuldige mussten ihr Leben verlieren. Es ist eine Tragödie. Aber wir können dafür sorgen, dass sie nicht umsonst gestorben sind. Indem wir unseren Gegenschlag starten.«

Lena wischte sich eine Träne aus dem Augenwinkel. »Woher beziehen Sie eigentlich Ihren Strom? Diese Anlage hier verbraucht doch sicher ziemlich viel.«

»Unmengen davon«, sagte Elène. »Wir haben ihn gesammelt. Über Wind-, Wasser- und Fotovoltaikanlagen. Was Monate gedauert hat. Und jetzt werden wir ihn auf einen Schlag verbrauchen.«

Oswald runzelte die Stirn. »Über was für eine Energiemenge sprechen wir denn?«

»Wir haben die Feldstärke sämtlicher Dipolmagnete von früher 8,3 Tesla auf gegenwärtig 20 Tesla erhöht. Mit den neuartigen Quadrupolen werden Energien von 16,5 Tera-Elektronenvolt, also 16,5 Billionen Elektronenvolt, erreicht. Unser gesamter Strom ist in unseren Powerwalls gespeichert. Und wie gesagt, wir werden ihn auf einen Schlag verbrauchen. Wenn er weg ist, ist er weg.«

Lena verstand. Eine One-Way-Mission also. Ein einziger Versuch mit ungewissem Ausgang. »Und dann?«

»Dann gehen in unseren Städten für sehr lange Zeit die Lichter aus.«

»Bitte überleg dir das noch mal«, sagte Marianne und in ihrer Stimme lag ein flehender Unterton. »Brich die Mission ab. Ihr müsst die Ausrichtung der Singularität auf der Basis meiner Werte neu berechnen. Ohne genaue Positionswerte ist dieses Experiment ein Schuss ins Blaue. Einige wenige Kilometer Abweichung und wir verfehlen die Orbitalgeneratoren. Willst du das wirklich riskieren?«

»*Je suis désolée,* Marianne, mir sind die Hände gebunden. Ich habe es bereits gesagt: Das Experiment läuft bereits und kann nicht gestoppt werden. Da uns deine Daten nicht vorlagen, waren wir gezwungen, unsere Berechnungen auf der Basis der alten Werte und Schätzungen vorzunehmen. Es ist nun mal, wie es ist. Lasst uns beten, dass es funktioniert.«

Marianne presste die Lippen aufeinander. Lena konnte ihr ansehen, wie unzufrieden sie war. Sie hatten sich so beeilt und waren trotzdem zu spät gekommen. Das musste ein schreckliches Gefühl sein.

»Ich verstehe immer noch nicht, was dieser EMP bringen soll«, hakte Ben nach. »Was hoffen Sie, damit zu erreichen?«

»Oh, ich dachte, das wäre längst klar geworden«, sagte Elène, als wäre das die selbstverständlichste Sache der Welt. »Wir wollen einen zweiten Stromausfall herbeiführen. Auf der Erde sollen ein zweites Mal die Lichter ausgehen.«

Lena war verwirrt. »Warum, um Himmels willen? Hat euch ein Mal denn nicht gereicht?«

Elène schüttelte den Kopf. »Verglichen mit der Situation vor dem großen Zusammenbruch, befinden wir Menschen uns immer noch in einem sehr primitiven Stadium, selbst hier in der Schweiz. Dass die Telefone funktionieren, ist gerade alles. Es gibt kein Fernsehen, kein Internet, keinen Mobilfunk. Die einzigen Computer, die noch laufen, sind die unterirdisch gelagerten. Anders die Atlantiden. Sie schwimmen geradezu in Technologie. Denk nur an ihre Frequenzierer oder die Wiper. Das ist es, womit sie uns beherrschen. Wenn wir ihnen das nehmen, könnten wir die Invasion stoppen. Vergesst nicht, es sind bisher nur ein paar Tausend, die auf unserem Planeten leben. Zahlenmäßig sind wir ihnen weit überlegen. Aber wenn die Schiffe kommen, dann Gnade uns Gott.«

»Sie wollen die Alientechnologie zerstören, das ist Ihr Plan, nicht wahr?« Lena spürte, wie sie vor Aufregung feuchte Hände bekam. Endlich verstand sie die Zusammenhänge. »Sie wollen, dass wir alle wieder bei null anfangen.«

»Das ist der Plan, *ma Chérie.* Vor allem aber wollen wir die orbitalen Generatoren und damit den Riss zerstören. Das Zusammenfallen des schwarzen Lochs wird einen EMP erzeugen, so gewaltig, dass er sämtliche Schaltkreise, die kleiner sind als die eines Transistorradios, durchbrennen lässt. Ihre Himmelsdrohnen werden vom Himmel fallen. Ihre Tarnschirme werden sich in nichts auflösen. Die Generatoren, die den Riss offen halten, werden versagen und das Wurmloch zum Einsturz bringen. Kein Leuchtfeuer mehr, keine Orientierung und keine Invasionsflotte.« Ihr Blick richtete sich auf M'Enat. »Eure Schiffe werden auf Alternativwelten ausweichen müssen. Und ich bin sicher, davon gibt es genug, oder? Ihr überlasst nichts dem Zufall.«

Der Atlantide sagte nichts dazu, hörte aber sehr aufmerksam zu. Lena fand, dass er verändert wirkte. Sein Tarnschirm arbeitete zwar fehlerfrei, doch sie war inzwischen erfahren genug, um hinter die Fassade zu blicken. Und was sie sah, war Angst. Pure Angst.

Ehe Elène fortfahren konnte, ertönte plötzlich in den Tiefen der Anlage ein Signal. Lena spitzte die Ohren. Klang wie eine Luftschutzsirene. Markierte das den Beginn des Experimentes?

Im Kommandozentrum ging es auf einmal hektisch zu. Menschen rannten durcheinander, diskutierten aufgeregt und deuteten auf irgendwelche Anzeigen. Ein junger Kollege kam zu ihnen nach hinten gestürmt. »Direktorin ...«

»Was ist los, Pedro? Ist das der Alarm?«

»Wir ... wir werden angegriffen.«

»Wie bitte?« Elène riss die Augen auf. »Von wem?«

»Sehen Sie es sich selbst an.« Er veränderte den Kanal auf dem Bildschirm.

Lena kniff die Augen zusammen. Das Bild wurde offensichtlich von den Außenkameras übertragen. Es zeigte den Vorplatz, die Mauer und das Stahltor, vor dem sie vorhin abgesetzt worden waren. Eine schwebende Masse verdunkelte den Horizont.

Was war das?

Eine Gewitterwolke oder ein Vogelschwarm? Beim Näherkommen zeigte sich, dass die Masse aus mehreren Einzelteilen zu bestehen schien. Lena zählte zwölf Objekte von unterschiedlicher Form und Größe. Sie brauchte keine weiteren Informationen, um zu wissen, was das war. Sie hatte so etwas schon einmal gesehen. Auf der Hornburg.

»Wiper«, flüsterte sie.

T minus 2

Generalgouverneur E'Tach überwachte den Angriff persönlich. Von Bord seines Flaggschiffes blickte er auf das Nuklearforschungszentrum zu seinen Füßen.

Die *Reaper* war das beste Schiff seiner Flotte. Praktisch unverwundbar und ausgestattet mit modernsten Waffen. Die Speerspitze seiner mobilen Flugeinheit. Eingelagert in den Tiefen seiner Pyramide hatte sie auf den Moment gewartet, da die Hauptstreitmacht auf der Erde landete. Doch nun war es nötig gewesen, sie früher als geplant aus ihrem Dornröschenschlaf zu wecken. Hätte er dieses Schiff bereits vor zwei Jahren einsetzen dürfen, der Widerstand hätte aufgehört zu existieren, kaum dass er geboren wurde. Doch Befehl war Befehl. Sei's drum.

»Analyse?«

»Mehrere Flugabwehrtürme«, lautete die Antwort seines Navigators. »Leichte Artillerie und Boden-Luft-Geschütze. Nichts, was uns ernsthaft Schaden zufügen könnte.«

»Und das Bodenpersonal? Man sagte mir, hier seien Truppen stationiert.«

»Zwei Einheiten der Streitmacht der Schweizerischen Eidgenossenschaft. Etwa hundert Mann leichte Infanterie. Dazu fünfzig Mann ziviles Sicherheitspersonal. Einfache ballistische Waffen. Nichts, womit unsere Bodeneinheiten nicht fertig würden.«

»Gut. Dennoch will ich kein Risiko eingehen. Konzentrieren wir uns zunächst auf die Geschütztürme. Sobald sie beseitigt sind, werden wir landen.«

»Zu Befehl, Vorderster. Ich muss nur noch …«

Eine Detonation erschütterte den Wiper. E'Tach musste sich festhalten, um nicht von den Füßen gefegt zu werden. Der äußere Schutzschirm leuchtete auf. Ein unheimliches blaues Licht, das sich geisterhaft um die *Reaper* legte.

»Status?«

»Bodenfeuer, Vorderster. Sie haben uns entdeckt.«

»Hat ja nicht lange gedauert. Damit wären die Formalitäten dann wohl geklärt. Was machen unsere Schutzschilde?«

»Minimaler Energieverlust. Keine unserer Drohnen meldet Schaden. Die Waffen der Menschen stellen für unsere Energieschirme kein Problem dar.«

E'Tach lächelte grimmig. Nach dem Desaster auf der Schwäbischen Alb hatte er die Staffel nachrüsten lassen.

»Ausgezeichnet. Dann also weiter. Schalten Sie die Türme aus und feuern Sie zusätzlich noch ein paar Warnschüsse auf die Gebäude ab. Die Kampfroboter und Blockadebrecher sollen sich bereithalten. Sie werden dort unten sicher auf einigen Widerstand treffen.«

° ° °

»Alles bereit machen für den Countdown.« Eine weibliche Stimme klang aus den Lautsprechern. *»T minus zehn Minuten.«*

Im Kontrollraum herrschte höchste Konzentration. Auf dem zentralen Monitor war eine digitale Uhr erschienen, die langsam runterzählte.

Ben spürte die Wucht der Detonationen in den Füßen. Obwohl sie tief unter der Erde waren, bebten die Wände. Hilfe suchend blickte er die Direktorin an. »Was geschieht gerade da draußen?«

»Wir haben ihnen einen Warnschuss vor den Bug geknallt, doch offensichtlich können unsere Waffen ihnen nichts anhaben. Sie besitzen einen Energieschirm oder etwas Ähnliches. Jedenfalls schießen sie jetzt zurück.« Elène zoomte näher heran. Eines der Fluggeräte war größer als die anderen. Ein wahrhaftiger Riese.

So etwas wie das da hatte Ben noch nie zuvor gesehen.

»Was ist das?«, flüsterte er ehrfürchtig.

»Das ist E'Tach.« M'Enat war aufgestanden. Sein Blick war fest auf den Monitor geheftet. »Er ist gekommen, um mich zu befreien. Von euch wird er keinen am Leben lassen.«

»Der Generalgouverneur?« Elène starrte Marianne an. »Ist das ein Zufall, dass er ausgerechnet jetzt hier eintrifft? Ihr habt euch doch hoffentlich rückversichert, dass ihr nicht verfolgt werdet, oder?« Die Direktorin sah Marianne herausfordernd an. *»Oder?«*

»Ich ...« Bens Mutter schüttelte verwirrt den Kopf. »Ich verstehe das nicht. Ich dachte, wir hätten ihn abgeschüttelt ...«

»Ihr dachtet? Dann wurdet ihr also tatsächlich verfolgt. *Sacre bleu!* Und du findest nicht, dass das eine Erwähnung wert gewesen wäre?«

»Doch, ich ...« Marianne starrte angestrengt auf den Monitor. »Es ist mir selbst ein Rätsel.«

Ben war wie vor den Kopf gestoßen. Er war überzeugt gewesen, dass die Union ihre Spur verloren hatte. Sein Blick zuckte rüber zu Oswald. Ihre Blicke begegneten sich und sein Onkel schüttelte den Kopf. Er war bleich bis auf die Knochen. War er am Schluss doch rückfällig geworden? Hatte er der Union ihren Standort verraten? Aber Lena und Ben hatten ihn doch keine Sekunde aus den

Augen gelassen. Er konnte es nicht gewesen sein. Ebenso wenig wie M'Enat. Wie war das nur möglich?

»Verflucht, Marianne.« Elène war außer sich vor Wut. »Ihr habt sie direkt bis vor unsere Tore geführt.«

»Es tut mir leid ...« Ben hatte seine Mom noch nie so kleinlaut erlebt. Sie tat ihm leid und er hätte sie am liebsten in den Arm genommen. Allerdings kannte er sie gut genug, um zu wissen, dass ihr das nicht recht gewesen wäre.

»Ach, was soll's.« Elène machte eine wegwerfende Handbewegung und schob grimmig das Kinn vor. »Wenn unser Experiment gelingt, sollte es auch die Schilde außer Gefecht setzen. Wenn nicht sogar die Wiper selbst.«

Wieder schlugen Granaten auf die Energieschilde. Die Einschläge erzeugten helle Lichtblitze.

Ben kniff die Augen zusammen. »Können Sie feststellen, ob wir denen überhaupt Schaden zufügen? Für mich sieht das nicht so aus.«

»Nein, für mich auch nicht«, erwiderte Elène.

»Diese Schirme hatten sie beim Angriff auf die Hornburg aber noch nicht«, sagte Lena. »Müssen wohl neu sein.«

»Vielleicht haben sie inzwischen nachgerüstet«, gab Ben zu bedenken.

»Jedenfalls fügen sie uns schweren Schaden zu«, sagte die Direktorin. »Ihre Waffensysteme sind den unseren weit überlegen. Sollte unser Experiment scheitern, sind wir alle verloren.«

Von Professor Beckers Stirn troff der Schweiß. Er zog ein Taschentuch heraus und tupfte sich trocken. »Noch sieben Minuten. Werden wir uns diese Biester so lange vom Hals halten können?«

»Wir *müssen*«, sagte Elène, nun deutlich angespannter. »Unsere Verteidigung muss halten, bis die Singularität aktiv ist. Ich habe

Befehl gegeben, den Außenbereich zu räumen. Die Truppen haben sich ins Innere der Anlage zurückgezogen.«

Mit Grauen sah Ben, wie die riesigen Flugdrohnen das Außengelände dem Erdboden gleichmachten. Ihre Energiewaffen pulverisierten selbst größere Gebäude ohne Probleme. Das Abwehrfeuer ließ sie völlig kalt. Die Boden-Luft-Raketen prallten an den Energieschilden ab wie Wassertropfen an einer Gummihaut. Während sich all das Chaos auf dem Monitor abspielte, zuckte ein schrecklicher Gedanke durch seinen Kopf. *Lupo und Rambo!* Sie hatte die beiden Hunde völlig vergessen. Sie waren immer noch dort oben im Besucherbereich.

Er sah Lena an und sie schien in diesem Moment genau dasselbe zu denken. »Die Hunde«, keuchte sie. »Sie sind immer noch im Besucherzentrum. Wir müssen zu ihnen und sie holen.«

Jette blinzelte sie verständnislos an. »Was sagst du da?«

Doch Lena war bereits losgerannt.

»Halt, warte. Nein.« Peter versuchte, seine Tochter aufzuhalten, doch sie war viel zu schnell. Ben überlegte keine Sekunde, sondern rannte hinter ihr her. Allerdings gelang es ihm nicht, sie einzuholen. Er war ein guter Läufer, aber nicht so gut wie sie.

»Warte doch, Lena!«, keuchte er. »Das ist Wahnsinn.«

»Kannst ja mal versuchen, mich aufzuhalten.«

Sie rannte weiter. Und Ben folgte ihr.

Am Ende des Korridors gelangten sie in den Wartungstunnel. Jenseits des Stahltores standen die Elmos. Die Fahrzeuge waren unbewacht. Lena sprang in den Fahrersitz, legte den Rückwärtsgang ein und hätte um ein Haar Ben über den Haufen gefahren. Mit einer geschmeidigen Bewegung hüpfte er neben ihr auf den Beifahrersitz. »Gib Stoff!«, stieß er aus.

»Hast du denn keine Angst? Ich dachte, du wolltest mich aufhalten.«

»Aufhalten? Im Gegenteil. Wir müssen die beiden retten. Und wenn es das Letzte ist, was wir tun.«

Sie schien ihn auf einmal mit ganz anderen Augen anzusehen. Spontan drückte sie ihm einen Kuss auf die Wange, dann trat sie aufs Gaspedal.

Das Elmo flitzte wie ein Stück Seife über den nassen Fliesenboden. Mit quietschenden Reifen bretterte Lena durch die Gänge. Links und rechts sprangen Wissenschaftler und Hilfskräfte zur Seite. Manche riefen ihnen etwas hinterher, was Ben aber nicht verstehen konnte. Vielleicht besser so.

Pfeile wiesen ihnen die Richtung zum Erdgeschoss. Sie mussten auf eine Rampe, die schleifenförmig nach oben führte. Etage für Etage schraubten sie sich nach oben. Ihm wurde es schwindelig. Als er schon dachte, er könne seinen Mageninhalt nicht länger bei sich behalten können, tauchte das heiß ersehnte Schild auf. *Ebene 0* – Erdgeschoss.

Sie hatten es geschafft!

Lena trat auf die Bremse und brachte das Elmo zum Stehen.

Dichte Schwaden hüllten sie ein. Die Eingangshalle war unter einem Staubschleier begraben. Mit tränenden Augen und gegen den Hustenreiz ankämpfend, zog Ben den Kragen seines Overalls über Mund und Nase. Lena folgte seinem Beispiel. Ihre Haare waren weiß vom Staub.

»Bitte begeben Sie sich in eine der unteren Ebenen«, ertönte es über die Lautsprecher. *»Ich wiederhole: Bitte begeben …«*

Draußen zuckten Lichtblitze auf. Detonationen ließen die Halle erbeben. Der Boden vibrierte. Staub rieselte von der Decke und die Luft schmeckte nach Rauch. Schatten huschten über den Außenwall.

»Da drüben.« Ben deutete auf das betreffende Schild. *»Besucherzentrum und Reception Area.* Das muss es sein.«

Sie rannten los.

Das Erdgeschoss lag wie ausgestorben da. Keine Menschenseele zu sehen. Die Soldaten schienen sich alle zurückgezogen zu haben.

»T minus zwei Minuten.«

»Die könnten sonst wo sein«, stieß Ben verzweifelt aus. »Und das schwarze Loch wird gleich gezündet.«

»Sie sind hier irgendwo«, beharrte Lena. »Ich werde nicht ohne die beiden gehen.« Sie erhob ihre Stimme und rief: »Lupo, bist du hier irgendwo? Antworte mir.« Und tatsächlich. Aus einem der Konferenzräume drang Hundegebell.

Beflügelt von dem Geräusch rannten Lena und Ben den Gang hinunter und rissen die Türen auf. Hinter der dritten von links fanden sie ihre Lieblinge.

Lena kniete sich hin und schloss ihn in die Arme. »Lupo!« Als Nächstes folgte Rambo, der fröhlich mit dem Stummelschwanz wedelte und Ben das Gesicht ableckte.

Man hatte die beiden mit ihren Leinen an einem Tisch angebunden. Zwei Blechnäpfe mit Wasser und ein paar Hundekuchen standen dort. Immerhin!

»T minus eine Minute.«

Lena band die beiden los. »Nichts wie weg hier.«

Ben legte seine Hand auf ihre und schüttelte den Kopf. »Das bringt nichts. Bis wir beim Elmo sind, hat die Uhr längst runtergezählt. Da können wir genauso gut hierbleiben.«

Erschrocken riss sie die Augen auf. »Ist das denn nicht gefährlich?«

Er zuckte die Schultern. »Wir haben bereits einen EMP erlebt.«

Er hob seinen Kopf. Hinter der Panoramascheibe öffnete sich ein weiter Blick über den Wall und die angrenzenden Gebäude. Ben stand auf, öffnete die Glastür und trat ins Freie. Ein sanfter

Wind strich über die Gebäude. Der Staub legte sich. Die Wiper flogen niedrige Schleifen. Sie schienen ihre Angriffe eingestellt zu haben.

»T minus zehn Sekunden.

Minus neun …

Minus acht …

Minus sieben …«

Lena trat neben Ben. Gemeinsam blickten sie in den Himmel.

Er ergriff ihre Hand. Wenn dies die letzten Sekunden ihres Lebens waren, dann sollte es eben so sein.

»Minus drei …

Minus zwei …

Minus eins …«

»Null«, murmelte Lena.

T minus 1

Es war, als würde die Welt den Atem anhalten.

Stille lag über dem Land. Kein Vogel am Himmel, keine Explosionen, keine Sirenen. Ja sogar der Wind hatte aufgehört zu wehen.

Bens Kopfhaut kribbelte, sein Rücken und seine Arme ebenfalls. Als würden Ameisen darauf herumkrabbeln. Er kannte dieses Gefühl. Genau wie vor zwei Jahren, in Frau Albrechts Klasse. Er erinnerte sich an das Knistern, an die brennenden Handys und den Gestank. Doch diesmal passierte nichts dergleichen. Es kribbelte nur kurz, der Moment verging, dann war alles wie zuvor.

Verblüfft sah er Lena an. »War's das etwa schon?«

Sie zuckte die Schultern. Die zwei Hunde saßen hechelnd zu ihren Füßen und sahen sie mit großen Augen an. Ben öffnete seine Tasche. Ein kurzer Tastendruck und der Frequenzierer erwachte zum Leben.

»Und?« Lena sah ihn neugierig an.

Er schüttelte den Kopf. »Scheint zu funktionieren.«

Ein Knacken in den Lautsprechern ließ ihn zusammenzucken.

»Angestellte des Forschungsinstitutes. Bitte begeben Sie sich unverzüglich in eine der unteren Ebenen. Dies ist keine Übung. Ich wiederhole, dies ist keine Übung.«

»Die Lautsprecher funktionieren auch noch«, sagte Lena.

Ben nickte. Er hatte da ein ganz mieses Gefühl. »Ich fürchte, es hat nicht geklappt.«

»Da, sieh mal.« Lena deutete nach draußen. Einer der Wiper schwebte näher heran. Der Schutzschild leuchtete bläulich. »Sieht aus, als wollten sie landen.«

»Lass uns verschwinden.«

»Was, glaubst du, haben sie vor?«

Ben runzelte die Stirn. »Keine Ahnung. Aber ich glaube nicht, dass es etwas Gutes ist. Vermutlich werden sie den Laden hier stürmen. Wir sollten uns schleunigst nach drinnen verziehen.«

Sie passierten die Schutztore buchstäblich im letzten Moment. Kaum waren sie hindurch, als die schweren Stahlflügel mit dumpfem Dröhnen ins Schloss fielen.

Lenas Eltern erwarteten sie auf der anderen Seite.

»Da seid ihr ja endlich.« Jette umarmte ihre Tochter. »Wir haben uns solche Sorgen gemacht. Danke, Ben, dass du sie nicht allein gelassen hast. Und ihr habt Lupo und Rambo mitgebracht. Das war sehr tapfer von euch.«

»Wir konnten sie doch nicht ihrem Schicksal überlassen«, sagte Ben.

»Das Experiment ist leider schiefgegangen, so, wie ich es befürchtet habe«, sagte Marianne bitter. »Zwar hat das Zusammenfallen des schwarzen Lochs einen Strahlungsschub ausgelöst, die Richtung war jedoch falsch berechnet. Die Hauptachse des EMP hat die Orbitalgeneratoren verfehlt. Der Riss ist immer noch aktiv.«

Ben sah sich um. »Wo ist Elène?«

»Drüben im CDC«, sagte Peter. »Oswald und M'Enat sind ebenfalls da. Kommt mit, wir begleiten euch dorthin.«

Im Combat Direction Center herrschte Krisenstimmung. Die Atmosphäre war angespannt. Elène war von Dutzenden von Wissenschaftlern umringt. Es wurde heftig palavert und gestikuliert. Als sie sie kommen sah, unterbrach sie das Gespräch und eilte auf sie zu. *»Ah, bon,* da seid ihr ja. Habt ihr Lupo und Rambo gefunden?«

»Es geht ihnen gut«, sagte Ben. »Sie sind drüben bei Jette und Peter.«

»Na, wenigstens war *eure* Aktion nicht umsonst«, erwiderte die Direktorin. *»Unsere* dagegen schon. Ihr habt es vermutlich mitbekommen, oder?«

»Ja, Marianne hat es uns erzählt. Wir wären aber auch selbst drauf gekommen, nachdem alle Geräte einschließlich der Wiper noch funktionierten. Sie setzten übrigens gerade zur Landung an.«

»Wissen wir«, erwiderte Elène. »Ich möchte bloß wissen, was sie vorhaben. Wenigstens funktionieren die Notstromaggregate, sonst hätten wir nicht mal Licht. Ganz zu schweigen von der Luftversorgung.«

Ben atmete tief ein. »Ich würde gerne ein paar Worte mit M'Enat reden. Gibt es einen Ort, wo wir uns ungestört unterhalten können?«

Elène runzelte die Stirn. »Du willst mit dem Atlantiden reden?«

»Wenn Sie nichts dagegen haben.«

»Ich weiß nicht, ob ich das zulassen kann. Das ist eine Frage der Sicherheit. Wir befinden uns ab heute ganz offiziell mit diesen Wesen im Krieg.«

»Es ist aber wichtig«, sagte Ben. »Mir ist da etwas durch den Kopf gegangen. Ich hätte gerne, dass du dabei bist, Lena. Dich kennt er, zu dir hat er Vertrauen.«

»Vielleicht früher mal.« Lena sah ihn zweifelnd an. »Seit ich ihm eins übergebraten habe, herrscht zwischen uns Eiszeit.«

»Ich denke trotzdem, dass er dir vertraut. Mehr als jedem anderen hier. Bitte.«

»Von mir aus …«, sagte Lena seufzend. »Aber das muss die Direktorin entscheiden.«

Elène schien hin- und hergerissen zu sein, dann hatte sie ein Einsehen. »Von mir aus. Aber nur fünf Minuten, verstanden? Und ich werde einen Wachposten vor die Tür stellen.«

M'Enat und Oswald saßen in einem Nebenraum. Hier befanden sich unter anderem eine Kaffeemaschine und ein Automat mit Süßigkeiten. Die eine Seite des Raums war verglast, sodass man einen Blick in den riesigen Kontrollraum mit dem enormen Bildschirm hatte. Vor M'Enat lagen etliche leer gefutterte Verpackungen von Schokoriegeln.

»Ben und Lena möchten mit M'Enat reden«, sagte Elène zu Oswald. Und fügte hinzu: »Allein.«

Bens Onkel sah sie verwundert an. Dann nickte er.

Ben und Lena warteten, bis sie unter sich waren, dann zog Ben die Tür zu. M'Enat beobachtete ihn unter gesenkten Augenbrauen.

»Was wollt ihr?«

»Zuerst mal was zu trinken und zu essen«, sagte Ben und versuchte, dabei möglichst gelassen zu wirken. »Lena, willst du auch einen Kaffee?«

»Lieber eine heiße Schokolade.«

Ben brachte die heißen Getränke und setzte sich dann zu Lena und M'Enat an den Tisch. Sie hatten sich strategisch so positioniert, dass sie den Atlantiden gut im Blick hatten, er aber gleichzeitig den großen Bildschirm mit den Außenaufnahmen sehen konnte. Ben öffnete seine Tasche, holte den Frequenzierer raus und legte ihn auf den Tisch. Lena tat dasselbe. Sie hatten das vorher so verabredet.

M'Enat starrte auf die beiden Geräte.

»Unsere gemeinsame Zeit nähert sich dem Ende«, sagte Ben. »Nicht mehr lange, dann werden deine Freunde den Laden hier stürmen. Ich war mit Lena oben und habe den Angriff mit eigenen Augen verfolgt. Ist doch etwas ganz anderes, ob man das hautnah miterlebt oder durch irgendwelche Kameraobjektive.«

Auf den Bildschirmen, die den Außenbereich zeigten, konnten sie sehen, dass die Wiper inzwischen gelandet waren.

»Schon bald wird auch die Invasionsflotte eintreffen und die Erde übernehmen.« Ben blickte M'Enat prüfend an. »Freust du dich?«

»Freuen?«

»Na ja, es sind deine Leute, die da kommen. Das muss doch eine große Erleichterung für dich sein.«

M'Enat zwinkerte ihn argwöhnisch an. »Was soll die Frage? Natürlich freue ich mich. Ich freue mich, endlich wieder unter meinesgleichen zu sein.«

Ben strich mit seinem Finger über den Frequenzierer. »Ich könnte mir vorstellen, dass es viele Veränderungen geben wird, wenn die Flotte hier eintrifft. Und nicht alle davon werden gut sein.«

»Wie meinst du das?«

»Nun, es erinnert mich an etwas, worüber wir mal im Geschichtsunterricht gesprochen haben. Sagt dir die Stadt New York etwas?«

»Selbstverständlich. Dort steht eine unserer größten Pyramiden. Im ehemaligen Central Park.«

»Kennst du dich mit der Geschichte dieser Stadt aus?«

»Nein. Interessiert mich auch nicht.«

»Oh, es sollte dich aber interessieren. Unsere heutige Situation ist der damaligen sehr ähnlich. New York war lange Zeit der Anlaufhafen für alle, die aus Europa in die Neue Welt wollten. Hauptsächlich, weil sie arm und verzweifelt waren und nichts zu essen hatten. Sie kratzten ihre letzten Ersparnisse zusammen, kauften sich ein Schiffsticket, weil sie auf ein schönes, blühendes Leben auf einem Kontinent voller Möglichkeiten hofften, und fuhren nach New York. Doch ihre Hoffnungen wurden bitter zerstört.«

»Warum?« M'Enat hörte ihm jetzt doch zu. Die Geschichte schien ihn zu interessieren.

»Weil die Stadt überfüllt war. Es gab keinen Platz für sie. Einwanderer trafen auf Einheimische, die in der Neuen Welt geboren worden waren. Zwischen beiden Seiten entbrannte Streit, denn die Einheimischen wollten sich ihren angestammten Platz nicht streitig machen lassen. Der Versuch, die Sache friedlich zu lösen, scheiterte. Es endete in blutigen Schlachten. Tausende starben damals.« Er nahm einen Schluck aus seiner Tasse. Der Kaffee war stark und gut.

»Die damalige Situation erinnert ein bisschen an die jetzige, findest du nicht? Du und deine Kollegen, ihr seid die Einheimischen. Ihr habt so lange schon hier gelebt, dass ihr euch ein anderes Leben gar nicht mehr vorstellen könnt. Ihr habt alles aufgebaut, habt euch abgerackert und euch ein eigenes Leben geschaffen. Und jetzt kommen die Einwanderer und wollen sich einfach so ins gemachte Nest setzen? Das ist doch ganz schön ungerecht, oder?«

»Woher willst du wissen, dass sie uns alles wegnehmen? Wir sind anders als ihr.«

»Äußerlich durchaus. Vom Wesen her aber sind wir uns recht ähnlich. So, wie die *Natives* und die *Immigrants* damals in New York. Brüder und Schwestern, sogar aus derselben Heimat, und doch völlig unterschiedlich. Was hätten die *Natives* wohl getan, wenn sie die Chance gehabt hätten, die Schiffe voller Einwanderer einfach zu stoppen? Wenn sie die Möglichkeit gehabt hätten, ihnen einen falschen Kurs zu geben, der sie an New York hätte vorbeisegeln lassen? Glaubst du nicht, die meisten von ihnen hätten so entschieden, um unnötiges Blutvergießen zu vermeiden?«

»Keine Ahnung. Das ist doch alles nur Gerede ...«

»Wirklich? Na, dann haben wir unsere Zeit hier wohl verschwendet. Keine Ahnung, warum ich dir diese Geschichte erzählt habe, sie kam mir nur einfach so in den Sinn. Vermutlich habe ich mich geirrt. Bitte verzeih, wenn wir dir deine Zeit gestohlen haben.« Ben stand auf. »Kommst du, Lena?«

Sie erhob sich ebenfalls.

»Wartet ...« M'Enat starrte auf die Frequenzierer.

»Setzt euch wieder.«

»Warum?«

Der Atlantide sah sie an. Welche Gedanken mochten wohl gerade in seinem Kopf herumgehen? Erwog er, eine der Waffen an sich zu reißen und sich den Weg nach draußen freizuschießen?

Ben glaubte das nicht. Er hatte eine ganz andere Vermutung.

° ° °

»Bitte alle mal herhören.« Lena sprach so ruhig wie möglich, aber doch so laut, dass man sie auch im hinteren Teil des CDC hören konnte. »Ben hatte eine Idee, wie wir den Teilchenbeschleuniger ein zweites Mal laufen lassen können. Möchte jemand erfahren, wie?«

Sie spürte, wie ihr das Blut ins Gesicht schoss. Sie sah Marianne, Elène und Professor Becker beisammenstehen und über einem dicken Stapel Computerausdrucke brüten. Die drei unterbrachen ihr Gespräch und sahen sie an.

Alle anderen unterbrachen ebenfalls ihre Gespräche. Dutzende Augenpaare waren auf sie gerichtet.

»Wie gesagt, es war Bens Idee«, fuhr Lena fort. »Er hat den Anstoß gegeben.«

Elène zog die Augenbrauen zusammen. »Ein zweites Mal laufen lassen, wie stellt ihr euch das vor? Wir haben nicht genug Energie.«

»Wie viel braucht ihr denn?«

»Mehr, als ihr euch vorstellen könnt. So viel, wie sämtliche Wasser-, Wind- und Sonnenkraftwerke dieses Landes zusammengenommen in einem Monat erzeugen.«

»Die haben wir.« Lena wusste selbst nicht, woher sie die Vermessenheit nahm, so etwas zu sagen. Aber sie spürte, dass dies ihre letzte Chance war. Es musste ganz einfach klappen.

Um Elènes Mundwinkel zuckte es. Ihr war anzusehen, dass sie ihr kein Wort glaubte.

»Lena hat recht«, sagte Ben. »Wenn nur die Energie das Problem ist, davon haben wir mehr als genug.«

»Woher soll die denn stammen, wenn ich fragen darf?«

Ben öffnete seine Tasche und zog den Frequenzierer heraus. »Sie wissen vermutlich, was das ist, oder?«

»Selbstverständlich weiß ich das. Alientechnologie. Ich verstehe nur nicht …«

Elènes Augen wurden groß. *»Mon dieu!«*

Sie sah aus, als würde sie augenblicklich in Stein verwandelt werden. Die Erkenntnis traf sie wie ein Blitzschlag. »Wie konnte ich das übersehen?«

»Ging mir genauso«, sagte Lena lächelnd. »Bis Ben mit M'Enat geredet hat. Das hat uns die Augen geöffnet.«

»Die Dinger enthalten einen Reaktor, der genügend Strom produziert, um eine kleine Stadt für Jahre mit Strom zu versorgen«, erläuterte Ben. »Wenn wir sie zusammenschalten, müsste die Energiemenge ausreichen, um den Teilchenbeschleuniger ein zweites Mal laufen zu lassen.«

Elène schien zu schwanken, so sehr wurde sie von der Nachricht überwältigt. Jemand schob einen Stuhl heran, auf den sie sich fallen ließ.

»Das ist ... brillant«, keuchte sie. »Auf Maximum gestellt, könnte es ausreichen, um die Powerwalls ein zweites Mal aufzuladen.«

»Oder wir schließen sie direkt an, um weiteren Energieverlust zu vermeiden«, sagte Ben. »Vorausgesetzt, die Leitungen vertragen so viel Strom. Das würde Zeit sparen.«

»Darüber muss ich mit meinem Chefingenieur sprechen, aber ich denke, es könnte klappen.« Sie schüttelte den Kopf. »Euer Gespräch mit M'Enat hat euch darauf gebracht, sagt ihr? Aber wie?«

Lena grinste. »Ben hat ihm ein paar unangenehme Fragen gestellt, mehr nicht. Seine Andeutungen waren ausreichend, um uns den richtigen Weg zu weisen. Es ist eine zweite Chance, nicht wahr?«

»Und ob es die ist«, sagte Elène, immer noch völlig überwältigt von der überraschenden Wendung der Ereignisse. »Und die haben wir euch zu verdanken.«

Der Blick, den Lena in diesem Moment von Jette und Peter empfing, war der, den sie sich immer gewünscht hatte. Voller Liebe und Respekt. Auch Marianne platzte vor Stolz. Sie stürmte auf Ben zu und drückte ihn an sich. Ziemlich fest, wenn sie seinen roten Kopf und die gequetscht klingenden Laute richtig deutete.

T null

»90 Sekunden …«

Es war still geworden im CDC. Die Mitarbeiter, Wissenschaftler, Techniker, Computerexperten und Netzwerkspezialisten starrten auf den riesigen Bildschirm und hielten den Atem an. Es war, als würde sich ihr Herzschlag mit dem Takt der Uhr synchronisieren.

»85 …«

Ben kam sich plötzlich ganz klein und unwichtig vor. Ein winziges Rädchen im Zentrum der Weltmaschine. Kaum zu erkennen und doch unverzichtbar. Lena und er hatten etwas in Gang gesetzt, das größer war als sie alle zusammen.

»80 …«

Man hatte die beiden Frequenzierer an unterschiedlichen Positionen innerhalb des Teilchenbeschleunigers positioniert, wo sie jetzt auf voller Leistung liefen. Sie würden sich bei diesem Experiment zwar völlig aufbrauchen, aber das war das Risiko wert.

E'Tachs Truppen hatten inzwischen das gesamte Erdgeschoss eingenommen. Da draußen kamen Waffen zum Einsatz, die ihre Vorstellungskraft übertrafen. Roboter waren dabei, die Stahltore schmelzen konnten – die letzte Hürde zwischen ihnen und der Atlas-Union. Ein Rennen gegen die Zeit hatte begonnen, bei dem es nur einen Gewinner geben konnte.

»Noch 60 Sekunden.«

»Gleich ist es so weit«, murmelte Elène. »Die letzte Minute ist angebrochen. Unsere letzte Chance, die Katastrophe abzuwenden. Bald wissen wir, ob die Invasion stattfindet oder nicht. Ob wir frei sein werden oder Sklaven.«

»Es wird funktionieren«, murmelte Lena. »Alles wird gut.«

Ben sah sie an. Wie schön sie war. So stolz und voller Hoffnung. Er erinnerte sich an den Kuss, den sie ihm gegeben hatte. Als hätte sie seine Gedanken gelesen, sah sie ihn an und lächelte. Dann ergriff sie seine Hand.

»40 …«

»Es wird klappen«, flüsterte sie. »Ich spüre, dass es funktionieren wird.«

»Meinst du?« Er selbst hatte immer noch Zweifel.

»O ja. Wir werden heimgehen und ein neues Leben aufbauen. Wir werden frei sein. Du, deine Geschwister, unsere Eltern, Lupo und natürlich Rambo.«

Er sah die beiden Hunde an. Es mochte Einbildung sein, aber er hatte das Gefühl, als würden die beiden ihn ebenfalls anlächeln.

»Noch zehn Sekunden. Neun. Acht. Sieben. Sechs. Fünf. Vier. Drei. Zwei. Eins …«

»Go«, flüsterte Ben.

Ein tiefes Brummen ertönte. Ähnlich wie beim ersten Mal, aber doch anders. Kraftvoller. Intensiver. Als käme das Summen direkt aus seinem Bauch. Als würden sämtliche Körperzellen anfangen zu schwingen.

Und dann fühlte er, wie er schwerer wurde. Etwas zog an ihm. Er musste sich dagegenstemmen.

Aus dem Brummen wurde ein Jaulen. Hoch und höher. Ben legte die Hände vor die Ohren, doch es brachte nichts. Das Geräusch wurde nicht über die Luft übertragen, sondern kam tief aus dem Inneren der Welt.

»Mein Gott!«, hörte er Elène rufen. »Seht ihr das?«

Die Außenkameras zeigten Gebäude, Straßen und Bäume. Dahinter den See und die Berge. Alles im prallen Sonnenschein. Doch ein Schatten hatte sich darübergelegt. Wie durch eine Wolke, aber anders. Die Dunkelheit entsprang einem einzelnen Punkt über dem See. Die Wellen schienen alle auf diesen Punkt zuzulaufen. Dass es kein technischer Fehler war, erkannte Ben daran, dass die Bilddetails korrekt dargestellt wurden. Straßen, Gebäude, Parkplätze, Bäume – nur war alles in eine furchterregende Dunkelheit getaucht. Das schwarze Zentrum stand nicht still, sondern bewegte sich. Es stieg auf.

»Bleibt mit den Kameras drauf!«, schrie Elène gegen den Lärm an. »Nicht aus den Augen verlieren. Ich will, dass ihr jede Sekunde aufzeichnet.«

Die Kameras folgten der dunklen Säule hinauf in den Himmel.

Ben war wie vom Donner gerührt. Noch immer hielt Lena seine Hand in der ihren. Sie drückte so fest zu, dass er vor Schmerz aufstöhnte.

»Bitte entschuldige«, murmelte sie. »Ich wollte dir nicht wehtun, aber ich sehe so etwas zum ersten Mal.«

»Ich auch«, murmelte Ben. »Ich könnte mir vorstellen, dass es das erste Mal ist, dass Menschen überhaupt so etwas zu sehen bekommen.«

»Und hoffentlich das letzte Mal«, murmelte Lena so leise, dass Ben es gerade noch hören konnte.

o o o

Generalgouverneur E'Tach stand vor den Toren von CERN und starrte nach oben. Inmitten des Himmelsblaus hatte sich eine dunkle Säule gebildet. Eine Eintrübung. Wie ein Bildfehler oder ein Kaffeefleck auf einer dieser altertümlichen Fotografien. Zuerst dachte er, mit seinen Sichtorganen würde etwas nicht stimmen, bis er das Geräusch hörte. Es klang wie das dumpfe Grollen eines herannahenden Gewitters, steigerte sich dann jedoch zu einem aberwitzigen Heulen. Seine Sinnesorgane waren vollkommen in Ordnung.

Seine Gardisten spürten es ebenfalls. Wer nicht im Inneren des Gebäudes war, legte den Kopf in den Nacken und blickte nach oben.

Über ihnen schwebte etwas, bei dem man nicht sicher sein konnte, ob es wirklich existierte. Ein dunkles Objekt, dessen Ränder unscharf abgegrenzt waren. Elektrische Blitze umkreisten die Säule wie zornige Hornissen. Alles – auch E'Tach selbst – wurde von diesem Ding angezogen. Die Schwere war deutlich spürbar. Und sie nahm sekündlich zu. Die letzten fünf Wiper, die noch in der Luft waren, hatten sichtlich Probleme. Mit voll aufgedrehten Schubdüsen versuchten sie, in die entgegengesetzte Richtung zu fliegen und sich in Sicherheit zu bringen. Indes bewegten sie sich keinen Meter vom Fleck.

E'Tach wich zurück. Um nichts in der Welt wollte er der Erscheinung zu nahe kommen. Von Grauen erfasst, versuchte er, Abstand zwischen sich und das Ding zu bringen, aber es ging nicht. Er stand da wie festgeklebt. Etwas Unheimliches ging vor. Irgendeine unerklärliche Macht war hier am Werke und drohte sie alle zu verschlingen.

Unerklärlich?

Ein schrecklicher Verdacht überkam ihn. Gedanken rasten durch seinen Kopf: das Kernforschungszentrum, der Teilchenbeschleuniger, die gestohlenen Daten …

Aber das war doch vollkommen abwegig. Woher stammte der Strom? Um ein kosmisches Phänomen dieser Größenordnung zu erzeugen, bedurfte es einer Unmenge an Energie. Solarzellen und Windräder reichten vielleicht für einen Durchlauf, nicht aber für zwei. Es sei denn, sie hatten einen … *Reaktor.*

Seine Hand fuhr zur Gürteltasche.

Der Frequenzierer.

M'Enat!

Es fühlte sich an, als würde etwas in seinem Inneren zerbrechen. Die Singularität über ihren Köpfen strahlte Finsternis in die Welt. Die Affen, die diesen Planeten bewohnten, hatten es wirklich getan. Waren die denn vollkommen verrückt geworden? Sie riskierten lieber, ihre ganze Welt zu zerstören, als sie anderen zu überlassen? Es war die Erkenntnis, dass er ihre Feinde unterschätzt hatte, die E'Tach endgültig zu Boden schmetterte.

Die Erkenntnis raubte ihm den Atem. Den Wissenschaftlern hier, angestiftet von einer kleinen Widerstandszelle, war es gelungen, ein schwarzes Loch zu erzeugen. Die zerstörerischste Kraft im Universum. Das Monstrum würde sie alle verschlingen. Ihn, das Nuklearforschungszentrum, die Stadt, die Region, das Land – und alles darüber hinaus.

Aber dann schien das dunkle Gebilde zu schrumpfen. Es wurde kleiner.

War das Einbildung? Nein, es verlor tatsächlich an Größe. Die Singularität fiel in sich zusammen. E'Tach wollte erleichtert aufatmen, als ein unfassbar heller Blitz aufzuckte. Das gesamte Licht, was soeben aufgesaugt worden war, wurde schlagartig freigegeben. Eine Helligkeit wie von tausend Sonnen ergoss sich über das Tal. Gleichzeitig schoss ein gewaltiger Strahl aus reiner Energie in den Himmel hinauf. Der Boden vibrierte, fing an zu singen. Dazu erklang das Geräusch von berstendem Metall.

Durch seine tränenden Sichtorgane sah E'Tach, wie die Wiper abstürzten. Sie fielen vom Himmel wie verbogenes Altmetall. Mit brachialer Gewalt schlugen sie auf und zerbarsten. Kein Schutzschild konnte sie davor bewahren.

Entsetzt blickte E'Tach an sich hinab. Sein eigener Frequenzierer fing plötzlich an, merkwürdige Geräusche von sich zu geben. Ein durchdringendes Pfeifen erklang. Stichflammen schossen aus der Gürteltasche und züngelten an ihm hoch. Panisch und mit fiebrigen Händen schnallte er das Ding ab und warf es fort. Im Nu fraßen die Flammen die Tasche auf, während das Gerät selbst zu verlöschen schien. Es wurde matt wie altes Eisen. Und als wäre all das nicht schon genug, hörte er jetzt die Schreie seiner Leute.

Unter seinen Gardisten war Panik ausgebrochen. Das Sprengkommando stürzte durch die offenen Türen des Hauptgebäudes, eine Feuerwalze dicht auf den Fersen. Taumelnde Arbeitsroboter folgten ihnen, kippten um und blieben zuckend am Boden liegen. Seine Männer schafften es gerade noch rechtzeitig aus dem Gebäude, dann brachte die Hitze das Glas der Eingangshalle zum Platzen. Tausende von Splittern schossen in die Umgebung. Der Blockadebrecher, die Maschine, mit der sie das Schutztor aufschneiden wollten, war explodiert.

Rauch quoll aus den Lüftungsschlitzen der Wiper. Funken zuckten über die Tragflächen. Die Besatzungen verließen fluchtartig das Innere. Es herrschten Chaos und Verwirrung.

Während E'Tach noch darüber nachgrübelte, ob dieses Phänomen vielleicht auch in anderen Teilen der Erde spürbar war, wanderte sein Blick hinauf zum Firmament.

Bei den Altvorderen!

Hoch oben im Weltraum zuckten mehrere Lichtblitze auf. Sechs neue Lichter waren erschienen. Hell wie Sterne flackerten sie am Tageshimmel. Einen kurzen Moment strahlten sie hell wie Sonnen, dann verloschen sie.

Waren das Satelliten? Nein, dachte er. Schlimmer. Es waren die sechs orbitalen Generatoren. Ihr Aufflammen konnte nur bedeuten, dass sie dasselbe Schicksal ereilt hatte wie sein Blockadebrecher, seine Wiper, seine Frequenzierer, der ganze verdammte Rest seiner Technik. Sie waren Opfer eines EMP geworden, der augenscheinlich viel stärker war als der, den sie vor zwei Jahren gezündet hatten. Damals war ihre eigene Technologie verschont geblieben, doch nicht diesmal.

Ohne die Generatoren war der Riss nicht zu stabilisieren. Er würde in sich zusammenfallen wie ein Kartenhaus. Ohne den Riss konnten die Schiffe die Reise durch den Subraum nicht beenden. Wie eine Flotte, die das rettende Licht des Leuchtturms nicht mehr sah. Sie würde ein Ausweichziel wählen müssen und dort mit der Besiedelung beginnen.

Die Erde würde in Vergessenheit geraten.

Und mit ihr die Pioniere.

E'Tach betrachtete seine feingliedrige Hand. Sein Frequenzierer war zerstört, sein Tarnschirm funktionsunfähig. Seine Gardisten hatten alle ihre natürliche Form angenommen. Die schützenden Energiefelder waren Geschichte. Und mit ihnen jede Möglichkeit, sich vor den Menschen zu verbergen.

T plus 1

Ben bahnte sich seinen Weg mit der Taschenlampe. Stockfinster war es hier unten. Die wenigen Lichter, die mittels Strom aus den alten Dieselgeneratoren betrieben wurden, beschränkten sich auf das CDC und andere systemrelevante Räume. Büros, Gänge und Treppen lagen im Dunkeln, von Rolltreppen, Aufzügen und elektrischen Türöffnern ganz zu schweigen. Das Belüftungssystem schien ebenfalls betroffen zu sein. Der Sauerstoffgehalt hatte bereits merklich abgenommen. Nur noch kurze Zeit, dann würde es hier unten keine Atemluft mehr geben.

Das CERN war tot. Der pulsierende, atmende Organismus lebte nicht mehr und mit ihm all die Rechner, Server und Computer, mit denen das Gebäude vollgestopft war. Nichts davon funktionierte noch.

Und doch war es genau das, was alle hier unten in freudige Erregung versetzte. Denn es konnte nur eines bedeuten: dass ihr Plan funktioniert hatte.

Der Zusammenbruch des schwarzen Lochs hatte einen EMP ausgelöst, viel gewaltiger noch als der vor zwei Jahren. Gewaltig genug, um selbst tief unter der Erde alles lahmzulegen.

»Bist du sicher, dass die Richtung stimmt?«, hörte er Lenas Stimme hinter sich. »Wie kannst du dich hier zurechtfinden? Das ist wie in einem Termitenbau.«

»Klar bin ich sicher. Hier sind wir doch vorhin mit dem Elmo langgedüst.«

»Aber da hat alles irgendwie anders ausgesehen.« In ihrer Stimme schwang Sorge mit. Ben verlangsamte seinen Schritt. »Mach dir keinen Kopf«, sagte er. »Solange Lupo und Rambo über uns wachen, kann nichts passieren, oder? Ihr würdet uns warnen, sollte Gefahr drohen.« Er kraulte erst den Wolfshund, dann die Bulldogge. Ben gehörte jetzt zum Rudel und das empfand er als Auszeichnung.

»Wollen wir denn nicht lieber auf die Rückkehr des Einsatzteams warten?«, gab Lena zu bedenken. »Könnte doch sein, dass E'Tach und seine Gardisten immer noch da sind und uns auflauern.«

Ben schüttelte den Kopf. »Glaube ich nicht. Abgesehen davon: Was will er denn tun, uns mit Steinen bewerfen? Du hast doch die letzten Aufnahmen unserer Kameras gesehen. Ihre Flugmaschinen sind wie Tontauben vom Himmel gefallen. Ihre Frequenzierer haben sich in Flammen aufgelöst. Diesen Anblick werde ich nie vergessen.«

»Nein, ich auch nicht. Schade nur, dass die Kameras so schnell ihren Geist aufgegeben haben. Ich hätte gerne noch mehr von der Verblüffung dieser Wesen gesehen.« Lena stieß ein leises Kichern aus. »Wie sie sich abgetastet haben, weil sie nicht glauben konnten, dass ihre Tarnschirme nicht mehr funktionieren.«

Ben musste grinsen. Vor allem für den Anblick, wie der Riss in sich zusammenfiel, hatten sich die ganzen Strapazen gelohnt.

»Jene Aufnahmen sind allerdings schon eine gute Stunde alt. Wir wissen also nicht, was uns erwartet …«

Ben presste die Lippen zusammen. Lena hatte recht. Die Gefahr bestand natürlich, aber er glaubte nicht daran. Vielmehr war er davon überzeugt, dass die Atlas-Union eine schwere Niederlage eingesteckt hatte und sich die paar Tausend überlebenden Atlantiden verkrochen hatten. Die Chancen, ohne Tarnschirm dauerhaft zu überleben, waren für sie ziemlich gering. Jetzt, wo alle Welt wusste, wie sie wirklich aussahen, würde man gnadenlos Jagd auf sie machen.

Aber darum mussten sie sich später kümmern. Sie hatten jetzt andere Sorgen.

»Wir haben es gleich geschafft. Ich glaube, ich kann sogar schon Tageslicht sehen.«

Halb blind und mit Tränen in den Augen traten sie ins Freie. Sie brauchten eine Weile, um sich zu orientieren.

Keine Kameraaufnahme hätte auch nur annähernd die Zerstörung einfangen können, die über den Außenbereich hereingebrochen war. Es stand buchstäblich kein Stein mehr auf dem anderen. Der Boden war mit Glassplittern übersät, die Eingangshalle schwarz von Ruß. Auf dem Vorplatz ragten die zerschmetterten Hüllen abgestürzter Wiper in die Höhe. Funktionsunfähige Wartungsroboter lagen überall herum. Einige von Elènes Sicherheitsleuten untersuchten die Flugmaschinen.

Ben winkte ihnen zu. »Wie sieht's aus?«

Der leitende Offizier schüttelte den Kopf. »Alle weg. Keiner mehr da. Nicht mal die Toten – wenn es denn welche gegeben hat. Müssen sie wohl weggeschafft haben.«

Ben blickte ins Cockpit eines der Wiper. Faszinierende Technik. Ob sie wohl jemals herausfinden würden, wie die Dinger funktionierten? Vielleicht ließen sie sich eines Tages ja wieder in Betrieb nehmen.

Der Mann schüttelte den Kopf. »Mausetot. Die Dinger sind reif für den Schrottplatz.«

»So schnell reden wir nicht von Schrottplatz!«, ertönte eine weibliche Stimme. Um die Ecke kam die Direktorin. Sie hielt ein unglaublich großes und vorsintflutlich anmutendes CB-Funkgerät ans Ohr gepresst. Anscheinend ließen sich damit noch Gespräche führen. Wenn die Überseekabel noch funktionierten, gab es vielleicht sogar Kontakt zu anderen Kontinenten.

»Was sagten Sie? Nordamerika ist also frei. Gut, sehr gut. Russland auch? Und Europa? Ausgezeichnet, ganz ausgezeichnet. Das ist mehr, als wir zu hoffen wagten. Ja, ich verstehe. Selbstverständlich wird es eine Weile brauchen, um die weltweite Infrastruktur wieder zum Laufen zu bringen, aber da sind wir ja inzwischen recht erfinderisch geworden, oder? Ja, richtig. Es wird für uns alle ein Neustart, aber ein hoffnungsvoller, will ich meinen. Genau, so sehe ich das auch. Danke für die Informationen, Herr Botschafter.«

Sie beendete das Gespräch und stieß einen tiefen Seufzer aus.

»Gute Nachrichten, Kinder. Das eben war der amerikanische Botschafter. Wie es scheint, ist es ein vollständiger und globaler Sieg. Erfolg auf ganzer Linie. Das Wichtigste: Dort oben haben wir auch gesiegt.« Sie deutete in den Himmel. »Der Riss hat sich geschlossen. Die Invasion fällt aus. Wir sind frei.«

In diesem Moment traten weitere Personen aus dem Hauptgebäude, blinzelnd wie die Maulwürfe. Ben eilte zu seiner Mom, Lena zu ihren Eltern. Mit klopfendem Herzen verkündeten sie ihnen die frohe Botschaft.

Allgemeiner Jubel und spontaner Applaus setzten ein. Die Leute fielen sich in die Arme und lachten. Es war eine Stimmung, wie sie sie schon lange nicht mehr genießen durften.

Ben wurde warm ums Herz. Wie sehr er dieses herzliche Lachen vermisst hatte. Auch Oswald war mit von der Partie. Er stand drüben bei Elène und unterhielt sich mit ihr. Schüchtern und zurückhaltend, wie es eben seine Art war. Allerdings fehlte jemand.

Neugierig sah Ben sich um. »Wo ist M'Enat?«

»Gerade habe ich es Elène erzählt«, antwortete Oswald. »Ich habe ihn laufen lassen. Er soll die Chance bekommen, zu seinen Artgenossen zurückzukehren. Der arme Kerl kann ja nun keinen Schaden mehr anrichten.«

Ben nickte. Er hätte vermutlich genauso entschieden.

»Wir werden uns überlegen müssen, was wir mit den Atlantiden machen«, sagte die Direktorin nachdenklich. »Sie werden sich versteckt halten, aus Angst, dass wir ihnen etwas antun. Und die Sorge ist berechtigt. Jetzt, da sie alle sichtbar geworden sind, schweben sie in höchster Gefahr.«

»Das ist ein Fall für die Vereinten Nationen«, sagte Oswald. »Die Weltgemeinschaft muss darüber entscheiden, wie mit ihnen verfahren wird. Sie zu töten, kommt jedenfalls nicht infrage. Immerhin sind sie hier auf der Erde geboren, gehören also zu unserer Welt.«

Lena runzelte die Stirn. »Sie glauben an Vergebung?«

»Wenn nicht ich, wer dann?«, erwiderte Oswald und schenkte ihnen ein vielsagendes Lächeln. Ben verstand sofort, wovon er sprach.

»Das wäre die humanste Lösung, findet ihr nicht? Sie haben im Auftrag anderer gehandelt. Das spricht sie zwar nicht gänzlich von ihrer Schuld frei, aber es sind mildernde Umstände. Die Führer unserer neu gewählten Regierungen sollen sich darüber die Köpfe zerbrechen. Unsere Aufgabe wird sein, alles wieder aufzubauen. Apropos: Seht mal – ich glaube, da kommt jemand, den wir kennen.« Er hob seinen Arm und winkte.

Im Schlepptau einiger Zollbeamten sah Ben eine größere Gruppe von Menschen die Straße heraufkommen. Zuerst dachte er, es wären Flüchtlinge aus den umliegenden Regionen, bis er den kräftigen Mann erblickte, der den Tross anführte.

Dad!

Müde sah er aus, aber zufrieden. So wie der Rest ihrer Gruppe. Die Kinder auf dem Wagen winkten fröhlich.

»Ich habe frühestens morgen mit ihnen gerechnet.« Marianne lächelte breit. »Der alte Sklaventreiber muss sie bis zum Äußersten angestachelt haben.«

»Ja, im Antreiben war er schon immer gut.« Ben grinste. »Jeder tut das, was er am besten kann.«

Jette hielt Peters Hand. »Das sollten wir künftig so beibehalten. In den kommenden Monaten und Jahren werden wir alle viel zu leisten haben. Doch der Anfang ist gemacht. Und jedem Anfang wohnt ein Zauber inne.«

Ben nickte. Es gab viel, worüber sie alle nachzudenken hatten. Und es war der Blick nach vorne, der jetzt zählte. Im Licht des heutigen Tages sah die Zukunft nicht mehr ganz so düster aus. Die Menschheit hatte eine zweite Chance bekommen und diesmal würde sie es hoffentlich nicht verbocken.

»Komm«, sagte er zu Lena. »Lass sie uns begrüßen.«

Ein Jahr danach …

Lena spannte das Pferd vom Pflug und ließ es grasen. Sie trat in den Schatten einer Buche, die am höchsten Punkt eines sanft abfallenden Hangs stand. Nachdem sie den Schweiß von ihrer Stirn gewischt hatte, nahm sie einen herzhaften Schluck aus ihrer Feldflasche und genoss den Blick ins Umland. Dafür, dass es bereits Mitte September war, hatte die Spätsommersonne noch ordentlich Kraft. Ein wundervoller Tag, ideal für die Arbeit im Freien. Sie knöpfte ihr Hemd auf, band es lose am Bauch zusammen und goss sich etwas von dem Wasser ins Gesicht. Dann setzte sie sich ins Gras.

Das Feld für den Winterweizen war bereits zur Hälfte umgegraben. Weitere drei Stunden und sie war fertig. Das sollte heute noch zu schaffen sein. Wie immer hatte die Küche sie mit einer schmackhaften Vesper versorgt. Dick beschmierte Brote mit selbst gemachtem Hüttenkäse, belegt mit Salatblättern und ein paar Tomatenscheiben. Genau wie sie es mochte.

Während sie aß, ließ sie ihren Blick in die Runde schweifen. Hinter den Hügeln lag Reutlingen, links Tübingen, rechts davon, am Horizont, Stuttgart. Wenn man genau hinschaute, konnte man zwischen den Bäumen einige funkelnde Türme erkennen. Das war die neu entstandene Hornburg. Nach ihrer Rückkehr hatten sie alles wieder aufgebaut. Größer und schöner als vorher. Vierzig

Familien lebten inzwischen hier und bald würden es noch mehr werden.

Lena und ihre Eltern waren inzwischen ein fester Bestandteil der Dorfgemeinschaft und es war absehbar, dass sie dauerhaft hierbleiben würden. Doch sosehr Lena das Dorfleben genoss, ihre wahre Liebe galt der Natur. Hier draußen zu sein, Feldwirtschaft zu betreiben, sich um die Tiere zu kümmern, jede freie Minute dazu zu nutzen, zu lesen oder den Wolken dabei zuzusehen, wie sie über den Himmel zogen, das war genau ihre Vorstellung von Freiheit. Und Freiheit hatten sie alle jetzt dringend nötig. Die Erinnerungen an die Unterdrückung, an die Enge und die Aussichtslosigkeit steckten tief im kollektiven Gedächtnis der Menschen. Es würde Jahre brauchen, um dieses Trauma zu überwinden.

Wie sehr sich die Welt seither verändert hatte! Die Ortschaften ringsherum erlebten wieder Zulauf. Die Menschen kehrten von den Metropolen aufs Land zurück. Die Pyramiden wurden abgerissen. Niemand wollte mehr im Schatten der Vergangenheit leben. Die Atlantiden hatte man am Leben gelassen. In langen Verhandlungen wurde entschieden, sie auf drei Inseln im Indonesischen Meer unterzubringen. Borneo, Java und Sumatra. Dort entsprach das Klima am ehesten ihren Bedürfnissen. Außerdem waren diese Inseln seit dem Stromausfall unbewohnt. Hier konnten die Atlantiden unter sich bleiben, eine eigene Gesellschaft gründen und ohne Anfeindungen oder Bedrohung leben.

Für Menschen waren diese Inseln tabu. Niemand durfte seinen Fuß ans Ufer setzen. Niemand wusste, was dort geschah und ob sich die Atlantiden angepasst hatten oder vielleicht längst ausgestorben waren. Es war strengstens verboten, die Inseln zu betreten oder von dort zu berichten. Und so vergaß die Welt die Fremden aus dem Weltraum und tat so, als hätte es sie nie gegeben.

Lena streckte sich und gähnte. Der Nachmittag lud förmlich

dazu ein, ein kleines Nickerchen zu machen. Doch sie durfte jetzt nicht schlafen. Auf sie wartete noch Arbeit.

Sie wollte gerade aufstehen, als sie vom Tal her ein Fahrzeug die Straße heraufkommen sah. Ein schlichtes Fuhrwerk aus Holz mit vier Rädern und Eisenbeschlägen, gezogen von einem kräftig gebauten Pferd. Die Ladung auf dem Wagen wurde von einem roten Tuch beschattet.

Auf dem Kutschbock saß ein Junge im blauen Overall, der über und über mit Ölflecken beschmiert war. Ben! Nebenher lief Lupo, der immer wieder stehen blieb und schnupperte. Als er Lena erblickte, kam er freudig kläffend auf sie zugeschossen.

»Na, mein Lieber, was führt euch denn hierher? Wollt ihr mich besuchen?« Sie hatte schon so eine Ahnung, worum es ging, wollte ihre Erwartung aber nicht zu hoch stecken.

Lupo bekam sich gar nicht mehr ein. Er hüpfte um sie herum, wedelte mit dem Schwanz und bellte. Irgendwie schien er aufgeregter zu sein als sonst. Immer wieder machte er Anstalten, zu Ben zurückzurennen, als ob er ihr etwas zeigen wollte. Sie stand auf und klopfte ihre Hose ab. »Na gut, dann zeig mir mal, was ihr mitgebracht habt.« Sie hob die Hand und winkte Ben zu. »Hi!«, rief sie. »Was gibt's Neues?«

»Komm her und sieh es dir an.« Grinsend stieg Ben vom Kutschbock und öffnete die Seitenklappe.

Lena kniff die Augen zusammen. Die Ladefläche war mit Stroh bedeckt. Im Schatten regte sich etwas. Sie trat näher – und glaubte, ihr Herz müsse stehen bleiben. Rambo, die jetzt Roberta hieß, lag auf der Seite und döste. Neben ihr vier kleine Welpen. Die Augen fest geschlossen, schliefen sie am Bauch ihrer Mutter.

»Ohhh …« Lena fühlte, wie ihr die Beine weich wurden. Sie hob den Blick. »Wann ist es passiert?«

»Kurz nachdem du heute Vormittag aufgebrochen bist.« Ben

strahlte übers ganze Gesicht. »Ich dachte, ich lasse ihnen noch ein bisschen Ruhe, ehe ich sie zu dir rausfahre. Aber jetzt haben sie getrunken und sind rundum glücklich.«

Lena sah Roberta an und glaubte ein zufriedenes Lächeln zu sehen. Zu gerne hätte sie sie berührt, aber sie wollte ihr keinen Stress bereiten. »Und ging alles gut?«

»Keine Probleme. Ich war nur kurz Wasser holen und als ich zurückkam, waren sie da. Roberta hat das wunderbar gemacht.«

»Und Lupo ist wirklich der Vater?«

Ben wiegte den Kopf. »Mit hundertprozentiger Sicherheit kann man das natürlich nie sagen, aber ich würde mich sehr wundern, wenn er es nicht wäre.«

Er deutete auf die Welpen. Drei von ihnen sahen aus wie kleine Schweinchen. Ganz die Mutter. Einer aber hob sich in Größe, Aussehen und Färbung deutlich ab. Er sah aus wie ein kleiner Wolf.

Als Lena den Blick abwandte, spürte sie Tränen in den Augen. Sie beugte sich zu Lupo und kraulte ihn am Kopf.

»Ich freue mich so für dich. Das hast du fein gemacht. Eines allerdings sollte dir klar sein: Ab heute wird dein Leben nicht mehr so sein wie zuvor.« Sie lachte. »Du bist jetzt Vater.«

Thomas Thiemeyer

World Runner

Die Jäger

Tim ist einer von ihnen. Ein Runner aus Leidenschaft, bereit über Grenzen zu gehen. Als er eines Tages eine Einladung des mysteriösen Medienkonzerns GlobalGames erhält, zögert er nicht, die Challenge anzunehmen: Sieben Claims wurden an sieben verborgenen Orten in Deutschland versteckt. Hundert Jugendliche gehen ins Rennen. Alle mit nur einem Ziel: zu gewinnen. Tim merkt bald, dass er es nicht ohne Hilfe schaffen kann. In der faszinierenden Annika, genannt Sakura, findet er eine Verbündete. Doch kann er ihr wirklich trauen?

Band 1
448 Seiten • Gebunden
ISBN 978-3-401-60506-7
Auch als E-Books und als
Hörbuch bei Rubikon erhältlich

Die Gejagten

Der Vorentscheid ist beendet, die qualifizierten Runner stehen fest, jetzt startet ihr Wettlauf um die Welt. Die GlobalGames-Worldchampionship ist das größte Medienevent des Jahrzehnts. Vor laufenden Kameras liefern sich die besten Teams der Erde einen Wettlauf um Schätze, Rätsel und Aufmerksamkeit. Der Preis ist groß, ihr Einsatz noch größer.

Band 2
464 Seiten • Gebunden
ISBN 978-3-401-60507-4
www.arena-verlag.de

Thomas Thiemeyer

Evolution

978-3-401-51041-5

Die Stadt der Überlebenden

Ahnungslos reisen Lucie und Jem mit einer Austauschgruppe in die USA. Doch als ihr Flugzeug am Denver Airport notlandet, wird ihnen schnell klar: Die Welt, wie sie sie kennen, gibt es nicht mehr. Die Flugbahn überwuchert, das Terminal menschenverlassen, lauern überall Gefahren. Sogar die Tiere scheinen sich gegen sie verschworen zu haben ...

978-3-401-51042-2

Der Turm der Gefangenen

Mit letzten Kräften erreichen Lucie und ihre Freunde die Stadt der Überlebenden. Während Jem vor den Toren gegen angreifende Tiere kämpft, hofft Lucie im Inneren endlich Antworten zu finden. Als die Jugendlichen aus verbotenen Büchern erfahren, dass sie nicht die ersten Zeitreisenden sind, entlädt sich der Zorn des Burgherrn.

978-3-401-51043-9

Die Quelle des Lebens

Endlich am Ziel! Nach einer strapaziösen Flucht durch Sümpfe und Wüsten erwacht Jem in der Oase der Zeitspringer. Doch wie ist er hierher gekommen und wo sind seine Freunde? Katta ist verschwunden, Lucie und der kleine Squid liegen im Koma. Als Anführerin GAIA sich seiner annimmt, keimt in Jem Hoffnung: auf Rückkehr, auf ein neues Leben.

Jeder Band:

Klappenbroschur • Auch als E-Books erhältlich • Die Hörbücher erscheinen bei Rubikon Audio

www.arena-verlag.de

Andreas Eschbach

Gliss

Tödliche Weite

Ajit weiß, dass er die Stadt Hope niemals verlassen wird. Denn sie ist umgeben vom GLISS, einem Boden, auf dem nichts haftet und nichts gebaut werden kann. Hinter dem GLISS gibt es keinen Ort, keine Menschenseele. Zumindest dachte der 17-Jährige das. Doch als eines Tages ein toter Mann über das GLISS getrieben wird, ist Ajit und seinen Freunden Phil und Majala klar: Die Geschichte ihrer Welt ist eine Lüge und die, die Ajit für seine Familie hielt, tun alles, um diese Lüge zu verteidigen. Die Wahrheit jedoch – die liegt hinter dem GLISS. Mitten in der tödlichen Weite, aus der noch niemals jemand zurückgekehrt ist …

456 Seiten • Gebunden • ISBN 978-3-401-60581-4
Auch als E-Book erhältlich und als Hörbuch bei Lübbe Audio • www.arena-verlag.de

Ella Blix

Wild

Sie hören dich denken

Während einer Exkursion verschwindet die fünfzehnjährige Noomi auf rätselhafte Weise. Erst einen Tag später wird sie endlich gefunden: angsterfüllt und ohne Gedächtnis. Verstörende Erinnerungsfetzen an eine blutige Jagd und massive Felsgipfel führen sie schließlich in ein abgelegenes Waldcamp. Was ist dort mit ihr geschehen? Auf der Suche nach Antworten folgt sie einer Spur tief ins Herz des Waldes. Doch ist sie bereit für die Wahrheit, die dort lauert?

unden • ISBN 978-3-401-60510-4 • Auch als E-Book erhältlich • www.arena-verlag.de